玉 米 著

锦瑟华年

河南文艺出版社
· 郑州 ·

目录

1

引子　画皮

华年生来是个愣头青货，天不怕地不怕，准确地说是有点儿"二"。但是，后来，他的胆子却很小很小，尤其怕黑、怕鬼。

华年是十岁那年看了一出戏《画皮》，才被吓破了胆的。

20世纪70年代，地处北方平原上的春水县，不少偏远的乡村还相当贫困，生活条件非常差。没有电，到了晚上，黑咕隆咚，对面来个人都看不见。没有文化娱乐生活，劳累了一天，大人们坐在村头老榆树下天南地北地侃，家长里短地吹，闲扯到半夜，各自伸出两手摸索着回家睡觉。

小孩子们没啥可闲扯的，也没有书看，连个电视都没有，只有在大人堆里藏来躲去地闹着玩儿。

盼着每月的十五十六，月亮奶奶出来的时候，村里有了明晃晃的月光，小孩子们可以放开来捉迷藏，藏东家躲西家，放肆地跑，玩命地追，那时街上也没有很多汽车、摩托车，不存在安全隐患，所以，那被时代遗忘的乡村小旮旯儿倒也是孩子们欢乐的家园。

有时候有那放电影的,不定什么时候轮到村子里一次,即使轮不到自己村子,即使听说十里八村哪儿有放电影的,大人小孩儿成群结队背着小板凳去看。那时的影片就那么几部,一般情况下,都看过几遍了,还要继续看,因为实在没有比看电影更高级的娱乐活动了。

对了,还有唱戏的,县剧团一年还来不了一次,这一次,终于到镇子上演出了,而且听说唱的还是一出鬼戏,叫《画皮》。

华年当然想去看戏了,但是家里人不让他去,连大人们听说是鬼戏都不敢看的。但是,华年非要去,趁家人不注意,偷偷溜出了家门。

村子离镇子有五六里地,中间隔着一个大沙岗,岗上长满了槐树、杨树、泡桐树,即使白天也是阴森森的,到了晚上,更是黑乎乎的,啥都看不见。

沙岗也是老坟岗,很多大大小小的坟头掩藏在树林中,还有些夭折的婴儿,没有坟头,就用小竹篮盛着放在林子里,引来很多饿狗大饱口福。

夜半时分,乡野一片死寂,只有狗们争抢婴儿食物时的狂吠声在村子上空回响。

一条小路从沙岗穿过,这是村子通往镇子的必经之路。华年不敢一个人去镇子里看戏,就在村头等。有几个比华年大几岁的小伙子去看戏,华年想跟着去,这几个小伙子不想让华年跟,华年就远远地跟在他们后边走。他实在想看戏,尤其这是一部鬼戏,他不知道鬼长什么样,他想看看。

华年跟着那几个小伙子来到了镇里,戏台搭在镇中学的操场上。华年赶到时,戏台前早已是人山人海。村里的几个小伙子不知什么时候不见了，只剩下华年一个小毛孩子。

华年顾不了那么多了，先看完戏再说吧，等快唱完戏的时候，就在回村子的路口等，肯定有村子里看戏的人回去，到时候跟在他们屁股后边走吧。

华年就是这个主意。于是，他爬上一棵老槐树，树上其实已经或坐或站好几个人了。华年刚在树杈上坐好，就见戏台后走出来一个中年男子，站在台前对着立杆麦克风大声喊道："老少爷儿们，老少爷儿们，世界上并没有鬼，世界上并没有鬼……"

这人越这样说，下边起哄的声音越是大。其实，农村人很多是相信有鬼的，他们对这人的说法并不赞成。

至于这人以后说的啥话，华年已听不清了，因为观众席上的吵吵声实在是太大了。

那人回后台了，又出来两个年轻人，把唱戏的幕布拉上了。接着，幕布后的灯光熄灭了，旁边有人说："鬼，鬼要出来了。"

华年有点儿害怕了。

果然，等幕布拉开时，一片大森林出现了，有风呼呼地吹，黑影隐隐约约。随着一声声"噢噢"的怪叫传来，妖怪出来了，头很大，像箩筐那么大，绿眼睛像灯笼，妖怪伸出一尺长的红舌头，尖利的牙齿像杀猪刀。

观众们惊呼一片，有那大姑娘小媳妇的低头捂住了脸，再也不敢看。华年头皮一阵发麻，浑身长满鸡皮疙瘩。

妖怪双手托着一幅美女图，在戏台上转了几圈后，把美女图铺在地上，不知从哪里找来的毛笔，开始在美女图上描呀画呀，不久，像是完成了任务，妖怪又托着美女图在戏台上转了几圈，把美女图往身上一披，转眼间，妖怪变成了一个大美女,穿着紫红色的长裙子。

妖怪变的大美女长得真齐整,就跟天仙一样,她袅袅婷婷地在台上唱道:"人间二月风光好,千年老妖踏春来……"

以下的唱词华年记不清了,那时候还小呀,但是,能记住的就是最吓人的情节了:王生路遇美女,一见倾心,带回了家里。王生去赶集,遇到了一个道士,道士说看他的面相是被女鬼附体了,王生不信。后来,王生偶然看到他金屋藏娇的美女脱掉身上的画皮,铺在地上画呀描呀,方才相信这美女竟是鬼,是妖,于是急忙找道士求助。道士给了王生一个拂子,告诉王生,把拂子挂在门上,女鬼就不敢进门了。没想到,女鬼看到拂子后,先是犹豫不决,接着,怒目圆睁,毅然把拂子拔掉,扔在地上,还吐了一口唾液,还用脚狠狠地踩了踩,然后,来到王生跟前,女鬼的手指有筷子长,指甲尖利如锥子,明晃晃,亮晶晶,女鬼两手插进王生的肚子里,伸手掏出王生的心,哈哈大笑着放进嘴里"咯吱咯吱"地咬,鲜血染红了女鬼的嘴唇,淋淋往下滴……

华年吓得再也不敢看了,"哧溜"从树上滑下来,躲在人群中蹲下身子浑身发抖。

华年已忘记是怎么回的家了,但是,连着几个晚上,他都不敢独个儿到屋外茅坑里解手了。他总觉得有个女鬼如影随形地跟着他,他从此吓破了胆。

华年怎么也不相信,那么齐整的像仙女一样的大姑娘怎么会是老妖怪变的呢?他更不明白,王生一个读书人怎么那么糊涂,竟然会迷上一个吃人的女鬼。

这个问题,华年百思不得其解,一直萦绕于怀。但是,华年的胆却真的被吓破了,那个《画皮》中的女鬼形象从此在他心头挥之不去、如影随形……

第一章　遇见

锦瑟无端五十弦，一弦一柱思华年。

庄生晓梦迷蝴蝶，望帝春心托杜鹃。

沧海月明珠有泪，蓝田日暖玉生烟。

此情可待成追忆，只是当时已惘然。

那是十几年前的一天，准确地说是 20 世纪末早春二月的一天，华年正坐在办公桌前专注地看电脑，电脑屏幕上闪现出一幅七彩仙景图：白云生处，一位美丽的仙子低头不语，脚下，大片的薰衣草延展到天边；微风拂动，这浅紫色的花海如梦如幻；仙子长裙摇曳，纤纤玉手捧出一袭绢质的发黄诗笺，樱唇轻启，低声吟诵唐代诗人李商隐的那首著名情诗《锦瑟》。

华年上小学的时候，读到这首诗《锦瑟》，一下子就喜欢上了，就像一见钟情的恋人，那第一感觉最真实，也最深刻。

华年笔记本的扉页总是工工整整地抄录着这首《锦瑟》。有了电脑，他就把配有精美画面的《锦瑟》设置在电脑屏幕上。

其实，华年本不叫华年，但他姓华，于是他改名叫华年，就是因为《锦瑟》这首诗里有"华年"两个字。

华年看着电脑屏幕，跟着屏幕上的美丽仙子把《锦瑟》这首诗又读了一遍。他每天都要读这首诗，已经能够倒背这首诗了，但他百读不厌。他喜欢这首诗，是发自内心的喜欢，是前世有因的喜欢。他每读一遍，心就会沉静下来，灵魂就会飘浮到云端，想象着有一位仙女，像薰衣草一样的仙女，是紫霞仙子，是七仙女，从电脑屏幕上走下来，款款来到他面前。

华年随手从办公桌上拿起一盒烟，烟盒旁有火柴静静地陪伴。他摸出一根烟，放进嘴里，然后，擦亮火柴。

他不用打火机，他喜欢用火柴，喜欢这复古的动作和物件。尤爱这又粗又长的火柴棒。火柴燃过，火苗欢呼雀跃，像个神奇的小精灵。

华年点燃了烟，仰头靠在办公椅上喃喃自语："此情可待成追忆，只是当时已惘然。"

"华主任好！"

华年抬起头，不知什么时候，眼前真的出现了一位像电脑屏幕上的紫霞仙子一样美丽的女孩儿。

女孩儿身穿紫红色呢子大衣，里边套着洁白的高领毛衣，脖子围着一条浅蓝色小丝巾，下身是黑色铅笔裤，脚蹬黑色小短靴。

女孩儿长发飘飘，亭亭玉立，青春逼人。华年惊呆了，看傻了。

"华主任好！我叫锦瑟，我是来报到的。"

华年还没有从发呆中惊醒过来，他还在梦中，他不敢相信自己的眼睛，他使劲睁了睁眼睛，再看看电脑屏幕，眼前的这个女孩儿怎么跟电脑屏幕上的紫霞仙子那么相像？难道她真的是从《锦瑟》情诗里走出来的仙女吗？

似曾相识，终于相逢，这是在梦里，还是在前生？

"华主任——"女孩儿又喊了一声。

华年醒过来了，但他的脸红了。他低下头，再也不敢看眼前这个叫锦瑟的女孩儿一眼了。

锦瑟，对了，华年想起来了，这个女孩儿就是他们单位——春水县政府发展研究中心新招的职员锦瑟。

那是一个月前的一天，春水县政府发展研究中心新招的职员就要面试了。面试的那天早上，华年早早坐车去上班，路过春水桥。

春水桥是晚清时修建的石拱桥，桥面并排只能过两辆车。时光悠悠，路人匆匆，车轮滚滚，桥面的青石块被磨得又光又滑，石缝里长出了倔强的绿苔，桥两侧的石质栏杆斑驳不堪，栏板上雕刻的花饰也模糊不清了。

春水桥两边各有一棵北方常见的老槐树，这树也有年头了，树身很粗，两个壮汉才能合抱。老槐树的树干已经空了，树底有个大洞，据说里边藏的还有蛇。但是，经年的老槐树却依然繁茂。每到春天，槐花盛开，老槐树上满是细碎的白花，嘤嘤嗡嗡的蜜蜂飞来飞去，树下争相合影的人络绎不绝。那是老槐树最青春的时节，最幸福，也最热闹。人们都说，这两棵老槐树象征爱情，一个在桥这边，一个在桥那边，共饮春水，鹊桥相连，不离不弃,白首相随。

春水浩浩,流年似水,繁花落尽,现世安稳。春水桥像条蛟龙横卧在春水之上,见证着春水县的历史变迁,便利着春水人的南来北往。近年来,春水河上陆续修建了四五座现代化的崭新大桥,但春水人仍称这座古老的石拱桥为春水桥,春水桥早已成了春水县的标志性建筑,成了春水人心灵深处的桥。

而春水桥两头的两棵老槐树也被春水人尊称为神树。逢年过节,有人到老槐树下烧香磕头供奉树神,有些小年轻结婚时还要到老槐树下拍张结婚照呢。

由于春水桥地处春水县中心地带,每天车流不息,桥头还经常有那卖水果的小贩和一大早从乡下赶来卖自家刚采摘的蔬菜的农民,每逢上下班高峰就堵成了一锅粥。

这座桥是华年上下班必经之地,即使堵车,华年也愿意从这座桥上经过,一天看不到春水桥,华年就有些想得慌。

这天早上,当华年乘坐的小轿车在汽车、电动车、自行车和行人中间艰难挪动的时候,一个骑电动车的中年妇女突然一拐弯,电动车的车前轮碰到了华年乘坐的汽车左前方,电动车倒了,中年妇女摔倒在地,电动车后座上一个十来岁的小男孩儿也被掀翻在地。

华年和司机何勇都急忙下了车,华年拿出手机拨打了110和120,何勇则把那个小男孩儿扶起来,小男孩儿捂着屁股"哎哟哎哟"地站了起来,那个中年妇女却躺在地上哭起来。

华年来到中年妇女身边,关切地问道:"大姐,摔到哪儿了?没事儿吧?"

中年妇女只是哭,却不说话。

华年也没辙了,一个女同志,扶又不能扶,这可怎么办?

正在这时,一个穿紫红色呢子大衣的女孩儿骑自行车打这儿路过,见此情景,急忙下车,蹲到中年妇女身旁,轻声问道:"大姐,您咋了? 我把您扶起来吧?"

中年妇女说:"妹子,不关你的事儿,你走吧。"

华年只是扫了一眼这个紫衣女孩儿,便惊呆了,苗条的身材,白皙的肤质,清秀的脸,长长的睫毛,一双水汪汪的大眼睛忽闪忽闪,一对小酒窝若隐若现。

这个女孩儿怎么那么熟悉,似曾在哪里见过。华年突然一激灵:是……是在梦中!

就是昨晚,华年做了一个梦。他梦见昏黄昏黄的天空下,大地一片空蒙,眼前的世界静寂得很,没有任何人,没有任何动物,没有任何植物,只有华年一个人在漫天野地里走,华年也不出声。突然前边有一座石拱桥,好像有人说这叫奈河桥,华年不知道什么是奈河桥,他不敢走过那座桥,好像那座桥很不结实,随时都会塌掉。

华年在桥头犹豫不决,这时,桥上突然出现了一位紫衣女子,出落得花容月貌,笑盈盈地向华年招手,华年不由得跟了上去。果然,刚走上桥,桥便垮塌了,华年从桥上掉了下去,一直掉,一直掉,下边,黑咕隆咚,深不可测,华年向紫衣女子伸手求救,紫衣女子却长发飘飘向天上飞去。有人说,她是天上的紫霞仙子,是七仙女。

华年吓醒了，浑身都是冷汗，是天上的仙女，还是《画皮》里的女鬼？

华年不知道。

只那一闪念，辗转阴阳间。是梦中，是梦中，梦中的紫衣女子莫不就是眼前这位穿紫红色呢子大衣的美女？

不过，不像呀，眼前的这位美女是那么的清纯可人。她只是一个路人，看到眼前的交通事故，绝大多数人都会视而不见，多一事不如少一事，躲还躲不及呢，谁会管这闲事？可这女孩儿却主动停下自行车来帮忙，这是多么善良的一个女孩儿呀！也许，梦都是反的呢。

"大姐，您没事儿吧？需要我扶您起来吗？"女孩儿又问了一句。

华年在一旁静静地看着这个紫衣女孩儿，心想，这个女孩儿真是冰雪聪明，她帮人忙，但绝不盲目帮忙……

这时候，华年的司机何勇扶着中年妇女的儿子过来了。

中年妇女说："我没事儿，就是怕俺孩儿有事，他还要上学，我怕耽误他上学了。"

华年于是凑上来说："大姐，现在是上班高峰，你看桥上堵成啥了，估计一时半会儿交警和救护车来不了，孩子检查治病要紧，上学也不能耽误，你也需要到医院检查一下看有啥病没有，咱一刻也不能耽误，你要是相信我的话，咱现在不等交警和救护车了，我让我的司机把您和您的孩子送到附近的医院做个检查，该花多少钱我负责，你的电动车坏了我赔，然后把你的孩子送到学校，这样行吗？"

中年妇女问："你凭啥让我相信你？"

华年说："你要是不相信我，我可以给你钱，你自己去看病，你自己修电动车,行不?"

中年妇女说:"算了,看你像个老实人,不会骗俺,你领俺去看病吧。"

华年说:"我还要上班,我让我的司机何勇开车陪你们娘儿俩去,我把我的手机号留给你,你有事儿随时可以跟我联系。"

中年妇女说行。

华年打通了中年妇女的手机,中年妇女没有接电话,只是在手机里存了华年的电话号。中年妇女把电动车钥匙给了司机何勇,何勇把电动车推到桥头一处空地,锁上电动车,然后,扶着中年妇女和她的小男孩儿上了华年的汽车,开车走了。

只剩华年和紫衣美女了,两人四目相对,华年怦然心动,说:"美女,谢谢你,请问您贵姓? 能留个联系方式吗?"

紫衣女孩儿突然想起来什么似的,着急地跺跺脚说:"呀! 不好了,我还要参加面试呢!"

华年一愣,问道:"面试? 啥面试?"

紫衣女孩儿好像没有听到华年的问话,还是自言自语地说:"哎呀,不好! 我要参加县政府发展研究中心新招录人员的面试呢,这可咋办哪? 时间来不及了,我得赶快走。"

县政府发展研究中心新招录人员面试?

华年猛地一喜:县政府发展研究中心新招录人员面试,华年就是县政府发展研究中心主任,就是主考官哪,怎么这么巧? 华年刚想告诉这个紫衣女孩儿他就是主考官,可是,紫衣女孩儿已骑上自行车飞快地跑了。

华年心想,这个紫衣女孩儿,人漂亮,心地善良,梦里又早已见过面,花开两生面，人生佛魔间，看来真的与她有什么前世说不清道不明的缘分哪。罢罢罢，是福不是祸，是祸躲不过，即使千万劫，一世又何妨？这次面试说啥也得让她过，只是没有问出来她叫什么名字，等面试时，要好好认认人，不能让她错过这次面试机会。

华年打了个的到了单位，还好，没有耽误面试时间。华年一本正经地往主考席位上一坐，一门儿心思想着那位紫衣女孩儿。工作人员每喊着编号叫进来一位考生，华年都兴奋激动一番。见不是穿紫红色呢子大衣的女孩儿，他就有些失落。

男的，女的，男的，男的，男的……

华年有些着急了，莫不是那个紫衣女孩儿因为早上帮自己照顾那位中年妇女耽误了进考场？或者是女孩儿只是随口说说，根本就没有这回事儿？

华年心里七上八下，但是，他隐隐地感到，紫衣女孩儿一定会出现的，因为他相信梦境，他相信那个没来由的梦。

紫衣女孩儿终于出现了，并带来了一股薰衣草的味道。

十多位评委看到这个女孩儿都眼前一亮，刹那间，整个考场为之一振。本来嘛，评委们坐了大半天了，早已疲惫不堪，程式化的问题，格式化的回答，大同小异的考生，突然间出现了一位小仙女一样的考生，沉闷的气氛一扫而光。

女孩儿坐下后，落落大方地扫视了评委们一眼，她突然发现了坐在正中位置的华年，这不是早上遇到的那位坐小轿车的男子吗？他怎么会坐在主考官的位置上？

女孩儿惊得想叫起来，华年却对她使了个眼色，点点头，轻轻摆了摆手，女孩儿很快明白了，不再吭声了，只是看着华年笑了。

与君初相识，犹似故人归。一簇紫红，一抹粉白，惊艳了流年，温柔了岁月，就这样猝不及防地撞进华年的生活。华年恍惚中，突然间感到时光停滞，轮回无常，竟莫名生出几许恐慌和惆怅。

女孩儿回答得非常好，众评委交口称赞。加之华年不住地提示各位评委这位考生很优秀，因此，女孩儿毫无悬念地进入了随后的考察等环节，被顺利录用到了县政府发展研究中心，成了华年手下的员工。

后来，华年看报名表才对上号，这位紫衣女孩儿叫锦瑟。

不过，怎么这么巧呢？锦瑟，华年。

"锦瑟无端五十弦，一弦一柱思华年。"锦瑟来到华年身边，就是思念华年而来？就是为了这相识相逢？就是梦里的等待？就是前生的约定？

华年活到了33岁，终于等来了锦瑟。竟然真有叫锦瑟的？这是冥冥之中的情缘，还是转世轮回的安排？

"华主任，我叫锦瑟，我是来报到的。"

"噢，锦瑟，你怎么叫这个名字？"华年抬起头，语无伦次地说。其实，他早已知道了这个女孩儿的名字，早已在心里默念了几百遍锦瑟这个名字。

华年的心跳得更激烈了，他慌乱得不知所以，莫非真是他的小对头来了？真是他的小灾星降临了？

为了掩饰自己的窘态，华年取下右腕上的手表，两只手拨弄起手表来。在佯装给手表上发条的时候，华年又禁不住偷眼看了一下锦瑟。

"上小学时，我读到李商隐的《锦瑟》这首诗，就喜欢上了，就把我以前的名字改了，改叫锦瑟。"锦瑟低下头，嘤嘤地说。

"嗯，这个名字好，我叫华年。"华年又低下头，不敢看眼前的女孩子，因为他知道，只要他看她一眼，就会心跳更快、满脸通红，尴尬至极。

"我叫锦瑟，您是华年华主任，咱俩的名字真有缘分。"锦瑟歪着头调皮地笑了。

"嗯，是有缘分。你知道吗，我原来也不叫华年，也是因为读到李商隐的这首《锦瑟》，就喜欢上了，就把我以前的名字改了，改叫华年。"

"是吗？这么巧？"锦瑟惊奇地张大了嘴。

"对呀，就是这么巧，有时候世界上的事情真是奇妙得很哪。"华年说，"锦瑟，你知道李商隐这首《锦瑟》诗是什么意思吗？"

"不知道，反正就是喜欢。"

锦瑟说不知道，不知道她是真的不知道，还是不想说。其实，华年大学里学的是中文，他知道李商隐这首诗其实是悼亡诗，是怀念他的情人的。可是，锦瑟怎么会起这么个名字呢？莫非冥冥之中有什么不好的预兆吗？红颜薄命，莫非锦瑟是一个苦命的女子？

"那么，你喜欢李商隐吗？"华年试探着问道。

"嗯，喜欢。因为一首诗喜欢一个人。"锦瑟说。

"是啊，我也很喜欢李商隐，他是唐朝最有才气的诗人、最深情的男人、最落魄的仕人。他生前好友崔珏在《哭李商隐》一诗中曾评价他'虚负凌云万丈才，一生襟抱未曾开。鸟啼花落人何在，竹死桐枯凤不来。良马足因无主踠，旧交心为绝弦哀。九泉莫叹三光隔，又送文星入夜台'。李商隐活得那么抑郁那么不得志，可他偏偏又是个情种，他的感情生活又偏偏不顺利，中年痛失爱妻，除了《锦瑟》这首诗表述深情外，他还写下了《夜雨寄北》一诗，'君问归期未有期，巴山夜雨涨秋池。何当共剪西窗烛，却话巴山夜雨时'。"

"如果没有李商隐，唐朝的爱情将逊色三分，我还特别喜欢李商隐的两首《无题》诗呢。'相见时难别亦难，东风无力百花残。春蚕到死丝方尽，蜡炬成灰泪始干。晓镜但愁云鬓改，夜吟应觉月光寒。蓬山此去无多路，青鸟殷勤为探看。''昨夜星辰昨夜风，画楼西畔桂堂东。身无彩凤双飞翼，心有灵犀一点通。隔座送钩春酒暖，分曹射覆蜡灯红。嗟余听鼓应官去，走马兰台类转蓬。'"

"厉害，真是才女！"华年由衷地赞叹道。

"哪里啊，我只是有些小文青罢了。"锦瑟羞红了脸。

"那么，你肯定也喜欢李煜了？"

锦瑟点点头说："嗯，南唐后主李煜，千古词帝，那首《虞美人》真是千古绝唱，'春花秋月何时了，往事知多少？小楼昨夜又东风，故国不堪回首月明中。雕栏玉砌应犹在，只是朱颜改。问君能有几多愁？恰似一江春水向东流'。"

这时，华年抢着说起来："还有那首《相见欢》：'无言独上西楼，月如钩，寂寞梧桐深院锁清秋。剪不断，理还乱，是离愁。别是一番滋味在心头。'还有那首《浪淘沙》：'帘外雨潺潺，春意阑珊，罗衾不耐五更寒。梦里不知身是客，一晌贪欢。独自莫凭栏，无限江山，别时容易见时难。流水落花春去也，天上人间。'"

"华主任，这么说，你也肯定喜欢纳兰性德了。"

"纳兰性德？喜欢。他是清代第一词人，他生前就有家家争唱纳兰词之誉，只是他身在官场，却不肯流俗，跟我的性格很像啊。"

"是吗？"锦瑟忽闪着一双明亮的大眼睛不解地看着华年。

华年长叹一声说："这正如纳兰性德在《长相思》中所写的那样：'山一程，水一程，身向榆关那畔行，夜深千帐灯。风一更，雪一更，聒碎乡心梦不成，故园无此声。'"

"人生若只如初见，何事秋风悲画扇。等闲变却故人心，却道故人心易变。骊山语罢清宵半，泪雨霖铃终不怨。何如薄幸锦衣郎，比翼连枝当日愿。"

"锦瑟，你刚才背这首《木兰花·拟古决绝词柬友》是啥意思啊？"

"啥意思？异曲同工呗。"

"异曲同工？噢，聪明，聪明，果真是小才女。"

"说起纳兰性德，我觉得你会更喜欢另外一个诗人。"

"谁？"

"猜猜看。"锦瑟歪着头鼓着小嘴俏皮地说。

"我想想啊。"华年也歪着头想了半天，摇摇头说，"我脑子笨，一时还真想不起来呢。提示一下吧，肯定是男的。"

"对，按着猜。"

"深情忧郁的诗人？"

"有点儿接近。"

"李商隐，李煜，纳兰性德，这些都是官场失意人。啊，对了，只有仓央嘉措,对,仓央嘉措,是仓央嘉措,与纳兰性德同时代的仓央嘉措。"

"不愧是领导啊,就是有水平,懂那么多!"

"哪里啊?比你差远了。仓央嘉措贵为西藏之王,却有一颗不坠世俗之心,我是心向往之而不得啊。"

"呃,主任,那你最喜欢仓央嘉措的哪首诗啊?"

"哪一首?嗯——哪一首我都喜欢。"

"都喜欢?"

"是啊,都喜欢。"说完,华年情不自禁地吟道,"自恐多情损梵行,入山又怕误倾城。世间安得双全法,不负如来不负卿。"

华年背完这首仓央嘉措的《世间安得双全法》,锦瑟接着背道:"你见,或者不见我/我就在那里/不悲不喜/你念,或者不念我/情就在那里/不来不去/你爱,或者不爱我/爱就在那里/不增不减/你跟,或者不跟我/我的手就在你手里/不舍不弃/来我的怀里/或者/让我住进你的心里/默然相爱/寂静欢喜。"

华年笑了:"唉,跟你真是一见如故,说起话来就刹不住车。"

"嗯,我也有一种找到知音的感觉。"

"是吗?"

"是啊。"

"唉,其实,我身在官场游荡,心在天上徜徉,身边都是庸碌俗人,总想找到一个有共同语言的知己,可是,一个偏远的小县城,有几个像我这样不谙世事的文青啊?没想到,不经意间竟然碰到了你,真是三生有幸。"

"华主任,我也是这样想的,以后多找你汇报汇报,你可别拒绝啊。"

"咋会拒绝呢？跟你聊天，如沐春风，心驰神往，求之不得，我是有求必应，只怕你不肯不愿啊。"

"我愿意。"锦瑟羞红了脸。

华年点点头抿着嘴笑了，望着窗外，若有所思。

"呃，华主任，说点正事，让我干啥工作呀？"锦瑟打断了华年的沉思。

"噢，工作——"华年想起来了，是要给锦瑟找个合适的工作。华年早就想好了，让她到秘书股工作。秘书股就是县政府发展研究中心的办公室，负责处理日常办公事宜，在秘书股工作，跟华年接触见面的机会会很多。

"好，你先去秘书股吧，我让秘书股苗股长过来，让她领你过去，以后听她给你具体安排工作。"

"谢谢华主任。"锦瑟微微起身，满屋都是薰衣草的花香，甜甜的，幽幽的，令人神清气爽。

华年使劲嗅了嗅鼻子，他喜欢薰衣草，薰衣草虽是草，细细窄窄的叶子却开出了花，那紫色的花高贵典雅、清新自然、孤傲挺立，他想不到锦瑟身上竟带有薰衣草的馨香。

秘书股股长苗叶过来了，这是个三十刚出头的女人，虽已青春不再，却风韵犹存。她穿一件黑色的呢子大衣，里边套的红裙子上却是浓烈的大朵大朵的牡丹。

华年说："苗股长，我给你介绍一下，这是咱新招的硕士研究生，叫锦瑟，汉语言文学专业，让她到秘书股跟着你干吧，你把她安排好。"

秘书股股长苗叶斜了一眼锦瑟，说："小姑娘，不是通知你到秘书股报到的吗,怎么直接到华主任办公室了?"

锦瑟一脸茫然:"我想,我想报到不就是找主任的吗?"

华年说:"没什么,年轻人,毕业时间不长,社会经验少,不懂机关规矩,可以理解,再说,咱发展研究中心也没那么多规矩。"

苗叶不再说什么了,又瞪了一眼锦瑟,说:"走吧。"

锦瑟跟着秘书股股长苗叶怯怯地走了,临出门的时候,回头望了一眼华年,轻轻抿嘴,嫣然一笑,留下华年一个人呆呆地坐在办公桌前,再也无心工作了。

这是农历春分节气,这是东风浩荡、杨柳青青、莺飞草长、小麦拔节的仲春季节。南方的小燕子翩翩飞过来了,飞到了这座北方平原上的千年春水县。

春水县城北有座小青山,青山如黛;穿城而过的是一条春水河,春水如墨。没有繁华大都市的喧嚣,日子平淡如流水。小城的人们过着与世隔绝的悠然的生活,连走路都慢腾腾的,上班、劳作、吃饭、睡觉、喝酒、打牌,就这样温馨而甜蜜。

华年信步走到窗前,轻轻地推开玻璃窗,看看窗外蓝蓝的天,轻轻地吸了吸鼻子,无比的幸福和伤感……

与锦瑟同期考入县政府发展研究中心的,还有一个女孩儿、一个男孩儿,都是大学本科毕业生,虽然专业不一定都是文秘方面的,不一定与搞研究的单位对口,但是一个偏远的小县城想招录人才,别说是硕士研究生了,即使大学本科毕业生也是很难的,也就不能对专业方面要求过严了,否则,是招不来人才的。而且,这几个新招录的职员外形还都不错,现在单位招考,在面试环节,形象好的还都占光了,托父母的福呢。

华年因了锦瑟,打电话对秘书股股长苗叶说,晚上安排一桌饭,为3名新来的职员接风洗尘,举行个欢迎晚宴。

秘书股股长苗叶问华年都谁参加。

华年说,咱们县政府发展研究中心全体班子成员、各个股的股长,加上新来的3名职员。

苗叶说,华主任,几个小年轻,至于那么兴师动众吗?以前新招的人员,咱可没这规矩,你不怕人家提意见吗?我看,让陈大顺副主任参加,代表班子领导,再参加几个相关股的股长就好了。

华年说,这没啥一定,此一时彼一时,不就是吃个饭吗?

苗叶不语了,知趣地赶快联系饭店,通知参加饭局的人员。

县政府发展研究中心的班子成员全部出席了,各个股的股长也都到齐了,3名新来的职员坐在宴会桌的下方位置,紧张,局促。

华年坐在宴会桌的主位,锦瑟坐在了正对着华年的末位,华年有些不好意思了,锦瑟却落落大方。

华年是主任,等酒菜都上来后,华年致祝酒词。华年端起一杯酒,手却有些抖了。华年也奇怪,他也是在乡镇里当过副书记的,好歹也是见过场面的人,别管是千人的会场,还是开工典礼的仪式现场,还是迎接市县领导的宴会上,包括面对众多上访群众,他从未手抖过,可是,今天他为什么手抖呢?

华年是一桌的核心，大家的眼光都盯着他，他手抖的动作也瞒不过众人的眼睛。大家都奇怪，华年主任是很沉稳的一位领导呀，不爱说话，办事牢靠，不事张扬，怎么会手抖呢？

是啊，华年也看出了大家的怀疑，但他管不住自己的手抖，于是索性把酒杯放在了桌子上。他心里清楚，只是因为对面的锦瑟啊，锦瑟一双会说话的大眼睛看着他，他有些不好意思了，他有些心乱神慌了。华年说不上他这是怎么了，只因遇到一个人，只因一个女孩儿，他就像中了魔法，就像吃了迷魂药，从此将神魂颠倒、发痴发烧，昏了头、着了迷。

华年看着对面墙壁的一幅山水画，是那种街上的画廊里卖的不入流的画家的作品，但也是一幅画吧，黑白两色，再有山有水有渔翁，就够了。华年的心情平复多了，说道："今天，是我们县政府发展研究中心的大喜日子，我们又增添了新生力量，新来了3名职员，可喜可贺！来，咱们大家共同举杯，欢迎3位新同事的加盟，并为3位新同事庆贺！"

"干杯！干杯！"大家齐声说。

锦瑟没有端酒杯，她端起一杯白开水，秘书股股长苗叶不高兴了，说："锦瑟，今天是你们来的第一次聚会，华主任亲自参加，你不能不喝酒。"

锦瑟有些为难了，她看着对面的华年，不知说什么好。

华年说："好了，女孩子嘛，不喝就算了，咱们自己人在一起，喝酒随意，能喝就喝，不能喝就不喝，不必勉强。"

苗叶的脸色更难看了。

县政府发展研究中心的陈大顺副主任也看出端倪来了，他打趣地说：

"咱们华主任怜香惜玉呀。"

看透不说透，才是好朋友。有些事，只可意会不可言传，陈副主任一语道破，众人莫名地赔笑起来，其实大家倒反而很不自在。

陈副主任的话，华年听了不高兴。陈副主任是老资格的副主任，当副主任足有 20 年了。他眼看已经五十知天命之年了，再过两年就该到人大或者政协退二线了，眼看提拔没了念想，就窝着火，一有机会，就想冲人发泄一通，看谁都不顺眼，尤其看华年不顺眼。因为华年是一年前从乡镇党委副书记的岗位调到县政府发展研究中心当主任的，陈副主任就更不高兴了。他看不上华年，一则华年比他小那么十几岁，二则华年没有他的资历长，三则他自觉华年没有他的水平高。

所以，华年总是让着陈副主任，毕竟是资深老同志了，而且，县政府发展研究中心就是个边缘单位、冷门机关、清水衙门，没有实权，给人家办不成啥事，只是写个材料，行内人说是写材料的没材料，有材料的不写材料，所以没人搭理。老同志有些怨言，华年也理解。

酒过三巡，菜过五味，华年带头给大家挨个敬酒，兴致很高，虽然他的酒量不行，但人逢喜事精神爽，因此，喝酒也很爽快，只要跟人碰杯，他就喝个干干净净，不留一点儿尾巴。

陈副主任又开始话里有话了："华主任今天咋这么高兴呢？"

是啊，华年今天为啥这么高兴呢？华年自个儿也说不清，反正，就是高兴，是命中注定该高兴吧。

华年敬了一圈儿酒之后，刚要坐下吃口菜，秘书股股长苗叶主动站起来了，说："华主任，我想跟你喝杯酒。"

华年说："等一会儿,等各位副主任敬完酒之后,咱再单独喝。"

苗叶已经左手拿酒瓶右手端酒杯来到华年身边了。她把自个儿的酒杯放到餐桌上,先把华年的酒杯端起来,倒了满满一杯,看着华年,说："华主任,这是我的一片心意。"

大家看得目瞪口呆,陈副主任就坐在华年的旁边,说："是啊,苗叶是咱们的秘书股长,咱发展研究中心没有办公室,秘书股就相当于办公室,秘书股是个泔水缸,活儿不好干,幸亏苗叶苗股长是个女强人、女汉子。"

"打住,打住!"苗叶放下了酒杯,左手掌心向下,右手顶着左手掌,学了个交警示意停车的姿势,"陈主任,女强人、女汉子可是骂人的话呀,我要先罚你三杯了。"

"噢,不好意思,不好意思,苗股长是个女神、仙女,哈哈哈……"

"不行,陈主任,你要喝酒。"苗叶说。

陈大顺不好意思地挠挠头惭愧地说："好,听苗股长的,我喝,我喝。"

苗叶其实也是个大美女,姿色还是有的,虽生过孩子,但身材保养得很好,只是年纪稍大一点儿而已,只是脸上的褶皱悄悄地浮现而已,青春的风华已黯然溜走,一朵鲜花在渐次枯萎、凋谢……

陈大顺自罚了三杯酒,拿起餐巾纸擦了擦嘴,说："高兴,高兴。"

苗叶说："谁让你多嘴!"

陈大顺说："苗股长,我再也不敢了,不敢了。"

苗叶说："该华主任喝了,前有车,后有辙,按陈主任的路数走,华主任也要喝三杯。"

轮到陈大顺帮苗叶说话了,在这个问题上,他还是和苗叶保持高度一致的。

华年本不想喝,但他就是个心软的人,架不住苗叶的劝和陈大顺在旁边烧底火,只好喝了三杯酒,其实,这主要是他今天高兴,搁在平时,他是不喝这酒的。但是,华年喝了三杯酒后,苗叶还不依不饶,还非要和华年碰三杯酒。

华年有些不高兴了,这一切,没有逃过对面坐着的锦瑟的眼睛,锦瑟怯怯地站了起来,说:"华,华主任,要不我替您喝吧?"

哇,大家都兴高采烈起来,一齐看着锦瑟,锦瑟不是不喝酒吗?这不是英雄救美人,而是美人救英雄呀。

苗叶的脸拉长了:"小姑娘,好好好,你来喝吧。"

华年急忙对锦瑟摆摆手说:"别别别,锦瑟,不用,我能喝,我喝。"

陈大顺副主任站了起来,一挥手说:"啊,现在的小姑娘没有不喝酒的,小姑娘不喝酒,那早就 out(落伍)了,苗股长说是不是?"

华年面带怒容,但他还是有涵养的,并没发火。

苗叶径直来到锦瑟跟前:"来,小姑娘,你刚毕业一年,刚到机关上班,就有这份心思,前途不可限量呀。既然有这份心,就把这酒喝了吧,也别让华主任空欢喜。"

华年说:"苗叶,你今天发啥神经呀!主任们还没敬酒呢,你懂不懂规矩呀?"

苗叶说:"华主任,喝个酒还论什么规矩不规矩呀?你别天天板着个脸,就像谁欠你一样,我看你今天这么兴奋,我给你端杯酒错了吗?有些人他想跟我喝我还不跟他喝呢。"

陈大顺挥着手打圆场说:"华主任,苗股长是一片好意,她想活跃活跃气氛,这秘书股长当得称职,会来事儿,会来事儿。"

锦瑟也不吱声,从苗叶手里接过酒杯喝了个底朝天,酒刚下肚,就低头弯腰咳起来,白嫩的脸涨得通红。

华年也站起来了,说:"锦瑟,喝口水,别喝酒了。"

可是,锦瑟已经接过苗叶递来的第二杯酒喝了下去,紧接着,又像抢一样喝下去第三杯酒。喝完酒之后,就跑出去上洗手间了。

华年说:"苗股长,你这样做不合适,咱不能欺负人家小姑娘。"

苗叶娇嗔地白了一眼华年,说:"华主任,谁让你不喝酒呢! 不过,华主任好幸福呀,有人替酒,这主任当得美死了。"

华年说:"你少说两句吧,你的酒我是不喝了,你现在的任务是安生坐下来吃菜,让主任们分别进行一圈。"

苗叶不再坚持了,回到自己的座位上。于是,大家开始敬酒了,陈大顺先敬酒,接着是副主任贺一鸣,接着是副主任赵家柱,接着是几位股长,最后,轮到3位新来的年轻人敬酒了。这时,锦瑟也从卫生间回来了,她躲在那两个新来的同事后边。在那两个新来的同事说着肉麻吹捧的话的时候,锦瑟却一声不吭,只是站在人家的后边静静地听,好像这一切都与她无关,好像她就是天外来客。

锦瑟的一举一动,华年都看在眼里,华年有些心疼了。是啊,华年其实骨子里也是这种性格的,孤僻,忧郁,高傲,这是文青的性格呀,华年是中文系毕业的高才生,莫非锦瑟也是一个文艺女青年? 应当是的,不然的话,她为什么会喜欢《锦瑟》那首诗呢?

锦瑟呀锦瑟,你是天上的紫霞仙子,误落人间凡尘,你不该来到这酒肉世界,不该与这些庸碌的肉体凡胎搅和在一起。你应当是不吃饭不喝水的,应当只是在天上唱歌跳舞的,或者和仙女们打闹着玩儿的。你犯了什么天条,被贬到了这名利场? 你在这里生存,该吃多少苦,该受多少罪呀? 这不是你待的地方呀,你真可怜呀!

第二天,锦瑟到华年的办公室给华年送报纸的时候,华年问锦瑟昨晚喝多了没有。

锦瑟说:"华主任,我从来没有喝过酒,从小家人就告诉我,女孩子不能喝酒,女孩子喝酒容易被人家欺负欺骗。"

华年说:"那你为啥还要替我喝酒?"

锦瑟说:"我看你喝了那么多,我怕你醉了。"

华年说:"你怕我醉了,那你就不怕你喝醉了吗?"

锦瑟低下头说:"不知道,反正当时也不知道从哪儿来的勇气,就喝了。"

华年叹了一口气说:"你呀,外表柔弱,其实骨子里还是很有个性的。"

锦瑟说:"嗯,我妈经常说我是二百五,我也觉得我有点儿'二'。"

华年笑起来:"你不知道吧,我其实也有点儿'二'呢,咱俩二二得四了。"

华年又问锦瑟家里都有什么人。

锦瑟说:"父母在南方老家的城市做生意,开了一家小厂子。我姐弟三个,我是老二。上边一个姐姐,已经成家了,天天没心没肺的,守在父母身边,还有老公疼着,上下班车接车送的,啥家务活儿都是她老公干,她老公还帮她洗脚捶背,反正过得挺黏糊挺羡慕人的。我下边一个弟弟,正在读大学。"

华年笑了:"原来你还真是老'二'呢。"

锦瑟脸红了,娇嗔地瞪了华年一眼。

华年急忙打圆场说:"'二'好呀,'二'的女孩儿心眼儿少,单纯、善良、义气,人称'二姐',男人们都喜欢'二'的女孩儿呢,比那些心机女、腹黑女、'绿茶婊'强多了。"

锦瑟说:"就你会说。"

华年哈哈笑起来。笑完后,华年突然想起什么似的问起来:"锦瑟,你们家的条件不错呀,你是典型的白富美、白骨精呀,可是,我看你为什么总是那么忧郁呢?"

"我忧郁吗?"锦瑟反过来问华年。

"是啊,像昨天晚上咱们一起吃饭,大家都很活跃、很兴奋,只有你不说话,只是静静地听、默默地吃,好像孤家寡人。冒昧问一句,你小时候没有受过什么精神创伤吧?"

"没有呀,我也不知道我怎么那么孤独忧郁,可能是天生的吧。反正我骨子里就是这样,我的情商不高,我还爱读书,爱好文学。"

华年点点头笑笑说:"噢,原来如此,原来你也是个文艺青年哪。唉,文艺青年都是这样,艺术家都是,虽说是人间的精灵、高贵的楷模、纯洁的典范,但真的活得很累很苦呀,很多人还自杀了呢。"

锦瑟听了一激灵,把华年吓了一跳,华年立即知道说错话了,自杀? 怎么能说这种霉气的话呢？锦瑟会自杀吗？不会一语成谶吧？

华年赶紧解释说："其实呢，我大学也是学中文的，我身上这种文艺气质也很浓厚，太敏感了，很忧郁，我总觉得活得很痛苦，尝尽各种苦难。有时候我特别羡慕街上要饭的傻子，别看他们没吃没喝的，还经常被人打被人骂，但他们反应迟钝、没有知觉，用一句时髦的话说就是钝感力强，他们反倒感受不到痛苦了，他们还整天咧着嘴呵呵笑。唉，世界是最公平的，有得就有失，有好就有坏。不过呢，爱好文学也有好处，现在很多人没有精神支柱，我却在文学世界里找到了活着的意义和追求，我有痛苦了可以到那里倾诉，跟那里边的人对话、发泄，权当是精神麻醉吧，活得倒也挺充实、挺知足。"

锦瑟崇拜地点点头："嗯，我也是。我也是中文系毕业的，我喜欢静静地读书，在女孩儿里边我算是看书多的了，尤其是爱读文学方面的书。"

"怪不道你是气质美女呢，除了貌如天仙，关键是你读书多，蕙质兰心，内在的美势不可当啊。"

"哪有啊？华主任你过奖了，我只是一个普通女孩，根本没你说得那么好。"

"我没有刻意说你好，你是真的有气质，我觉得这跟你读书多是有关系的。我记得苏轼曾在《和董传留别》一诗中写道：'粗缯大布裹生涯，腹有诗书气自华。'人们都想成为有气质的人，特别是女人，气质美女最受推崇。可是，气质真不是装出来的，气质也不是钱堆出来的，气质还不是打扮和美容出来的，气质是自内而外散发出来的。真正有气质的人，举手投足之间，无不透露出一种高雅和高贵的气场，令人由衷赞叹。而有些人特别是有些美女,虽然外表似天仙,可是不敢张嘴说话,一张嘴就让人感到俗不可耐,没有修养没有涵养,让人大跌眼镜。而气质的修炼非一朝一夕之功,关键靠读书。只要读书多了,气质就出来了,高贵也就表现出来了,挡也挡不住。人们常说,爱读书的人不太坏,也从侧面说明了读书对人的滋润和涵养。从这个意义上说,读书不仅是谋生的手段,更是一种花钱少却持久的提质美容。"

"可是,现在有些人都说读书无用呢。"

"是啊,我其实早就发现这个问题了,特别是在春水县这个偏远的小县城,对正儿八经的大学本科毕业生其实还很排斥呢,更不用说你这正儿八经的硕士研究生了。我经常听有些人说:高分低能,读书啥用? 我听了之后就生气,就想跟他们论战。"

"我也有这种感觉。"

"说实在的,那些说高分低能的人纯粹是吃不到葡萄说葡萄酸。高分低能的人有没有呢? 有,肯定是有,但是,那只是个别现象,总体上来说,还是高分高能。教授不笨,博士生不傻,大学生也不低能,他们不缺书本知识,他们缺的是社会见识,他们混社会少了、晚了,所以,有时候看起来还不如那些过早进入社会的人。但是,一旦他们进入了社会,他们的学习能力、理解能力和反应能力会使他们后来居上,对社会的认识、适应和敏感绝对要超过那些过早进入社会的人。即使杀猪卖菜,上过大学的人一旦上了路,大多数也比没上过大学的人业务熟练干得好。现在已经进入了知识经济时代,那种靠坑蒙拐骗、投机倒把一夜暴富的时期已经过去了,以后拼的就是智商,靠的就是知识和技能,不读书,各行各业都难立得住脚。当然，书籍的海洋浩如烟海，有很多好书，也有很多垃圾书甚至是毒害人的书，而人的时间和精力有限，不可能什么书都读，也不可能读很多书。这里有读书先选书的问题和如何读书的问题，读什么样的书体现着一个人的能力和水平，也决定着人的不同性格和气度。但是，首先要读书，不读什么也谈不上。可是，现在很多人不读书，只看手机和电视，只是浅阅读和碎片化阅读。其实，既要浅阅读和碎片化阅读了解即时资讯，更要读一些有内涵有品位的书提升自己的知识水平和人文修养。"

"华主任，那你知道我最喜欢读哪本书吗？"锦瑟打断了华年的话问道。

"书那么多，我不知道你喜欢哪本。"

"我最喜欢读史铁生的书，尤其喜欢散文《我与地坛》。我第一次去北京，就自己一个人跑到地坛坐了老半天呢。"

华年若有所思地说："其实，我也喜欢地坛，就是喜欢地坛的安静。在北京，很多旅游景点人满为患，只有地坛非常安静，好像被世界遗忘了，就像我们的内心世界呀。地坛里的银杏树高大笔直，除了银杏树，地坛里的柏树最多，几乎全是柏树了，那古老的柏树遮天蔽日，整个地坛即使在炎热的夏天也非常凉爽，那里确实是怀古思远、安放心灵的好地方。特别是史铁生去了之后，地坛更有了新的含义。一个对生命绝望、对前途无助迷茫的人，他写地坛，他写出来的文字就像寒冷的冬夜挂在天幕上的一颗颗小星星，寥远，清静，明亮，洗练，淡淡的忧伤，那可都是大悲痛之后的大觉悟哇，确实令人动容，不经历过生死劫难的人，难以理解地坛和地坛里的史铁生。我现在还记得史铁生写的那句话：'两条腿残废后的最初几年，我找不到工作,找不到去路,忽然间几乎什么都找不到了,我就摇了轮椅总是到它那儿去,仅为着那儿是可以逃避一个世界的另一个世界。'不过,锦瑟,这我就不理解了,你为什么偏偏喜欢史铁生的文字呢? 你为什么那么喜欢地坛呢? 你是天上仙女,你应当喜欢天坛,你不应当喜欢地坛的呀。"

"刚才您不已经说出答案了吗? 这可能就是文青们天生性格使然吧。"

"嗯,有可能,不过,锦瑟,看到你,真的让人产生一种怜悯的感觉,真的让人心底好痛。"

"华主任,你是说我可怜吗?"锦瑟提高了声音说,一双好看的眼睛也兴奋了起来。

"是啊,不过我说的可怜,可是喜欢的意思呀。"

"噢,知道了,华主任。"锦瑟低下了头。

"你为啥不在父母所在的城市工作呢? 你来到这北方的小县城,孤身一人,多不容易呀。"华年换了个话题。

"我爱闯,喜欢一个人闯世界。"

"是吗? 就是有点儿'二'。"华年笑笑说,"不过,问你个私密问题,可以吗?"

"可以呀。"锦瑟看着华年,一脸的娇羞。

"找男朋友了吗?"华年微微笑着说。

"唉——"锦瑟低下头,长叹一声。

"怎么了?"华年问。

"说真的,我来这座县城,就是为了和我男朋友在一起的,因为一个人,所以爱上一座城,只想择一城终老,约一人白头,可是,唉——"锦瑟又叹了一声,接着说,"但是我来了之后,先是应聘到了春水县电信公司上班,我男朋友却和我提出分手了。"

华年有些愤愤不平了:"为什么呀?为什么呀?真是个不识好歹、鼠目寸光、狼心狗肺的家伙。像我们锦瑟,天仙一般,蕙质兰心,谁有这样的福气拥有我们锦瑟呀?如花美眷,共度流年,那可是八辈子修来的阴德呀。可是,竟然不要我们锦瑟了,这家伙,早晚有一天会后悔的。"

"我男朋友是春水县农村的,我们是大学同学,还是研究生同学。我这人非常固执、痴情,我要是爱上一个人,会爱他一辈子,谁都动摇不了我。我上大学、读研究生时,追我的男生可多了,但我都不为所动,他们对我再好,我也不动心。后来,研究生毕业了,他要我跟他到春水县来,我就来了。其实,我父母已经给我在老家找好工作了,但是,为了他,唉,不说了。"

华年摇摇头,叹了一声……

"怎么了?华主任,你叹什么气呀?"

"没什么,谁能拥有你,那是千年修来的福分呢。不知道这个世界上谁能有这么幸运,谁能配得上你。"

"华主任,其实我只是个普通女孩儿,还谁能配得上我,现在人家就把我蹬了呢。"

"唉,在我眼里,你就是仙女,只能说你那个男朋友有眼无珠罢了。"这个话题太伤心了,华年转而问道,"锦瑟,我看你的档案好像是1973年出生的吧?"

"是呀,我是1973年农历三月十六出生的,华主任,你啥时候看我的档案了?"锦瑟昂起头大胆地看着华年问。

华年羞红了脸,他不敢直面锦瑟。看到锦瑟,他就脸红心跳。华年工作这么多年了,见过的漂亮女孩子其实真的不少,但真正让他动心的却不多。不是这些女孩子不漂亮,而是华年很挑剔,他的眼光很高,他喜欢的女孩子一定是超凡脱俗,一定是气质不凡的,不像一些女孩子,漂亮是漂亮,但就是不能张口说话,一张嘴,便是粗俗不堪,真让人好生叹息。

华年说:"傻丫头,这是政治常识呀,当领导的,单位新进人了,肯定要了解情况呀。如果是新调来的领导,还会把大家的档案都调过来挨个看看,熟悉熟悉情况呢。"

"噢——"锦瑟好看的眼睛眨巴眨巴,她是一个多么聪明的女孩儿呀,一点就透。

正在这时,秘书股股长苗叶推门进来汇报工作了,看到华年和锦瑟相对而坐,谈得正欢,说:"锦瑟,那份会议通知让你打印,你打完了吗?"

"噢,不好意思,苗股长,我抓紧去打。"

"小姑娘,工作可是第一位的哟,不能只走上层路线呀。"

苗叶白了一眼锦瑟,锦瑟知趣地站起来:"华主任,还有什么事吗?"

苗叶说:"华主任有什么事就通知我了,你不用多操心了,不懂规矩!"

华年打圆场说:"苗股长,年轻人嘛,时间长就好了,我看锦瑟挺懂事儿的。"

锦瑟倒退着身子小碎步离开了,轻轻地带上了门。

苗叶把一份领导批示件递给了华年,说:"华主任,给你汇报个工作,县政府牛长耕县长在一份杭州市加强卫生城市建设的政务信息上进行了批示,要我们发展研究中心去杭州学习考察,提出春水县加强卫生城市建设的意见建议。"

"啊,好啊,这是好事儿,是民生工程呀,我觉得早就该这样办了。我看看,咱要认真研究研究。"华年兴奋地说。

第二章　听风

　　锦瑟来两天了,华年失眠了两个晚上。

　　第一个晚上,华年喝了酒,虽有激动,虽暂时兴奋难以入眠,但酒力威猛,华年终沉沉睡去,倒不觉长夜漫漫。

　　第二个晚上,华年辗转反侧,感受到了夜的黑和夜的长。妻子桂枝,却睡得很香。桂枝是别人介绍和华年认识的,那一年,华年刚大学毕业,虽然工作单位还算不错,在党政机关上班,但是,在介绍对象时,别人一打听是农村出来的,家里又穷,就打退堂鼓了。

　　很多女孩子都是在介绍过程中就把华年给否了,华年真正见面相亲的次数是少之又少。所以,当桂枝和华年见面的时候,华年已不抱多大希望了。桂枝是小县城平凡家庭的女子,但长相还算是漂亮的。不是一家人,不进一家门,桂枝和华年只见了一次面,就再也分不开了。华年相信了缘分。虽然华年和桂枝不是青梅竹马,卿卿我我谈恋爱的时间也不长,也就半年时间吧,两个人便在噼里啪啦的鞭炮声中结了婚。

没有生死之恋,但已相濡以沫,坚韧的时光将亲情打磨成了爱情。既然牵了手,无法再回头,在尘世的屋檐下,在万家灯火中,家的馨香在柴米油盐中袅袅升腾。

只是,在闲暇时光,在华年的感情世界里,清脆竹笛也曾轻轻吹响,漫天纸鸢不时牵出刻骨铭心的过往。

只是,在生命的渡口,有过惊鸿一瞥的风景,蒹葭染,笑意浅,雪千重。

华年上高中的时候,遇到过一个女孩儿,是同桌。那时候不懂爱情,一个是懵懂少女,一个是腼腆少年,两人只是互换过礼物,你送我一个笔记本,我送你一支钢笔。

下课的时候,两人因为是同桌,华年把头偏过来,女孩儿把头偏过去,两人的头几乎贴在了一起。

同学看到了,有人开始起哄。老师知道了,把华年叫了去,问,你有心事了?华年不懂什么叫心事,说没有。老师没再多说,只是说,该高考了,要以学习为主。这话,华年听懂了。是啊,农村的孩子,只有考学一条出路,那是全家人的希望所在,必须忘掉一切,好好读书,毕竟,书中自有颜如玉,书中自有黄金屋。

高考过后,就各奔东西了。

高中时候的孩了,那不叫恋爱,只是好感,没必要大惊小怪地当真。

到了大学,大家都蠢蠢欲动想谈恋爱了。但是,能谈恋爱的也只是少数,因为大学里男多女少。

华年是中文系的高才生,又是校学生会干部,经常在报纸杂志上发表一些诗歌、散文、小小说等文学作品。华年长得也不赖,还倒真吸引了不少女孩子。

只是感情这东西,不是说来电就来电的。你爱别人,别人却不一定爱你;别人爱你,你却不一定爱别人。大家都说好的女孩儿,你却不一定喜欢;大家都说不好的女孩儿,你却痴迷不已。

新闻系一个小师妹,法律系一个小师妹,经常有事儿没事儿找华年。这两个小师妹其实长得挺漂亮的,都是个子高高,身材瘦瘦,皮肤白白,五官很精致,说不上校花,但绝对属于系花级别的。

同宿舍的那些饿死鬼托生的哥们儿看到美女来找华年了,大呼小叫,但华年很不屑地跟人家说两句话就把人家打发走了,这让同宿舍的那帮穷小子很受伤,羡慕嫉妒恨,直想上来围住华年暴揍一顿。

但是华年就是对两个送上门来的小师妹不来电。华年不喜欢那种标准漂亮的女孩儿,他喜欢那些有气质的与众不同的女孩儿,他尤其喜欢那些文静、腼腆、纯朴的女孩儿,那种有些忧郁气息的女孩儿,他更喜欢。

华年喜欢上了经济系的一个女孩儿,女孩儿叫莹莹,虽然个子也不低,但是五官长得一般,而且面色总是蜡黄,病恹恹的,听说好像是有胃病。华年其实喜欢的就是林黛玉的那种类型,莹莹就是。但莹莹已有男朋友了,是她的老乡,一个县的,高中时候就谈的,她的男朋友在外地上大学,两人鸿雁传书,已私订了终身。

华年虽然很优秀,虽然很喜欢莹莹,莹莹也很喜欢华年,但华年的喜欢和莹莹的喜欢不是一条道的,华年的喜欢是爱,而莹莹的喜欢是好感,两人的感情线可能永远无法交织,注定渐行渐远,成为生命中的过客。

校园里高大的梧桐树黄叶纷飞,那些人,那些事,那些一齐走过的青葱岁月,都如叶落一般,尘归尘,土归土。

所有的记忆都放入青春回收站吧,那些邂逅的风,那些相思的雨,渐渐在唯美的旧梦里平息,清瘦了泛黄的记忆,绚烂成一季花语。

华年最终没有收获爱情,华年没有尝过爱情是什么滋味。

爱情这东西,可遇不可求,就是在撞大运。有运气的人,一辈子会碰上很多次爱情,但更多的人,一辈子不知道什么叫爱情。

什么叫爱情呢?就是我深深地爱你,你深深地爱我。可这概率太小了。更多的时候是你爱我而我不爱你,我爱你但你又不爱我。能够两个人同时相爱,那是多么不易和幸运!

华年大学毕业两年后就结婚了,风华褪尽,转眼已经 33 岁了,到了七年之痒的年龄。虽说现代人是那么的开放,且不说客户利益之恋、老同学回暖之恋、办公室日久生情之恋,没这种机会和渠道的那么多不甘婚内寂寞的男男女女,也发展婚外情,暗香浮动,意乱情迷,婚姻的围城摇摇欲坠。

华年却不为所动,他即使上网看电脑,也是关注新闻时事、浏览历史知识、查阅未来科技,他总说自己老了老了,在感情的世界里,他已经心如止水、静如枯木、落叶缤纷、意境凄凉了。

也许是命中注定,也许是机缘未来,其实,华年有的是充分的出轨条件和不安分的资格,华年长得是挺帅的,这也是遗传基因,华年的父母都是十里八村公认的好看的人,那时候不时兴说帅哥、美女,只是说长得齐整。

华年多次碰到一些陌生的女孩子或者少妇对他暗送秋波,女孩子比较害羞,即使喜欢华年,但也只是红着脸多看几眼,并不说什么。那些结过婚的少妇，看见华年，不少人都当面大惊小怪地说，呀，这小伙子咋长这么帅呀。

是的，华年的帅不是五官长得特别标致的那种，他是那种帅得让人怦然心动，让人欲罢不能，是心灵上的震撼，是那种说不出来的味道。

华年是一个有情感洁癖的人，他不是随便哪个女孩子或者少妇都来电都有感觉的人，他的眼光高得很，很多人他看不上眼，如果他看不上眼，他绝不会跟她们有什么来往，更别提肉体上的接触，那对于他来说，比杀他都难受，他绝不会答应。

是啊，爱情是有条件的，爱情只是奢侈品，爱情是富人的专利，是可遇不可求的天赐之福。有时候想想，活着本就不易，何谈什么爱情？爱情不是生活的全部，过日子才是最真。没有爱情，也不用觉得很亏，更不用觉得很冤。想想自己的小出身，如果不是伟人邓小平恢复高考制度，如果不是考上大学，他华年能有今天吗？其实，像华年这样的贫困的农家子弟，能考上大学，能找个体面的工作，谁不打心眼里感激邓公呢？

"少小须勤学，文章可立身。满朝朱紫贵，尽是读书人。""朝为田舍郎，暮登天子堂。将相本无种，男儿当自强。"在父母的谆谆教诲下，华年拼了命地学习。寒冬夜深，华年还在挑灯学习，鸡鸣三更，华年又早早从被窝里爬了起来。三伏暑天，那时连个电风扇也没有，华年挥汗如雨，不敢稍作停歇。村里有放电影的，大家都兴高采烈去看电影了，华年却一个人在屋里读书。三分靠运气，七分靠打拼，苍天不负有心人，华年终于考上了大学，通过读书摆脱了贫困，走出了乡村，来到了城里，成了政府职员。

不是高考，不是拼命读书，他华年不也像那些光屁股长大的发小一样，在城市的屋檐下,穿一身又脏又旧的衣服,蓬头垢面,提砖掂瓦,做苦力,当民工,过着下层人的生活吗? 也许能娶上老婆就不错了,有个暖脚头的就烧高香了。还管什么爱不爱的? 哪有挑选的余地和可能呀?

爱情与华年无缘,就像华年没机会住别墅、没机会坐豪车、没机会当大老板发大财一样,华年就是一个小人物,小人物要有小人物的生活标准,要求太高了,不现实,不可能,徒增伤感。所以,有妻桂枝在身边,相依为命,患难与共,华年已知足了。

再比比老家的人,有的娶不上老婆,就想办法换亲,就是把自己的姐姐或妹妹嫁给别人做老婆,而把别人的姐姐或妹妹娶回来做老婆。还有转亲的,就是把自己的姐姐或妹妹嫁给别人做老婆,别人的姐姐或妹妹再嫁给另外一人做老婆,另外一人的姐姐或妹妹再嫁给自己做老婆。拐这么大个弯,可能只是不想太尴尬吧,不想太难为情吧。还有那没有姐姐、妹妹的,就跑到公路上或赶集去,遇到那些傻女人,连哄带吓地带到家,拜拜天地就成亲了。即使这样,还有那运气不好的,连傻女人也搞不到手,就只有打一辈子光棍了。

天底下没有多少夫妻真正拥有爱情。而且,爱情也像一朵鲜花,有保鲜期,随时会枯萎;爱情只是七彩肥皂泡,属于易碎品,在现实的空气中很难长久。多少甜甜蜜蜜、恩恩爱爱的小夫妻,结婚头几年,还耳鬓厮磨、卿卿我我,但要不了几年时间,就开始冷战争吵,水火不容。多少人相伴一生,其实不是靠的爱情,而是亲情、温情,日久生情。

所以,华年认命了,他不想爱情,更没有想过与谁发展婚外情。

但是,锦瑟的出现绝对是个小概率的意外事件。在华年33岁这个年龄,天上掉下来个锦瑟,华年不知是福是祸。26 岁结婚,现在 33 岁,正好七年之痒,正是人生的一道坎,是多事之秋,锦瑟却在华年 33 岁时在华年七年之痒时来到了身边、闯入了生活,华年心里十分忐忑。

一颗石子掉进了平静的湖面,使沉寂多年的湖水泛起了波纹,不,确切地说,是一石激起千层浪。

所有的邂逅总是没有预期,相逢好似初相识,未曾相识已相思。

仅仅是一个女孩儿吗?不是呀,她为什么叫锦瑟呢,好像就是为他华年而来的啊?她那天仙般的容颜、高傲的气质、忧郁的性情,不正是华年的梦中情人吗?莫非华年此生也有幸遇到了爱情?

只是,只是这一切为什么来得这么晚?

多年来,华年静守红尘,山一程,水一程,任花开花落、潮起潮涌,斑驳了青春,苍老了光阴,可刹那的遇见,所有的固守和坚持轰然倒塌,被时间辗轧的爱情忽如一夜春风来,千树万树花盛开。

只是,只是君生我未生,我生君已老。命运为什么这么捉弄人?若无情缘定终生,何必相识又相逢?

风来了,风乍起。

来自春天旷野里的风,吹皱了一池春水,带来了春的消息。

第三章　天堂

最忆是江南,天堂在杭州。

烟花三月,华年带队外出调研杭州市卫生城市建设工作,这是杭州最美的季节。

一行人的名单让华年颇费周折,因为谁不想在这花开的时节到天堂转一转呢?

锦瑟自然是第一位考虑的,华年一定要带着锦瑟。

苗叶也是要带的,因为苗叶是秘书股股长,秘书股股长相当于县政府发展研究中心的办公室主任,出门在外,不带办公室主任,说不过去。虽然华年并不喜欢苗叶,但苗叶是上任发展研究中心主任安排的干部,华年也不好说什么,只能暂且使用,但有些机密的事情,华年却是不告诉苗叶的,但像这出去学习考察,如果不带苗叶的话,面儿上说不过去。

县政府发展研究中心排在第一位的副主任陈大顺,不带他去,因为他分管秘书股和机关党委、财务室，不管具体业务，所以不用带他去。

另外两个副主任贺一鸣和赵家柱，贺一鸣分管城建股，按理就应带上他而不是赵家柱，同时，城建股股长皮实也要带上。

一行五人，三男两女，先是在杭州一个郊县考察了两天，又是座谈，又是参观，又是宴请。当然，宴请简单多了，只是吃饭，不喝酒，华年也喜欢这样。其实，在官场上，现在喜欢喝酒的人有几个呀？大部分人都是没办法才喝酒的，都是为了工作为了友谊为了办事才不得不喝的。现在党纪管得严，不让喝酒，华年打心眼里衷心拥护，终于能找到一个不喝酒的正当理由。

学习考察结束了，是个周末，要是以往，华年就带队回去了，他不爱在外边转，他喜欢工作，不喜欢游乐。但是，他问锦瑟来过杭州没有，锦瑟说没有，于是华年决定不回去了，他要带锦瑟在杭州转一转。当然，旅游的费用都是自费，不用公款。

那天，杭州落雨了，江南雨水多，锦瑟更喜欢，她说，这是上天赐她的礼物，她梦中就想到西湖看雨，看那空蒙和氤氲，白娘子、青蛇、许仙、法海、雷峰塔和断桥……

那天，锦瑟穿了一身红色运动装，也不打伞，就在西湖边的河堤上蹦呀跳呀，踩青石板上的水泡泡，一双如玉纤手伸出来接天上的雨丝，任凭细雨打湿了她的长发。

一行人打着伞在雨中漫步，锦瑟在前边疯，其他人都跟着华年走。

华年对苗叶说："去给锦瑟送把伞吧，虽说是春天，但天还有点儿冷，小姑娘家，看淋成啥样了，别冻感冒了。"

苗叶说:"没事儿,华主任,您就别怜香惜玉了,小姑娘家身体结实着呢,哪像我,年龄大了,不吸引人了。"

副主任贺一鸣对城建股股长皮实说:"去,华主任说了,去给锦瑟送把伞。"

皮实和华年同岁,也是 33 岁,毕业后当了几年教师,后来考到了县政府发展研究中心。皮实个子中等,大头大脸,吃得特别胖,有 180 多斤,走路都很困难,一走路,总是像个鸭子一样,两只手往外摆,身上的赘肉不停地抖动。要是让他拿把伞追上锦瑟,真有点儿难为他了。

但是,皮实确实名副其实,皮实得很,是个好脾气,无欲无争,啥事儿都不往心里去,啥事儿都能想得开,吃得香,睡得香,总是乐呵呵的,典型的乐天派,有人叫他"弥勒佛",也别说,长得真有点儿像,他是没出家当和尚,他要是出家了,佛缘十足。

所以,贺主任既然发话了,别管这是多大的困难,皮实也要完成任务。

他一手撑把伞,一手拿把伞,跑了两步,就开始气喘吁吁了。好在皮实笨人有笨法儿,他大声喊叫锦瑟的名字,锦瑟回过头来,于是,皮实紧赶慢赶追上锦瑟,弯着腰喘了半天气,才缓过劲来,说:"给你把伞。"

锦瑟摇摇头说不要。皮实说:"是华主任让给你送的。"锦瑟这才接过了伞。

锦瑟打着花雨伞,行走在西湖烟雨中,摇曳多姿,移步轻盈,就像天上的紫霞仙子。

洇染的水墨,氤氲的湖面,悠长的柳丝,缱绻的三月,明媚的锦瑟,这一切让华年如痴如醉。

华年想起了白娘子,华年想落泪。华年其实对西湖情有独钟。华年的父母嗓音都很好,父亲会吹笛子,还会拉二胡。漫漫冬夜,北风呜咽,孤寂寒冷,华年本就怕黑,怕黑夜里突然出现一个女鬼破门而入,所以,他蜷缩在被窝里,吓得不敢睡觉。当父亲拉二胡的声音飘起来了,当母亲和着二胡唱起了《白蛇传》的选段,华年才安心了,才在悠然的唱腔和二胡声中甜蜜入梦。

每次来西湖,华年总要泪眼婆娑。特别是望着影影绰绰的雷峰塔,雷峰塔下压着白娘子,雷峰塔终于有倒掉的那一天,而白娘子却不知何终。

回想起童年往事,华年悲从中来,泪眼迷蒙,就像这西湖的雨,随着春风摇摆,打湿了水面,伤感了多少故人。

"华主任,下这么大的雨,咱找个地方躲一躲吧。"贺一鸣副主任说。

"就是,咱都七老八十的人了,哪能像那二十五六的小姑娘一样卖弄风情哟!"苗叶说。

华年其实也不想在雨中漫步了,那的确是年轻人的专利,一个年龄段的人有一个年龄段的爱好和情趣,比如说小孩子就爱看童话书,大人们肯定不喜欢;年纪大的人喜欢听戏,而年轻人就不喜欢。

华年已过了而立之年,激情早已像潮水退却,生命早已波澜不惊。在细碎的时光中静听灵魂的声音,岁月在指尖间不经意地流淌,华年很享受这种静好的生活。

是锦瑟撞开了他久闭的门扉,唤醒了他沉睡的青春,他不知是福是祸,不知这仙女下凡一样的锦瑟,突然来到他的面前,是要成为害他的女鬼,还是要做爱他的女神。

反正，华年一心迷上了这个小姑娘，华年也十分纠结，他已老了，已结婚了，而锦瑟才26岁，他们相差7岁，一切皆不可能，一切皆不可能，但华年管不住自己的思绪，管不住自己的心跳，管不住自己的行动。他知道，他完了，他可能真的遇到灾星了，一个小姑娘，一个夜半坟地里爬出来的女鬼，好像小时候曾经看过的那出戏《画皮》，女鬼哭哭啼啼，来到了华年身边。

华年小时候看《画皮》，好生奇怪，王生怎么可能迷上一个女鬼呢？他一直百思不得其解，但现在他突然理解了，明白了，就像眼前的锦瑟，即使她是女鬼，即使明知她是女鬼，他也会义无反顾地爱上她，即使道士好言相劝，但他执迷不悟。

华年想起了多少次梦到的那些情景。人几乎每天都要做梦，但大多数梦境杂乱无章，其实没有什么意义，有些梦却真的意味深长，让人记忆犹新、终生难忘。那次梦里，他站在奈河桥头无助地彷徨，是紫衣女子在向他召唤。那是小时候看过的《画皮》的情节呀，锦瑟真的是从大森林里钻出来的千年老妖吗？真的是从古墓荒坟里爬出来的女鬼吗？

遇见就是诱惑，相逢就是爱恋。

华年仿佛听到了古老希腊神话传说中塞壬岛上女妖的美妙歌声，那蛊惑人心的美丽女子融化了华年冰冻多年的理智和道德，女妖长发飘飘，腰肢舒展，眼含泪水，轻声呼唤，华年多想像奥德修斯那样让人用绳索捆住自己的手脚穿过这片大海，多想抑制欲望远离这美艳的女妖，但是，他做不到，没人捆他的手脚，也没人用石蜡封住他的耳朵，没人用又厚又宽的黑布蒙住他的眼睛。他还是凡夫俗子，他还没有修炼到家。只为惊魂一瞥，刹那电闪雷鸣,他像发狂一样爱上了锦瑟,爱上了这个小他 7 岁的姑娘……

华年没有了一点儿免疫力,这,可能就是爱情,就是一见钟情,就像那上辈子的孽缘,偶遇在滚滚红尘,即使被女鬼剜心喝血,即使丢了小命,也不回头。

我生君未生,君生我已老。

我恨君生迟,君恨我生早。

我生君未生,君生我已老。

恨不同时生,日日与君好。

…………

为什么在这错误的时间相逢?既然难爱,如何又相逢?这就是命运在捉弄人,不就是一场灾难、一场红尘劫吗?

华年迷上了锦瑟,所有的理智、责任、担当,所有的多年修炼,那种官场的修为,一切的一切,轰然倒塌,华年重新回到了青春焕发的时光。

明知不可能,已无他路行。

这是前世欠下的情债,需要一生才能偿还。

所以,华年还是要跟在锦瑟后边走。虽然他也不想在这雨中漫步,更不想扫大家的兴,但是,为了锦瑟,他还是要走下去,他要看着锦瑟,他生怕锦瑟孤单,生怕她有什么意外和闪失。

见华年不吭声,一直就那样不紧不慢地跟在锦瑟后边走,大家也没啥可说了,也只好陪着走下去。

春雨越下越大了,越织越密了。江南的雨轻盈空灵,似雾似烟,如梦如幻,平平仄仄,青幽了春草,翠绿了远山,润染了苍苔,芳菲着心情。华年他们虽打着伞,但裤腿却都被雨打湿了,鞋子也浸了水,一脚下去,湿漉漉的,别提多难受了。

众人都有些怨言了,华年还是不吭声。他就是这样依着锦瑟,只要锦瑟不停步,他就不停地跟着走。

锦瑟走到断桥边了,锦瑟站在了断桥上。

这是白娘子等许仙的地方,是和许仙初次相见的地方。一个是人,一个是仙,既然没有情缘,何必断桥相见,误了多少风尘,伤了多少离人泪。

华年到西湖来过多次了,每次来,走过断桥,就忧伤长叹。这平平凡凡的一座桥呀,如果架在其他地方,没人会注意它的存在,但是,在西湖边,在雷峰塔下,断桥却成了相思桥、别离桥、伤心桥。

苗叶开始发牢骚了:"这小姑娘,一个破桥有什么好看的,还真站在那儿不走了?!"她要追上锦瑟,让锦瑟不要再这样走下去了。

华年制止了苗叶:"苗股长,咱们都老了,年轻人有年轻人的爱好,咱们就不要打扰她的兴致吧。"

"什么? 华主任,你嫌我老了?"苗叶有些恼羞成怒,索性把伞歪在一边,任雨落长发,扭头质问华年。

"噢,不不不,苗股长我不是说你的,我是说我老了。纯属用词不当,用词不当,不好意思。"华年知道说错了,女人嘛,啥都不怕,就怕别人说她老。男人三十一枝花,而女人三十豆腐渣,女人过了三十,就该走下坡路了,再化妆再美容也留不住容颜了,也成了枯枝落叶,一片苍凉了。

好男不跟女斗,在男人主导的官场上,女人确实占优势,一般情况下,女同志办个啥事儿都要顺当些,而一旦女同志犯了错误,男领导们也不会跟她们计较那么多,有的女同志甚至还敢跟男领导当面顶嘴,就像刚才苗叶跟华年顶嘴一样,男领导都不会放在心上,毕竟是女同志嘛,弱势群体,照顾对象。

华年也确实觉得这样一直走下去大家有些怨言,真有些不好意思了,于是,他说,我给大家讲个笑话吧。反正华年长期在基层工作,肚里装了不少基层的新鲜事儿稀罕事儿。

副主任贺一鸣不吭声,城建股股长皮实,吃得怪胖,脑子倒不笨,外表忠厚,内心精明,他很懂华年的心思,连说"好好好"。

华年给大家讲了一个笑话,说有个美女嫁了个丑男,有人就问她为什么要嫁个丑男呢? 美女说,就他睡觉不打呼噜。

当时大家没有反应过来,没多久便都笑起来。

正在这时,华年突然看见前边的锦瑟在断桥上捂着肚子蹲了下来,一把绢伞也扔到了一边。

华年顾不得讲笑话了,大步跑了过去。

只见锦瑟面色苍白,脸上细密的汗珠沁了出来,和着雨水挂满了清秀的脸。

"怎么了,锦瑟?"华年急切地问。

"华主任,真不好意思,我的胃不争气,我的胃病又犯了。"锦瑟有气无力地说。

"苗股长,快去拦一辆出租车,就近找个医院或者诊所。"

"好吧。"苗叶不情愿地找出租车去了。

"锦瑟,来,让我背着你,前边有个小亭子,咱们先找个地方避避雨。"

"不用麻烦你,华主任。"锦瑟挣扎着想站起来,但是,努力了一下,又"哎哟!哎哟!"地蹲了下去。

"要不让我背吧?"皮实说。

华年瞪了他一眼,皮实立刻明白了,转身闪到了一边。

"傻丫头,别逞强了。"华年说完,把伞递给了副主任贺一鸣,然后蹲了下去,示意锦瑟趴在他的背上。

锦瑟还是不肯:"华主任,我这胃病时间长了,我随身带的有药,吃几片药,过一会儿就好了。"

华年生气了:"快点儿,听话,再不听话我就要批评你了。"

副主任贺一鸣也说:"锦瑟,让华主任背你一会儿吧,服从领导安排。"

锦瑟趴在了华年的背上,华年两手从背后托着锦瑟的身子,锦瑟的两只手则紧紧地搭在华年的肩膀上,皮实这会儿凑了过来,从副主任贺一鸣手里抢过伞,在华年和锦瑟的头顶高高地举着伞,贺一鸣在后边站着,同时也在东张西望地瞅着出租车的行踪。

锦瑟的身子温软如玉,散发着薰衣草又甜又嫩的幽香。华年心想,锦瑟呀,如果你就这样经常地胃疼,如果能让我背你一辈子,那才是我的福分呢。

华年佝偻着腰站在断桥上,背上背着有气无力的锦瑟。

雨还在下,下了千年,淋湿了过往,淋湿了爱情,淋湿了锦瑟和华年。

不一会儿,一辆出租车开了过来。华年小心地把锦瑟放在出租车后座上，让锦瑟躺下来，然后，他自作主张地坐在了出租车的前座上。这下，其他几个人就没法坐出租车了，华年也不管他们了，对出租车司机说："师傅，走，找个最近的医院，快点儿。"

出租车溅起一阵雨水绝尘而去，留下几个人呆呆地站在了原地。

华年是领导，锦瑟不能不听华年的话。

按照华年的意思，出租车开到了附近一家医院，挂了号，到消化内科找大夫检查了一番，大夫说没啥事儿，看这女孩子浑身湿漉漉的，是冻的了，胃怕寒，还怕饿，现在也该吃午饭了，我开点儿治胃病和治感冒的药，先服了药，一会儿再吃点儿饭就没事了。

锦瑟娇嗔地埋怨说："华主任，我说没事就没事，我的病我知道，我每年都要胃疼好多次呢，你还非要那么麻烦……"

华年说："这不算麻烦，万一有啥事我可后悔一辈子了。"

锦瑟说："我没那么金贵。"

华年悄声说："你是小仙女，金贵得很，以后可要注意自己的身体，你咋不操心呢？那么漂亮一个小姑娘可不能不爱惜自己呀，不然的话，连我也不答应了。"

锦瑟说："我就是晚上经常睡得晚，早上起不来床，早饭就免了，时间长了，胃就开始不舒服闹罢工了。"

华年说："是的是的，以前咱俩不认识，你这样就这样吧。以前所有的一切归零。以后跟着我，可不能这样了，你要是再不按时吃饭，再不注意自己的身子，我可要批评你了。"

锦瑟红着脸低头不语了。

华年说:"走吧,先去宾馆换身衣服,吃点儿药,然后找个地方吃饭,你看你的衣服湿了,头发也湿了,这样还真要感冒呢。"

华年跟副主任贺一鸣他们通了电话,他们还在西湖边等呢。华年跟他们说,他要带锦瑟去宾馆一趟,要他们也打的先回宾馆,大家的衣服都湿了,先到宾馆换身干净的衣服,然后,找地方吃饭去。

在打的回宾馆的路上,华年问锦瑟中午想吃啥饭,锦瑟歪着头想了想,调皮地说:"想去阿婆亲饭店,听说那儿的饭很好吃。"

华年说:"对,阿婆亲是杭州最有名的饭店,做的是地道的杭帮菜,开了很多连锁店,要不咱就找西湖边那一家吧。"

锦瑟说好。

于是,华年就跟苗叶打电话,让她给阿婆亲饭店打个电话,中午预订个房间。

不一会儿,苗叶回过电话来了,说人家的生意好得很,预订是预订过了,但最好还是派个人提前去占位置。

锦瑟听到了华年和苗叶打电话的声音,于是轻声嘟囔着说:"华主任,要不咱不去吧? 那么麻烦,我也只是随便说说。"

华年却说:"那不行,你的胃不好,闹情绪了,要好好地犒劳它一番,要不然,我们锦瑟的小身子又该生病了,那可是不得了的大事件,那是万万不行的。"

华年打电话告诉苗叶,让她先去占位置,先点几个菜等着。

苗叶说她的衣服鞋子都湿了,需要到宾馆换衣服,头发也湿了,需要到宾馆用吹风机吹干。

华年说,那就让皮实去吧,苗叶说好。

华年和锦瑟到宾馆之后,贺一鸣副主任、苗叶随后也到了。锦瑟在宾馆吃了药,又卧床休息了半个小时,胃也不疼了,人又开始活蹦乱跳了。

华年感叹年轻人就是身体恢复得快,于是,几个人一块儿打的去了阿婆亲。

几个人正好凑了一辆出租车,苗叶在车上问:"华主任,在哪儿吃饭不行,非要跑到什么阿婆亲干啥呀?还要排队,还要打车,那么麻烦。"

华年笑笑不说话,锦瑟说:"苗股长,是我想吃的。"

苗叶这下不高兴了,杏眼圆睁,训起锦瑟来:"小姑娘,你真能折腾人,今天一个上午大家都围着你转了,你看你,还非要吃什么阿婆亲?拜托!你刚上班注意点儿影响好不好?"

锦瑟直说对不起。

华年说:"苗股长,小姑娘没出过远门,第一次到杭州来,品尝品尝杭州的特色也不是不可以。"

听到华年又在替锦瑟说话,苗叶更不高兴了,她说:"华主任,你可不能偏心哪。"

华年说:"苗股长想多了,不就是吃顿饭吗?有啥偏心不偏心的?"

苗叶的眼泪就要掉下来了,说:"你可不就是偏心嘛!"

华年这时也不再说什么了,他知道苗叶经常对他暗送秋波、眉目传情,但华年就是装糊涂,装作不解风情。说实话,苗叶还是长得不错的,天生也是美人坯,三十刚出头,熟女,少妇,正是性感迷人的时候,但华年就是对她不感兴趣。

三个女人一台戏,这还没三个女人呢,这才两个女人呢,就又哭又闹的,唉,幸亏没有再叫女同志参加,要不然的话,还不乱成一锅粥?

贺一鸣副主任这会儿说话了,这是一位去年才从部队转业的副团职干部,在部队上就是给首长写材料的,大局意识和业务能力都是没啥说的,而且到县政府发展研究中心工作后,与华年配合得很好。

贺一鸣说:"苗股长,锦瑟有胃病了,她需要调理调理,想吃什么就吃什么吧,咱作为领导的也要体谅人家小姑娘家。"

贺一鸣几句话说得华年心里暖乎乎的,华年心想,有这样的同志搁伙计,也是福啊。

苗叶不好意思再说什么了,而锦瑟一直说对不起。

阿婆亲就在西湖边,是一处古色古香、装修精致的饭店。

这里早已食客如织。皮实吃得胖,一个人坐下,占了两个人的位置,长条凳子快被他坐满了。看到华年他们来了,皮实长出一口气说:"你们可来了,我快顶不住了,服务员直催我,说你们再不来就先让其他客人坐了。"

华年笑了,大家也都笑了。

华年自然坐了正中间位置,华年的左边坐着副主任贺一鸣,右边坐着秘书股股长苗叶,挨着贺一鸣的是皮实,而锦瑟早早就找了个正对着华年的位置,站在凳子旁,只等大家落座,她就坐在这个位置上了。

锦瑟已喜欢和华年面对面坐下了,只有看着华年,只有正对着华年,她的心才踏实。

皮实已经提前点了几个小菜。华年落座后,皮实递过来菜单请华年点菜。华年不点菜,却远远地隔着桌子把菜单递给了锦瑟,让锦瑟点菜。

锦瑟却不敢点菜,因为苗叶就坐在她身边,苗叶那双眼睛冷冷地瞪着她,吓得她浑身起鸡皮疙瘩,后背直蹿凉气。

华年说:"锦瑟刚才胃疼了,让锦瑟点菜,想吃啥就点啥,不用客气。"

锦瑟却直摆手,头摇得像拨浪鼓,一头瀑布样的秀发来回飘动。

华年说:"点吧,这是我说的,要不你先点一个也行。"

锦瑟还是不点菜。华年叹了一口气,说:"那我就先点了,谁让我是小领导呢,时时处处都要起模范带头作用呀,不过,我点的菜不可口的话你们可以否了,咱要充分发扬民主。"

贺一鸣说:"点吧,你点啥大家吃啥。"

华年说:"锦瑟的胃不好,今天就不点辣的了。"

苗叶用筷子敲着桌子说:"华主任快点吧,都饿死了。"

服务员也在一边催着点菜了,于是,华年看着菜谱,大声报起菜名:"茶香鸡、青豆泥、绿茶饼、东坡肉、有机花菜、桂花山药、铁板蛏子、西湖醋鱼、宋嫂鱼羹……"

华年还要继续点下去,苗叶止住了他:"华主任,够了,够了,你要撑死我们吗?我们才5个人哪,你太土豪了。"

华年也笑了:"苗股长,刚才你还说要饿死呢,菜还没上,你可又要撑死了,你可真难伺候呀。"

苗叶嘟着嘴说:"不知道是谁不好伺候呢。"

贺一鸣微微笑着说:"行,就这吧,华主任既然点过了,咱就放开吃,争取把晚上的饭也给一起吃掉,晚饭不就省了吗?"

皮实说:"华主任,我记得你不是不吃肉吗? 你点那么多肉菜干吗?"

华年说:"我不吃肉,不代表你们不吃肉呀,我是为你们点的呀。尤其是你皮股长,你是吃肉大王,听说你一顿饭能吃二斤肉,有这回事吧?"

皮实伸手挠了挠后脑勺,不好意思地说:"华主任,那不太够,我现在是减肥呢,要不是减肥,二斤肉哪够我吃呀? 再加一盆面条还差不多。"

众人哈哈大笑,苗叶说:"好兄弟,你吓死我吧。"

华年不忘问锦瑟行不行,锦瑟说吃不了那么多。

华年这时突然想起来什么,转过头问服务员:"呃,美女,你们这里有粥没有?"

服务员摇摇头说:"先生,对不起,我们这里没有粥。"

苗叶问:"华主任,要粥干什么? 点的菜还不够呀?"

华年没理她,只是说要有粥就好了。

众人听了这话,都愣了,不知道华年什么意思。这时,皮实拍拍脑门,恍然大悟,说:"华主任,你要啥粥? 街上肯定有粥屋,我打个的去买几碗。"

"小米粥吧?"

"要多少? 一人一碗?"

"行吧,就一人一碗。"

苗叶不高兴了,说:"一人一碗,能带吗? 我不要了。"

锦瑟说:"华主任,要不我也不要吧?"

华年瞪了锦瑟一眼。

贺一鸣一看这阵势,明白了,他悠悠地说:"那样吧,皮实,你能带多少就带多少,重点保证给锦瑟带一碗就行了。"

锦瑟急忙向皮实摆手,说:"不了,不了。"

皮实却不为所动,说:"锦瑟,这是华主任关心你呢,小米粥养胃,地球人都知道啊。"

锦瑟羞红了脸,低下了头。

华年说:"皮实,就这样,你去吧,一人一碗,现在买粥都是打包装在塑料盒子里,带着挺方便的。"

皮实说:"好咧! 保证完成任务。"

皮实拖着肥胖的身子一摇三摆地出去买粥了。

华年这时没话找话地说:"今天咱难得在西湖边聚在一起,今儿个高兴,大家一会儿多吃点儿啊,吃饱了,下午再去个地方,大家说去哪儿呀?"

苗叶没好气地说:"下着雨,有啥转呀? 不想转了。"

华年说:"不想转的话,那咱吃完饭去量贩歌厅唱歌。"

苗叶看着锦瑟说:"不想唱。"

华年说:"呃,听说苗股长是咱单位的百灵鸟,声音好听着呢,平时没机会,这次可得好好享受享受苗股长动听的歌声呢。"

苗叶说:"只怕我的歌声没人家小姑娘的好听吧?"

贺一鸣"嘿嘿"笑笑不作声。

不一会儿,菜陆续上来了,华年说:"锦瑟,你打电话问问皮实还需要多长时间才能回来。"

锦瑟出去打电话了。

华年问贺一鸣和苗叶:"喝点儿酒不喝?"

两人都说不喝。

华年说:"这是星期天,如果想喝酒的话,我自己拿钱请大家,总可以吧?"

贺一鸣说:"华主任,算了吧,咱今天吃这饭都有些奢侈了,酒就免了吧,那东西喝不喝都无所谓,咱又没有外人。"

这时,锦瑟打电话回来了,说皮实不让等他,让大家先开始。

华年说:"那好吧,咱就不等皮实了,咱们今天以茶代酒,喝正宗的西湖龙井茶,也不错,好,咱们大家干一杯!"

大家都站了起来,以茶代酒,倒也跟真的似的,互相碰杯,非常热闹喜庆。

抿了口茶,落座后,华年看着对面的锦瑟,心里激动,手不自觉地又抖起来。华年心想我怎么这么没出息呀,我怎么就管不住自己了呢?

苗叶看在眼里,气在心上。她虽然生气,但还是抢着给华年夹菜,她也知道华年不吃肉,只要是素菜上来,她都要先给华年夹上几筷子放在华年前边的盘子里,然后,再看看锦瑟,以胜利者的姿态撇嘴笑一笑。

贺一鸣打趣地说:"苗股长这秘书股长当得真不赖,咋不给我夹菜呢?"

苗叶说:"等你当了主任再说吧。"

贺一鸣笑了,大家都笑了。

华年很喜欢吃杭帮菜。北方的菜太咸,放酱油太多;川菜和湘菜又太辣,偶尔吃一次还可以,如果天天当饭吃,那可上火受不了;而粤菜又太淡,所以,华年还是喜欢江南菜系。

当然,华年的见解也失之偏颇,因为他一般不吃肉,虽不是完全不吃肉,但很少吃,所以他对菜系的评价也纯属一己之见,不完全科学。

这时,皮实提了一大袋打包在塑料盒子里的小米粥回来了,刚气喘吁吁地站定,就擦了把脸上的水珠,不知道是雨水还是汗水,说:"哎哟,可累死我了。"

华年说:"辛苦了,皮实,饿坏了吧?你快吃点儿饭。"

皮实说:"华主任,我的胃口好,消化快,确实饿了,但是我买粥的时候多买了两份,路上已经先喝过粥垫过底了。"

华年说:"那就好,那就好,但是,还是要尝尝阿婆亲的饭菜,真的不赖。"

锦瑟抢先站起来,把皮实带的小米粥分发给大家。皮实也坐下来,狼吞虎咽地猛吃起来。

大家吃完饭,华年说:"走,大家找地方唱卡拉 OK,我请客,锦瑟,你说行不行?身体还好吧?"

锦瑟说:"我这胃病过一会儿就好了,有时候不吃药也能好,特别是喝了皮实哥带的小米粥,舒服多了,现在已经没事了。"

皮实说:"锦瑟,那要感谢华主任,还是华主任考虑周到。"

华年说:"不说那些了,咱到外边打个的,恐怕要打两辆车了,咋办?咋坐车?"

贺一鸣说:"让锦瑟陪着华主任,你们俩先走找地方,我跟苗股长、皮股长我们仨一块儿打一辆车,你们找到地方了打个电话我们赶过去就行了。"

苗叶白了一眼贺一鸣:"我也跟着华主任吧,我是秘书股股长。"

华年说:"行,那就我跟苗股长、锦瑟我们仨一起先走,贺主任和皮股长你们俩一块儿。"

贺一鸣说："要不你们仨找个地方去唱歌吧，我这五音不全的，唱歌也不在行，跟着你们净破坏你们的情绪，还是我跟皮股长我们俩随便散散步，这儿的风景这么好，不转可惜了。"

华年说："那哪儿行？咱们一起去，共同欣赏。"

几个人出了阿婆亲饭店的门，打着雨伞站在马路边等出租车。这时，只见一位老婆婆打着伞牵着一位盲人老头过来了，看到华年他们，老婆婆伸出了一只破碗，碗里边零零星星地放着些一块钱、五毛钱的硬币、纸币。老婆婆眼里带着乞求神色，而她身后的那位盲人老头却歪着头翻着白眼向天上看，他当然什么也看不到了，可能也只有天上有亮光，那是他的希望所在和生命寄托吧。盲人老头脸上带着笑，嘴角歪斜着，那天真如孩子般的笑脸与那满脸哀愁的老婆婆形成了鲜明的对比，让人看了心酸。

贺一鸣快走几步躲开了，皮实则扭过头装作瞅出租车不搭理那老婆婆和盲人老头，苗叶则不耐烦地对老婆婆吵吵说："去一边儿去，没看正下雨的吗？"

老婆婆失望地牵着盲人老头离开了，去寻找下一个乞讨的目标。

华年快步追了上去，在老婆婆的碗里丢进了五块钱。

锦瑟看到了，也跟着追上去，在老婆婆的碗里放了五块钱。

老婆婆弯腰点头一连声地说谢谢，还说，你们两口子真是好人哪。

苗叶看不下去了，嘟囔着说："像这街上要饭的，都是装可怜骗人的，就不能给他们钱，给他们钱是助纣为虐。"

华年接着说："也许这些要饭的十个有九个是骗人的，但万一遇到一个真可怜的人，咱给他一两块零钱不算啥，但可能就会帮他们个大忙，所以我外出兜里总带着零钱，就是给这些要饭的。"

苗叶不吭声了，皮实接着说："华主任真是菩萨心肠呀，有你这样的好领导，那才是老百姓之福呀。"

华年说："人在公门好修行，做官就是做功德。要想与人为善、解危济困、惩恶扬善，做官是最好的途径。平时，看到要饭的，尽一己之力，也许给个三两块钱而已，遇到有人身处急难，给个几百块钱而已，可是，如果身在官位，掌握了大量的公权，就可以利用更多的资源为更多的有困难的群体做好事解难事。平时，路见不平，自身也没有能力帮助弱者，可是，如果有了权力，就可以动用更多的资源去打击犯罪、保护百姓。平时，即使有发展一方经济、保障一方平安、改变一方面貌的理想，但是，如果不是身处公门，那也只是想想而已，没有那个平台和位置就难以得到实现，可是，如果能主政一方，修身齐家治国平天下的理想就能得以实现，就可以在人生的舞台上大展宏图。"

皮实听后感叹地说："华主任说得太对了，要是像华主任这样的领导更多一些就好了。"

杭州是天堂，自古繁华。

要说，现在交通发达，再偏远的地方也不再遥远，地球已成了一个村庄，互联网更是用一根丝线把各个角落的人们连在了一起。人们才发现，其实，比杭州好的地方多得很，比西湖大的地方多得很，好多城市现在开挖的人工湖都爱与西湖作比，总要自豪地说比西湖大多少倍。杭州还是杭州,因为天堂的名号吸引着四面八方的游人;西湖依然是西湖,那白娘子的身影是西湖的魂,雷峰夕照、断桥残雪、三潭印月、苏堤春晓、花港观鱼,这些美景所具有的高贵气质是其他地方学不来的。就像一个人,一代只能出土豪,而贵族的养成至少要三代,内在涵养的修炼非一朝一夕之功。

杭州的风景是迷人的,因为空气里夹杂着文化的味道。

在离西湖不远的一处量贩式 KTV 歌厅,华年等人找了个小包厢,要了一打啤酒,要了一些南瓜子、爆米花等小零食,还有一份水果。

城建股股长皮实主动来到点歌的电脑前,自告奋勇为大家点歌,并强烈要求华年先点一首。在这种场合,像皮实这样的乐天派总是出尽风头。

大家都强烈要求华年先点一首,一展歌喉。华年却不想开这个头,他是一个很谨慎很保守的人,什么事情都不爱出头露面,就连集体合影留念也总是站在最后一排的角落里。

华年说:"让锦瑟先唱,小姑娘爱唱歌。"

锦瑟却不答应,她主动坐到华年身边,把麦克风递给华年,眼巴巴地看着华年,一副可怜兮兮的样子,央求华年带头唱一首。

秘书股股长苗叶坐到了华年的另一边,看着锦瑟跟华年挨得那么近,她满脸不高兴。

皮实看苗叶不高兴,坐在高高的摇椅上,转过身来说:"苗姐,我陪陪你吧?"

苗叶说:"去一边去,小毛孩子,狗屁不懂。"

皮实说:"苗姐,你说啥我不懂?我最暗恋你了。"

苗叶说:"小毛孩子再胡说,看您姐我不灭了你?"

苗叶说到做到，伸出脚使劲蹬了下皮实坐的摇椅。皮实吃得胖，坐那摇椅本身就是个危险位置，苗叶只稍稍用了点儿劲，摇椅承受不了皮实庞大的身躯，翻倒了。皮实重重地摔倒在地，捂着屁股大喊大叫，好半天还没缓过劲来。

华年说："大家先不要闹了，我要唱歌，我还要先说两句。"在大家欢笑的时候，锦瑟又向华年身子靠了靠。其实，锦瑟对华年也有一种莫名的亲近感。她从小到大，见了老师总是躲着走，上班儿之后，见了领导绕着走。可是，见了华年，她却忍不住地向华年身边凑。要说，她跟华年也不认识呀，但是，见了第一面就感到似曾相识。是在梦里？不是。那要不就是在前生？对，一定是前生有缘，要不，怎能一见如故？怎么有一种亲人般的感觉呢？人说，第一感觉最真实，她相信第一感觉，华年就是她要找的人。

是兄长，还是……

锦瑟知道她和华年是不可能的，华年已经结婚有家室了，而且比她大7岁。年龄其实也不是什么大不了的事，只要和相爱的人在一起，大个十岁二十岁的也不算什么。但是，华年有家庭了，锦瑟冲不进这座围城，可她依然莫名地喜欢华年。她也不知道是为什么，她也不知道将来会发生什么，只是跟着感觉走，只是贪婪地享受跟华年在一起的每一刻。

华年闻到了锦瑟身上薰衣草的淡淡的幽香，华年如痴如醉，如梦如幻，有心爱的人做伴，黑夜也温柔。

华年想唱歌了，情到深处爱也浓，这次，华年要一展歌喉，只为锦瑟在身边。

其实华年唱歌很好听,他有唱歌的遗传基因,父母的嗓音都很好。但是,华年平时很少唱歌,文艺细胞早就快死光了。但是,即使这样,华年还是会唱一些歌曲的,而且很能跟上时代的节拍。华年站了起来,他要先说两句,大家热烈鼓起掌。等掌声停了,华年说:"先把啤酒打开。"

苗叶抢先打开了几瓶易拉罐啤酒,每人递了一瓶。

华年一手拿着麦克风,一手拿着啤酒,说:"各位兄弟姐妹,今天咱们举行个小联欢活动,我非常高兴,也感到非常荣幸。常言说得好,千年修得同船渡,百年修得共枕眠。咱们有幸在一起共事,这是上辈子修来的缘分,咱们又相聚在天堂杭州,相聚在美丽的西子湖畔,放声高歌,这更是我们生命中美好的瞬间,让我们永远记住这一刻,今天不醉不休,唱好,喝好,玩好。来,兄弟姐妹们,干一杯!"

华年说完,高高地举起啤酒瓶,大家也都站起来,举起了啤酒瓶。华年先看了一眼锦瑟,见锦瑟面露难色,他知道不能让锦瑟喝酒,小姑娘在外边,还是不喝酒的好。于是,他又补充了一句说,喝酒随意,能喝多少喝多少,不能喝就不喝,咱只要唱好就行了。

华年仰着脖子"咕咚咕咚"喝了几大口啤酒,壮了壮胆,然后点了首《甘心情愿》,放开嗓子唱了起来:"漫漫的长路,你我的相逢,珍惜难得往日的缘分……"

华年唱歌的确好听,刚起了个头,大家就掌声雷动。皮实摇见着肥胖的身子,浑身的肉直想掉下来,他高兴地吹起了口哨。锦瑟激动得不停鼓掌。苗叶也噘着嘴鼓起了掌。贺一鸣则专心看着电视屏幕上的画面,微微笑着,左腿压在右腿上,脚尖不住地有规律地往下压、往上抬。

华年唱完后,锦瑟还让华年唱,华年说:"行,我再唱一首,然后大家一人两首,挨着唱,不能开成我个人的独唱音乐会。"

华年又点了一首《恋曲 1990》。

华年唱完,看着锦瑟说:"下面,有请我们美丽的锦瑟仙子献上一曲天籁之音,有请,大家掌声欢迎。"

大家都鼓掌了,只是有的热烈,有的应付。

锦瑟落落大方地站在了华年站的位置,深情地说:"感谢华主任给我提供这个机会,下面,我给大家演唱一首英文歌典 *You are my sunshine*。"

锦瑟的声音带些牛奶糖的味道,甜甜腻腻:"You are my sunshine, my only sunshine/You make me happy/When skies are gray……"

锦瑟边唱边悄悄地看华年,华年坐在沙发上装作若无其事地看电视屏幕,其实,他的眼光始终都在锦瑟身上。

"你是我的阳光",华年想,我是锦瑟的阳光吗?我能成为锦瑟的阳光吗?是啊,如果能成为锦瑟的阳光,照亮锦瑟的心房,驱除锦瑟的忧伤,始终陪伴在锦瑟的身旁……可是这些只能在梦中,现实好骨感、更沧桑。

锦瑟一曲唱完,只有华年还能听懂,其他的人都打起了哈欠。是啊,锦瑟唱得很好听,但他们就是不知道唱的啥。华年想,锦瑟唱这支歌曲,就是为我而唱的吧,这是我们两个人的歌,是借歌传情。

锦瑟唱完歌,华年带头鼓掌,几个人也稀稀落落地拍了几下手,算是鼓过掌了。锦瑟说:"下面,我想请华主任和我合唱一首歌。"

华年连连摆手说不行，皮实肉墩墩的胖手拍着麦克风说："好！好！好！"

锦瑟说："华主任，赏个脸吧。"

华年不好推辞了，其实他何尝不想与锦瑟合唱一支歌，何尝不想与锦瑟琴瑟共鸣呢？只是他是个领导，在这几个部属面前，他还是要做作一番，拿一拿领导架子，不然，会被人取笑的。

华年说："只是我不太会唱歌呀。"

锦瑟说："华主任还不会唱歌？唱得多好听呀，要是参加歌手大赛，准拿奖呢。"

苗叶听了这话，扭扭腰站起来出去了，临走还回过头说："你们好好唱啊，我去趟洗手间。"

苗叶走了，华年如释重负，说："来，皮实，点一首《萍聚》，锦瑟，行吗？"

锦瑟调皮地歪歪头说："好呀，请便。"

别管以后将如何结束，至少我们曾经相聚过/不必费心地彼此约束，更不需要言语的承诺/只要我们曾经拥有过，对你我来讲已经足够/人的一生有许多回忆，只愿你的追忆有个我……

华年唱着唱着，眼泪直想落下来。是啊，这首歌的歌词太切合他的心意了，简直就是为他和锦瑟而写。别管以后将如何结束，至少我们曾经相聚过；不必费心地彼此约束，更不需要言语的承诺。只要我们曾经拥有过，对你我来讲已经足够；人的一生有许多回忆，只愿你的追忆有个我……

　　　　　　　　　　　　第三章　天堂

华年和锦瑟唱这首歌的时候,都很投入,把这首歌唱得非常完美,堪比原唱,甚于原唱。

一曲终了,副主任贺一鸣说:"你们俩配合得真是好,唱得我都有点儿心酸了。"

皮实说:"贺主任心还是不老呀,春心萌动哪。"

贺一鸣说:"啥春心不春心的,我这心早就像大石头一样坚硬了,那些情啊爱啊啥东西,都是你们年轻人的事儿,我老了,对那些东西已经不感兴趣了。"

贺一鸣说"你们年轻人"这几个字的时候,还特别加重了语气,特意看了看华年。

华年知道贺一鸣是啥意思,说:"贺主任虽说比我大那么几岁,但保养得好,我们俩并排一站,我成老先生,贺主任成小年轻了。"紧接着,华年又说:"呃,贺主任,你是不是嗓子眼儿痒了? 你也来一首,别只当听众。"

贺一鸣直摆手:"不行,不行,我那公鸡嗓,打鸣还可以,唱歌那是赶鸭子上架,不行,不行。"

华年说:"贺主任名字就叫贺一鸣,那是一鸣惊人的一鸣呀,关键时候你可得露一手,不行,今天你必须唱,锦瑟,把话筒递给贺主任。"

锦瑟把麦克风递给了贺一鸣,并央求说"贺主任唱一首嘛"。贺一鸣说:"好,看来今天我是必须献丑了,来,皮实,帮我点一首《咱当兵的人》,来点儿军人的阳刚之气。"

皮实说:"好咧!"

贺一鸣雄赳赳气昂昂地站了起来,站了个标准的军姿,音乐声起,他高声吼道:"咱当兵的人,就是不一样……"

贺一鸣唱歌确实很用力,声音很响,但也确实五音不全,只能用吼歌来形容他了。

贺一鸣唱完后,自嘲地说:"我是逗你们玩的,看你们唱那啥歌,啥情呀爱的,一会儿恐怕就哭起来了。咱今天是高兴,咱出来就是图个快乐,你们弄得太沉重了。"

经贺一鸣这么一说,华年想想也是,自己确实忧郁惯了,今天这场合真的不适宜太低沉了。于是,他说:"苗股长,正好,你陪贺主任合唱一首歌曲。"

贺一鸣说:"对了,还是我们华主任水平高,会来事儿,来来来,苗股长,按华主任的指示办,陪我唱一首。"

苗叶说:"算了吧,贺主任,我不会唱军旅歌曲。"

贺一鸣说:"唱啥军旅歌曲?我还会唱情歌呢。邓丽君的,咋样?唱邓丽君的歌曲,好听得很。"

苗叶说:"我不会。"

贺一鸣双手摊开,摇摇头说:"不给面子,没办法。"

苗叶说:"我跟华主任合唱一首。"

华年说:"你还是跟贺主任合唱一首吧,你看人家贺主任多真诚哪。"

苗叶说:"那我得先跟你华主任合唱一首后再说,我要是心情好了,再跟贺主任合唱。"

贺一鸣说:"算了吧,苗股长,我不当你那候补了,还要看你的心情?"

贺一鸣说完,从口袋里摸出一根烟,气恼地点着烟,说:"华主任,我出去抽根烟。"

华年说："贺主任，苗叶是跟你开玩笑的，那么大个人了，度量可要大呀，人家苗叶是女同志，你可不能跟人家苗叶一般见识。"

贺一鸣说："华主任，没事儿，我出去抽根烟，一会儿就回来。"

贺一鸣出去了。华年有点儿生气，说："苗股长，不是我说你呢，你说人家贺主任好歹也是个主任，你陪他唱首歌咋着呢？"

苗叶说："是哪，华主任，你陪我唱首歌又咋着呢？你只能陪人家小姑娘唱歌，就不能陪我唱吗？我有那么老吗？我就那么不值钱吗？"

说着说着，苗叶带出哭腔来了。

华年说："好吧，哎呀，你看你，还是个股长呢，来，咱俩合唱一首歌，唱什么，让皮实点歌。"

皮实赶快跑到苗叶跟前问道："苗姐，唱什么？"

苗叶的脸马上阴转晴了："就是嘛，你早说这句话，哪还有那么多事呢！净怨你。"

华年说："好，怨我就怨我，我这人哪，就是一猪脑子，女人心，海底针，我算是猜不透。"

苗叶说："咱俩唱首《迟来的爱》，会不会唱？"

华年说："好，唱吧，会唱一点点。"

一段情要埋藏多少年，一封信要迟来多少天……

苗叶和华年站在一起唱歌，苗叶不时地看着华年，深情中透着哀怨，这些,华年都看在眼里,却佯装不知。锦瑟站在一旁为他们打着节拍,轻轻地哼唱着。

…………

中午吃得饱,大家晚餐也不出去吃了,让服务生送了些简单的饭菜,华年特意让服务生送了些粥,然后,大家就在包房里迁就着吃了晚餐,继续唱歌,接着喝酒,一直闹腾到次日凌晨1点多。

苗叶喝醉了,倒在了沙发上,不省人事。

华年看着这一片狼藉的样子说:"咱结束吧,今天玩过头了。"

皮实喊苗叶,苗叶哼哼两声算是回应。华年说:"皮实,你搀着苗股长,咱打的回宾馆。"

皮实吃得太胖了,他实在是弯不下腰,想把苗叶两只手搭在脖子上,没承想,苗叶两只手又无力地缩了回来,皮实又试了试,苗叶的两只手还是缩了回来。

皮实只好站起来,喘着气问道:"华主任,你看这咋办?"

华年说:"贺主任,你跟苗股长经常开玩笑,乱得不像个样,她准听你的,你背她吧。"

贺一鸣激动地说:"好,难得有这么个表现的机会呀,我这把老骨头这回就是累散架了,也得把苗股长伺候好。"

贺一鸣也学着皮实的动作,想弯下腰,然后再蹲下去,无奈,他的啤酒肚也不小,他也弯不下腰,也蹲不下身子。贺一鸣摇摇头,叹了口气说:"唉,没这福呀,还是华主任你来吧,你来准行。"

华年看看也只能这样了。于是,他弯下腰,蹲下身子,把苗叶的两只手搭在自己的肩上,然后一用劲,把苗叶背在了背上。

也怪,苗叶乖乖地趴在华年背上,一声不吭,一动不动,非常配合,非常顺从。

贺一鸣笑了:"好你个苗股长呀,你是装的呀,你根本就没醉。华主任,你把她放下吧,咱现在就走,把她丢到这儿,你看她一会儿就跑着追上咱们了。"

华年说:"苗股长今天确实喝了不少,就让我背她吧,我能背苗股长,也是三生有幸呀,苗股长也是大美女呀,平时别人看她一眼,她还杏眼圆睁,跟人家急呢,这次,给我这么大个机会,我还是好好表现表现吧。"

皮实帮华年提着包,锦瑟在后边帮忙托着苗叶的身子,贺一鸣背着手在后边跟着,贺一鸣笑笑说:"华主任今天应该多吃一顿饭。"

华年说:"贺主任是啥意思呀?"

"华主任背了这个背那个,很辛苦呀,看来当个主任不容易呀,关键时候还得背人,这领导,你说……"

皮实说:"贺主任,这只能说咱华主任是菩萨心肠,是个好人,咱遇到华主任这样的领导,是福分。"

贺一鸣说:"还是皮股长会说话,我也是这个意思。"

一行人出了歌厅,淅淅沥沥的春雨还在缠缠绵绵地下个不停,夜风吹来,几个人浑身打了个哆嗦,急忙寻了两辆的士,匆匆打的回宾馆了。

苗叶和锦瑟住一个房间,华年把苗叶放到床上的时候,对锦瑟说:"锦瑟,你照顾好苗股长,我就先出去了,有事儿你打电话。"

锦瑟说:"华主任,你放心吧,我会照顾好苗姐的。"

华年对贺一鸣和皮实说："咱们走吧,让苗叶睡一觉就好,今天她确实喝得不少,平时没见她喝这么多酒。"

贺一鸣说："这都是平时在家装的,出门在外,就放开了,这苗股长呀——"

华年自己单独一个房间,贺一鸣也是一个单间,皮实本不该住单间的,但没有其他男同志了,他也就占个便宜,只好住单间了,皮实说："我天生就是睡单间的命呀,我睡觉打呼噜,跟打雷差不多,你们就应该给我找单间住,我跟其他人出差,大家都不跟我睡一个屋,即使睡一个屋,睡到半夜准跑出去,我还是住单间。"

这会儿没人跟他开玩笑了,皮实进屋睡了。

华年刚回房间,锦瑟就来敲门了,说："华主任,苗股长让你过去一下,她有话跟你说。"

华年刚想说"有什么话明天不能说吗",但转念一想,苗叶喝多了,别有啥事儿,还是去看看的好。

华年和锦瑟一前一后来到苗叶的房间,苗叶迷迷糊糊地说："锦瑟,锦瑟。"

锦瑟说："苗姐,我在呢。"

苗叶说："我头疼,你去找个药店给我买点儿药。"

华年说："我去吧,大半夜的,咋能让一个小姑娘到外边乱跑呢!"

苗叶断断续续、有气无力地说："还,还是年轻好呀,我要是年轻几岁,华主任就不会这么嫌我了。"

华年说："苗股长,你喝多了,净说胡话。别说了,我去给你买药。"

锦瑟说:"华主任,还是我去吧,你去苗姐恐怕不答应。"

华年说:"那样,我打电话让皮实去买,咱俩都在这儿陪苗叶。"

华年转身给皮实打电话,苗叶对锦瑟说:"小姑娘,你先到外边走廊上一下,我有话跟华主任说。"

锦瑟说:"好,苗姐。"

锦瑟转身要出去。华年问:"你干吗?"

锦瑟说:"苗姐让我先出去一下,她要跟你说句话。"

华年不高兴了,悄悄说:"莫名其妙,有啥说的?"

锦瑟还是出去了。

华年问:"苗股长,你到底喝多没有?想说啥呢?"

苗叶说:"华主任,你爱我吗?"

华年吓了一跳:"苗股长,你喝多了吧?"

苗叶说:"华主任,我喝了不少酒,但我没喝多,我脑子还清醒着呢,我就是想问你这句话。"

华年说:"苗股长,开啥玩笑?咱是同事,是好朋友,啥爱不爱的。"

苗叶生气了,突然大声说:"华主任,你别给我装领导了,你没看出来我对你有感情吗?"

华年说:"没看出来,我脑子笨,我是猪脑子。"

苗叶说:"我看你不是猪脑子,你是狗脑子,对你好你不知道是咋好!"

华年有点儿不高兴了,他可是自尊心很强的人,又当了这么多年领导,很多人见了他都是毕恭毕敬的,苗叶这样对他说话,他的麦秸火脾气腾地就上来了。

刚想发火，却看到苗叶两行泪顺着脸颊流了下来，这下，华年心软了，没脾气了。

华年的心底最善良最柔软了，天生具有佛家情怀。他从不杀生，没有杀过鸡没有宰过狗，连看人家杀鸡宰狗都不忍，他连钓鱼都不去，是不忍。他还不爱吃肉，小时候吃过，等长大了懂事了就不怎么吃了，在外边吃饭的时候，没办法不能不吃一点肉，自己在家吃饭总是吃素，很简单的一个人。他连蚂蚁、蠓虫都不忍伤害，真正的扫地恐伤蝼蚁命、爱惜飞蛾纱罩灯。他最见不得人哭，一哭他就心软了。但他从不怕恶，他这样的人，其实恰恰最爱跟恶人斗。华年的逻辑就是，坏人之所以猖獗，就是因为大家的沉默和忍让，其实，沉默和忍让也是一种恶，是助纣为虐，他就是这样，敢与恶鬼争高下，不向霸王让三分，不施霹雳手段，怎显菩萨心肠？但是，对于弱者，对于没材料的人，华年却特别的心软。他这辈子吃亏不是吃恶人的亏，恰恰是吃老实人没材料人的亏，因为他的善良，因为他的心软，因为他对那些老实人没材料人放松了警惕、下不去手。

华年叹了口气说："苗股长，你有啥就说吧，哭啥哭？我对你吧，说实话，我就把你当作亲妹妹看待，我没有批评过你，也没有指责过你。但是，咱都是有家室的人了，我也知道你对我的意思，咱不能不负责任哪，咱是个人，咱要有理智，要控制自己的情感。"

苗叶却大声哭出来了："你说我有家室，其实，你来发展研究中心也快一年了，你了解我吗？你知道我心里的苦吗？"

苗叶这样一说，华年倒愣了："苗股长，我听说你家里条件不错呀，你老公有钱，人帅，还爱你，你是蜜罐里泡大的千金小姐，你还有啥苦呢？"

苗叶哽咽着说:"你说我家庭条件不错,这是真的,我和我老公都是独生子女,双方老人都是老干部,我爱人还开了个大公司,做大买卖,我们家是不缺钱,我和我老公结婚后,我从没有做过饭、刷过碗,都是到双方老人家蹭饭,家务活儿有保姆,还有双方老人帮忙干,儿子也不用我带,双方老人抢着带孩子,要说我是够幸福的了,可是你知道吗,我老公只顾做生意,经常天南地北地跑业务,不着家,留着我一个人独守空房、守活寡,那种精神上的空虚和痛苦,你能体会得到吗?"

华年低头不语了,饱暖思淫欲,无事生非,华年只能这样理解了。

苗叶继续说:"还有,我老公有钱又帅,在外边花花草草的我不是不知道,我其实也是一个很大度的人,我理解男人干事业不容易,年轻时玩得花一点儿,等年龄大了玩不动了,心就收回来了。我跟他说,你在外边随便风流,只要不离婚就行。说是这样说,但我心里能不难受吗?你说,人要那么多钱都是图啥呢?人说有钱就幸福,可我一点儿都不觉得幸福。那些男的想勾引美女要有钱哪,没钱,谁跟他呀。"

华年说:"苗叶,我不知道你的情况,我还以为你很幸福呢,原来是这样啊。"

苗叶说:"华主任,自从你来发展研究中心当主任之后,我就喜欢上了你,我特别佩服你,我崇拜你,我也知道,像你长得这么帅又那么有品位的男人,喜欢你的女人、女孩子肯定多得很,我知道我是痴心妄想,但我天天和你在一起,我有感情了呀,我离不开你呀。"

华年说:"苗股长,你对我的这份感情,我非常感激,可咱都是有家室的人呀。"

苗叶说:"是有家室了,我知道这样做不对,我这样做也不是为了报复我老公,也不是为了寻找刺激,我对你是有真感情了呀,我管不住自己的感情呀。你口口声声说咱都有家室了,可是,你对锦瑟啥态度,难道我看不出来吗? 今天我不是喝点儿酒,我还说不出来这样的话呢,你就是不喜欢我,你喜欢的是锦瑟,是不是? 你偏心!"

华年不说话了。

是啊,苗叶说得对,华年对苗叶真的没有感觉。感情这东西就是奇怪,你爱的人人家不爱你,你不爱的人人家却爱你。这世界上,能够互相爱的人太幸运了,太难遇到了。

所谓的有家庭了,要有责任感,这只是华年对苗叶说的话。其实,华年说这话的时候心里就不踏实,华年爱锦瑟,就没有考虑自己是有家室的吗? 但是,这就是感情,真的爱上了,想走出去,难哪!

即使这样,华年还是要劝劝苗叶,毕竟是上下级关系,还有一个心爱的锦瑟在身旁,这关系处理不好,以后可咋办呢?

华年刚想说什么,锦瑟推门进来了,华年不好再说什么了,只是说:"锦瑟,你照顾好苗股长,我回房间睡觉了。"

苗叶还想说什么,华年已走出房间,苗叶趴在床上抱着枕头大哭起来。

华年回了自己房间,洗漱一番,躺在床上,感到特别累,从未有过的累。这种累,无法排解,因为这是心累。有锦瑟陪在身边,他操碎了心,又有苗叶的搅局,他心里很烦。

华年长出一口气,打开电视,拿着遥控器百无聊赖地调着节目。

"丁零零——"有人按门铃,华年看看手表,已是凌晨4点多了,再过一会儿,天就该亮了,这时候谁还敲门呢,别是"三陪"小姐吧?

华年是个大男人,没啥可怕的,他穿着睡衣,趿拉着拖鞋,来到门口,透过猫眼一看,原来是锦瑟站在门外。

华年愣了,但他还是不由自主地打开了房门。

锦瑟进来了,穿一身粉红色的连体睡衣。在锦瑟进门的那一瞬间,华年看到锦瑟低下了头,脸红了,华年知道,那是害羞的脸红。

是啊,半夜三更,一个小姑娘,跑到一个大男人的房间,而且穿着这么性感温柔,她是想干什么呢?

华年坐在床上,锦瑟挨着华年坐到了床上,华年不好意思地往旁边挪了挪身子。

华年说:"锦瑟,这么晚了你咋还不睡呢?"

锦瑟说:"苗姐刚才又哭又闹的,现在酒劲儿上来了,睡着了,睡觉还打呼噜,吵得我睡不着,我没地方去,所以就来你这儿了。"

华年不说话了,他不知道锦瑟到底是啥意思。

夜深人静,万籁俱寂,在这暧昧的氛围里,华年思想矛盾得很,他是那么喜欢锦瑟,如今,锦瑟又来到了身边。

华年想到了小时候爷爷讲过的一个故事,说是一个孤儿,家贫如洗,娶不上媳妇,有一天打柴回来,一个仙女却在他家里,正为他做饭,从此,那位仙女就成了他的媳妇。

多少年了,华年都幻想着有这样的奇遇、艳遇,真羡慕这样的事情呀,没想到,在天堂杭州,在黎明时分,真有一个仙女送上门来,而且是他华年朝思暮想、牵肠挂肚的锦瑟。

锦瑟离他这么近,锦瑟身上甜甜的幽幽的薰衣草一样的体香让华年意乱情迷,锦瑟轻轻的呼吸声华年都能听得到,华年只需稍稍歪过头,就能吻到锦瑟的脸。

锦瑟不说话,华年也不说话。

就这样僵持了十几分钟时间,华年冷静了下来,他还是决定不能乱来,他爱锦瑟,他为锦瑟痴狂,他却不忍伤害锦瑟。是啊,爱一个人和喜欢一个人是不同的,喜欢一个人,目的就是占有她,而爱一个人,却是为了保护她。锦瑟是天上的仙女,纯洁无瑕,华年爱她,爱得不能自已,更何况,他华年只是人间的凡夫俗子,他怎配得上锦瑟?锦瑟是仙女,是女神,可望而不可即,他怎敢在锦瑟面前造次呢?

华年轻轻地说:"锦瑟,一会儿天就亮了,你累一天了,还是回房间睡一会儿吧。"

锦瑟低头摆弄着手指头,说:"我不回去,我想和你在一起,我好害怕。"

华年说:"怕啥?有我在,你啥都不用怕。"

锦瑟说:"我走出校门才一年多时间,来到社会上,真的啥都不知道,我发现单位里怎么那么多人看我都怪怪的,我在县电信公司上班也是这样,男的看见我都色眯眯的,女的都恨恨地瞪我。来咱发展研究中心之后还是这样,特别是苗叶,她对我怎么那么坏呀。经常训我,我都不知道该怎么办了。我真的好害怕,我真的不想毕业,我还想在学校里上学。"

华年说:"锦瑟,这些都不是你的错,错就错在你长得太漂亮了。男的看见你有坏心,女的瞪你是嫉妒你。唉,女孩子长得漂亮,真的让人操心哪。"

锦瑟说:"华主任,官场都是这样的吗?"

华年说:"锦瑟,你刚参加工作,刚走入社会,就像你是一个仙女,刚刚步入凡尘,从天上到人间,有很多的地方不一样。其实,也不只是官场,商界、学界都是这样,有人的地方都不太平,矛盾具有普遍性,无处不在,无时不有,哪儿都一样。"

锦瑟说:"我好害怕。"

华年说:"锦瑟,别怕,你小时候有父母照顾你,上学了,在学校里相对单纯,有老师照顾你,你毕业了,走向社会了,幸运的是咱俩认识了,虽然咱俩认识得有点儿晚,但是既然认识了,我会把你当作亲妹妹一样看待,以后不管你有什么事儿,我都会当你背后的大树,成为一把天堂伞,为你遮风避雨。"

锦瑟低下头,抽泣起来。

华年说:"哭啥哭? 真的不用怕。"

锦瑟说:"我不是怕,是感动。"

华年笑了:"傻丫头,这有啥可感动的?"

锦瑟说:"华主任,我从第一眼看见你,就觉得很亲切,就有一种似曾相识的感觉,我就想,是在梦里见过你吗,还是上辈子见过你呢? 反正,见了你,我一点儿也不陌生,就像多年没见的亲人一样。"

华年笑了:"锦瑟,怎么这么巧呢,我第一眼看见你,也是这感觉呀。"

锦瑟叹了一口气说:"感谢上苍,寻寻觅觅,在人海中终于遇见你,可惜,唉——"

华年说:"锦瑟,你知道吗,这可能是物理学的一种现象,叫量子纠缠。"

"量子纠缠?"锦瑟好奇地问,"华主任,什么意思?"

"锦瑟,我们经常会遇到一种现象,叫似曾相识,也叫心灵感应,也就是说两个粒子即使相距千山万水,即使在地球的两端,如果一个粒子发生重大变化,另一个粒子就会以超光速的速度感知到,从物理学上说,这叫远距离瞬间感应。比如说一个人出了意外,有了重大疾病,或者离开了人世,他最亲的人就会有感应,要么身体不舒服,要么办什么事都不顺利,要么做梦会梦到亲人的暗示;比如说两个人从未谋面,但一见面就感到特别眼熟,就像咱俩现在这样,其实这也是量子纠缠哪。以前我们都认为这是迷信,其实,这是有科学依据的,因为这事儿,80年前,量子力学哥本哈根学派的代表人物——物理学家玻尔和怀疑量子力学的代表人物——爱因斯坦还掀起了一场世纪论战。现在看来,量子力学确实存在,大科学家爱因斯坦在这个事儿上倒错了。最近网上不是说吗,荷兰科学家Hanson(汉森)的研究小组已证实了量子纠缠的存在,有力地回答了那个世纪之问呢。"

"嗯,华主任,你说这挺玄的,怪吓人的。"

"世界上有些事真的很奇怪,不能都用封建迷信来定义,那些神秘的事情可能只是我们科技还不够发达,还解释不了,但不能无视它的存在。"

"是啊,华主任,咱俩……"

华年说:"锦瑟,红尘世界,咱们只是一粒尘埃,也许,连尘埃都算不上,只是大千宇宙里的一粒量子。但是,既然咱俩认识了,就不算晚,咱俩就像量子纠缠一样,就做一世的好朋友吧?不,做三世的好朋友,生死不弃,永远不离。我没有妹妹,我以后就把你当作亲妹妹看待,我会远远地看着你、保护着你,不让你受一点儿委屈,不让任何人欺负你。"

锦瑟轻轻地说:"君生我未生,我生君已老。唉——"

华年说:"别老唉声叹气了,咱要是这辈子不认识,那才叫遗憾呢。"

锦瑟低头不语,华年抬头沉思,两个人都在想着沉重的心事。是啊,在人生的旅途中,不经意间相遇,也许太晚太迟,也许注定不能在一起,也许就不该相识,但是,既然认识了,谁都不想轻易放弃,做个最好的朋友,从友情到亲情,当时光远去,当夕阳西下,就这样留下一路满满的幸福和感动,也许是最好的结局了。

锦瑟说:"华主任,我冷。"然后,哆嗦了下身子。

怎么会冷呢?华年看着锦瑟身子蜷缩在一处,一副惹人爱怜的样子,华年懂了,华年明白了,华年心里明镜一样。华年看在眼里,疼在心上,他多想拥锦瑟入怀,温暖她那颗惊恐的心哪。华年只需伸伸手,锦瑟从此就属于自己,就是自己的女人了。华年热血沸腾,几次冲动地想紧紧抱住锦瑟,但是,犹豫了半天,华年还是痛苦地克制住了自己。

华年不是正人君子,但也绝不是坏人,他不当坏人,不做坏事,但也不喜欢唐僧那样的好人。好得太过了,就糊涂了,就好坏不分了。那种绝对的好人其实跟坏人没有什么区别,那种好人即坏人,好到极处好得过分即坏人,是愚人,这就是辩证法。还是做个相对的好人吧,还是成为芸芸众生中的普通一员吧。在这艰难的考验面前,华年选择了做一个相对的好人,天性使然哪,坏事儿做不出来呀。对好人要好,对心爱的人更要好。只是,只是错过了这一次,也许会后悔一生,也许会遗憾一世,因为女孩儿的心思转得快得很,这会儿她可能投怀入抱,但很快就会翻脸无情,就像翻书一样快,再无机会。

一念起,天涯咫尺;一念灭,咫尺天涯。但是,华年宁可后悔终生,也不愿意伤害锦瑟,他更不敢侵犯锦瑟。

　　华年在纠结、挣扎,他有些累了,有些伤感了,有些疲惫了。他说:"锦瑟,你还是回房间去吧。苗叶喝多了,不定有个什么事呢,没有个人在身边,容易出意外。再则说,假如苗叶醒了,找不到你,不定明天她会说你什么呢。你不想和她住一起,你放心吧,明天我让皮实再多开一个房间,咱们几个人每人一个单间,好吗?"

　　锦瑟没吱声,她低下头沉默了半天,终于缓缓站起身,却摆弄着手指头站在华年的身边。

　　华年也站了起来,就和锦瑟面对面地站着。锦瑟身上甜甜的幽幽的薰衣草一样的体香再次袭来,锦瑟呼吸的热浪让华年眩晕难以自持。华年心里波涛汹涌,脸上却露出因为极度痛苦而扭曲的表情。

　　朝思暮想的锦瑟主动送上门来,自己却不敢或者说不能拥锦瑟入怀,华年的眼泪悄悄流下来了。

　　锦瑟伸手要帮华年抹去脸上的眼泪,华年把锦瑟的手推开了,而当他的手碰触到锦瑟的手时,一股电流传遍全身,像玉脂一样润滑的感觉更加激发起华年的雄性活力,华年不管不顾就要伸开双手拥抱锦瑟,这时,只见锦瑟闭上了眼,柔声呢喃"华主任!"只这一句,却惊醒了梦中人。

　　不行,不行,他是华主任,他是锦瑟的领导,他是已婚之人,他不是华年,他不是没结婚的华年,他不是锦瑟的男朋友,这种关系断然不能胡来。一失足成千古恨,一旦走出这不该走的一步,一切都会变质,所有的都会不可开交。这样做,对锦瑟不公平,如果不能给锦瑟一个完整的家庭和幸福的未来,他怎能迈出这罪恶的一步?而这样做,对自己又何尝不是祸端?

华年用右手使劲儿掐了掐自己的左手,掐得生疼,华年终于清醒了,他猛然后退一步,缓缓地有气无力地说:"锦瑟,你走吧。"

"华主任——"锦瑟显然还没有从刚才的幻境中走出来,她还闭着眼在等华年。当她听到华年让她走的时候,她睁开双眼,疑惑地盯着华年。

华年转过身去,不再看锦瑟了,他是不敢再看锦瑟了,他不敢再离锦瑟那么近了,锦瑟是魔女,是仙女,使他疯癫使他着迷,他怕自己真的把持不住了。

"锦瑟,谢谢! 你走吧!"

锦瑟没有吭声,仍原地未动。

"走,锦瑟,快走!"华年抬高了声音,可这声音里分明带着哭腔。

锦瑟也哭了,她揉着眼睛不情愿地走了。到了门口,又回头看了华年一眼,迟疑了一下。

是啊,这时候只需华年喊她一声,她还会回来的,只是,华年一声不吭,锦瑟只好抽泣着推门走了。

锦瑟走了,走了,华年却再无睡意。他来到窗户边,拉开窗帘,不知什么时候,春雨停了,天上的乌云也散了,高远的天空挂着一弯冷月。

华年静伫窗前,如水的月色从窗外倾泻而入,夜风微澜,花影摇曳,一半是惊鸿,一半是忧伤,他长长地出了一口气,紧接着"呜呜"哭了起来。

第四章　红颜

　　杭州归来,华年安排县政府发展研究中心副主任贺一鸣、城建股股长皮实,还有锦瑟,紧锣密鼓地写考察报告。苗叶不会写东西,她的任务是后勤服务,写考察报告的事儿,华年就没有再给她派活儿了。

　　那天晚上,苗叶喝醉酒向华年表达了爱慕之情。没承想,华年不仅丝毫不为所动,而且,下定决心要把苗叶从秘书股股长的位置上调走,不能再让她留在身边了,不然的话,不定什么时候还会发生什么不可意料的事呢。

　　当然,华年不会这么快就行动,因为太快了,还怕苗叶接受不了,毕竟是女同志,心眼儿小,万一她想不开,出了什么事儿,那可就后悔一辈子了。而且,人家对你这么好,爱你,仰慕你,虽然你不同意,虽然你可能还很恶心很讨厌,但最起码要尊重要感激别人对你的爱。现实生活中,大家为了生计来去匆忙,谁在乎你是谁,谁操心你是谁,你的痛苦你的悲伤你的无奈和你的落魄又有谁在意,如果能遇到那么一个爱你的人对你好的人,你不应该感激吗？这是基本的做人之道。

但是，华年决计冷落苗叶了，给她一个心理缓冲期，等适当时候，把苗叶换个岗位。

华年通知几个人开会，列提纲，提纲定好之后，每人分一段，分头去写，然后由皮实汇总。写好初稿后，又在一起讨论，内部讨论还不行，还邀请发改委、交通局、城管局、财政局的相关同志在一起讨论。折腾了十几遍，华年才算满意。

华年就是这样，工作上精益求精、追求完美。华年没有背景没有靠山，在一个县城，一个农家子弟能混到正科级实职岗位，也算是不错的了。华年靠的是啥？就是靠的实干。

华年大学毕业后，到了县政府办公室工作，在秘书股干了几年，当了股长，才下派到基层担任副镇长，在副乡镇长的岗位又干了两三年，进了党委班子，然后是宣传委员、组织委员，终于当上了副书记。在乡镇，现在只有一个专职副书记，那是很有希望当乡镇长的。但是，眼瞅着乡镇长的岗位唾手可得，却突然从县直委局空降来一位镇长，把华年当镇长的美梦打破了。这不，华年很快便被调到县政府发展研究中心当了个主任。虽说这是个清水衙门，但好歹算是解决了个正科实职，也算进了一步，提了半格，也算是上级领导给他的安慰。但是，这个位置和镇长的位置却大不相同了。虽说都是正科实职，但那是几万人口的镇长，管了多大一个摊子呀。等当了镇党委书记，进军副县处级就有了一定的基础。而县政府发展研究中心呢，只有二十来号人。几万人和二十来号人相比，那单位和单位会一样吗？在人们心目中的位置会一样吗？

虽然这个单位不好,虽然华年很失落,但华年坚信,有能力的人会把冷板凳坐热,而没能力的人会把热板凳坐冷,有的人找机会,有的人等机会,而有的人丢机会,事在人为,有为才能有位,机会就在不停寻找之中,打基础、造机会才能改变命运。他虽然没背景没后台,但不认输的本性决定了他是一个打不倒的人,即使身处逆境他仍然要试一试拼一拼,得之我幸,失之我命,就算不成功,但也不后悔。

所以,他来县政府发展研究中心当主任之后,工作依然尽心尽力。他从各种会议上得知,现在上边领导非常重视科学决策,因此,华年认为,在这个单位,在这个大家认为干不出什么名堂的单位,他来了之后,恰恰能做出一番事业,发展研究中心的好日子要来了,而他华年的机会也要来了。

这不,春水县准备加强卫生县城建设,牛县长就让华年带队到杭州市学习考察,这就说明,县领导对决策工作已开始重视,他这县政府发展研究中心主任真可以大有作为了。

学习考察报告写好后,华年通过县政府办公室主任王春生跟牛长耕县长联系,想找牛县长当面汇报学习考察情况,约了好几次,终于,王春生说:"上午牛县长在办公室处理公文,不外出,我已跟牛县长报告过了,你们过来吧。"

于是,华年抓紧带着副主任贺一鸣、城建股股长皮实和秘书股的锦瑟一起去找牛长耕县长汇报工作了。

华年带着几个人先来到县政府办公室主任王春生的办公室,因为是通过王春生联系的牛县长,来找牛县长了,把王春生的门隔过去是不行的。

王春生有四十多岁，身材略矮胖，头很大，却总是梳个四六分的背头，一双金鱼眼总是眯缝着，色眯眯的，蒜头鼻朝天，蛤蟆嘴。他还总是戴副眼镜，其实他不咋近视，但他觉得戴个眼镜斯文，于是有事儿没事儿就戴个金丝腿眼镜。这时，他正坐在宽大的老板椅后边，与对面沙发上坐着的一个穿黑色西装的中年男子说话呢。

华年、贺一鸣、皮实陆续进来了，王春生好像没看见他们一样，也难怪，按照春水县政府领导分工，县政府发展研究中心由县政府办公室主任王春生代管，而不是县政府常务副县长分管，可能是领导们考虑到县政府发展研究中心的工作更接近于县政府办公室吧。虽说是这样分工的，但是王春生却不怎么管，那写材料的差事，又累又苦又清贫，王春生才不想蹚那浑水呢。其实，王春生还分管县机关事务管理局和接待办，王春生对这两个单位却过问得很积极，隔三岔五地就要管一管。管理管理，要是长时间不管不理，这俩单位的头头脑脑们可能就不甩他王春生了吧，毕竟这俩单位的油水可是大有捞头啊。

不过，这样也好，反正华年上任后，心情不是很爽，他也不想找王春生汇报工作，王春生决定不了他的前途和未来，找不找王春生也无所谓，所以，华年和王春生来往很少，关系很一般。

华年、贺一鸣、皮实主动跟王春生打招呼，王春生只是指了指对面的沙发，示意他们坐下。

最后进来的是锦瑟。当锦瑟进来的时候，王春生一双金鱼眼却突然直了木了，整个身子也僵硬不动了，像被点了穴定住了一样。

华年看到王春生这副模样，有些不高兴了，他叫道："王主任——"

王春生依然如故。

华年又大声叫道:"王主任——"

王春生这才缓过劲儿来:"噢,噢,噢,快坐快坐!"刚才还冷若冰霜、呆若木鸡的大胖脸刹那间阴转晴,满面笑容,春风劲吹,像看到了牛县长一般说:"坐坐坐!"

华年问:"王主任,牛县长这会儿办公室有人没有?要不我们进去汇报工作吧?"

"噢,不急不急,牛县长办公室这会儿有客人,咱先坐这儿聊一会儿,聊一会儿。"王春生热情得不得了,指着对面穿黑西装的中年男人说,"华主任,马董你认识吗?"

"马董?"华年一脸茫然。

"哎呀,马董你都不认识,你算是在春水县白混了。隆昌房地产公司你听说过吧?春水新城你听说过吧?锦绣花园你听说过吧?"

"都听说过。"华年说。

王春生指着对面的中年男子说:"来,我给你介绍一下,这位就是咱春水县赫赫有名的大老板,隆昌房地产公司的董事长马隆昌。"

华年扭头看了一眼这位五十开外的男子,只见他一身精致的黑西服,理着寸发,浓眉大眼,面皮白净,虎背熊腰,大腹便便,倒是很富态很有范儿的样子。

"噢,原来是马董呀。"华年不卑不亢地说。说实在的,对于这些土包子出身的依靠不正当手段发家的暴发户,华年相当看不起他们,也许他们能量很大,但是,华年对这号人就是不买账。从本质上说,华年还没有摆脱书卷气,甚至还有些文人雅士的孤傲风骨,怪不得很多人说华年,你其实最应该干的工作是到学校当老师。

华年不把人家大老板放到眼里,人家大老板更不把你华年放在眼里,这不,华年很友好地向这位马董打招呼,甚至想去握手,可这位马董,屁股沉得不得了,愣是不欠身,连看也不看华年一眼,只是死死地盯着锦瑟。

王春生觉得气氛有些尴尬,于是对这位马董说:"马董,这位是咱县政府发展研究中心主任华年。"

这位马董听了后,只是鼻子哼了哼,点了点头,算是知道了。

王春生兴奋地说:"华主任,你们这几位我有的人不认识,介绍介绍。"

华年没有接他的话,只是问:"最近王主任忙啥呢?"

王春生说:"华主任,我问你话呢!"

县政府发展研究中心副主任贺一鸣怕把事情搞僵了,于是打圆场说:"王主任,我们四个人,华主任你认识吧?"

"不太熟,最起码一个月没见过面了。"王春生没好气地说。

贺一鸣笑了:"那我呢,你总不能不认识吧?"

"你不是贺大主任吗? 发展研究中心的笔杆子,久闻大名。"王春生说。

"这两位,一个是我们发展研究中心城建股股长皮实,这位美女是我们刚招的职员,硕士研究生锦瑟。"

"华主任,怪不得你不想给我介绍呀,你小小的发展研究中心倒是藏龙卧虎呀,不,是金屋藏娇呀,还是硕士研究生,咱春水县恐怕这是头一个吧?那可不行,将来你这里的人要借我用几个。"

华年说:"王主任看上我们哪个了,你随便挑。"

"好，爽快，就让这位锦瑟小姑娘来我们这里，作为交换条件，以后你们发展研究中心有啥事儿需要我向县长通融的，尽管说，要钱要人要编制，我负责协调，咋样？"

"那先谢谢王主任了，但是你要问人家锦瑟同意不同意再说。"接着，华年转移了话题说，"要不，我们去牛县长办公室吧，估计这会儿他办公室的客人该走了。"

"稍等，稍等，我让牛县长的秘书去看一下，你们稍等。"说完，王春生装作给牛长耕县长的秘书打电话。其实，他根本就没有拨电话号码，只是对着手机煞有介事、一本正经地大声说："小钱，县长办公室的客人走了没有？"然后，他又自问自答地说："噢，还没走，好好好，啥时候县长办公室的客人走了，你给我说一声。呃，就这样，好，好，好！"

王春生的猪脑袋一歪，两手一摊，一脸无奈地说："华主任，看来你还要再等一会儿喽！"

华年看王春生打电话的表情很不自然，但也没有往深处想什么，那就只有等吧，找领导不就是这样吗，领导永远是大忙人，想见领导一面比见皇帝还难。

华年不忘问一句："王主任，什么客人哪？怎么说话说这么长时间哪？"

王春生说："华主任老弟，今天来的是牛县长以前的老领导，对牛县长有知遇之恩，你说，这事儿咋办？我总不能去县长办公室催客人走吧？你们还是在我这办公室再坐一会儿吧。"

华年对皮实说："皮实，你站在外边，站在牛县长的门口，啥时候看到他办公室的客人走了，你就过来喊我一声。"

"好咧。"皮实一摇三晃、大摇大摆地出去了。

王春生有些不高兴了："华主任老弟，你这是何必呢？我已经跟牛县长的秘书说过了，等客人走了，他会告诉我的，你不相信我吗？"

华年说："不是，王主任，我们就不劳牛县长秘书大驾了，让我们的人在走廊里等着，提高效率嘛。"

王春生俩眼不住地瞅锦瑟，华年也是个男人，他看在眼里、急在心上。华年了解王春生此人，都是同僚嘛，一个小小的春水县，县直委局的主任局长充其量也就几十人，乡镇的书记乡镇长也就三四十人，也就这么多实权人物，又是多少年在一个地方混的，谁的老底不清楚呀，特别是那些火箭提拔的干部，大家更是对其中的弯弯绕绕心知肚明。王春生的老岳父曾经是春水县的组织部副部长，后来又到外县当了副县长，后来又到市里某局当了副局长，王春生本来是一部队转业干部，文凭不高，但是有他老岳父一手提拔，在仕途上青云直上，两三年一个台阶，那是一步不落，硬是从乡镇一般干部干到了县政府办公室主任的高位。但是，王春生吃水忘了挖井人，像这种靠老岳父提拔的人，像这种政治姻亲，一般而言，婚姻都不幸福，这种人都是心术不正的人，既然能把婚姻当跳板，那跳上去之后，婚姻很快就成跷跷板了。王春生的老岳父早已退休不中用了，整天坐着个轮椅，嘴歪眼斜的，神志也不太清醒。王春生坐上县政府办公室主任的位置后，就开始放荡不羁起来，他那过河拆桥的小人本性便暴露无遗，玩女人成了他的第一爱好，养情妇成了他炫耀的资本。他有权他有钱，无非是权和钱在里边成了最好的春药，弥补了王春生对婚姻和家庭生活的缺憾。

华年知道王春生的德行，他看到王春生一双淫邪的金鱼眼儿热辣辣地看着锦瑟,眼珠子快要突出来了,便知大事不妙,要是锦瑟被王春生盯上,这事儿就麻烦大了。于是,他起身说:"王主任,要不我们改日再来吧,我看牛县长一时半会儿没有空,我们就不等了。"说完,他站了起来。

王春生急忙站起身:"坐坐坐,华主任,你既然跟牛县长约好了,不见牛县长咋能行呢? 一会儿牛县长问起我来,我咋回复呢? 是我没通知到你,还是你不想来? 你再等会儿,再等会儿,平时难得咱弟兄俩见面说说话,咱正好吹一会儿。"

华年说:"要不那样吧,我那里还有个重要材料需要写,让锦瑟先回去写着。"

王春生脸一拉,阴阳怪气地说:"华主任,哪差这一会儿哪? 只是想不到老弟看起来很老实,却外表忠厚、内心精明呀。看这小姑娘多漂亮,你从哪儿挑来的? 先别走,让我问问。小姑娘,要不到我这县政府办公室工作咋样? 比发展研究中心那小庙强多了吧?"

锦瑟的脸羞红了,腾地站起来,把材料递给华年,高挑的身子优雅地一转,一句话也没说,昂着头"噔噔噔"地径直走了,像一只高傲的白天鹅扬长而去。

王春生一脸尴尬地坐在老板椅上,望着锦瑟远去的背影,不知说什么好了。

华年暗自笑起来,既笑锦瑟这一招把王春生搞了个大没趣,同时,又从心里暗自佩服锦瑟,这小姑娘别看平时很柔顺、很甜美,但是在关键时刻还真是毫不客气,真是个"小辣椒",真的很"二"。

县政府发展研究中心副主任贺一鸣"嘿嘿"笑了两声,说:"王主任,我们发展研究中心确实很忙，锦瑟有任务，她等不及先走了。小姑娘嘛，现在都是娇生惯养，可以理解，可以理解。"

"啊，哈哈哈……"王春生也自嘲地笑了，"这小姑娘，有意思，有意思。你们发展研究中心培养的干部真不错。好吧，你们既然有任务，既然那么忙，我现在再问问牛县长秘书看牛县长办公室的客人走了没有。"

说完，王春生又拿起电话。不过，这次，他还是没有真的打电话，只是胡乱拨了几个电话号码，然后煞有介事地说："喂，钱秘书，县长办公室的客人走了吗？啊？走了？噢，好，我知道了，知道了。"然后，他对华年说："你们去吧，牛县长办公室的客人已经走了。"

华年和贺一鸣告别了王春生和那位马董，王春生和马董都只是微微欠了欠身，并没有站起来与华年和贺一鸣握手。华年也不在乎这个，王春生这人从来都是见了领导点头哈腰、见了下属昂首挺胸的，一副哈巴狗的嘴脸，而那位马董也是见过大世面的风云人物，所以，华年已习惯这些人小人得志的做派了。

皮实还站在县长牛长耕办公室的门口，华年问皮实，刚才是不是有客人从牛县长办公室出来，皮实说，打从我站在这儿，牛县长办公室的门就没有开过，也没有见有人来过，我又不敢敲门，就一直在这儿等。

贺一鸣凑上来问华年："华主任，见了县长都说啥？"

华年说："说啥？记住，见了领导啥都不说，就听他说，看他咋说咱再说。"

贺一鸣说好。

华年敲开了县长牛长耕办公室的门。牛长耕办公室分里间和外间，外间坐着秘书小钱,小钱见是华年过来了,说:"华主任,县长在办公室等你很长时间了,我就想催你们呢,你们正好过来了。"

华年问:"牛县长办公室的客人不是刚走吗?"

小钱说:"今天牛县长没有见其他客人,只约了你们。"

华年一听心里来气了,这个王春生,这不是坑人的吗?怎么说瞎话跟喝凉水一样呢!啥东西!明明是牛县长办公室没有客人,却让我们在他那里瞎等半天,这边牛县长还急着召见我们,牛县长要是怪罪下来,咋说呢这是?

其他的也不能多想了,只有赶快进去汇报工作才是正事儿。

县长牛长耕大高个儿,梳着大背头,正坐在办公桌前看文件,一只手拿笔,一只手拿烟,屋里早已是云雾缭绕。

县长牛长耕的烟瘾大,一天三四包。烟瘾大,自然有后遗症。这不,牛县长有咽炎,很严重的咽炎,爱咳嗽,三句话说不完就要使劲儿咳,而且咳嗽的时候全身用力,使劲下压身体,好像要把肚里的东西全吐出来才好受一样。大老远的,只要听见咳咳声,那准是牛县长来了。

华年和贺一鸣坐在了县长牛长耕对面的两把椅子上。城建股股长皮实不敢进来见县长,一则是县长那官儿太大了,他不敢见;二则是他自感吃得太胖了,怕县长取笑,自找没趣。

这不,华年刚把到杭州调研加强卫生城市建设的报告递给县长牛长耕,牛长耕县长就咳了起来,咳两声后,又赶忙抽了一口烟,抬起头说:"不看材料了,看了一晌材料,头晕眼花,脖子都是硬的,说说吧,说说就行了,废话少说,拣稠的捞。"

华年把到杭州考察的情况简要汇报了一遍,县长牛长耕又咳了两声,然后,深深吸了一口烟,显得很高兴。是呀,加强卫生县城建设是篇大文章,春水县是个偏远的农业县,县城建设还很落后,特别是脏乱差严重,不好好治理治理,不把县城的环境搞好,咋招商引资咧?人家外商肯来经商办企业吗?而不招商引资,不借助外力,光靠春水县自己折腾,能发展起来吗?所以,一切的一切都得从最基础的环境卫生抓起。

　　"抽根烟。"县长牛长耕扔给华年一根烟,这时候他觉得华年还是挺不错的,他牛县长看人还是看得挺准的。其实,牛县长是个大老粗出身,文化水平并不高,但他脑袋瓜很管用,再加上他性格豪爽,爱开玩笑,为人也不错,所以在仕途上还是顺风顺水的。不过,他有个大缺角就是知识有限,但越是这样的领导越重视有知识的人,所以,他对儒雅的华年还是挺欣赏的。说实话,华年能从乡镇调到县政府发展研究中心当主任,还是他的提议,因为他平时讲话材料没人把关,县政府办主任王春生在人际关系方面很有一套,但写材料不行,而牛长耕对这一块儿又特别重视,所以,在王春生不得力的情况下,他才想起要起用一个像华年这样的人到他身边来工作。只是这些情况华年并不知道,华年还以为是组织没有重用他,把他调到县政府发展研究中心是让他坐冷板凳呢,他还很不高兴呢。但其实,这是牛长耕县长要重用他了,只是牛长耕县长平时工作很忙,还没有机会把他的想法告诉华年。

　　想到这里,牛长耕一高兴,赏给了华年这根烟,而且他想这时跟华年谈谈心,把他要重用华年的想法告诉华年,但华年却说不抽烟。

　　牛长耕眉头一皱:"嗯?不抽烟?我的烟不是谁想吸就吸的,这是特供烟,你花钱也买不到的。"

"好好好,陪县长抽一根,尝尝领导的好烟。"华年急忙捡起扔在面前的那根烟,可是没有打火机、火柴,平时不怎么抽烟,口袋里不准备那玩意儿。

县长牛长耕随手扔给华年一个打火机,打火机像滑冰一样"哧溜溜"向华年滑过来,华年急忙接住了打火机,然后,打火,点烟。

"这不是会吸吗?装啥装?"

"没有装,县长,我平时就是不抽烟。"

"看你拿烟点火那架势很老练嘛,在县里工作那么长时间,烟酒没学会?"

"报告县长,烟酒都学不会。"

"书生啊,秀才,以后要改改,太文绉绉了,踢腾不开。"县长牛长耕话没说完,一口烟吸得太猛了,"咳咳咳——"又咳嗽起来。

华年急忙站起来,绕到牛长耕背后,想帮牛长耕捶捶背,牛长耕摆摆手,说:"坐坐坐,没啥事儿。"

华年坐下了,牛长耕看着华年旁边坐的贺一鸣:"你叫啥? 吸不吸?"

"我叫贺一鸣,发展研究中心的副主任。报告县长,你叫我吸我就吸。"

牛长耕笑了:"会说话,吸一根吧。"

贺一鸣站起来,一溜小跑来到牛长耕旁边,弯下腰双手接过县长牛长耕递过来的那根烟。看贺一鸣那架势,比接一块儿大石头还要费劲。

"华年——"牛长耕说。

"县长,您指示。"

"你这发展研究中心主任,是我亲自提议的,因为县政府发展研究中心主任是县政府的,其实很多时候是为我服务的,我能不操心这个人选吗?我看过你的简历,大学生,又从县政府办公室下去的,当过秘书,搞过文字材料,在乡镇又历练过,我还让组织上了解过你的思想政治情况,说你政治坚定,为人老实可靠,工作能力也比较强,与领导和同志相处都很好,生活各方面都比较严谨自律,这些都很符合我的要求。让你到发展研究中心当参谋智囊,你没意见吧?"

"没意见,没意见,县长的知遇之恩,我终生难忘,无以报答,只有加倍努力工作,请县长放心。"

"还满意吧?"

"满意满意,满意得很。"

"嗯,满意都行。你去杭州调研这活儿干得不赖,我一会儿把你的调研报告批给城建局,让他们把这事儿干了,你的任务就算完成了。不过,再给你派个活儿,你最近再去给我调研个事儿。"

"请县长指示,保证完成任务。"

"最近你带着县发改委、工信委、农业局的相关人员去新疆一趟。"

"去新疆干啥?"

"咋?不想去?新疆那地方多好,叫你去还亏你啥了?"

"不不不,"华年笑着说,"我感谢县长还来不及呢,别说县长叫我去新疆了,你就是叫我去美国、去欧洲我都坚决服从。"

"哼,就你能,我也想去美国、去欧洲。"

"呵呵,县长别见怪,开玩笑的。"

"还给我开玩笑?你嫩着咧!"

华年急忙说:"那是,县长久经风雨,水平高得很,我这辈子都赶不上。"

牛县长说:"你别给我戴高帽子了,我不吃这一套。"

华年的脸腾地就红了。

这时,只听牛县长又说:"说点儿正事,咱县是农业大县,农产品加工是咱县的优势。"

华年说:"对对对,牛县长说得对,市场经济拼的就是优势,优势是最大的竞争力,一个人能否出人头地,一个地区能否异军突起,就看他是否找准定位、突出特色、扬长避短、用足优势,就要靠你无我有、你有我优……"

"停停停,你先别插话好吧? 还用你给领导上课? 记住,给领导上课一大忌讳,是政治上不成熟的表现。你就那么急? 等我说完再说好吗?"牛县长不高兴了。

华年吃了个没趣,赶紧说:"噢,对不起,牛县长你说,你说。"

牛县长又咳了两声,咳舒服了,这才说:"农产品加工是咱县的优势,特别是大枣加工是咱的长项,但是呢,随着规模扩大,现在大枣种植跟不上了,听说新疆那地方地面儿大,阳光充足,干旱,很适合种植大枣,你去考察调研一番,回头给我写个报告,能不能与新疆一些县联合,建个大枣种植基地,解决咱县大枣加工产业的原料来源问题。"

华年说:"好好好,这是好事,请县长放心,我一定按县长的指示办,保证完成任务。"

华年表了态后,不忘问句话:"县长,咱办啥事儿,首先都要考虑一下,假如事情办不成,咋办?"

"你说这我懂,咋办? 到时候再说。我当过公社书记,当县级干部也十几年了,啥事儿我没经历过?啥事儿我怕过?没啥事儿,还会有啥事儿?这还会有啥事儿?啊!叫你去就是弄这事儿咧,啥问题都要学会解决,啥困难都要学会克服,啥问题关键都要靠干。不试咋知道不行?不干咋知道啥情况?只要干就会有收获,只要干就会有进展,不干,永远止步不前,事情办成办不成都要考虑到,但是关键靠干,懂吗?"

华年听了,连说"好好好"。

牛县长紧接着说:"把你调到县政府发展研究中心当主任,是我的提议。"

"我刚才听牛县长说了,我很感谢牛县长的知遇之恩。"华年诚惶诚恐地说。

"别说那虚头巴脑、言不由衷、拐弯抹角的话了,我是个直性子,不喜欢这样。"

"是是是!"华年心里七上八下地打起鼓来。

"说实话,你有点儿小情绪,别看你嘴上说满意满意,其实我心里跟明镜一样。"牛县长哈哈一笑,盯着华年说,"不过呢,今儿个我给你摊开说说,也给你交个底吧。乡镇书记的岗位确实重要,不过,要我看,县政府发展研究中心的岗位更重要,你知道吗?那是给我直接服务的哟,那谁不谁我会用他吗?你们都觉得县政府发展研究中心没实权,是个闲差,其实,是你们的境界和格局不高哇。"

听到这里,华年不住地点头。

只听牛县长接着说:"我始终认为,科学决策非常重要,某种程度上说,决策失误造成的损失比贪污腐败造成的损失还要大,所以呢,不管别的领导咋想，反正我是对县政府发展研究中心这个单位很重视。因为啥呢？像我们这些当领导的，不客气地说，水平那是有的，没有一定的水平只凭关系能到这个位置上吗？那是不可能的，即使给你这个位置你没有水平也干不了啊，这可不是闹着玩儿的。我听人说，咱县政府大院门口传达室的老王就跟人瞎吹说，只要给他配个秘书，再配个司机，他也能当县长。这老王可真是有意思，真给他配个秘书，再给他配个司机，他就能当县长了？要不我跟他换几天试试？"

华年听了也哈哈大笑，边笑边说："牛县长，老王那估计是说着玩儿咧，你可别当真，真让他当县长，他可真干不了。别说当县长了，就是让他当个乡长他试试？又是招商引资上项目咧，又是群众有意见上访咧，又是征地拆迁咧，净是麻缠事，通难着咧，有时候我都难得整夜睡不着觉，没点儿真本事那可玩不转，脑子不够使那可干不了，更别说当县长了，一个县几十万人，天天恁多事儿需要处理，那是闹着玩儿的吗？"

"对头，对头，你说的是实在话。不过啊，华年，话说回来，咱当个领导，即使再有水平，也不可能是全才，不可能啥都懂，不可能在各个方面都是专家，所以，我们就需要借助外脑，就需要有一帮智囊帮助出主意、想办法。再则说，我有时候想下去调研了解情况，说实话，也很难哪，每到一地，前呼后拥，时间又短，哪能听到真实的声音呢？哪能了解更深的情况咧？所以，这还需要有 帮人帮我搞调研了解实情。你说，县政府发展研究中心这个单位重要不重要？"

"重要，重要，牛县长高瞻远瞩、高屋建瓴，真是一语中的、一针见血啊。"

"爬一边儿去吧，别给我戴高帽，高瞻远瞩这词儿用到我身上合适吗?"

"我说错了，说错了，牛县长批评得对，我改正，一定注意。"华年闹了个大红脸。

"说实话，你没有给我直接服务过，对我的性格不太了解，不过咱都在春水县工作，你也应该有所耳闻哪。我性子直，不喜欢那阿谀奉承的人，啥叫捧杀啥叫棒杀，你懂吗?"

华年摇摇头说:"不懂。"

"棒杀就是那真刀真枪杀人的，捧杀就是那光说好话让你不知不觉死掉的，棒杀易躲，捧杀难防，我只要听到谁在我跟前奉承我，我就提高了警惕。华年，你小子不是这种人吧?"

"不敢，不敢，牛县长，我最不会阿谀奉承了。"

"但愿如此吧。"牛县长吐了一口烟雾，咳了一声，自言自语地说，"说实在的，调研很重要，我如果一段时间不到基层去，天天坐办公室处理事儿，这心里就空落落的，制定的文件出台的政策指导性就差。要是经常下乡调研，与群众坐在同一条板凳上，就学会了群众语言，掌握了工作方法，还会找到自信，找到动力。调研不能把现场变成秀场，不能兵马未动经验已出，不能不怕群众不满意、就怕领导不注意。调研还要做好前期功课，不能被调研单位牵着鼻子走，有时候还需找亲朋好友从侧面了解真实情况。调研还要增强主动性，不能领导安排啥你干啥，领导不安排你你就不干，这也不对，这些，你在以后开展工作时可都要注意啊。"

"好好好，敬请牛县长放心，我一定抓好落实。"

"说实话，在这方面，咱现在的县政府办主任王春生就有些欠缺。我这人，平时大大咧咧，在生活服务方面不讲究，可是，我对文字材料这方面要求很高，之所以把你调到我身边来，也是有这方面考虑的。"

听完牛县长这番话，华年猛地一惊，牛县长在自己跟前说王春生"在这方面有些欠缺"，哪方面？肯定是文字材料方面。的确，王春生在文字材料方面有些欠缺，他的水平在那儿放着呢，他不是干这块活儿的料。可是，牛县长说这番话不是明摆着对王春生不满嘛！但牛县长又没说透，可能领导说话就是这样吧，点到为止，意犹未尽。可是，牛县长为啥要在他华年面前流露出对王春生的不满呢？这是为啥呢？华年一时想不明白，可也不敢接话茬往下继续说继续问。

这时，只见牛县长伸伸懒腰，紧了紧裤脚带，大手一挥，说："就这吧，我还有点儿别的事儿，今天就说到这儿，以后不要在工作上带什么情绪，不要不在状态。好好干，让我放心，啊！"

"谢谢牛县长，我一定干好工作，让牛县长放心。"

华年带着满脸疑惑起身告辞了，出了县长牛长耕办公室的门儿，路过王春生的门儿，王春生的门儿大开着，他那是为县长而开的，啥时候县长出去了、回来了，必然要从他的门前经过，他只要看见县长的身影，那就必须像狗一样的跟上去，这是规矩，这是职责。

华年没有搭理王春生，这时，他已经约莫猜到了牛县长对王春生的态度，于是很有些看不起王春生，他径直走了。

王春生看到华年走了，也没吭声。

从县长那里领命回来，华年就张罗着去新疆调研的事情。他让锦瑟起草了个通知,发给了县发改委、工信委和农业局等单位,然后,他在考虑,让谁跟着一块儿去呢?

锦瑟是肯定要去的,自从锦瑟到县政府发展研究中心秘书股工作之后,华年给她安排的任务就是写材料、当内勤。

锦瑟每天上班来得很早,把华年的办公室门打开,拖拖地,擦擦桌子,把桌子上的文件分门别类地整理一遍,烧好开水,把华年的杯子接满水。华年不喝茶叶水,只喝白开水。锦瑟第一次见华年就知道了华年喝白开水,她心很细,她看到华年的杯子里没有茶叶,是纯净的白开水,所以她给华年倒水的时候就没放过茶叶。

华年暗自感叹,锦瑟真是一个冰雪聪明的女孩儿呀,美丽聪颖,华年打心眼儿里喜欢。

华年来了客人,锦瑟跑前跑后,把客人从办公大楼的大厅接上来,再引到华年的办公室,为客人倒水,但是不让烟,因为华年不怎么吸烟。把客人安顿好之后,就轻轻地带上门走了。但是,她并不远去,只是站在华年办公室的门口,等着华年有什么吩咐,她随时就可以进来服务。

客人们看着锦瑟飘然离去的背影,都要忍不住赞叹两声:"唉,华主任,你好福气呀,这小丫头你是从哪儿找的呀,要不你放她走,到我们单位吧。"

华年听到这里,总是笑笑不语。

华年要出去开会或者办事了,锦瑟总是把华年送到车里。要是锦瑟跟华年一起出去,锦瑟总是紧紧跟随华年,华年走到哪儿,锦瑟就跟到哪儿,华年坐到哪儿,锦瑟就挨着华年坐到哪儿,也不管什么级别不级别的,反正她总要贴着华年,就像华年的保镖,就像华年的影子。有时候,华年也觉得不好意思，一个青春美丽的女孩儿，天天跟自己粘在一起，形影不离，有些人就用那异样的眼光看华年，用愤怒的眼光看锦瑟。但是，时间一长，华年对锦瑟已经非常依赖了，他已离不开锦瑟了，因为锦瑟确实很会办事儿，考虑问题非常细致非常周全，华年省了很大劲，少操很多心。

华年已经很适应很享受锦瑟在身边的时光了，他已经不在乎甚至是不屑于别人说什么了。

秘书股股长苗叶肯定也是要去的，毕竟她是秘书股股长，虽然华年有些烦她，而且想把她调到其他工作岗位，但是现在时机还不太成熟，没有找到很合适的借口和理由。所以，该用还是要用，只是少用而已。

上次去杭州，是城建股股长皮实和分管城建股的副主任贺一鸣跟着去的，这次调研因为农业工作是经济业务，就让分管经济股的副主任赵家柱和经济股股长安大山跟着去吧。

华年趁锦瑟到他办公室送文件的时候问锦瑟："锦瑟，去过新疆没有？"

锦瑟歪着头，调皮地说："没有呀，华主任是不是想带我去新疆呀？"

"聪明，一点就透，你这小脑袋瓜是玻璃做的吗？"

"我不聪明，我很笨，但是，我了解华主任呀，华主任上次带我到天堂杭州转了一圈，圆了我去西湖看雨的梦，这次您提到新疆，那里有天山、天池，有王母娘娘和七仙女待的地方，您肯定要带我去了。"

"是啊，你是九天仙女，天堂是你的家，你去过杭州了，如果再去一趟新疆，就等于去过两次天堂了，而我这凡夫俗子，也可以跟着你沾沾仙气了。"

"哪有呀，不是华主任，哪有我的今天哪？"

"唉，这都是缘分哪，如果咱俩不是在春水桥上相遇，咱俩可能就不会在一起工作了。"

"是啊,要不说你是我生命中的贵人呢。"

华年笑笑,点点头,然后又笑笑,摇摇头。

华年突然想起了什么,说:"呃,锦瑟,你读研究生不是中文专业的吗?有情调,有素养,有见识,有智慧,咱这一趟去新疆要不你全程负责吧?"

锦瑟一听,头摇得像拨浪鼓:"华主任,那可不行,那可不行。我刚出校门啥都不懂,不行,不行。"

锦瑟直摆手,华年笑了,说:"跟你开玩笑的,跟我在一起,不会让你操心的,你只管放心玩儿就行了。"

锦瑟抿着嘴唇一脸幸福地点点头。

第五章　温暖

　　就在华年安排去新疆调研考察相关事宜的时候,华年接到春水县的上级单位平原市市政府的传真件,说是市政府发展研究中心的刘副主任下午要带几个人到春水县了解一下城乡一体化工作。

　　华年不敢怠慢,把分管城建股的副主任贺一鸣、城建股股长皮实,还有秘书股股长苗叶,都叫到他的办公室开会,商量接待的事情。

　　锦瑟进来倒水,华年说:"锦瑟也坐下听听吧,不定有什么跑腿儿的事呢。"

　　锦瑟不说话,华年偷偷看了看锦瑟,锦瑟满脸忧伤,很不开心的样子。

　　锦瑟没有多少花花肠子,什么事儿都写在脸上。华年阅人无数,锦瑟什么事儿都瞒不过他。

　　锦瑟听话地坐下了。华年说了如何联系调研单位,在哪儿开座谈会,在哪儿请吃饭和住宿,以及谁来陪同的问题。这些事情,都逐项安排好了,华年最后强调说,这事儿由贺副主任全面负责,而他华年也全程陪同,毕竟是市政府发展研究中心的副主任嘛,虽说各为其主,彼此之间没有直接的隶属关系,但到底是上级领导机关下来的副县级干部,还是要服务好接待好配合好的。

在这方面,在人情世故方面,华年还是很注意的,他本来就是一个细心的人,比如,逢年过节,他总要给那些熟悉的半熟悉的甚至只有一面之交、只留下电话联系方式的人都发个祝福短信。以前的亲朋故交、同学同事,只要来找他了,他能见就见,能帮忙就帮忙,能请吃饭就请吃饭。当然,不用公款,都是他自己掏腰包,在街头小店里弄两杯喝喝,不摆谱,但动真情。

平时见到熟人,华年总是大老远地热情打招呼,不像有些领导,官越大架子也越大,走路横着走,眼皮儿往上翻,一副看不起人的狂傲的神态。

与人为善,而不是以人为壑,更不是与人为敌,这是华年的处世原则。所以,华年不论到了哪里,人缘都很好。他不论离开哪里,在开欢送会的时候,总有那么几个人率先哭出来,真是在哭,这么一哭,全场人都掉泪。

所以,华年很知足,人心换人心,真情换真情,这是不会错的。但是对于那些很坏的人,华年也是毫不退让,与之斗争到底。

华年一口气安排完,问大家还有什么意见没有,大家都说没啥了。

华年说:"既然大家都没有什么意见,那就按刚才我说的办吧,就这,散会。"

贺一鸣副主任站起来要走,皮实紧跟着也站了起来,接着是苗叶站了起来,锦瑟也站了起来。华年却说:"锦瑟,你先留一下。"

贺一鸣副主任走了,皮实走了,苗叶站在原地不动,问:"华主任,我还有什么事吗?"

华年摆摆手说:"没你什么事,可以走了,我让锦瑟把我这些天来的文件整理一下,让她清理走,积压太多了。"

苗叶悻悻地走了。

办公室只剩下华年和锦瑟了,华年问:"锦瑟,你有什么事吗?"

锦瑟说:"没事。"

华年说:"不对,你的脸上写着,你有事,我能看出来。"

锦瑟眼圈儿红了,但她依然说:"没事,真的没事。"

华年不好再说什么了,只是问,下午市政府发展研究中心的刘副主任要来咱们春水县调研了,你能陪吗?

锦瑟说没事儿,能陪。

下午,市政府发展研究中心的刘副主任带着两个小伙子来了,开了座谈会,晚上吃饭在机关食堂,很安静的一个包间,春水县政府发展研究中心这边,华年带着贺一鸣副主任、皮实、苗叶、锦瑟一起作陪。

当人到齐的时候,服务员开始上菜了,菜品都是家常菜,好吃不贵,上的酒也是春水县的当地酒。

大家按位次坐好,服务员倒酒的时候,华年指着锦瑟悄悄对服务员说,一会儿你不要给那位小姑娘倒白酒,给她倒白开水就行了。

服务员很听话,该给锦瑟倒酒了,服务员把酒瓶放下,转身去拿水壶。

这时,只听锦瑟说:"服务员,咋不倒酒呀?"

锦瑟这么一说,大家都愣了,是啊,现在喝酒,没人不推说不能喝的,还有主动要酒的,而且是这么漂亮的一个女孩儿,竟然自己要酒喝,真是奇怪!

服务员看着华年,面露难色。

华年也不解了,锦瑟平时是不怎么喝酒的,而且酒量真的不行,只要华年带锦瑟出去吃饭,华年从不让锦瑟喝酒,锦瑟总是很听话,可今天是怎么了?华年感到不对劲儿,锦瑟的情绪不太好,肯定有啥事儿,只是华年问她她不说,华年也没办法。

华年说:"酒可以倒上,但是喝酒就随意了,能多喝就多喝,不能多喝就少喝,反正刘副主任也不是外人,咱都不勉强。现在不缺酒,大家也都注意身体,喝酒这事儿就根据个人情况吧,是吧,刘主任?"

刘副主任说:"华主任说得对,酒都倒上,但喝酒随意,我其实也不能喝,年龄大了,一身毛病,又是高血压,又是糖尿病,还有心脏病,放了两个支架了。"

华年说:"是吗?那行,刘主任您就随意,咱喝好为好,啊,喝好为好。"

即使这样,喝酒的程序还是要进行的。

等凉菜上了六个,华年端起酒杯说:"刘主任,首先我代表春水县政府发展研究中心全体同志热烈欢迎您莅临指导工作,这第一杯酒是欢迎酒,咱要喝讫。"

"好,喝!"刘副主任兴致很高,虽说客气了那么长时间,说了那么多不能喝不敢喝的话,真的端起酒杯来,还是一饮而尽。喝了之后,还不忘翻倒酒杯,酒杯里果然一滴不剩,"我喝讫了,华主任,一点儿都不剩呀。"

华年也端起酒杯喝干了,把空酒杯举得高高的,在空中转了转圈,展示了一番喝酒的辉煌成果,说:"我也喝讫了,第一杯,咱大家都喝讫,啊,但是,女同志除外。"

华年说归说,大家还是都喝讫了,连锦瑟也喝讫了。

锦瑟喝了一杯酒之后,脸就红了,不过,白皙的皮肤染上酒的红晕,更加俏丽动人。华年心里却有些难过,锦瑟今天肯定有什么事情,不然的话,她不可能这么主动地喝酒。

锦瑟呀锦瑟呀,你到底是为什么呢?为什么这么作践自己呢?

第二杯酒又端了起来,华年说:"这杯酒是感谢酒,感谢刘主任及市政府发展研究中心的各位领导长期以来对我们春水县工作的大力支持和帮助。来,这杯酒咱们干了。"

第二杯酒又进了众人的肚子,锦瑟也很爽快地喝干了酒。

第三杯酒又端起来了,华年说:"这第三杯呢,是希望,希望刘主任常到春水县检查指导工作。来,咱们干了。"

大家一饮而尽,锦瑟也不例外。

酒过三巡,菜过五味。大家轮番敬酒,等锦瑟开始敬酒的时候,当然也是先从刘副主任开始,刘副主任问道:"华主任,这位美女是……?"

"噢,刘主任,这位是我们春水县政府发展研究中心新招的职员锦瑟,硕士研究生。"

刘副主任惊奇地说:"华主任,你叫华年,这位美女叫锦瑟,华年、锦瑟,锦瑟、华年,嘿嘿,有意思,有意思。"

刘副主任这么一说,大家都看看锦瑟,看看华年,是啊,锦瑟无端五十弦,一弦一柱思华年,锦瑟和华年华主任的名字怎么这么巧合呢?而且,锦瑟还一弦一柱都在思华年,这这这,没法儿说,没法儿说。

其实,春水县政府发展研究中心的同志们在锦瑟上班的第一天,就有人在悄悄议论这个事儿了,说怎么这么巧呢? 主任叫华年,新招的女孩儿叫锦瑟,他俩莫非有什么特殊关系? 但是,听说锦瑟不是本地人,跟华年不会有什么纠葛呀。这是咋回事呢?

大家心有疑虑,但是,因为华年是主任,没人敢问这个事儿,大家心里疑虑也就疑虑着吧,这次,市政府发展研究中心的刘副主任一语道破天机,大家满心欢喜,净等着华年来回答这个问题,解开大家一直闷在心里的疑虑。

华年也愣了,人是事上迷,自打锦瑟来春水县政府发展研究中心上班之后,华年就迷上了锦瑟,他已经晕头转向,他已经失去理智,他已经忘记了,不,准确地说他已经无视了别人对他和锦瑟的闲言碎语,所以,对这个别人很容易发问的问题,他倒忽略了。如今,刘副主任提出这个问题,他猛然一惊,是啊,他华年能够意识到他的名字和锦瑟的名字这么巧合,别人又怎么可能是傻瓜呢? 别人又怎么可能意识不到这个问题呢?

华年不愧是久经沙场,转眼之间便冷静了下来,他不紧不慢地说:"刘主任,大千世界,无奇不有,有的时候就像做梦一样,我呢,没有兄弟姐妹,打小我就想,要是啥时候有个妹妹就好了,要是有个妹妹,我一定保护好她,不让她受别人欺负,疼她爱她亲她。可是,这个愿望一直满足不了。没想到,锦瑟出现了,她就跟我的亲妹妹一样,虽说我们是工作关系,但是,我就视其为亲妹妹,她也把我当作大哥哥。其实呢,也不只是锦瑟,我们春水县政府发展研究中心的每一位同志,都是我的兄弟姐妹,我都当作自己家人一样看待,家和万事兴,我们春水县政府发展研究中心的气氛好着呢。

刘主任,咋样? 你看我们几个是不是就像亲兄弟姐妹一样啊?"

华年这么说,大家都没法儿说其他的了,刘副主任于是又"嘿嘿"两声,说:"好,好啊。"

等敬酒环节结束,锦瑟却抢先站了起来,说她没喝够,还想喝。

华年看不下去了,有些生气地说:"锦瑟,你今天是咋了? 不要命了?"

锦瑟说:"华主任,没事儿,我能喝。"说完之后,又一杯酒倒进了嘴里。

华年说:"苗股长,你带锦瑟先走吧,锦瑟今天喝得不少了,不能再喝了。"

苗叶小声说:"她想喝,她能喝,我咋带她走呀?"

"华主任,我没事儿,我能喝。"锦瑟说这话的时候,身子一摇,晃了几晃,手拍了拍头,差点儿摔倒。

华年说:"不行,锦瑟,不能再喝了,你现在就回办公室,不,回家去。"

"我不走,我不走。"锦瑟大声说。

一桌的客人都愣了,春水县政府发展研究中心副主任贺一鸣这会儿看不说句话也不合适了,于是,他端起酒杯说:"那样吧,刘主任,华主任,锦瑟不走,就让她坐沙发上休息一会儿,我从来没见过这小姑娘喝这么多酒,今天真是喝得不少,咱让她休息一会儿,让我再进行一圈。"

华年心想,也只有这样了。

华年让苗叶劝锦瑟坐到沙发上,苗叶不动弹。华年又给皮实使眼色,皮实起身拉锦瑟去坐沙发上。没承想,锦瑟就是不去,还要喝,而且指名道姓要和市政府发展研究中心的刘副主任喝。看来,她是真的喝多了。

华年再也无心喝酒了,他怕锦瑟有什么意外,毕竟,女孩子还是不胜酒力的,万一有个什么事咋办呢? 于是,他对服务员说:"服务员,上主食。"

可是,锦瑟不愿意了,她双眼圆睁,质问华年:"我想喝,为啥不让喝?"

"就是不让你喝。"华年也恼了。

"我非要喝。"说完,锦瑟转身从服务员手里抢过一瓶酒,对着酒瓶子"咕嘟咕嘟"喝起来。

华年这时再也忍不住了,"啪"地一拍桌子,站了起来,指着锦瑟说:"你给我出去。"

华年这一招把一桌人吓了一跳,锦瑟一愣,随即眼泪就流下来了,酒瓶往桌子上一撂,两手捂着脸哭着跑了出去。华年见状,也不顾客人了,径直追了出去。

市政府发展研究中心的刘副主任见此情形,站了起来,对随行的工作人员说:"走吧,咱回去吧。"

县政府发展研究中心副主任贺一鸣见状急忙拉着刘副主任的胳膊:"刘主任,先坐,先坐。"

"不坐,走,我们也该走了。"刘副主任说完,站起来走了。

市政府发展研究中心的刘副主任趁着夜色连夜回平原市了。

贺一鸣目送远去的汽车,叹了口气,摇摇头说:"咱也回家吧,这事儿弄的,唉——"

锦瑟在前边跑,华年在后边追,锦瑟跑出机关餐厅,跑出机关院,刚到了大街上,华年就追了上来。

华年跑到锦瑟前边,拦住了她。

"锦瑟,你到底咋啦?我问你你也不说,你肯定有啥事儿,你告诉我,没有解决不了的困难,没有办不成的事儿,你倒是说说呀。"

锦瑟蹲在一棵梧桐树下,放声哭了起来,但是,她就是不告诉华年是咋回事。

华年说:"那样吧,你在哪儿住,我拦个出租车把你送回去。"

锦瑟哽咽着说:"我一个人在这个县城,我没有家。"

华年想了想说:"那样吧,你今天喝了不少酒,我现在把你送到医院,你到医院里输输水,解解酒再说。"

锦瑟说:"我不去医院,我哪儿都不去。"

华年生气地说:"那哪行呢?净耍小孩子脾气,听我的,我是你的领导,知道吗?"

华年说完,正好看到一辆出租车过来,车前方玻璃上挂着"空车"字样的绿色荧光牌。华年拦下了出租车,把车门打开,不由分说硬是把锦瑟塞上车。然后,华年绕到出租车的另一边,坐到锦瑟身旁,对司机说:"师傅,去县人民医院。"

到医院后,华年帮锦瑟挂了号,找了间病房,医生给锦瑟输上水,锦瑟慢慢安静了下来,沉沉睡去了。

华年守在锦瑟床边,看着锦瑟清秀却苍白的脸,心里一阵阵的痛:是啊,一个女孩儿,独自一人到城市打拼,太不容易了。想他华年,虽是一个大男人,但是来到这个陌生的县城,却感到自己是多么的渺小,小到无立足之地,就像地上的一只蚂蚁,随时有被别人踩死的可能,茫茫然不知前路在何方、命运在哪里。

第五章 温暖

多想有一棵大树可以依靠，多想有一把伞为自己遮风挡雨，但是，没有背景，没有后台，就只能艰难前行。

一个大男人，为了理想，在官场，在商界，在职场，面对那漠然的冷笑、不屑的眼光、刺骨的话语，可以不要脸地登门送礼，可以低三下四地请人喝酒，那些自尊那些脸面，被无情的现实击得粉碎。脸皮薄，吃块儿馍，脸皮厚，吃块儿肉，人不要脸，天下无敌，这些，他华年都懂，他能做得到。他有自己的脸面哲学：向一个人低头，是为了在成千上万人面前昂头，一时的低头，是为了永远的抬头。这账他还是算得清的。风物长宜放眼量，知现实，屈小节，只是为了看长远，伸大节。

但是，一个女孩子，一个漂亮的女孩子，在这弱肉强食的动物世界，孤身一人，谁来保护她？谁来扶持她？

锦瑟是纯洁的天使，是高傲的紫霞仙子，华年对她生出无限爱恋，但也只是一种可望而不可即的爱，华年有家室，理智告诉他，责任提醒他，做人的底线警示他，他不能抛妻弃子、另图新欢，他不是那种把自己的幸福建立在别人的痛苦之上的人，更何况是与自己相濡以沫的妻子和需要一棵大树、一把保护伞的女儿，他很难想象离了他华年，她们母女俩该如何生存。

锦瑟只是天上的锦瑟，而华年只是地上的华年，他和她也可能只是红尘中永远难以交织的两根平行线。

爱是一种过程，而不是结果。虽是最爱，却无法相守。也许这一生都不可能与锦瑟在一起，也许情感的种子终不会发芽、开花、结果，成不了生活伴侣，就做个精神伴侣吧。站在地上，抬头远远地望着锦瑟，看她就像一片白云，在季节轮回中一天天变老。

不知路在何方,只有走一程看一程,但在最关键的节点,华年总是理智战胜感情,多年的官场历练,他还是有这种把握和掌控能力的。是啊,男人就是难人,男人之所以成为男人,就是能够作难的人哪。在大灾大难之中,挺直脊梁骨笑傲江湖的是男人,立志高远的是男人,他的天空在远方,他是不会耽于儿女私情的,更不会走邪路、走歪路、走小路、走错路。

华年给妻子桂枝发了个短信,意思是晚上加班,在办公室睡觉不回去了。妻子桂枝理解华年,没说什么,只是回短信说注意身体。

夜已深了,这是农历五月,节令已进入立夏,正是"天地始交、万物并秀"的温暖时光。喧闹了一天的医院这会儿出奇地安静,只是不知哪里传来打呼噜的声音。

锦瑟喝酒喝得太多了,睡得特别深沉。医生和护士们也都离去了,只有华年坐在锦瑟的床边,华年看着美丽的锦瑟,锦瑟身上甜甜的幽幽的薰衣草香味让他着迷,锦瑟好看的五官、高耸的胸部和柔美的身姿使他眩晕。凌晨时分,也是一天中男性荷尔蒙分泌最旺盛的时候,华年热血上涌、浑身燥热,他多想紧紧地抱住锦瑟亲吻她。这时候亲吻锦瑟,不会有人发觉,锦瑟更不会知道,但是,华年还是忍住了。

华年不想伤害锦瑟,更不想乘人之危,他本性质朴,不是那种下三烂的小人。他是一个还算有良知的乡科级官员,连七品芝麻官都算不上。在古代,可能也就是连亭长之类都算不上的小官儿。可是,也可能正是他的正直善良,他才做不出那些下三烂的事情。特别是他参加工作后,有段时间迷上了中国传统文化,读遍了四书五经,对老庄学说、孔孟之道、程朱理学相见恨晚,对王阳明、曾国藩佩服有加,存天理、去人欲,他的自律意识还是有的。他知道,人之所以不同于动物,就是人的自律性强,知道什么事该干什么事不该干,有些事不想干也得强迫自己去干,有些事想干但也不能干,不能随心所欲,不能想干啥就干啥,不能不想干啥就不干啥。因为人是社会的人,自己的一言一行都与别人有千丝万缕的联系,受制于方方面面的因素,完全的自由自在、我行我素是不存在的,即使是古代权倾天下的皇帝也做不到,所以才不能想干什么就干什么、不想干什么就不干什么。自古以来,凡能够控制自己思想的人,能够管得住自己言行的人,能够自律的人,一定混得不会太差,命运也绝对不会太坏,也不会埋怨命运不公或者命运不好。尤其是踏入仕途当一名领导干部,更要把好金钱关和女人关。自古以来,凡是把一名官员搞臭打得满地找不着牙的,都是在金钱和女人上做文章、找缺口。不贪财,不贪色,只要把控住这两点,即使其他方面有了错误,也不至于永无出头之日,而这两点一旦被人抓了把柄,那就死无葬身之地,再难东山再起。中国历史上有位著名的官场不倒翁——五代时期的冯道,他一生事四姓、相六帝,在那样乱的局势下,却能保身立命、一生不倒,就是有常人所不及的自制力、慈悲心、好度量、大胆量。冯道曾有诗《偶作》:"莫为危时便怆神,前程往往有期因。须知海岳归明主,未必乾坤陷吉人。道德几时曾去世?舟车何处不通津。但教方寸无诸恶,狼虎丛中也立身。"是啊,凡成大事者,凡有大作为者,必会遇到各种明枪暗箭,必会受到小人的攻击,而要立于不败之地,在狼虎丛中立于不败之地,就不能留下丝毫不检点之处,不能给人以任何可乘之机。所谓苍蝇不叮无缝之蛋,那就必须有超出常人的勇气、毅力、度量和胆量,而律己要严更必做到常人所不及,不贪财,不贪色,不恋权,不谋私,不赌,不嗜烟酒,时时存有敬畏之心,慎独慎欲慎微,小心翼翼,战战兢兢,如临深渊,如履薄冰。王阳明龙场悟道、修身养性、知行合一,靠强大的心学成就立德、立言、立功"三不朽",曾国藩天天记日记,反省检讨改进自己的所作所为。反观当下的自己,稍有成就便忘乎所以,为情所困,为色所迷。冰冻三尺非一日之寒,日积月累不检点不自律,必然毁掉自己。

华年有些烦躁不安了,准确地说是懊悔不已。他在理智和欲望之间艰难地挣扎。常言说:君子不立于危墙之下。《朱子治家格言》有云:"三姑六婆,实淫盗之媒;婢美妾娇,非闺房之福。奴仆勿用俊美,妻妾切忌艳妆。"是啊,古代将士出征从来不带女人,就是怕女人影响军心。古代的大家族从不用美仆,就是害怕祸起萧墙。面对绝色美女,如果天天在面前晃来晃去,谁人能控制得住自己的非分所想?不可高估一个人的节操和自制能力啊。虽说不自律必自毁,可那么多凡夫俗子,谁能有那么高的定力啊!那么最好的办法其实就是不见,也就是说要远离这些乱心之人。眼不见心才静,不知者方不动。现在看传下来的那些清廷老照片,那些宫女也并非如常人所想象的个个似仙女,长相都很一般,甚至很丑。即使是清廷选妃,首要考虑的也并非美貌,而是大家庭血统的纯正,以品行端庄为要。可是反观现在一些公司企业,动不动就是俊男靓女伺候,美其名曰提升企业形象,还提出美就是生产力。其实,说实话,这很有些色诱的嫌疑,颇有些居心不良,心术不正。而他华年,在自己单位就金屋藏娇,天天面对锦瑟这个绝色美女,能不神魂颠倒?锦瑟在自己身边天天晃来晃去,这是多么危险的事情啊,不说别的,即便他自己痛苦自律不做什么出格的事,难道别人会不风言风语说三道四吗?对自己的政治前途能没有影响吗?关键是,他自己已经为锦瑟所心动，陷入情海而不能自拔了啊，靠一己之力已经拔不出来了啊，而且他还不想让人把自己拔出来，他一点儿也离不开锦瑟了，他已经完全迷上了锦瑟而不能自已。

这时，他思来想去，他也想过打电话让锦瑟的家人或者亲朋好友来照顾锦瑟，但是锦瑟在春水县只有一个男朋友，还跟锦瑟分手了，在这个春水县，锦瑟真的是举目无亲了。

华年也想过让苗叶来照顾锦瑟，毕竟女同志互相照顾方便些，但苗叶对锦瑟明显不满。他也想过让皮实过来照顾锦瑟，但那更不合适了，华年不放心。他还曾想过让他的司机何勇帮他照顾锦瑟，但想想更不放心。所以，华年只有亲自照顾守护锦瑟了。也许这种挣扎特别痛苦，但是，华年本就是一个受过大罪吃过大苦的人，这点儿艰难困苦又算得了什么呢？为了锦瑟又算得了什么呢？

人说，恋爱中的人智商等于零。也许真的如此吧，平时的自律和清醒都到哪里去了呢？自己一个谦谦君子怎么坠落成如此不堪的小人呢？怎么一想起锦瑟一看到锦瑟，自己就完全变了个人呢？锦瑟啊锦瑟，你到底是人还是魔？你来到我身边，到底是爱我还是在害我？

时光在嘀嘀嗒嗒的钟表声中悄悄流逝，华年就这样胡思乱想着，歪在椅子上睡着了，正睡得迷迷糊糊呢，只听有人喊："查房呢！查房呢！"华年睁开惺忪的睡眼，才发现天已大亮，医生和护士一大帮人进病房里了。这时候，锦瑟也醒了，医生问锦瑟怎么样了，锦瑟看着眼前的一切，吃惊地问："我怎么在这里？"

医生和护士都笑了："美女，你喝得太多了，你老公把你送来，陪了你一夜。你老公真好,你真幸福。"

"是吗?"锦瑟那双好看的眼睛盯着华年,满是感激和羞涩。

华年不好意思了,但是又没法儿说他不是锦瑟的老公。

医生问:"美女,感觉咋样了? 好点儿了吗?"

锦瑟说:"没事儿。"

医生说:"还是年轻人身体好呀,恢复得快。给你量量体温、血压,听听心跳,要是没事儿,就可以走了。"

医生和护士们忙完就走了,锦瑟羞红了脸,低下头说:"谢谢华主任。"

华年说:"没事儿,以后少喝点儿酒,不过,我想问你的是,你到底咋回事? 为啥抢着喝酒? 你肯定有什么事儿。锦瑟,你在春水县无亲无故的,你就把我当作你的亲人,当作你的亲哥,你有啥事儿跟我说,在春水县还没有我办不到的事情。"

华年说到这里,锦瑟放声哭了起来,哭得两只肩膀不停地抖动,眼泪和着鼻涕都流了出来。华年递给她一片餐巾纸,锦瑟擦了擦脸上的泪,又擦了擦鼻涕,说:"华主任,我的男朋友要结婚了,他还给我发了个短信,要我去参加他的婚礼。"

华年听了之后,心放肚里了,长舒了一口气,说:"唉,锦瑟,我以为啥大事呢,结婚就让他结呗,没事儿,这个世界上没有谁离不开谁,你没有认识他之前,不也过得好好的吗? 这事儿呀,过个几年你再回过头来看,你会发现,那只是一段记忆,只是生命中的一段小插曲,时间是最好的医生,很快你就会把这事儿忘掉的。"

锦瑟哭着说:"华主任,我们谈了七年恋爱呀,人生有几个七年哪?我为他背井离乡来到这春水县,可是,可是,他竟然为了追求一个大领导的女儿,抛弃了我,我这七年时间,付出了多少感情呀。"

华年不说话了,是啊,锦瑟的感情投入太深了,七年的恋爱,还是在现实生活的重压下土崩瓦解。

华年问:"锦瑟,那个男孩子有什么好呀,值得你这么投入?"

锦瑟说:"其实他的家庭条件不好,没有什么背景和后台,可能就是想找个有背景和后台的吧。我跟他好不是冲着物质的,就是感情,可谁知他是那样世故的一个人,我怎么瞎了眼呢!"

华年说:"锦瑟,这样的男朋友不值得你爱,即使你跟他结了婚,将来他遇到更合适的,还会出轨有外遇。与其将来有了孩子再离婚,你还不如现在早分早散好呢,最起码,你认清了这人的人品不行。我们锦瑟多优秀呀,是天上的紫霞仙子,可惜这小子福薄命浅,不识好歹,回头咱找个好的结婚,气死他,让他后悔。"

锦瑟点点头,不哭了。

华年帮锦瑟办了出院手续,没有打电话喊司机何勇来,这事儿还是不让其他人知道的好,医院门口就有出租车等着拉客,华年喊了辆出租车把锦瑟送到了出租屋内,华年不让锦瑟上班了,让她在家休息调整。

想想锦瑟早上没吃饭,他又到附近的小吃摊买了些早点,主要是鸡蛋、小米稀饭、八宝粥之类的,锦瑟酒劲儿还没有完全过来,需要养养胃,不能吃太油腻的食品。看到旁边有卖时令水果的,华年顺带买了些五月仙桃,特别又买了些大樱桃。华年好像听锦瑟说过,她爱吃樱桃和杞果,这个季节没有杧果,樱桃刚上市,正好给锦瑟买一些饱饱口福。

把早点和水果给锦瑟送去后,华年上班了,他一夜没睡好,晕晕乎乎地到了办公室。刚坐下,县政府办公室主任王春生打来电话了,说是牛县长的电话,让华年接一下。

华年心里疑惑,是什么事儿呢?难道还是催着去新疆搞调研的事儿?

来不及多想,牛县长的电话接通了,牛县长先是咳了两声,然后瓮声瓮气地说:"华主任,听说昨天市政府发展研究中心的领导来调研,你没有招待好人家,你把人家气走了,有这回事儿?"

华年心想,原来是这事儿呀,这事儿弄的,就因为喝个酒,至于吗?这是谁在背后瞎捣鼓呢?但是,心里是这样想,嘴上却不能这样说。华年只是说:"没事儿,没事儿,刘副主任临时有事儿先回去了,他改日还要来呢。"

"行啊,你还会蒙我了?我是谁?我撒的馍花比你吃的馍都多,我走过的桥比你走过的路都多。你少在我面前装能,我能不知道?你没有招待好人家,你也是在乡镇当过领导的,你都咋干的?这事儿都弄不好,让人家市里边对咱春水县有意见,虽说市政府发展研究中心没有实权,但那是给市长写材料的,是市长身边的人,不定啥时候瞅个机会在市长面前垫咱一砖,咱春水县的工作受了大影响,你承担得起这个责任吗?"

华年不吭声了,是啊,这事儿弄的,真是丢人打家伙,是个大没材料的事儿。说实话,因为锦瑟,他华年真的没有招待好人家刘副主任,人家连主食都没吃就走了,这成何体统?这要是传出来,让大家都听说了,因为喝两杯猫尿酒,竟然把市政府发展研究中心的副主任给气跑了,这事儿说出来,在官场上是个大笑话,实在是个低级错误,是个上不了台面的丢人事儿。

好在华年反应还算快，在官场在职场，其实人与人之间的差距不是别的，就是反应的快慢，因为很多时候，不论说话还是办事，要的就是快，拼的就是速度，比的就是先人一步，这跟武术对决讲究快是一样的，速度决定力度，只有出手快才会出奇制胜，才会先下手为强。比如在会场上，在谈判桌上，为了一个问题争来争去，你说这他说那，唇枪舌剑，你如果反应迟钝，那就输定了，因为那是要当场见高下的呀。所以，脑子反应慢，你就趁早别当领导别当老板了，不是那块儿料。

华年等牛县长训完，说："牛县长说得对，我这事儿做得不对，我马上去找刘副主任负荆请罪，当面道个歉，把影响给挽回来，请县长放心。"

华年立即给他的司机何勇打电话，让他备车去平原市找市政府发展研究中心刘副主任一趟。这次华年没有通知其他人陪同，毕竟这是找人家赔礼道歉的，是丢面子影响形象的，到了那里免不了被人家奚落几句，这话要是让同去的人传出去那不是丢人丢得更大吗？自己一个人去，别管刘副主任说什么，哪怕是打他华年几耳光呢，反正又没其他人知道，出了这个门就不承认，仍然不算丢人。

华年没有跟刘副主任联系，即使联系，刘副主任也不会让去。华年想想还是直接去为好，单刀赴会，如果真的见不到刘副主任，就住下来，耐心等，以真诚换得原谅。

车子行驶在去平原市的高速公路上，华年真的瞌睡了，躺在后排座椅上呼呼大睡，进入了梦乡。

正在这时，他的手机短信提示音响了，华年从睡梦中醒来，心想，这是谁呀，真烦人。但是手机不能不看，毕竟他是单位的一把手，有啥事儿直接对着县委书记、县长,有时候不定有什么全县性的重要会议需要他参加呢。发展研究中心这个单位就是这样,虽没有审批办事的权力,但有开会的权力,各种会议一般情况下都想拉上发展研究中心的人参加,将来写材料的时候好让发展研究中心的人参与参与,毕竟大家都知道写材料是个费脑筋的苦差事,没有多少人愿意干这活儿。写起材料来,脑细胞唰唰唰成排成排地死去,可比干体力活儿累多了。干体力活儿也累,但是睡一觉就过来了,但写材料不是这样的,越是累越脑子兴奋还越睡不着,越睡不着脑子越恢复不过来,恶性循环,头只有蒙蒙的,浑身处于濒死状态,很长时间才能反过劲来。

华年看了看手机,是锦瑟发来的短信,华年急忙坐了起来,仔细一看内容,只见锦瑟写道:"华主任,我外出一趟,跟您请个假。"

华年当时就急了,急忙拨打锦瑟的电话,电话却关机。这个锦瑟,这是搞的什么名堂?是去哪儿呢?跟谁一块儿去呢?会不会出什么意外呢?会不会想不开寻短见呢?因为男朋友要跟别人结婚,就成这了?

华年心里烦躁不安,却无计可施,毕竟锦瑟刚到春水县,没有一个熟人,没有一个亲戚,没有一个朋友,她就是冲着男朋友来的,可是,男朋友跟别人要结婚了。

对了,找找锦瑟的这个男朋友,也许会有锦瑟的下落,但是,锦瑟没有告诉华年她的男朋友姓甚名谁,到底在哪里上班。

唉,华年痛苦地摇摇头。想想这个锦瑟,真的是他华年的命中克星,她来到华年的身边,莫非就是《画皮》中的那个女鬼,就是为了折磨华年,就是为了喝华年的血、吃华年的心、要华年的命?

因为锦瑟,把市政府发展研究中心的刘副主任给冷落了,还被牛县长批评了一顿,现在还要低三下四地找人赔罪。估计这事儿被谁传到了王春生耳朵里,王春生对他华年也不会有好感,估计应该是王春生在牛县长面前打了他华年的小报告。估计现在很多人都说他华年和锦瑟关系暧昧不正常嘛。这事儿,说大也大,说小也小,如果被哪个好事的人盯上了,搞个偷拍什么的,不说别的,单就昨天晚上华年陪锦瑟在医院一个晚上那事儿,如果举报到领导那里,估计华年这个县政府发展研究中心主任的位置都难以自保了。

华年心里很纠结,很烦。红颜祸水,美人即妖,真的是这样,老一辈儿很多人挑儿媳妇就不让找特别扎眼特别漂亮的,看来,那是有一定道理的。而他华年,也是有家室的人了,也是进入而立之年的人了,怎么能因为这个小妖精而魂不守舍呢?从理智上说,绝对走的是错路,但从感情上说,华年却摆脱不了。感情是一张网,人一旦被网进去,很难挣脱出来呀。

这会儿,华年唯一想的却是锦瑟会怎么样了,他生怕她出意外。

急中生智,华年想起了个办法,他给一个在县公安局当副局长的同学打了电话,让他查查锦瑟的手机信息,再查查机场、火车站、汽车站的售票系统,查查锦瑟现在在哪里。同学很重视,没过多长时间就打回电话说,这个叫锦瑟的女孩儿现在估计在去北京的火车上,应当没啥事儿。

这下华年心里一块儿石头落了地。但是,他不忘给锦瑟发了个短信,意思是说,如果她什么时候开机了,请立即给他回个电话,报个平安,而且不忘告诉锦瑟:没有谁离不开谁,除非是连体人,即使是连体人,现在也有做手术分开的,所以千万不要做傻事,人的命,天注定,不属于自己的,早晚会离开,晚离开还不如早离开,啥事儿多往好处想,你还年轻,今后的路还很长,要多想想抚育自己的年迈的父母,想想自己的亲人,不要一时冲动做些让亲者痛仇者快的事情。

把短信发走了,华年想想暂时没有别的事了,好在离平原市的路还很长,想睡一会儿。华年昨夜没睡好,这会儿头晕晕乎乎的,感觉心脏"怦怦怦"跳得厉害,肩膀位置偶尔还会出现一阵揪心的痛,像一根钢丝轻轻地快速穿过来穿过去。华年知道,身体发出警报了,必须休息了。所以,他又躺在汽车的后座上,闭上了眼睛。

到了平原市,到了市政府发展研究中心。刘副主任倒没对接待问题说什么,毕竟是领导,这点儿度量和涵养还是有的,不过,刘副主任只是意味深长地说:"华主任,当个人不容易,杂七杂八的烦心事儿多着咧,若无闲事在心头,便是人间好时节,无事是幸,心静是福,无事就不要生非了,可别没事找事啊。而当个男人更不容易,男人就是作难的人,上有老下有小,不敢生病,不敢失业,不敢出事儿,更要谨小慎微,不敢胡作非为。而当个领导干部更不容易,这是个高风险职业,稍有不慎,就会跌入万劫不复的深渊,一失足成千古恨哪。你虽说是个正科级干部,可在县里也是风云人物了,混到这一地步不容易,你又年轻,路长着咧,风物长宜放眼量,要想行稳致远,可不敢因为生活作风问题出事儿。"

华年听完,眼泪都只想流出来,他想说:"刘主任,谁心里的苦谁知道,你说的这些道理我何尝不知啊?我何尝不知道我正走在危险的道路上啊?可以说,我现在就身处悬崖边上,很快就会跌入深渊,可我有办法吗?人家说,一入侯门深似海,要我说,一入情门深似海。我的锦瑟,我一见就迷上了她,她就是一个魔女,在她面前,我根本无力挣脱,所有的理智在她面前都不管用,她就是我前世的仇敌,她就是我命中的克星,她来到我身边,我所有的武功尽废,一切都无能为力,我眼下只有听天由命、得过且过,我也是真的没办法没办法啊,我舍不了忘不掉可又逃不了啊。"但是,这话华年没法儿说出口,他只是苦笑地摇摇头说:"谢谢刘主任!我一定谨记您的教诲。"

告别了刘副主任,司机何勇问:"华主任,咱现在回春水县吗?"

华年说:"不回去,咱去平原大学。"

"平原大学?"

"是,平原大学。"

华年有些累了,在华年最累最无助的时候,他总要去两个地方:一是回老家,一是回学校。老家是他安放心灵的地方,是他洗刷忧伤的地方。母校也是这样,是他加油打气充电的地方,那里有他的青春他的梦,他的奋斗他的过往。

何勇把车开到了平原大学校园内,华年看着那些稚嫩的小师弟小师妹,脸上都洋溢着灿烂的笑容。有的成双成对,有说有笑,有的夹着本书踽踽独行,却也是充满昂扬激情。

华年对何勇说:"车开慢点儿。"

何勇说好。

校园里阔大的梧桐树枝叶繁茂,给安宁的校园带来一片绿荫。校园球场上,男孩子在打篮球、踢足球,女孩子们抱着男孩子的衣服站在旁边围观。欢呼声此起彼伏，一只球，就像一个快乐的使者，联结、激荡着一颗颗年轻的心。

华年多想回到那志当存高远的年华呀。《志当存高远》，那是他刚上大学时写的一篇散文，发在了校报上，当时还在院系引起一阵轰动。是啊，他华年虽是农家子弟，虽是寒门出身，但艰难困苦不改其志，"天将降大任于斯人也，必先苦其心志，劳其筋骨，饿其体肤，空乏其身，行拂乱其所为，然后动心忍性，增益其所不能"。

华年每当遇到困难的时候，就想起了孟子的谆谆教诲。漫漫人生路，艰难人生路，华年一路拼杀，与人斗，与己斗，早已伤痕累累。虽满目荒凉，无路可走，却绝不倒下，绝不服输，绝不低头，依然背起行囊，任四季流转，去走一段过场，去与恶魔战斗到底。即使欢笑涂上苦涩，即使内心孤独而苍茫。

华年缓步来到了教学楼，年级上大课的大教室，班级上课的小教室，面貌依旧，记忆精致而粗糙、清晰而朦胧。

华年想到自己背着书包早出晚归读书的情景，禁不住潸然泪下。

眼圈红了，拿出餐巾纸擦干净，找个垃圾箱扔进去。再想想自己的荣光，想想自己的不易，一切的一切，不是因为自己很愚笨，而是因为自己太善良。人善被人欺，马善被人骑，一点儿不错的道理。人都说好人一生平安，可谁知好人一生不顺哪。

所有的不顺和多灾多难、命运多舛，都是因为那些小人、恶人、坏人，都是因为那些人类垃圾。那些人不是人，是野兽、恶魔，他们的任务就是吃人害人欺负人。《三字经》开篇就说：人之初，性本善。千百年来，这句话在每个国人心中根深蒂固。孔子、孟子、董仲舒、朱熹、张之洞认为人性本善,荀子、韩非子则认为人性本恶,老子、苏轼等人则认为人性无所谓善恶。在西方国家,莎士比亚认为人性本善,而持性恶论的更甚,西方的基督教就认为人是有原罪的,西方的权力架构就是建立在约束人性恶的基础上的,而柏拉图、亚里士多德、奥古斯丁、马基雅弗利、马丁·路德、加尔文、霍布斯、斯宾诺沙、黑格尔、洛克、孟德斯鸠、弗洛伊德等人都是性恶论者。只有培根、休谟、伏尔泰、卢梭等人认为人无所谓善恶。其实,华年总觉得,笼统地说人之初性本善或者性本恶都是不妥的,不同的人有不同的情况,要具体情况具体分析,要因人而异。有的人,人之初性本善;而有的人,人之初性本恶;还有更多的人,人之初善恶各一半。这都不能一概而论。

男生宿舍楼,还是那般模样,华年很感谢校长,这些年没有把学校进行大的改造,还留下了历史,留下了记忆,留下了回声,使华年之类的往届生还能回到学校,凭吊自己的青春,追寻过往和梦境。

412,那个曾经住了四年的房间,华年在门口停了下来。宿舍还是那个宿舍,人却不再是以前的那几人。那些小师弟好奇地探出头,不知这陌生的中年人是干啥的。华年对他们笑着点了点头,轻轻离去了。他来到校园的静水湖畔,这是一片人工湖,挖湖挖出来的土堆到旁边,堆成了一个小山丘,名曰"远山"。

湖畔杨柳依依,山上杂木丛生,华年找到湖边杨柳树下的一排铁制长椅,躺在了上边。听着叽喳鸟鸣,闻着淡淡花香,华年沉沉睡去了。

睡吧,遇到困难和痛苦忧伤,无以排解,无处诉说,那就只有睡觉。睡觉是最好的解药,是发动机,是加油站,是充电器。睡一觉,立即精神焕发,继续投入新的人生战场,去与那些坏人、恶人、小人继续战斗。

华年正睡得香,突然手机短信提示音响了,华年急忙从裤子口袋里掏出手机,一看屏幕,果然是锦瑟的短信:华主任,我现在在北京,我一个人在地坛,我想静一静,我没事儿,过两天就回去了,您不用操我的心。

华年急忙拨打锦瑟的手机,但是,手机又关了。

地坛,那是史铁生沉淀生命、拷问生死的地方,那是大地母亲的怀抱,锦瑟是天上的紫霞仙子,终落人间尘埃,相遇坚实的黄土地,也许在那里,锦瑟真的会安静下来,感触生命的原真,拂去爱情的伤痂,走向新的征程。

那就不管她吧,华年相信锦瑟,她虽然美丽,但更大的优点是聪明,她一个人去远方,尽可放她的心。

就这样安慰自己,华年有些阿Q的惭愧,其实,从内心深处,他还是一直在担心,准确地说是揪心,毕竟锦瑟是失恋了呀。她坚贞不渝地爱着那么一个人,那么痴情,那么真挚,那么感天动地,那么让人唏嘘不已,这样的结局,谁能承受得了?一个弱女子,一个小姑娘,无依无靠的,虽然表面上风平浪静,但她的情感世界又掀起了怎样的汹涌波涛呢?

华年不担心锦瑟被人欺负,只担心锦瑟想不开。

华年想去北京找她,但又怕刺激了她,更使她难堪或者焦虑。这时候的锦瑟是最脆弱最无助的,也是最敏感最孤独的。还是不要轻易打扰她吧,她是个个性如此要强的女孩儿,伤口还是让她自己抚平吧。

华年理解锦瑟,因为他和锦瑟的性格是那么的相像,唯一不同的是,华年是男的,锦瑟是女的,华年在地上,锦瑟在天上。这是磁铁的阴阳两极,虽心心相印,却不在一起。

华年还是不放心锦瑟,隔一段时间,他就给锦瑟发个短信,告诉她的还是那几句话:没有过不去的火焰山,遇事儿多想想亲人想想父母,你活在这个世界上不是为你一个人而活的,你不能做傻事,否则的话,你一个人的解脱可能给亲人给父母带来无尽的痛苦,不能太自私,知道吗?

第六章　北疆

　　锦瑟回来了,带着满脸的泪痕。

　　华年看了有些心疼,但心里的石头落了地。

　　华年张罗着去新疆了,这既是牛县长的安排,是工作需要,但他心里也有个小九九,那就是要带锦瑟出去转一转,让她散散心,转移一下视线,好越过那道感情的坎。

　　华年让苗叶发了通知,征求发改委、工信委和农业局的意见,看他们去哪些人。因为有县长的指示去调研,加之去新疆,那几个县直单位还是很积极配合的,参加调研的人员名单报过来了:发改委产业股股长苏强壮,工信委调研股股长张超杰,农业局农业产业化股股长谢红。县政府发展研究中心这边,华年算一个,加上副主任赵家柱、经济股股长安大山,还有苗叶,还有锦瑟,一行八个人的调研团队就组成了。

　　前世欠你血海深仇,这世为你当马做牛。一见倾心,难舍难分,华年为了锦瑟,很多事情都不在乎了,都豁上了。

在前往新疆之前,华年想这么长时间没有开全体会了,还是应该开一个全体会,强调一下纪律,以免出差这几天出什么事儿。

县政府发展研究中心加上司机等工勤人员在内,也就20多人,是个小单位,平时没有多少事,无非是写个调研报告,给领导编个《决策参考》等信息资料。有时候,领导有批示让写个什么东西了,落实一下领导批示,整个材料。县政府发展研究中心从上几任领导开始就不写县长讲话了。写县长讲话是个累活儿苦差事,忙得很。特别是那些要得急的稿子,比如说晚上哪个地方出现安全事故了,县长要讲话,要发新闻通稿,秀才们就要干一夜了。遇到大的会议,连续作战,几天几夜不回家是常态,有时候,连续几天干到凌晨两三点,甚至干到天亮的事儿也不是没有。人家上班咱下班,人家下班咱上班,这都是这帮秀才自嘲的话。能盼着正常上下班就烧高香了,也是这帮秀才的奢望。现在社会上很多人觉得机关加班不可思议。说实话,在机关里,也确实有这么一部分人,天天加班工作,这就是给领导写讲话稿的秀才们。

好几任县政府发展研究中心主任都想方设法不接县长讲话稿这样的苦差事了,反正县政府发展研究中心的这些个主任对这个单位不是太满意,不想在这个单位长待,只是想做个跳板,有合适的机会再找个热门单位一线岗位,所以工作上是得过且过,能推则推,能躲则躲,只搞调研,不写讲话。因为冷调研,热讲话,调研是橡皮筋,早写出来一天晚写出来一天,都无所谓,那就是个决策参考。讲话则不一样,领导很关注,很热门,但也很辛苦。

华年上任后也不想接县长讲话稿那个苦差事，他已经是正科实职了，还想什么呢？想再往上提半格，冲刺副县级，那是难上加难。所谓无欲则刚，没有了念想，还拼了命干什么呢？给自己那么大的压力，跟自己过不去，何必呢？不就是个副县级吗？有什么了不起的？况且，华年自从到了县政府发展研究中心之后，有点儿心灰意懒，他甚至想到了辞职。但是，如果真的辞职，华年还是下不了决心，还是有些害怕和无边的恐惧。他知道，那些辞职的，其实都是官途不顺，要么遇到了麻烦，要么受不了当官的窝囊气，做不到忍辱负重，做不到忍气吞声，或者伤心，或者恶心，或者担心，所以才与官场"88"了。而他华年，当了这么多年领导，啥也没学会，不，严格地说是啥也不会了，没有了一技之长，辞职后干什么呢？不过，牛县长前段时间给他谈心说出了他的想法，让他华年在茫茫黑夜中仿佛看到了一丝亮光，牛县长说县政府办主任王春生写材料不行，牛县长对他不满意，牛县长对材料这一块儿又很重视，之所以把他华年从乡镇调到县政府发展研究中心，就是为了补上这块儿短板，是要重用他，这让他华年心里有了底，所以，他干工作才有了精神。

但是，华年的这些想法却是不能跟任何人讲的，只能埋在肚子里，藏在脑子里，须臾不可泄露。这些年，华年之所以喝酒不敢傻喝了，其实也跟这有关，毕竟年岁渐长，经历的事儿越来越多，心里的小秘密也越来越多，如果不小心喝多了酒说出去，那可是重大事件，再吃后悔药也没用的。

所以，在县政府发展研究中心的全体会上，华年还是义正词严地讲了一番大道理。比如说，我们发展研究中心是县委、县政府的参谋智囊，地位非常重要，领导非常重视，大家一定要珍惜工作岗位，勤奋工作，爱岗敬业，做出更大贡献。比如,他还会说,你们年轻人哪,要志当存高远,要相信一分耕耘一分收获,你的付出和回报是成正比的,那是一点儿都不会错的。

每逢华年开会,锦瑟都要坐在第一排正中间的位置,这个位置正对着主席台上华年居中的位置。每次开会,锦瑟都要早早来,她在秘书股工作嘛,组织会议也是分内职责。锦瑟打扫卫生,打好开水,等一切准备工作做完了,她就早早地坐在第一排正中间的位置上了。

华年讲话的时候,锦瑟总是目不转睛地盯着看,有时托着下巴专心地听,有时还轻轻点头或者摇摇头,还拿着笔认真记笔记。这些,华年都看在眼里,感动在心。

华年讲话讲累了,渴了,喝口水,锦瑟就赶快起身,到主席台上,先给华年加些水,再给其他几位副主任加开水。而每当锦瑟上主席台倒水的时候,台下的那些同事就都看着锦瑟,锦瑟实在是太美了,颜值爆表了,比主席台上的领导们好看多了。

华年强调了几条工作纪律,不迟到不早退,上班时间不准上网聊天打游戏看电影炒股票等等,还吓唬大家说,这段时间,县纪委正组织明察暗访,拿了个摄像机,不打招呼不吭声,推门就进,进门就录像。你要是把电脑关机了,他们还让你把电脑打开,查你的上网记录,所以,大家不可掉以轻心。尤其是我出差这几天,恰恰是对大家的一个考验。一个同志表现好不好,不是看领导在场的时候,而是看领导不在的时候,那时表现好的同志才是好同志。这几天时间,工作由陈大顺副主任全权负责,你们要尊重陈大顺副主任,看到陈大顺副主任,就像看到我一样,要积极配合好陈大顺副主任的工作。

把这些都讲到安排好了，散了会，华年回家收拾收拾东西就起程去新疆了。

在飞往乌鲁木齐的班机上，华年和锦瑟和苗叶并排而坐，这是华年对苗叶的交代，把座位尽量调在一起，华年想借机劝劝锦瑟。

飞机冲破尘世的雾霾，进入一尘不染的高天之上。强烈的阳光照在飞机舷窗上，刺得人睁不开眼睛，大朵大朵的云团自由地飘浮，变换出各种各样的图形。这是怒放的云海，更是人间的仙境。

是啊，要是能生活在这里该多好呀，在古人的想象里，这就是天堂，是玉皇大帝神仙们居住的地方，也是七仙女生活的家园。如今随着科技的进步和经济的发展，尘世凡人终于得见天上的风景——曾经可望而不可即的神话传说的故乡。

华年坐在中间，苗叶坐在靠过道的那边，锦瑟坐在靠舷窗的这边。

苗叶打开笔记本电脑，插上耳塞，看一部下载的电视剧。

锦瑟托着两腮，若有所思地看着窗外的天空。

和锦瑟如此紧密地坐在一起，看着锦瑟美丽的侧影，闻着她身上好闻的薰衣草一样的香味，华年如痴如醉，是啊，锦瑟本就是天上的紫霞仙子，如今真的和她来到了天堂之上，要是能永远留在这里不走，该多好啊。

该和锦瑟从何说起呢？

飞机上的冷气供应得很充足，而锦瑟只穿了一件碎花拖地连衣裙。华年按响了呼叫铃，空姐过来了，问有什么需要帮助，华年说，拿两个毯子吧。空姐说好。

不久，空姐拿来了两个蓝色毯子，华年给了苗叶一个，苗叶正专心看电视剧呢,只是点点头,就盖在腿上了。另一个给了锦瑟,锦瑟忙说谢谢。华年说不用谢,你穿得少,注意别感冒。

华年借机问锦瑟:"想什么呢?"

锦瑟说:"没想什么。"

华年问:"你去北京都到哪里了,急死我了。"

锦瑟说:"我就去了地坛,然后找了几个好朋友玩儿了,我没事儿。"

华年见锦瑟对这个话题不感兴趣,也就不再往下说了。

是啊,让锦瑟自己想想吧,在这洁净的高空,也许锦瑟会忘掉忧伤,一切皆释然吧。

没多久,华年见锦瑟竟然靠窗户睡着了。乌黑的长发盖住了她清秀的脸,惺忪的睡态像个顽皮的孩子。是啊,到底是个女孩子呀,说爱就爱,说恨就恨,说吃就吃,说睡就睡,率性本真,稚气未改。

睡了一会儿,锦瑟可能觉得这个姿势有些不舒服,头无处依靠,不久,就靠在了华年的肩膀上。

华年一动不动,享受着这难得的惊喜和幸福。

自己心爱的人,就该给她一个肩膀,为她遮风避雨,让她无忧无虑,让她像一只快乐的小鸟,迎着曙光快乐地歌唱。

男人,就该作难,活着就是为了战斗,为了拼搏,为了吃苦,为了生存;而女人,天生就该享福,就该享受。我负责赚钱养家,你负责貌美如花。

苗叶扭头看到这一切,看不下去了,悄悄使劲儿踩了下锦瑟的脚。

锦瑟疼得"哎哟"一声,一下子惊醒了,左右看看,什么也没有,苗叶一本正经地在位子上坐着,专心致志地看电视剧。

华年着急地问锦瑟:"你怎么了? 做噩梦了吗?"

锦瑟说:"没有呀,我的脚好像被人踩了下,很疼很疼。"

华年说:"你的脚被人踩了?"华年看看苗叶,苗叶依然无动于衷。华年明白了,很有些生气,但没有抓现行,估计说什么苗叶也不会承认,只有狠狠地瞪了苗叶一眼。

锦瑟说:"没事儿,华主任,可能是我做梦了吧,不会有人踩我的。"华年其实也知道,锦瑟很清楚是谁踩她的,她那么聪明,能不明白吗? 只是看透不说透而已。

华年故意大声说:"不会有人踩你的,只要我在这儿当主任,看谁再敢踩你。"

到了乌鲁木齐机场,热情的主人已经早早过来迎接了。从乌鲁木齐机场出发,坐汽车又走了三个多小时,才到达目的地。在当地座谈考察了两天时间,华年问锦瑟,想不想在新疆转一转。锦瑟说好呀好呀,五月的新疆正是花开的季节,我想去天山,看天池,看花海。华年说,对呀,你就是仙女,你想天池了,你在人间待久了住烦了,想到那仙境看一看,我一定要满足你的愿望。

但是,华年又有些担心有些犹豫不决了。毕竟外出公干是不能旅游的,这是政治纪律和规矩,万一有那些好事的人,比如随行的这几个人,谁举报了,这可就是大事呀。

华年骨子里其实是个很胆大的人,天生遗传的本性有些"二",这点儿他和锦瑟很像。但是,世事艰难,他因为"二"的本性吃亏吃多了,胆子小起来了,加之小时候看那场戏《画皮》,吓破了胆,便更加小心谨慎了。不过,他不定什么时候还会使出那"二"的脾气,会有豁出去的慷慨和痛快。

因为华年遇到了锦瑟,华年纠结了半天,还是决定到天山去,到天池去,到了那里,锦瑟肯定欢喜万分。

不过,华年想了个办法,他没有急着去天山,而是在当地待到了周五,他跟大家说的理由是既然来新疆了,咱不转转也不合适,但是呢,风景名胜区是不能去的,这是纪律,大家可以在市区转一转,自费买些纪念品和土特产之类的,回去好给家里人有个交代。

眼看就是周六周日了,到了周五下午,他才跟随行的几个人开会,问大家,明天就是周末了,大家想不想回去?大家肯定都不想回去,大老远地来新疆一趟,哪儿也没去转转,这辈子不定啥时候能来一趟呢,机会难得,当然都想转一转了,翻看新疆的旅游地图,美的地方太多了,不转太遗憾了,于是大家都说想转一转。

华年说,要是转,咱也只有利用周六周日这两天休息时间,这不是工作日,大家转转可以,但是要自费。

大家都说没问题,都知道规矩在那儿定着呢,谁也不会去犯那个傻。

华年说,既然这是大家的意见,那我也尊重大家的愿望。

既然大家都同意了,华年的责任就小多了。

华年对苗叶说,苗叶,你去找家旅行社,问问价钱,再让大家每人交些钱,咱租个车,明天周六去天山,后天周日在天山转一转,周一坐车到机场打道回府。

苗叶说好。

在市区的这几天，苗叶一直跟着华年，除了上卫生间和睡觉苗叶没法儿跟之外，其他的时间，苗叶不给华年一点儿私人空间，一直跟着华年。当然了，锦瑟也没法儿接近华年了，华年也没法儿向锦瑟献殷勤了。

华年烦苗叶烦死了，但还得装着若无其事的样子。

白天在市区瞎转转，几个人说些笑话，过得也挺快。晚上，华年让大家早早安歇，说明天还要去天山，路上坐车时间很长，大家还是早点儿休息吧。

华年并没有早睡的习惯，因为长期在乡镇工作的缘故，晚上经常陪客吃饭喝酒，总要搞到很晚，而且，应酬结束后，还有那么多的文件材料等着看，如果不及时看，人家下边的人还等着要呢，不定什么事情会耽搁呢，对自己来说，可能就是辛苦一些而已，对别人来说，那就是大事要事，甚至是牵涉别人命运的事。而每天订的报纸成摞成摞地送到办公桌上，如果不看的话，真的跟不上形势。现在发展太快了，新名词、新概念层出不穷，不及时读书看报，说出话来真的就 out 了，那些老词语老观念就发霉发馊，让人笑掉大牙了。

所以，华年总是搞到很晚才睡，已经习惯成自然了，睡得太早反而睡不着。再加上这是在外地，华年还很认床，在陌生的环境下更不易入睡。于是，华年就在那里看电视，反正很少有时间看电视，华年其实很喜欢看电视，但就是没时间，正好利用这个机会过过电视瘾。

华年洗漱完毕，半躺在床上，津津有味地看电视，这时，门铃响了，华年看看床头的闹钟，已是晚上 11 点钟了，谁这么晚了还敲门呢？难道又是锦瑟？华年一阵激动,急忙穿好衣服,又跑到卫生间洗了把脸、梳了梳头发,对自己的形象满意了,这才跑到门口,隔着猫眼儿一看,却原来是苗叶站在门外边。

华年好不失望,隔着门没好气地问:"谁呀?有事儿吗?"

苗叶说:"有事儿,给您汇报一下明天的行程安排。"

华年说:"电话里不能说吗?"

苗叶说:"电话里说不清,还是当面给您汇报吧。"

华年只好打开了门,苗叶进来了。苗叶穿了一身白裙子,乍一看,真像个十七八岁的大姑娘,但是,不能看脸,往脸上一看,岁月的沧桑便暴露无遗。身材可以保养得好,但脸是不行的,即便美容贴面膜,也留不住青春的容颜。

苗叶身上飘着一股浓烈的香水味儿,呛得华年直想咳,但华年捂捂鼻子忍住了。

苗叶坐到沙发上,华年坐到床上,华年问:"咋了?啥情况?"

苗叶说:"咱的人少,如果单独组团的话,旅行社不想接咱的活儿。"

华年说:"是啊,咱人少,咱这线路又简单,旅行社肯定不愿干,那样,咱给人家多加些钱不就行了吗?人家也是要赚钱的。"

苗叶说:"我来就是跟你说这事儿的,人家想让加些钱。"

华年说:"加就加吧,这事儿征求一下大家的意见,只要大家同意就行,我没有什么,你就全权安排吧。"

苗叶说:"我就是先来征求你的意见,你要是同意了,我再挨个征求大家的意见。"

华年说："那就这样吧，我同意，你赶快去征求大家的意见吧，如果太晚了，大家睡了，就不合适了，因为明天一早咱就出发了，啥事儿还是说在前边的为好，毕竟这是自费，而且咱又是几个单位拼到一块儿的，早问问，不被动。"

苗叶说："行呀，不过，有个事儿我还想跟你汇报汇报。"

华年说："啥事儿？"

苗叶说："您听了别不高兴。"

华年说："啥事儿就说呗，我有啥不高兴的？我遇到的不高兴的事儿多了去了，还差这一次？"

苗叶说："那我就说了呵。"

华年说："快说，快说。"

苗叶说："华主任，有些事儿我一直不想跟你说，但是，我仔细想想，这事儿我还必须跟你说。"

华年不耐烦了："苗股长，你看你，你是个多利索的人哪，咋这么吞吞吐吐的呢？"

苗叶说："是关于锦瑟的。"

华年不吭声了，是关于锦瑟的，关于锦瑟会有啥事呢？莫不是苗叶又醋性大发告黑状的？女人哪，就是事儿多，婆婆妈妈的。

苗叶说："那我还说不说了？"

华年说："说呗，我又没让你停下来。"

苗叶说："华主任，咱来新疆之前，有人给锦瑟送花了，而且还送到她的办公桌上。"

华年一头雾水,送花了?还送到单位的办公桌上?锦瑟刚失恋哪,怎么这么快就谈朋友了?

苗叶继续说:"送花的是个快递员,但让快递员来送花的却是县政府办公室主任王春生。"

什么?王春生?

华年更是如堕云雾,他自言自语地说:"他王春生怎么向锦瑟送花呢?"

苗叶说:"是啊,华主任,有些事儿其实我早就想向你汇报,锦瑟来咱这里,是你当的主考官一手拍板定的,对锦瑟的招录考察是我去的,有些事儿,我以前不便跟你说,我去锦瑟刚毕业进的县电信公司考察她的时候,公司里的人就跟我说,锦瑟跟他们的经理关系暧昧,公司上下尽人皆知,她是一个谁当领导她就跟谁有绯闻的人。"

华年的眉头皱起来了。

苗叶继续说:"我还打电话问锦瑟在学校里的表现了,锦瑟毕业实习的时候是在一家旅游公司,据有些老师讲,她当实习导游的时候,很放得开,跟那些游客说黄色笑话,打情骂俏,搂搂抱抱,下贱得很。"

华年听到这里,猛地站了起来:"好吧,苗叶,今天就说到这里,你说的这些话只到我这儿为止,对其他人不要乱说乱讲。"

"华主任哪,你也是个正人君子,那锦瑟是什么东西?装清纯,其实早已是二手货、三手货,不知道是几手货的破鞋了。真想不到你还把她当个宝呢!净骗你这老实人!"苗叶自顾自地继续说。

"住口!"华年勃然大怒。

苗叶看到华年满面怒容,吓坏了,不知道华年是生锦瑟的气了,还是生她苗叶的气了,她从没见过华年的脸色这么难看,于是,赶快离开了。

苗叶带上门走了,华年睡意全无。

看锦瑟的面相,不像那种风骚女孩子呀!难道说他华年也有看走眼的时候?华年虽然阅人无数,但阅的都是男人,阅女人还确实经验不足。

第一次见锦瑟就是在春水桥上,那时华年和锦瑟并不相识,一个倒地的中年妇女和一个上学的男孩儿,在现实生活中,谁会管那闲事呢?管闲事,落不是,搞不好还会被人反过来讹诈一番。是啊,要跟你没关系,你管这事儿干吗?你扶我干吗?但是,锦瑟就是上去扶人了,而且还是在去参加单位面试的路上。如果反过来被人讹诈了,花钱不说,再不让走的话,不就把面试给错过去了吗?要知道,单位面试,那是人生的大事呀。就从这点儿来分析,锦瑟不像是坏女孩儿呀。苗叶说得有鼻子有眼,还说是她考察锦瑟的时候打听出来的。这事儿,华年真的迷惑不解了。

不过,眼下,苗叶说的这些话,还真引起了华年的心理波动。这些应当不全是苗叶瞎编的,无风不起浪呀。这事儿牵涉人身攻击,对于一个未出嫁的女孩子来说,名声大于一切。苗叶知道华年那么喜欢锦瑟,她敢在华年跟前大肆污蔑锦瑟吗?

去天山的路好长好长。

路上,不见人烟,只有那无边无际的戈壁滩。

只有两车道的柏油马路在荒原上延伸,一路向北,向北,向着天山的方向。

华年他们一行租了个面包车,没有要专门的导游,因为他们的行程很简单。

华年坐在车子中间的位置，就他一个人坐一排，那里一般是领导的座席，是领导的待遇。

县政府发展研究中心副主任赵家柱坐在华年后边的一排，秘书股股长苗叶和赵家柱并排而坐，经济股股长安大山和农业局农业产业化股股长谢红坐在更后边一排，锦瑟则坐在最后一排，发改委产业股股长苏强壮、工信委调研股股长张超杰争着往后边坐，想方设法与锦瑟坐近些，这让苗叶好一番感慨，说还是年轻好呀，到哪儿都像众星捧月一般。

刚上车的时候，大家还有说有笑，兴奋得很。车子行驶了约半个小时，一行人就累了困了。还是锦瑟最爱睡觉，上车就睡着了，这让一车人羡慕不已。安大山对苗叶说，想美容吗？科学家最新研究成果发现，睡觉是最好的美容。苗叶对此深表赞同，但是，等一车人都差不多睡着的时候，华年却怎么也睡不着。

华年坐在车里一声不吭，他有些生锦瑟的气，苗叶昨天晚上说的话影响了他。他虽然不是个心眼儿活的人，更不是容易轻信别人的人，但是因为牵涉了锦瑟，他变得敏感多疑。

华年扭头看看后排座，锦瑟坐在中间位置，发改委产业股股长苏强壮和工信委调研股股长张超杰一人坐一边。锦瑟睡得很香，一会儿头靠着座椅后背，一会儿头往左边靠，靠在了苏强壮的身上，一会儿往右边歪，歪在了张超杰的身上，这让华年更不舒服了。他的肚子气得鼓鼓的，他是个很爱生闷气的人，有了气，只是闷在肚子里，一声不吭。他看着车窗外茫茫的戈壁滩，心里烦躁不安，思绪万千。

锦瑟真的像苗叶所说的那样吗？华年见过一些女导游，站在车上给游客们说黄色笑话，一个二十多岁的小姑娘，讲起黄色笑话来毫不脸红，比大老爷们还老练，有那些不检点的游客，还和导游搂着抱着合影留念，甚至兴致上来了疯起来了还亲亲脸。华年曾经看报纸报道说，有些个女导游白天陪游，晚上陪睡，有时还跟司机睡在一个房间，华年怎么也不想把这样的女导游跟锦瑟联系起来。

还有，县政府办公室主任王春生怎么给锦瑟送花了呢？难不成锦瑟和王春生早就认识？唉，这事儿，唉——

人不可貌相，海水不可斗量，华年毕竟和锦瑟相处时间还短哪。

也许锦瑟对所有的男领导都是这样过度热情的，而他华年只是其中之一？锦瑟也许对她以前所在县电信公司的经理，对刚认识不久的县政府办公室主任王春生都是这样献媚讨好、卖弄风骚？如果真是那样，他华年又怎么能知道呢？

华年真想把锦瑟叫醒质问她一番，但是仔细想想，一时的冲动就按捺下去了。是啊，锦瑟是你的什么人？你凭什么管人家的私生活？你凭什么管人家的感情问题？你是领导不错，你只负责管好工作就行了。况且，这又是在车上，华年坐得又离锦瑟那么远。

车子不知走了多长时间，突然有人惊呼起来："快看，绿洲！"

一车人都伸头往外看，果然前边绿树葱茏，水草丰美，野花盛开，一片沙漠里的绿洲呈现在眼前。

一路上都没有说话的司机，见大家兴致这么高，就介绍说，其实，北疆原来很多地方都是绿洲，到了春暖花开的时候，天山上冰雪消融，清澈的雪水流进沙漠,形成一条条小河,滋润了那些倔强的绿色植物,像白杨、柳树、榆树、骆驼刺……

大家都说,停车停车,照个相。

司机把车停在了路边,一行人争先恐后地下了车,摆出各种姿势,与沙漠绿洲合影留念。

大家都争着和锦瑟合影,是啊,美景配美女,那是多好的兴致呀。但华年却不再与锦瑟说话,他与发展研究中心副主任赵家柱两个人站在路旁说话,看着锦瑟与发改委产业股股长苏强壮和工信委调研股股长张超杰打得一片火热,果然是搂搂抱抱兴奋地合影留念,于是,华年终于相信了苗叶说的话。

发改委产业股股长苏强壮又黑又胖,肚子滚圆,可是,锦瑟竟然摸着他的肚子,上下左右摸来摸去,哈哈大笑,而苏强壮搂着锦瑟,喜不自禁,就像一对黏得分不开的情侣。

锦瑟跟在苏强壮后边,小鸟依人,工信委调研股股长张超杰人高马大,则跟在后边,像是保镖,有时他也凑上前,搂着锦瑟,就像一只巨兽拎着一只小绵羊,那得意的表情,让华年怒不可遏。

锦瑟,真是个狡猾狡猾的女妖、女鬼,那么轻浮,那么下贱,那么放荡,华年怎么会看走眼呢? 怎么会认为她单纯善良如仙女呢? 还单纯善良呢! 这一举一动把她的本性暴露无遗,装吧,装呀,使劲儿地装,早晚会露出原形。人说,要想认清一个人,就和他一起去旅游,看来此话是有道理的。

苗叶是多机灵一个女性呀,她看出了华年脸上写着的愤怒,看到了锦瑟和苏强壮、张超杰打情骂俏的场面,知道她在华年跟前说的那番话起到了催化剂的作用。她简直心花怒放，心想，锦瑟呀锦瑟，你这黄毛丫头，想跟老娘我争宠，十八能不过二十，你还嫩着呢。

于是，苗叶拿着照相机来到了华年和赵家柱跟前："华主任，赵主任，来，我给你们两位领导照个相吧。你看你们两个，在家是领导，脸绷得紧紧的，出来还不放松？"

华年和赵家柱对视一眼，华年说："赵主任，苗叶说得是，咱俩还没有照过合影呢，来，咱俩合个影吧？"

赵家柱说："好，好。"

于是，华年和赵家柱并排站在一起，华年用手梳了梳头发，又低头整理了一下衣服，站直了，说："好了，照吧。"

苗叶端起相机，说："两位领导，你们高兴点儿，听我喊'一、二、三'，一、二、三，茄子，好了，照好了！你们看看照得咋样？"

华年和赵家柱都说不看了，赵家柱还自言自语地说："底版不好，照啥样也难看，无所谓。"

苗叶来到赵家柱跟前，说："赵主任，来，相机给你，我和华主任合个影。"

华年摆摆手说："照啥照？老了，不上相，不照了。"

苗叶说："谁说华主任老了？人家不是说嘛，男人三十是朵花呢，你正是好看的时候，来吧，我和华主任合个影。"

说完，苗叶就主动凑上来，紧贴华年站着，头歪向华年一边。华年实在是不想跟苗叶照相，这时候，他看到锦瑟正好向这边张望，心里来气了，于是，也故意把头歪向了苗叶一边，甚至还伸出手把苗叶揽在了怀里。苗叶受宠若惊,激动得不知所措,仰头看看华年,华年一脸喜悦的表情,苗叶轻轻说:"谢谢华主任。"华年却一声不吭,只是微微笑笑,赵家柱把这个瞬间定格在了照相机里。

锦瑟撇开发改委产业股股长苏强壮和工信委调研股股长张超杰,一路小跑过来了,她手里拿了个照相机,向上扬了扬说:"华主任,咱俩也合个影吧?"

华年冷冷地说:"不照了,刚才照过了。"

"刚才没有跟我合影呀,这么好的风景,咱俩合个影吧。"

"不照了,上车走。"华年甩给锦瑟生硬的一句话,径自上车了。

锦瑟站在原地傻了,眼泪差点儿掉下来。苗叶却开心极了,还不忘及时地调侃锦瑟两句:"锦瑟,想跟华主任合影哪,以后跟我苗股长学着点儿,别以为研究生毕业就不得了了。走吧,还愣着干啥?上车走呀。"

锦瑟委屈得眼泪掉下来了。她不明白,华年变脸怎么变得这么快,怎么就像翻书一样快呢,她哪一点儿惹华年不高兴了呢?

其他人都陆续上车了,司机按了按汽车喇叭,锦瑟才反应过来,匆匆上了车。

华年一声不吭,一车的气氛都很沉闷。工信委调研股股长张超杰耐不住寂寞了,大声说:"我给大家唱个歌儿好不好?"发改委产业股股长苏强壮带头鼓掌,其他人也稀稀落落地拍了几下巴掌。

张超杰说:"新疆是歌舞之乡,我要唱一首《达坂城的姑娘》,大家说好不好?"发改委产业股股长苏强壮带头鼓掌,而且两手高高举过头顶鼓掌,车里的其他人仍是稀稀落落地拍了几下巴掌。

张超杰说:"不过,歌舞不分家,我要是唱歌,那得请锦瑟伴舞,大家说好不好?"发改委产业股股长苏强壮还是带头鼓掌,而且这次站了起来两手高高地举过头顶鼓掌,车里的其他人还是稀稀落落地拍了几下巴掌。

张超杰扭头看着坐在身边的锦瑟:"咋样,锦瑟?"

锦瑟扭过头不吭声。但是,扭过头面对的是苏强壮,苏强壮说:"锦瑟,跳一曲。要不,咱俩一块儿跳?"

锦瑟低下了头,一言不发。

见锦瑟不吱声,苏强壮说:"来,张股长,咱俩请锦瑟站起来到前边去。"然后,他站起来硬是把锦瑟拉到了狭窄的车厢过道里,锦瑟不情愿地向后倒退,苏强壮用劲儿一拉,锦瑟一下子倒在了苏强壮的怀里,苏强壮激动地右手腾出来在空中打了个"V"的手势。

张超杰则兴奋地把手指伸进嘴里,打了个响亮的呼哨。

"够了!"华年猛然站了起来,大吼一声,把一车人吓了一大跳。

"锦瑟,以后就坐我身边,哪儿也不准动,听见没有?"华年对锦瑟命令道。

锦瑟吓傻了,锦瑟虽说有点儿"二",其实,她胆子最小了,真的到了事上,她真的手足无措。华年眼里喷火,满脸怒容,像是要吃人。锦瑟吓得赶快坐到华年的身边。

苏强壮和张超杰回过劲儿来了,一看华年坏了他们的好事,开始反攻了。苏强壮说:"师傅,停车,我们下去,不跟你们了,有啥了不起!"

张超杰说:"对,回去,有啥了不起!"

县政府发展研究中心副主任赵家柱和经济股股长安大山一看事情闹大了，这会儿肯定各为其主。安大山爱开玩笑，这会儿发挥出了他的活跃气氛的优势："苏股长和张股长这是咋了？你们下车，这地方前不着村后不着店，如果被哪个新疆姑娘看上了，给拐跑了，不让回去了，我们可向弟妹们交不了差呀。"

赵家柱也说："你们俩早上没喝酒吧？咋乱成这？"

农业局农业产业化股股长谢红是一个五十多岁的老女人，一路不说话，毕竟她年纪最大，按她的说法是，她的思想跟不上趟了，插不上话了。这会儿，见大家闹得不可开交了，她说了句话："大家出来一趟不容易，都消消气，年轻人嘛，就是火气大。"

苏强壮嘟囔了一句："啥玩意儿。"然后，坐到了位子上。

张超杰也发了句牢骚："哼，还想摘黄花呢。"

苗叶没有说话，她开心死了，但是，她装作若无其事的样子，看着窗外的风景，好像一切与她无关。

华年气呼呼地坐在座位上，无心看风景，对坐在身边的锦瑟也视而不见。

司机是个机灵人，放起了汽车音乐，是新疆民歌，一车人的情绪才稍稍安定下来。

午饭是在车上解决的，苗叶把头天晚上采购的食品、矿泉水给大家发了。吃饭的这会儿，车里又是一阵活跃。安大山坐得比较靠后，离苏强壮和张超杰比较近，和他们聊起天说起笑话来，不一会儿，就把刚才的不快驱赶得烟消云散。

华年简单吃了点儿小面包和饼干,喝了一瓶矿泉水。锦瑟要了块儿面包,撕开了一包泡椒凤爪,吃相如狼似虎,华年看了后,虽有些生她的气,但还是觉得很可爱。

锦瑟问华年还吃点儿什么,华年不理她,看着窗外。自从锦瑟坐在他身边,他就一直看窗外。

在车上凑合着吃了午饭,没多长时间,锦瑟就又睡着了,这次,锦瑟偶尔把头往华年身上靠,华年却侧侧身躲开了,华年烦死锦瑟了,真不知道这是个啥东西?看不懂,猜不透。

一路仍是茫茫戈壁滩。

华年喜欢这样的景致,他喜欢苍凉和悲壮,喜欢边塞诗歌。"醉卧沙场君莫笑,古来征战几人回。""劝君更尽一杯酒,西出阳关无故人。""大漠孤烟直,长河落日圆。"

每每想起这些诗句,华年就热血沸腾,这是和平年代,如果是战争年代,华年早就从军而行了。

大漠、孤烟、夕阳、驼铃、胡杨、琵琶、寒剑……这是华年几回回梦里所向往的场景和物件,侠肝义胆,仗剑走天涯,男子汉大丈夫就是要有这样的胸襟和担当。如今,身处边塞荒漠,华年激奋不已,仿佛梦境再现。刚才的种种不快也缓和多了,是啊, 个大男人,建功立业,胸怀大志,怎能耽于儿女私情?

想到这里,华年对锦瑟更加不理不睬了。

汽车驶入弯弯曲曲的山路了,路两边,秀挺的白桦树直冲云天,云杉在这里长得特别茂盛,相对平缓的山腰,则是漫山遍野的鲜艳夺目的各种小花。

一车人没有惊呼,只有窃窃私语。汽车音响播放的新疆民歌听起来格外响亮。

过了很长时间,终于到了天山脚下,汽车停在了停车场,司机说,我的车只能开到这里了,你们上去吧,到了山顶就能看到天池了。过一个小时到停车场集合,记好我的车号和我的手机号。

一行人下了车,刚开始还沿着通往山顶的崎岖小径一块儿走,可不一会儿,有的停下来照相,有的沉迷于风景,渐渐就走散了。

华年和发展研究中心副主任赵家柱、秘书股股长苗叶、经济股股长安大山一路走,发改委产业股股长苏强壮、工信委调研股股长张超杰和农业局农业产业化股股长谢红几个人不知道走到了哪里。

锦瑟则一直跟着华年他们,华年不理她,她也继续跟着。

华年本想当面问问锦瑟,苗叶说的那些乱七八糟的事情是不是真的,她是不是跟以前的电信公司的领导关系暧昧,她是不是当实习导游时就那么放荡,她跟苏强壮、张超杰这些人为什么打得那么火热,王春生为什么给她送花?这一切的一切都是为什么,她到底是怎么想的?

但,华年还是忍住了,这些话当面问一个小姑娘,怎么说得出口哟?而且也只是苗叶的一面之词。但愿这些都是苗叶道听途说瞎编的吧。不过,锦瑟和苏强壮、张超杰在一起搂搂抱抱照相的事情,华年可是亲眼看见了,难道这还有假?

华年想,还是有机会再向锦瑟谈心求证吧,不找个合适的机会,怕对锦瑟造成伤害。于是,华年退后几步悄悄对锦瑟说:"锦瑟,你不是爱玩儿吗?你看我们,玩这方面放不开,你跟着我们干啥?你想干啥就干啥吧。"

于是锦瑟不再跟华年他们了,她一个人在后边走,谁也不理。走走停停,拿出自己的照相机拍拍风景,或者若有所思地瞅瞅远方。

赵家柱看出了端倪,感到这样子有点儿说不过去,于是对华年说:"华主任,锦瑟一个人是不是有啥心事?咱还是等等她吧。"

华年不吭声,只顾走。

赵家柱对苗叶说:"苗叶,你是女同志,你陪陪锦瑟。"

苗叶一听杏眼圆睁:"赵主任,我七老八十的人了,要陪也该叫锦瑟这小姑娘陪陪我,我走不动了搀扶我一下,我累了陪我说说话,是不是?赵主任,看你说的啥话。"

正在这时,只听"哎呀"一声,锦瑟一脚没有踏好,在山路上摔倒了,眼看就要往山下滚。华年他们在前边扭头看到了,华年像疯了一样地飞跑过去,绕到锦瑟前边,弯下腰紧紧地抱住了锦瑟,锦瑟巨大的推力把华年也给撞倒了,幸亏华年两脚使劲儿蹬住路边一块大石头,两人才没有继续往下掉。

华年先爬了起来,然后,把锦瑟扶起来,华年长出一口气,埋怨道:"咋回事儿?你咋这么不小心呢!有事儿没有?摔着哪儿没有?"

锦瑟两眼含着泪说:"我可能崴住脚了,现在右脚疼得厉害。"

华年说:"让我看看。"

华年帮锦瑟脱掉右脚的鞋子,又脱掉袜子,锦瑟的脚细白细白,华年仔细看了看,没有见肿胀,就说:"你活动活动试试。"

锦瑟试着走了两步,华年问:"咋样,疼得厉害吗?"

锦瑟说:"不是很厉害,也不太疼。"

华年说:"既然能动,应该骨头上没啥事,也没见长包,估计休息一下就好了,咱别走了,我在这儿陪你,咱俩坐这儿休息休息吧。"

锦瑟说:"那不行,这一行人全靠你伸头呢,你在这儿陪我哪行呀? 你不用管我了,我自己坐这儿等你们就行。"

华年说:"你一个人坐这儿,我不放心,万一有个啥事儿咋办? 这是新疆,这是天山上,不是咱春水县。"

锦瑟哭了:"华主任,我咋这么笨哪。"

华年说:"好了,好了,那么聪明个女孩儿,笨啥笨? 谁没有走路摔倒的时候? 关键是摔倒了还能不能爬起来。"

县政府发展研究中心副主任赵家柱他们过来了,关切地问锦瑟咋样。

锦瑟说没事儿,休息一会儿就好了。

华年说你们继续往上走吧,我也累了,我在这儿陪锦瑟一会儿。

华年既然这样说了,大家都无语了。

赵家柱说:"那好吧,华主任,你有事儿打电话。"

然后,几个人继续上天山了。

锦瑟说:"华主任,你也走吧,我自己在这儿能成。"

华年说:"你这样,我怎还有心爬山? 我现在对啥事儿都看淡了,得之我幸,不得我命,无所谓吧。只是你没能到天山顶,看不到天池,太遗憾了,你跟我说,你来新疆不就是想看天池吗? 真是不巧,下次再说吧,反正以后有的是机会。只是我没照顾好你,让你受委屈了。"

锦瑟眼圈儿又红了:"华主任……"却再也说不下去了。

两人就这样沉默着,各自想着各自的心事。

北风掠过天山山坡,吹起了锦瑟的长发,也吹乱了华年的心情。

发改委产业股股长苏强壮、工信委调研股股长张超杰和农业局农业产业化股股长谢红几个人赶过来了,见华年和锦瑟坐在路边,谢红问道:"华主任,锦瑟,你们俩咋不走了?"

"锦瑟崴住脚了,走不成了。"华年说。

"好机会呀,华主任可要照顾好呀。"张超杰阴阳怪气地说。

"还是华主任这领导关心同志呀。"苏强壮不屑地说。

华年的火气腾地就蹿上来了,要是年轻时候,他早就跟他们干上了。年纪大了,架是不能打了,骂也不能骂了,很多事情通过嘴就能解决问题,再大的事情,三言两语就化解了,何必要动武呢?那只是没文化没素质的人的所作所为,他华年已经不需要也不必要做这种莽夫之类的事情了。但是,那打富济贫、抗暴安良的侠义种子早已在心中生根发芽,而且随着年龄渐长,更加根深叶茂了,只是方式方法发生了变化。

"是啊,你们也可以当我这领导呀,我这领导其实早就不想干了,只是没办法哟。"华年毫不客气地回敬道。

苏强壮拿起照相机"啪啪啪"给华年和锦瑟照了几张相,华年很敏感,华年对苏强壮的这个举动本能地反感,不,是第六感觉提醒他,这个动作不怀好意。于是,华年问苏强壮:"照啥照?"

苏强壮笑笑说:"玩儿呢,照着玩儿呢。"

华年说:"你回头把这个给删掉,我可记得这是你照的啊。"华年的言外之意已经很明显了,如果将来社会上有华年的什么负面信息和照片,那就是苏强壮搞的鬼。

苏强壮嬉皮笑脸地说:"好,删掉,删掉,现在就删掉。"

几个人继续爬山了。这时,锦瑟又捂住了肚子,一副更加痛苦的表情。

"锦瑟,你咋了? 是不是又胃疼了?"华年问。

"嗯,今天上午就有些胃疼,我吃了些药,好一点儿,现在咋又疼起来了,我这胃怎么这么不争气呀。"锦瑟有气无力地说。

"再吃点儿药吧。"华年转身看了看,没有水。他华年是领导,不需要带什么东西,只需要带着两只手就行了,对了,现在多了一个手机,有时候,连手机都不用带,连手机都有人帮着拿。华年忘了找苗叶他们要瓶矿泉水了,而锦瑟也什么都没带。

"这咋办呢?"华年着急了,"锦瑟,反正咱离停车场不远,要不咱现在下去吧,我背你。"

锦瑟使劲儿地摇摇头:"不行,不行,那哪行呀。"

"怎么不行? 咱在杭州西湖边,你胃疼的时候,我不就背你了吗?"

"那是市里,这是山上。"

"没事儿,让我背你吧,背多长时间算多长时间,大不了走走歇歇,我愿意。"

锦瑟还是一直摇头。

华年不再跟锦瑟说话了,不由分说拉过锦瑟的手,放在自己肩膀上,锦瑟本就没了一点儿力气,华年一用劲儿,就把锦瑟放在了后背上,然后,背着锦瑟,缓缓往山下走去。

锦瑟趴在华年的肩头哭了起来，哭得很伤心很伤心。

华年啥也不敢想，因为下山的路更不好走，有的地方有石阶，有的地方纯粹是很光滑的石子路，一不小心，就可能两个人都摔下去。

没走多长时间，华年就累得直喘气，但是，他还是咬着牙坚持，坚持，坚持，坚持就是胜利，早一点儿到了停车场，锦瑟吃上药，就不会再胃疼了。

长期当领导，长年缺少锻炼，长时间不干体力活儿，华年背着锦瑟，在这崎岖的山路上，特别吃力，每走一步，都特别艰难。虽然他背着个天仙一样的姑娘，虽然他也曾很羡慕猪八戒背媳妇那种艳福，但是，现在背着锦瑟，他才知道，背一个人，真的不好玩儿，特别是长时间地背一个人，特别是在这陡峻的山路上，长时间背一个人，更不好玩儿。

五月的北疆，乍暖还寒，天山上凉气逼人，但华年的身上早已被汗水浸透，脸上的汗珠子也不停地往下掉。

锦瑟说："华主任，咱休息一会儿吧，看你累成啥了。"

华年说不用，继续往前走。

锦瑟说："华主任，你别这样好吗？你这样我更难受。"

华年听到这话，停下了脚步，是呀，他理解锦瑟，他这样玩命似的背着锦瑟，其实对锦瑟来说是很大的心理负担，她心里肯定非常非常过意不去，即使是他很卖力，但锦瑟的心里肯定有很大的压力，与其这样，还不如歇一会儿呢。

华年找了一处草地，把锦瑟轻轻放下来。华年坐到草地上，累得大口大口喘气，说："锦瑟，你躺在这草地上休息一会儿吧，这草地干净，还有野花呢。"

锦瑟点点头,躺在了草地上。

华年则坐在锦瑟身边望着远方。

天很蓝,云很低,大片大片的云杉倔强地生长,山坡上的无名野花则寂寞开放,来自远方的风清新凉爽,华年真想放声大哭。是啊,在这世外桃源,在这天山之上,如果能和锦瑟永远在一起,建一木制小屋,铺一青石小路,开垦半亩薄地,像那神仙眷侣,共度似水流年,该多好呀。

华年不说话,锦瑟也不说话。华年对锦瑟五味杂陈,真的说不出是什么情感。是恨,是爱,说不清楚。分明那么恨她,本就不想理她了,把她看作是怪物、妖女、风流成性的放荡女人,可是,锦瑟真的有事儿了,真的生病了,他华年还是不顾一切地去帮她照顾她,真的是不顾一切。他华年毕竟是春水县政府发展研究中心的主任哪,怎么能为了一个小姑娘而全然不顾呢?不顾影响,不顾名声,不顾前途,不顾人际关系,甚至说不顾家庭,不顾责任和道义。唉,以前的一切修为,一世的谨慎,怎么自从遇见锦瑟,一切都抛到九霄云外了呢?

又一队游客从他们身边走过,好奇地看着华年和锦瑟。

华年说:"锦瑟,脚还疼吗?"

锦瑟摇摇头。

华年说:"胃还疼吗?"

锦瑟点点头。

华年说:"走吧,咱继续走。"

锦瑟说:"嗯,谢谢华主任。"

"谢啥谢?我愿意。"华年真想说一句话:如果你愿意,我真的就想这样一辈子背着你。但是,这话华年没法儿说出口,华年知道,他不配。

华年背起锦瑟,继续往山下走。

也不知走了多长时间,终于到了停车场,找到司机,让锦瑟坐上车,喝了水,吃了药,锦瑟躺在后排椅上睡觉了,华年累得快要虚脱了。没多长时间,赵家柱他们,苏强壮他们,也都陆续下来了。

等人到齐了,华年说:"咱们大家来天山一趟不容易,咱们以天山为背景,合个影,让司机给咱照张相,好吗?"

大家都说好。

锦瑟有病,华年不让锦瑟照了。

几个人排成一排,找了个路人帮忙照完相,华年大声对苗叶说:"苗股长,这照片很珍贵,回去之后一人冲洗一张,发给大家,但是大家记好了,咱只能内部欣赏,不能外传。"

华年的意思已经很明显了,就是大家都在天山风景旅游区照的有相,将来回去之后,如果谁找领导告什么状,大家都来了,人人都有份儿,人人都有责,这个合影就是明证。如果谁执意要干什么对不起人的事儿,那得罪的是大家伙儿,那犯的是众怒,将来他就是众矢之的,就是过街老鼠,将来别想在人前抬起头。

第七章　月圆

从新疆回来后，华年就安排写调研报告。其实，去调研的人很多，但是执笔写调研报告的人倒不多。发改委、工信委那两个人就不说了，他们说不会写，没掂过笔。农业局的那位女同志，是位大妈级或者说奶奶级的人物了，不好意思使唤她干这玩笔杆的差事，估计找她也是同样的理由，从未写过东西，不会。现在有好多事情不好办就在这里，一说就是不会，不会你总拿他没办法。

真正写调研报告的也就是县政府发展研究中心的人了。副主任赵家柱是不用亲自动笔的，当了领导，指导指导，再修改几句就可以了，副官儿副官儿，吃饱转圈，他们没权力，当然也就没责任，如果配合拉套的话，还给你认真思考思考，还仔细改一番，如果不想管事儿的话，那就纯粹是应付了事了，象征性地说一说，胡乱改几把，如此而已，反正你主任又决定不了副主任的去留。一般情况下，正职不会到上级领导那里告副职的状的，因为正职告副职的状，只能说明一点，你这正职领导能力有问题，连副职都领不住，当的什么正职？合格吗？而副职的升迁也不在正职的管控范围之内，在一级党委政府，只有在常委的那些单位一把手有权决定副职的升迁去留，比如县纪委、县委办，县委组织部、宣传部、统战部，只有乡镇党委书记们能替班子成员提提职务进退留转方面的建议，也有些跟县委书记关系铁的局委一把手能替副职说两句话，除此之外，其他单位的正职管不了副职的，即使组织部门在调干部时征求一下正职的意见，也只是征求一下意见而已，不会当真的。很多的时候，不，大部分情况下，是县直单位的正职在毫不知情的情况下，副职就调整了，要么进，要么出，要么提，正职基本上没有发言权，副职想甩你正职就把你当个正职，不想甩你还真咋着不了他。所以，华年到县政府发展研究中心工作后，真正倚重的是股长以下的同志们，这些同志毕竟还没有资格跟华年讨价还价，还属于积极要求上进的类型，华年还能够管住他们的升迁。

　　写这个到新疆的考察调研报告，华年让赵家柱牵头，具体执笔操刀的则是锦瑟，因为同去的秘书股股长苗叶是不写材料的，经济股股长安大山是一个老股长，华年把这个重任交给他不放心。所以，想来想去，具体操刀执笔的也就只有锦瑟了，虽然锦瑟初出茅庐，啥也不懂，但华年的原则就是能拿笔就会写材料，多锻炼锻炼不就得了吗？

　　华年把赵家柱和锦瑟叫到办公室，把任务安排了一番，要求一定要写好这个调研报告，因为这也是县长点的题，不能大意，而且速度要快，两天之内写完。当然，华年把自己的写作思路讲了一番。

　　锦瑟听了之后嗫嚅着说：“华主任，我从没有单独写过材料，我恐怕不行吧?"

华年说:"没写过,我教你,人总得有第一次,有了第一次才会有第二次,永远没有第一次,咋会有第二次呢? 不用怕,你记好了这几句话就妥了。"

"哪几句话?"锦瑟歪着头调皮地问。

华年喝了口水,说:"第一句话是看客下菜,第二句话是比葫芦画瓢,第三句话是多看多写多想多改,第四句话是不调研不写稿,第五句话是细节决定成败,第六句话是爱岗敬业。"

"这么复杂?"

"不复杂。先说第一句话,看客下菜。写材料跟厨师做饭是一样的,饭做得好不好要顾客说了算,材料写得好不好,要由服务的领导说了算,别人说了不算。那么如何让领导满意呢? 那就要研究领导、了解领导、熟悉领导。要多看领导的讲话稿,包括他以前在其他地方的讲话,领导的思路一般都有一贯性,每个人的性格特点、工作作风都不会有大的改变,当然随着形势的变化,随着学习的深入,也会有所变化,但是大的不会变,江山易改,本性难移,每个领导的特点都是不会有太大变化的,所以要多看他以前的讲话稿。还要多听他的讲话,要利用各种机会,不管是大会小会,包括平时外出调研或者吃饭的时候,他的只言片语都可以透露出他的思路,言为心声,他说什么话其实都是他心里想的,一般是这样。要成为领导肚子里的孙悟空,领导张嘴就知道他要说什么,要达到这种程度,跟领导高度契合,准确把握领导的脉搏,你写的东西才会得到领导的认可。当然,不同的领导有不同的讲话风格、有不同的工作思路,那么写材料的时候呢,就要因人而异,要具有个性特点。比如有的领导讲话喜欢长篇大论,而有的喜欢言简意赅,有的喜欢卖弄辞藻,有的喜欢朴实无华,还有的领导喜欢举例子、说家常话,有的领导喜欢多用数据和对比来说事,有的领导爱用'的'字,不该用'的'也用'的',这就是个讲话习惯问题。还有的领导,讲话比较狠,爱用修饰词,比如加强前面他一定要来个切实加强,开展前面一定要弄个大力开展。当然有的领导不喜欢这样,讲话比较平和,没有那么多的修饰词,不同的领导讲话风格不同,这些都要认真地研究和思考的。所以,写材料不要讲什么标准语法和标准写法,那要看领导的讲话习惯,要看客下菜、因人而异、订单服务、精准写作。有人可能会问,新来的领导,我根本不知道他的讲话风格,那材料该怎么写?遇到这种情况,还是按照常规的套路,中规中矩地去写,不要上去就刻意迎合领导的思路,那样的话会弄巧成拙,画虎不成反类狗,反而把材料写坏了。一般而言,你只要中规中矩地写,再差不会差到哪儿去。还有,要多看领导的修改稿。你起草了一个讲话稿递交给领导,有些领导会在上边改改画画,那么你就要认真看他是怎么改的。还有的领导并不改,但是他讲过之后,你再拿他的讲话稿与你递交的材料稿认真对照,通过这种对比,你会发现很多东西。不比不知道,一比吓一跳,没有比较就没有伤害,通过你起草的讲话稿和领导所讲的领导所改的进行比较,是一个成长进步的捷径。”

“嗯,有道理,真的受教了。那第二句话呢?”锦瑟急切地问。

“第二句话是比葫芦画瓢。这主要是对像你这样的初学者而言,刚写材料的时候无从下手,不知道怎么写,那最简单的办法就是像练书法一样,我们练书法刚开始肯定是摹写,按照别人的笔画,一笔一画地描摹,小学生学书法都是这样,从描摹到最后临摹,然后到自己独立创造,这是个过程。写材料也是这个过程,刚开始不会写,就从网上或者其他地方找跟你相同的材料,近似度特别高的材料,然后在这个材料的基础上进行改造。第一步,先改地名;第二步,把时间给改改;第三步,把标题变变,两句话的标题变成一句话的,一句话的标题变成两句话的,四字标题改成六个字的等等;第四步,工作内容给改改;第五步,如果有可能的话,再加一些自己掌握的资料、独特的东西。这么一改造,根本看不出来是别人的材料,那就成了自己的材料。当然,还是我刚才说的,这只是对初学者而言,其实也不只是初学者,写材料写很长时间的人也需要比葫芦画瓢,因为有些材料不好写,没见过,不是常规的材料,想走捷径的话,那就只有找其他地方的材料参考对照,按照它的提纲,按照它的结构,按照它的逻辑顺序,按照它的写作思路,按照它的素材要求,比葫芦画瓢就行。"

"噢,醍醐灌顶,茅塞顿开,接着讲。"锦瑟点点头说。

华年则得意地继续说:"第三句话是多看多写多想多改。别人给你传授的技巧再高超,如果你不看不写不想不改,那都没用,所以要真正写好材料,还是要老老实实地看写想改。要多看材料,只看还不行,一定要结合写再去看,只有在写的过程中去看同类的材料,才会感受深刻、理解充分、领悟到位,看和写相辅相成、缺一不可,只看不写看不透,只写不看写不好。有人说,我就不会写,脑子空空,不知道写啥。其实,你会说话不会? 你只要会说话,把你说的写下来就行了。而且,很多人写的时候总是瞻前顾后,总怕写不好,其实,写的时候不要顾虑那么多,只管硬写就成了,小车不倒只管推,管他写啥样呢,只要数量不管质量,只要写成就行,大不了写了之后多改几遍,好材料都是改出来的,这是写作的诀窍。同时,还要多想,材料是改出来的,更是想出来的。有时候,要反复琢磨,把材料推开,在散步的时候、吃饭的时候,都要琢磨这个材料怎么写、领导怎么看,只有这样的话,才能够有所提高,特别是不定什么时候灵感一来,赶快把思路记下来,灵光闪耀处就是最精彩的东西。另外,这里面的多看,还包括多看书,我们不能为了写材料而看材料,如果仅仅是为了写材料而看材料,那么肯定写不好材料。我们常说厚积薄发、宽备窄用,要想真的写好材料,还要广泛地涉猎各种知识,除了看手机上的信息之外,还要多看一些大部头的书籍,各个方面的书都多看一些,不定什么时候会应用到写稿子里边,那个时候就会出现画龙点睛令人眼前一亮的效果。如果平时不看书,知识面窄,写出来的东西肯定干巴巴的,没有味道,也引不起大家的共鸣。现在的领导干部文化水平都比较高,你如果不比现在的领导不比下边的听众看书多,不比他们掌握的知识和信息多,你写出来的东西,怎么能够让他们服气呢?所以我们写材料,一定要先学一步、多看一点,只有这样才能真正地写好稿子。另外,在多看多写多想的同时,还要注意多改。好材料是改出来的,材料只要修改,每次修改都会有进步,而且,要让更多的人参与修改,多听听别人的意见,因为材料不只是文字材料,是在总结安排部署工作,文字只是形式,工作才是主要的,那些工作,还是多听听别人的看法,我们一个写材料的,站不到那样的高度,对工作的理解和把握不清楚不明白,所以材料不要怕改,而且还不要怕别人提意见。谦虚使人进步,骄傲使人落后,你再有能耐,而高手多得很,人外有人,天外有天,多听听别人的意见是没有错的,自己的材料也不是一点都改不动的。"

"还有第四句话呢?"锦瑟问。

华年喝了口水,说道:"第四句话是不调研不写稿。纸上得来终觉浅,绝知此事要躬行,只看纸面上的东西,没有感性认识,而只有深入接触、调研、访问,才会增加感性认识,才会有切身体会,才会有深刻的感悟;另一方面,通过调研,还能够找到一些鲜活的例子,分量不够例子凑,把这些鲜活的例子引用到稿子里面,能够妙笔生花,非常吸引人;还有,通过调研,能够加深对工作的认识和了解,形成独特的思路和观点,使材料更具针对性和可操作性。"

不等锦瑟问,华年又接着说:"第五句话是细节决定成败。写材料,白纸黑字,一旦印出来,如果哪个地方出现了错误,想改都改不了。包括稿子重页、漏页、错页,以及标题错的、人名错的、职务错的、时间错的,比比皆是,需要心细如丝。比如在校对的时候,一方面每个人分别校对一遍,校对一遍之后再进行唱校,也就是一个人念,其他人看,通过这两个回合,确保准确无误,确保一个字、一个标点都不能出错。第六句话爱岗敬业我就不说了,写材料是很辛苦的,经常需要加班加点,没有敬业精神,是干不了的。不过,写材料也有好处,那就是以文辅政、书生报国,铁肩担道义、妙手著文章,人生的价值能够得到极大的体现,也很有成就感。好吧,就这些吧,今天我把我以前写材料的经验体会都说完了,你就慢慢体悟吧。"

锦瑟听完华年批讲之后,对华年佩服得五体投地,在锦瑟的心中,华年的形象是那么儒雅、高大。锦瑟说:"华主任,您真了不起。"

赵家柱也说:"华主任笔杆子出身,是大师级人物,又长期在基层当领导,理论知识和实践经验丰富着呢,那水平我们只坐机关的人是比不了的。"

华年笑了："咱自己人就别互相吹捧了，我也要好好向你们学习呢，你们思想更新快，脑子里新名词多，一天一个，更新得特别快，真是应接不暇，我一路小跑都跟不上趟了。"

锦瑟说："哪儿呀，华主任时尚得很，年轻着呢！"

华年说："锦瑟，别说那些好听话了，好好写，多锻炼锻炼，让大家看看，锦瑟不是吃素的，不仅人长得漂亮，而且很有才，谁也不能小瞧。"

锦瑟看着华年，大睁着俩眼，点点头。

赵家柱和锦瑟领命而去，仅过了一天时间，一份关于在新疆建设大枣产业基地的调研报告就写出来了。华年看了后，很满意，不仅文笔流畅，而且条理很清晰，观点也很鲜明，内容也很充实，特别是对策建议很有操作性，根本就不像是一个刚毕业一年的小姑娘的手笔。

华年想，是该找机会问问锦瑟了。

华年把赵家柱和锦瑟叫到自己办公室，简单提了一些修改意见，然后说，今天连夜加班再简单改一改，然后发给和咱们一块儿去的发改委、工信委和农业局的同志，给他们一天的时间让他们提提修改意见，然后再修改一遍，明天晚上叫上秘书股股长苗叶、经济股股长安大山，咱们在一起集中过一遍，然后我抓紧找县长送去。县长亲自交代的工作，而且发展大枣产业又是一件大好事，咱不能拖时间太长了。

到了第二天下午快下班的时候，赵家柱打电话给华年，说已经征求过发改委、工信委和农业局的意见了，而且锦瑟已经改过了，他本人也改过了，问华年什么时候在一起碰头过一遍。华年说，不是说好了吗？就晚上，吃过晚饭，通知苗叶和安大山，咱加个班，集中改出来。

吃过晚饭,赵家柱、苗叶、安大山和锦瑟来到华年办公室。

华年说:"不好意思啊,让你们几位加班了,其实我也不想加班,主要是我的会太多,每天都有两三个会议需要参加,坐在会场其实也没多大事儿,无聊得很,但是又不能不去,不去显得咱对会议不重视,衬得咱对组织会议的领导不重视,所以说,参加会议也成了一项面子工程,是给面子、捧场帮忙的事儿,净是浪费时间。我天天陪会,白天真没时间,所以只有利用晚上了,晚上时间没人找咱,心净,能集中精力写材料。"

赵家柱说:"理解,理解,华主任忙,能坐下来和我们一起改材料已经很不容易了。"

华年让锦瑟给大家泡杯茶,苗叶说让我来吧,华年说让锦瑟来吧,年轻人理应多干点儿活。

赵家柱对锦瑟说先给华主任泡上茶。锦瑟说华主任不喝茶,只喝白开水。赵家柱说:"华主任,你连茶也不喝,也别太廉政了。"

华年说:"我这人生活简单得很,不怎么抽烟,不爱喝酒,虽然酒场上迫不得已也喝一些,但我自己在家从不喝酒,我吃饭也简单,都是像打仗一样,三下五除二就解决问题了,穿衣打扮更是简单,只要干净,从不穿名牌服装,一件衣服穿很多年,我这人就没有花钱的地方。"

赵家柱摇摇头说:"像华主任这样的好领导真是少见,你在基层当领导那么多年,一点儿坏习惯也没沾上,真是出淤泥而不染,是我党的好干部呀。"

华年说:"那也谈不上,只因为咱是穷苦人出身,从小受苦受惯了,养成了节俭的坏毛病。"

赵家柱说:"啥坏毛病呀?这多难得呀,尤其是现在物欲横流,人心浮躁,你能有这份简单的生活,是高人哪。"

"啥高人不高人的。古人云:乍富不知新受用,乍贫难改旧家风。你说的现在物欲横流、人心浮躁,只是我们国家经济刚刚发展,突然从穷到富,很多人突然有钱了,不知所措,不知道该怎么花,于是拼命享受,其实,古人还有句话,叫作'曾经沧海难为水,除却巫山不是云',假以时日,看惯了春花秋月,见惯了大江大河,就会回归常态,就会检点言行。就像一个人从没饭吃到突然吃上山珍海味,非常惊喜,胡吃乱喝,而天天山珍海味,自然味同嚼蜡,反而会想念粗茶淡饭的生活。这就是大富豪们平时生活反而那么简单的原因,因为他们享受过了,什么美好的东西都经历过了,所以觉得无非如此,甚至有些腻了,所以才换种平民百姓的生活方式,吃饭还是家常饭,穿衣还是粗布衣,平平淡淡是最真,到了最后,还都要回归日常简简单单的生活。人们还说,一代出富翁,三代出贵族,想致富倒容易,想养成一种文明高尚的生活方式却需要个过程。时下,人们经常对某些富人的炫富以及种种不文明行为指指点点,更为某些富裕起来的国人在国外的粗俗行为所不齿,有的甚至哀叹:物质上去了,精神下去了,进而怀念那个贫困的年代,认为那时候物质匮乏却精神充实,是一个好时代。其实不然,从物质文明到精神文明需要个过程,富到一定程度,自然会从富到贵,这只是时间问题,国人的素质随着经济的持续发展早晚会过渡到现代文明阶段的。至于有些人向往以前的贫困年代,那只是说说而已,真让他回到那个年代,他会愿意吗?任何事都有利有弊,不可能十全十美,关键是看利大于弊还是弊大于利。总体上说,发展市场经济没有错,在发展过程中出现一些问题也正常,那只是大利与小弊的问题,我们绝不可因噎废食,更不能因为出现一些问题就全盘否定改革开放的成绩,那就大错特错了。"

这会儿,锦瑟正忙着沏茶,华年的这番高论,也吸引她停下来听华年说。等华年说完,锦瑟激动地说:"华主任,您就是高人,我太佩服了。"

华年笑了,大家也都笑了,华年说:"啥高人不高人的,瞎说呗!"

"这可不是瞎说,言为心声,没有高深的思想说不出这样高大上的话。"赵家柱说。

锦瑟给华年倒了杯白开水,给赵家柱、苗叶、安大山都泡了杯茶,然后坐下来,静静地听大家说。

华年见锦瑟忙完了坐下了,于是说:"赵主任,咱不说那些闲话了,咱大家说说正事儿,你和锦瑟这两天辛苦了,材料写得不错,我很满意,至于县长满意不满意,先改好送去再说吧。"

赵家柱问:"华主任,咱咋改?"

华年说:"让锦瑟念一遍,锦瑟念一页咱停一下,看看有啥不合适的,咱大家议一议,再改一改。"

大家都说好。

锦瑟用标准的普通话不紧不慢地读起来。锦瑟的嗓音不是清脆响亮的那种,憨憨的,腻腻的,甜甜的,一股牛奶糖的味道,让人沉醉让人怜。

锦瑟念完一页,停下来,华年让大家提提有什么修改建议没有,这些,锦瑟都用录音笔录下来,等讨论过后再集中修改。

几人讨论得很热烈,一直讨论到了晚上 12 点,才算告一段落。华年说,今天讨论得太晚了,今天再改也太辛苦了,这样吧,反正又不是明天开会要用,赵主任和锦瑟就不用连夜加班了,明天你们再改,改后我再认真过一遍,再找县长送去。大家都回去休息吧。

几人都散场了,华年给锦瑟打电话,说:"锦瑟,你在哪儿? 还没走吧?"

"嗯,华主任,我还没走呢,还在办公室呢。"

"天这么晚了,也没公交车了,你骑自行车回家不安全,我开车送你吧。"

锦瑟说不用。

华年说:"啥不用? 出了事儿谁负责? 别说了,就这样,我的司机何勇我已经让他回去了,今天我送你回家,我现在就下楼,我在楼下车里等你。"

锦瑟说好。

华年把资料收拾好,带上包出门了。

秘书股就跟华年的办公室对门,这样主要是考虑照顾华年方便些。

秘书股里,苗叶没有走,锦瑟也没有走。苗叶不走,是因为华年没走,当秘书股股长,就要有这个规矩意识,只要主任在,秘书股股长就要守在办公室,以便主任有什么事吩咐,即使股长有事儿不在,也要交代一个人值守,随时为主任搞好服务,不能主任找人找不着。

华年走了,苗叶伸出头来看,问华年有什么事没有,华年说没有。

华年前脚刚走,锦瑟也跟着出门了。苗叶心生好奇,她拿的有华年办公室的钥匙,她打开华年办公室的门,推开华年办公室的窗户,伸出头往楼下看,看到华年的车就停在办公楼前,车灯亮着,锦瑟来到车旁边,打开车前排副驾驶的座位,钻进了汽车里。然后,只听一阵汽车轰鸣声,汽车远去了。

苗叶是秘书股股长，她知道华年的司机何勇已经提前骑自行车回家了，华年说是讨论材料估计会很晚，不让司机在这儿久等，华年要自己开车，却原来是要自己开车约锦瑟出去干什么勾当呀。苗叶气得怒火中烧，直想追上去狠狠地打锦瑟几个耳光，再骂几声你这个臭婊子臭不要脸的，方才解心头之恨。

夜深沉，树朦胧。大街上此刻人影稀少，只有那些夜行人来去匆匆。一日繁华刹那沉寂，使人说不出的轻松，终于找回了生命的本真和世间的底色。

华年开着车，锦瑟坐在副驾驶座位上。华年把车开得很慢很慢，他想和锦瑟多待一会儿，享受这难得的两人共处的曼妙时光。

两人一路无话，都不知从何说起。

汽车经过春水桥，这一会儿，桥上人影稀少，桥两侧的石栏杆上挂上了七彩霓虹灯，古老的石拱桥焕发出了现代气息。

华年想起了与锦瑟初次相遇，就是在春水桥。

春水桥，这古老的桥呀，把华年和锦瑟连在了一起，从此，生命中有了一个你。佛说前生五百年的回眸，才换得今生的擦肩，一次不期而遇，竟唯美了曾经，泛滥了忧伤，芬芳了时光。

华年打破了沉寂，问锦瑟："锦瑟，还记得咱俩初次见面吗？就是在这座桥上呀。"

锦瑟扭头看着春水桥，桥两端的那两棵老槐树在夜色中默默守望，就像此时的华年和她锦瑟。

"嗯!"锦瑟说。

"真是命中注定呀,我就在想,有时候世界上的事情为什么就那么巧呢?刚好我的车碰倒了骑电动车的妇女,而你又出手帮忙,我呢正好是你那天参加面试的主考官,哎呀,有些事儿,真是说不清楚,说明什么呢?只能说咱俩有缘吧。"

锦瑟说:"华主任,知道今天是什么日子吗?"

华年说:"什么日子?整天忙,忙得头昏脑涨,也不知道忙的啥。一天时间唰唰地就过去了,真的过晕了。"

锦瑟说:"华主任,今天是农历五月十五呀,月圆之夜。"

"噢,五月十五?"

华年把车停下来了,落下车窗玻璃,伸出头往天上看。

天空一片紫红色,那是城市里的雾霾和灯光污染惹的祸,苍白的月亮若隐若现,全没有月圆之夜的景致。

"是啊,月圆之夜,这是个美好的日子呀,就像咱俩现在这样。"华年自言自语地说,"可惜看不到月亮了。"

"月圆之时,却云遮雾罩,人生可能就是这样的呀。"锦瑟叹了一口气。

华年说:"没事儿,锦瑟,乌云终会散去。"

锦瑟问:"华主任,你说真有牛郎织女吗?"

华年不说话了,是啊,锦瑟冰雪聪明,她怎么想起问牛郎织女呢?今天又不是七夕节,她问这句话可是有用意的呀。

"但愿人间没有牛郎织女。"华年说,"我小的时候,生活在农村,到了七夕节,能看到很多星星组成的银河挂在天空,老人们都说,银河西北方向的那颗明亮星星叫织女星,东南方向的那颗明亮星星叫牛郎星,喜鹊搭成鹊桥让牛郎和织女相会,这一天,还会下雨,那是牛郎和织女的相思泪呢。"

"织女还有牛郎可以期待,可是我这大龄女青年,连织女也不如呀。"锦瑟忧伤地说。

华年说:"那是缘分还没到吧。"

"迢迢牵牛星,皎皎河汉女。纤纤擢素手,札札弄机杼。终日不成章,泣涕零如雨。河汉清且浅,相去复几许?盈盈一水间,脉脉不得语。"锦瑟轻轻地吟完《七夕》诗,然后叹了一口气。

华年接着吟起唐代诗人杜牧的《秋夕》:"银烛秋光冷画屏,轻罗小扇扑流萤。天阶夜色凉如水,坐看牵牛织女星。"

华年说:"锦瑟,你知道吗,你身上有一股薰衣草的香味。"

锦瑟吃惊地说:"香味儿?我从来没听人说过呀,连我父母都没说过呀。"

华年说:"可能只有和你有缘的人才会闻得到吧?"

锦瑟瞪了一眼华年:"不可能,华主任你是在骗我呢。"

"骗你啥?我说的是真的。"华年笑笑说。

锦瑟低下了头:"华主任,你别说这个了,我知道你的意思。"

华年看着锦瑟,又凑上前闻了闻锦瑟身上的味道,长出一口气说:"锦瑟,电视连续剧《还珠格格》里有个西域美女,叫香妃,你知道吧?"

"嗯!"

"香妃身上的香味就是薰衣草一样的。"

"是吗?"

"是啊,这种香味会让不洁之物现形,特别的纯洁、高贵、优雅,你就是那香妃呀。"

"华主任,我不想当香妃,香妃的命不好,就是电视连续剧里演香妃那个漂亮的女演员刘丹也出车祸早早离开了人世。"

华年愣住了,接着华年直打自己嘴巴:"呸呸呸! 看我这张臭嘴,净胡说,你说得对,你不是香妃,你是天上的仙女,是七仙女。"

"华主任,你不用自责,我小时候找人算过命,我的命不好,真的。"

"不是,锦瑟,你别太相信那算命的,那都是胡说,都是胡说八道。"

"华主任,你信命吗?"锦瑟转而问道。

"我嘛,既信命,又不信命。"华年说。

"啥意思啊?"

"啥意思? 尽人事,听天命。"

"净说绕口令,直说呗!"

"嗯,好,直说,直说。首先说不能不服命运,人生下来,有的生在富贵之家,有的生在困难之家,就像一片树叶,落在田野里和落在河沟里,自己都无法选择,有很大的偶然性,这就是命。有的天生长得好看,而有的天生长得丑陋,这也无法选择,这也是命。而出生之后,人生存的外在机会和条件则是运,运的东西也不是人能把握的,也有很多不确定因素,外在的大势既难预测,更难改变。如果说命是空间纬度,那么运就是时间经度,人在命运的时空之中,很渺小也很无奈。北宋初年有个宰相吕蒙正在《命运赋》里写道:'天有不测风云,人有旦夕祸福。……天不得时,日月无光;地不得时,草木不生;水不得时,风浪不平;人不得时,利运不通。'道尽了人与命运的关系。长大后,有的人也很努力,也很聪明,可就是时运不好,总是赶不到点子上,总是关键时候功亏一篑。还有的人很优秀,可是,总遇到比他更优秀的人,压得他总是出不了头。比如周瑜,如果不是遇到诸葛亮,怎会被气死?还有更多的人,生在不同的时代,命运就不同,时势造英雄,说的也是这个道理,有的人勇猛善战,但是,在和平年代根本没有用武之地,只能成为凡夫俗子。命,就是不可控因素,不是自己能力范围内所能掌握的条件。运也是外在因素,不过,运在时时变化。"

"华主任,那你说,要是听天由命,当个人就无所作为了吗?"

"当然,听天命,并非自己无所作为。即使生在贫寒之家,也有出人头地的人,即使生在富贵之家,也有纨绔子弟。即使霉运当头,只要不服输不认输,坚持不懈地努力,也有云开日出的那一天;即使运气很好,但是不知珍惜、犹豫不决、错失良机,一手好牌也会打个稀巴烂。命运是外因,人事是内因。外因是外在条件,内因是内在根基,外因影响内因,内因有可能改变外因。也许外因的命运不好,也许改变不了外因的命运,但我们要做的就是尽人事、听天命,只问耕耘、不问收获,三分靠天定、七分靠打拼,不论出生在什么样的家庭,不论遇到什么样的艰难困苦,都要尽自己的努力,发挥最大的聪明才智,至于结果如何,只要说一声'我已尽最大努力,也只能这样了',只要问心无愧不后悔即可。努力不努力是自己的事,结果如何是命的事。不过,也有人说,命里有时终须有,命里无时终须无,以此作为不努力的借口。其实,命里有或者无,谁也不知道,不努力怎知道结果如何?不尝试怎知道命里是有还是无?还是要努力,还是要尝试,才能见分晓。

只要尝试过了,即使失败了,最起码心死了,不再想那事了,不再留遗憾了,而如果不尝试,那才会留下终生的遗憾呢。"

"嗯,华主任,那咋样才能好命呢?"

"咋样才能好命?你记住我说的。"

"噢,我记着哪。"

"啥是好命?少说多做不张扬,好命慢慢就来了。啥是坏命?话多骄傲好张扬,厄运和灾难就慢慢来了。"

"华主任,我知道了。"

晚风轻拂,锦瑟身上的薰衣草香味飘满了车厢,华年深吸了一口这幽幽的芬芳,醉了,迷了,就像一缕阳光照进心房,又像几丝春雨融进心田,温暖而哀怨,幸福而忧伤。

华年和锦瑟沉默了一会儿。华年问:"锦瑟,你知道吗,薰衣草的花语是什么?"

"等待爱情。"

"对,等待爱情。"

"唉——"锦瑟长叹一声,"只是这个话题太伤感了。"

华年想起了什么,问道:"锦瑟,我想问你另一个问题。"

"你说吧,华主任。"

"你想找一个什么样的男朋友呢?"

"不知道。"

"不知道?"华年摇摇头说,"那你原来的男朋友长什么样呢?是个什么性格的人呢?"

"原来的男朋友在我心中已经死掉了，我这辈子都不可能再和他有任何关系了。"

"你觉得发改委的苏强壮那样的人咋样？"

"华主任,你怎么问这个问题？"

"我发现你和他走得挺近的,很合得来呀。"

"华主任你说的是啥话呀？"

"不是我说的是啥话,咱一块儿出去,你和他照相时搂搂抱抱的,为啥那么亲热？"华年一口气把心里早想说的话抖搂了出来,心里一阵畅快。

"华主任,出去玩儿就是玩儿的,玩得开心高兴就行,哪能像在单位上班那样死气沉沉呀。"

华年不说话了,是啊,锦瑟有她的世界观、人生观和价值观,也许自己的老观念真的 out 了？但是,也不是这样呀,有的女孩子还是很保守的呀,锦瑟为什么这么疯呢？华年百思不得其解。

"你说那些当导游的小姑娘跟游客在一起,整天打情骂俏,还说黄色笑话,你怎么看这种现象？"

"华主任,啥现象不现象的？你一说话就像是做报告,那也是为生活所迫的呀。像那些没结婚的小姑娘,有的其实很传统很保守,但是既然干了这份工作,拿那份工资,就不能不那样,也是没办法。"锦瑟说完后,突然意识到什么,问:"华主任,你今天为什么总是问我这些没头没脑的问题？你是不是有什么心里话要说呀？"

华年笑了笑,说:"锦瑟,其实也没什么,我就是随便问问。"

锦瑟说:"不对,你肯定有什么事情,不然的话,你不会这样说。"

华年犹豫着说:"我说了你可不准生气。"

"我不生气。"

"我听人家说,你当实习导游的时候,跟人家游客打情骂俏,还说你以前在县电信公司上班,跟领导们关系暧昧,我还听说县政府办公室主任王春生给你送花,有这回事儿吗?"

华年一口气说完了,说了后虽然心里畅快了,却又后悔了。一个没结婚的小姑娘,说人家作风不正作风放荡,谁能承受得了呀。还没等锦瑟回话,华年急忙又说:"锦瑟,我这只是听人家胡说的,没根没据,纯粹是谣言,你可千万别在意。"

锦瑟哭了,哭得哽咽起来了。

华年伸出手,想把锦瑟揽在自己怀里,但是,锦瑟坚决地推开了华年。

华年叹了一口气,说:"其实,我不应该这样跟你说,有人不就说嘛,实话难听,实话坏事儿,有时候真的不能说实话,可是,我是把你当作自己人,当作亲人,我才这样跟你说的。唉,错了,错了,我真的不该这样跟你说的,其实,我刚才已经婉转地问你了,我不应该再这样直白地跟你说的,都是我的错,对不起,对不起。"

锦瑟说:"华主任,不怪你。"然后,又哭了起来。

锦瑟哭得很伤心,华年也没办法了,哭就让她哭吧,锦瑟的确需要大哭一场了。锦瑟的男朋友跟别人结婚了,把她甩了,这是多大的打击呀,说不定锦瑟有多少个深夜都在放声大哭,只是华年不知道而已,而今,自己又在她心灵的伤口上撒盐,在她最困难最痛苦的时候给她增添不必要的苦恼和伤心,华年深深地自责。

夜已深了,但春水桥上还有车辆驶过,有些骑着电动车和自行车的男孩儿、女孩儿从春水桥上经过,留下一串串欢笑声,空气中弥漫着爱情的味道。

华年抬头看看天,月光昏黄,流年清浅,半帘幽梦。在最好的年华,没有遇到锦瑟;在不该遇到锦瑟的时光,锦瑟却翩然而至。这是命运开的玩笑?或者说是命运的故意作弄?华年只有黯然神伤。

锦瑟哭了很长时间,止住了哭声,她可能是哭痛快了吧,也可能是把心里的委屈和不快都哭出来了吧。锦瑟说:"华主任,我听到别人风言风语这样说我,我不难受,我知道,人红是非多,我长得漂亮,引人注目,男的想得到我,得不到我他们就找我的麻烦,包括那些给我送这送那的,我一概退回去,不理他们,但是我也不敢得罪他们呀,我还要生活,所以我只有惹不起躲得起。女的嫉妒我,眼红我,我有一点儿惹她们不高兴了,她们就说我下贱。可是,只有我自己知道,我是清白的,我很传统,除了我男朋友,我没有跟任何男人有过亲密接触,我不会给他们任何机会,包括你。"

锦瑟擦了擦眼泪接着说:"那天我跟你见到县政府办公室主任王春生后,也不知道他从哪儿找到了我的手机号,当天晚上他就给我打电话,说喜欢我啥的,刚开始我还出于礼貌很客气地应付他,谁知他得寸进尺,天天给我打电话、发短信,他打电话我不接,发短信我不回,他就换个手机号继续打,继续发短信,问我为啥不接他的电话,他还让他的司机来找我,给我送水果、送花、送手机,我一概扔走了事,真让我烦死了,我真想跟他拼了。"

华年沉默了,心里五味杂陈,说:"锦瑟,我错怪你了,我也只是听别人瞎说的,以后王春生再这样纠缠你,你告诉我,我有办法对付他。"

锦瑟说:"没事儿,华主任,前些天,我在电话里大骂了王春生一顿,现在他不理我了。"

华年说:"锦瑟,你不能掉以轻心,我不能一直陪着你,你自己又孤身一人在春水县生活,小心没大差,平时晚上早点儿回去,回家的时候前后左右看看,知道吗?"

锦瑟说:"我知道,你放心吧,我没事儿。"

其实,华年才不会放心呢,他知道王春生的为人,他不相信锦瑟骂了王春生一顿,王春生就会善罢甘休,王春生越是不理锦瑟,也许这以后还会有更大的麻烦,山雨欲来风满楼,以后可真的要提高警惕了。想到这里,华年说:"锦瑟,我坚信你是个好女孩儿,从我看到你的第一眼起,我就认定,你是个好女孩儿,你是我心目中理想的爱人,但是,我已经结婚了,我有家庭了,从道德责任上来说,我不能对你有任何非分之想,但是,从情感上来说,我真的很纠结,我也不知道该怎么办,我很痛苦。我既想得到你,但我知道那又不可能,整日生活在迷茫和挣扎之中。"

锦瑟多聪明的一个女孩儿呀,她说:"华主任,你能给我什么?"

华年无语了。他能给锦瑟什么?让她做"二奶"?当"小三"?这不太委屈锦瑟了吗?这是对锦瑟的不公,锦瑟能答应吗?

锦瑟说:"华主任,我能看出来你对我好,但是,咱俩,你说可能吗?"

"也不是不可能。"华年说。

"不是不可能,是根本就不可能,我知道你是个好人,你是个责任感很强的男人,你不忍抛妻弃子,你不会跟我在一起,所以,既然都不可能,你怎么会那样想呢?"

"是啊,我也不知道为什么呀,人的感情是自己控制不了的呀,就像牛郎织女的爱情,牛郎织女深深相爱,但天条不允许织女下界结婚,就是情与理的冲突呀。"

"华主任,要不我辞职吧?"

"辞职?为什么?"华年着急了。

"既然我给你带来这么大的困扰,我只有离开你了,时间长了,你就把我忘了,你也就解脱了。有人不是说吗?爱他,就离开他,也只有这样了。"

"不能辞职。"华年斩钉截铁地说,"我虽然很痛苦,但是我也很幸福,你在我身边,我很温暖,也很踏实。我其实就是一个命苦的人,我总认为,我来到这人世间就是吃苦的,吃尽人间的各种苦,所以,我对你的这种得不到又忘不掉的纠结挣扎的痛苦,我觉得这是上苍对我的惩罚,你来到我身边,就是我的一劫,就是我的灾星,但我认为这是命中注定,是我前世的孽报。"

锦瑟又哭了。

"锦瑟,你怎么了?"华年伸出手想把锦瑟搂在怀里,锦瑟机敏地推开了,说:"华主任,别这样,咱就做个好朋友,好吗?"

"好朋友?"华年苦笑了一下,"行啊,好朋友也行,就像牛郎织女,虽然不能在一起,但还有一年一度的相会,也算是情与理的调和吧。"

既然无缘,何必相逢?既然相逢,何必钟情?

华年的眼泪悄无声息地流了下来。

遇上一个契合的人,要累积五百年的缘分,而爱上一个相见恨晚的人,要离散多少清愁?有些人只能牵挂却不能相守,有些事只能羡慕却不能拥有。

也许，也许，那就只能留下明媚的忧伤吧。

华年说："那就做个好朋友吧。"

"华主任，其实，我从第一眼看到你，也感到很亲切，就像亲人一样。你那忧伤的眼神，和你沉稳的个性，还有你的善良正直，你帅气的形象，都是我心中的最爱，但是我得不到你，我没有那个福分，要怪就怪命运，不该让咱俩在错误的时间相识相逢。"

"我生君未生，君生我已老。"华年轻轻地说，"也许有一天，咱俩还能在一起，我愿意耐心等待，也许这一天来得很迟很晚，也许这一天永远不会到来，但我听从命运的安排，即使这一生我等不到，我也不后悔。"

"打住打住，华主任，不要一生一生的，现在不流行海誓山盟。"

"锦瑟，嘴上说的不算，你就看行动吧，即使我不在你身边，我也会像地上的牛郎遥看天上的织女一样，远远地守望着你、保护着你，深深地爱着你，不让你受一点儿委屈，不让任何人欺负你。春水桥就是人间的鹊桥，让春水桥做证，让这两棵相守百年的老槐树做证。"

"谢谢华主任。"锦瑟说。

华年抬头看着高远的天空和若隐若现的圆月，怅然若失，天上月是云中月，眼前人是心上人，向来心是看客心，奈何人是剧中人，他不由喃喃自语道：

我本一粒微尘，

落入茫茫人海。

生活如此艰难，

何故再惹雾霾？

第八章　魔影

赴新疆考察报告写好之后,华年带着考察报告亲自去找牛县长了。

这次,华年没有带任何人。他上一次找牛县长之所以带着手下去,主要是想给同志们增加个认识领导的机会,说不定啥时候县长看上哪位同志了,一句话,不就平步青云了吗? 华年其实还是为同志们着想的,没想到,上次去了之后,把锦瑟给暴露了,引起了县政府办公室主任王春生这个老色鬼的注意,王春生竟然恬不知耻地公然给锦瑟送起礼物来了。这让华年很是懊恼,所以,这次华年谁也不带了,独自去。

去找县长,必须提前预约,就像到大医院看病挂号一样,要预约,不然的话,就排不上。县长忙啊,忙得脚不沾地呀。

华年没有跟县政府办公室主任王春生联系,华年有些恨王春生,华年直接跟牛长耕县长的秘书小钱打了电话,约了个上午9点钟,而且只给半个小时的时间。于是,华年一大早就来到了牛县长办公室门口排队等候。

牛县长办公室的外间是秘书小钱的办公室,秘书小钱坐在办公桌后边,正在专心整理文件,见是华年来了,小钱站起来说:"华主任,你来这么早呀,还不到9点钟呢。"

华年说:"只能我等领导,不能让领导等我呀。县长事儿多,忙大事呢,我这小人物没啥大事儿,早来一会儿等等县长是应该的。"

小钱说:"那好,华主任,您先在沙发上坐一会吧,一会儿县长忙完我叫您。"

然后,小钱给华年倒了杯水,又递给华年一张报纸。华年坐在沙发上看起报纸来,看了一会儿,没啥可看的,华年漫不经心地问小钱:"老弟,谁在县长办公室呀?"

"王主任,县长和王主任在说事儿呢。"

"噢——"华年心里有些不高兴,准确地说是有些不踏实。这个王春生不仅是个狡猾的老狐狸,而且是个心狠手辣的恶魔。平时跟人说话笑眯眯的,纯粹是个笑面虎、"两面人",是个杀人不眨眼的孬货。

华年烦王春生就是因为他带着锦瑟去王春生办公室,王春生那下贱的眼神令华年作呕。

惹不起躲得起,华年不想见王春生,于是对秘书小钱说:"老弟,我先出去一下,不远去,就在这层办公楼,等县长不忙了,麻烦你给我打个电话,我很快就过来了。"

小钱说:"那好,华主任,要不你就先忙吧,县长不忙了,我再跟你联系。"

华年站起来,刚想离去,王春生从牛县长办公室的里间推门出来了,王春生见是华年在，于是亲热地说："哟，华主任，哪股儿东风把你吹来了？"

华年语带双关地说："王大主任，是你这股香风把我吸引过来了。"

"找县长的吧？县长在里边。在县长那里说完话，到我办公室去一下，我正好有个事儿要给你交代。"

"啥大事儿？"

"噢，对了，不是我的事儿，是县长交代的事儿，要我通知你，我还没来得及跟你说呢，你正好过来了，我也省得再给你打电话了，省个电话费吧。"

"那行吧，我找县长汇报完工作再说吧。"

"好，我等着你，不见不散。"

王春生回他的办公室了，小钱说："华主任，你过来吧。"

小钱领着华年来到了牛长耕县长办公室的里间，牛长耕县长见是华年来了，咳了两声，眼皮儿抬了抬，手指了指对面的一把椅子，然后丢给华年一根烟，说："华年来了？坐吧，我先把这个材料看完。"

华年从牛长耕县长的办公桌上拿了个打火机，把烟点着，然后，小心翼翼地坐下了，等牛长耕看材料。

华年的一根烟抽完了。他本不怎么抽烟的，他没有烟瘾，但县长赏的烟，不能不抽，这是沾领导的福呀，这是给领导面子呀，这是政治问题呀。华年在乡镇工作的时候，县委书记到一个村视察工作，与这个村的村支书握了握手，这个村支书竟然 个多星期都不洗手，要沾领导的福气，而且谁想跟他握手他都不跟人家握的，生怕领导带来的福气溜走了。

牛长耕县长的一根烟抽完了，材料也终于看完了，牛长耕县长抬起头，咳了两声说："华年，你的考察报告呢？"

华年急忙双手恭恭敬敬地把赴新疆考察报告递给了牛长耕县长。牛长耕县长接过后，打眼一瞅，就扔到了办公桌上，说："我刚看了个材料，看的头昏脑涨的。你这个考察报告，我就不看了，你给我说说情况吧。"然后，又扔给华年一根烟，自己噙到嘴里一根烟，华年急忙找了个打火机，先为牛长耕县长点上烟，然后自己也点上烟，然后开始汇报工作。

汇报完毕，牛长耕县长点点头，说："华年哪，你小子还是有思路的，小玻璃脑瓜够用，我没看错你啊。这样吧，你以后别光给我写那啥调查报告了，以后我给你布置个新任务。"

"请牛县长指示，我保证完成任务。"华年诚惶诚恐地说。

"我的讲话材料呢很多，县政府办公室秘书股那几个人忙不过来，我听说你那里兵强马壮，以后你这方面下点儿功夫。"

噢，原来是这事儿，原来牛县长想让县政府发展研究中心为他起草讲话稿。这事儿，华年本不想干，历任县政府发展研究中心主任都不想干。写材料太辛苦了，华年打心眼儿里不愿接这个差使。但是，眼下牛长耕县长提出来了，还不能不说好。

这时，牛长耕县长好像看透华年的小心思一样，说："要说呢，写材料这差使都不想干，我也知道不好干。不过，啥事儿都有一利必有一弊，虽说写材料又苦又累，可是，对于咱农家子弟来说，那是政治进步的一条捷径。你想想，你天天给我写材料，直接给我服务，进入了咱县政府的决策核心，可以说服务一个人服务一县人，政治素质提高也快，业务能力提高也快，当然了，政治进步肯定也快。有人说，写材料不容易，可是啥工作好干哪？你也在乡镇工作过，乡镇工作就恁容易？又是群众上访，又是招商引资，又是征地拆迁,又是计划生育,哪一项工作好干咧,你说是不是?"

"嗯,是是是,县长说得对,我感谢县长的知遇之恩,我一定把工作干好,让县长满意。"华年心想,别看牛县长有些粗鲁,想不到他考虑问题还这么细,他说话还真在理咧,到底是县长,能到这个位置,看来还真有几把刷子呢。

"另外呢,往前咱县里要开一个加快发展大枣产业的工作座谈会,你到新疆去调研了,我在座谈会上的讲话,你就准备写吧。"牛长耕把烟蒂使劲儿扎到烟灰缸里,又使了一把劲儿,把烟蒂撚成了碎末,这才伸直了腰,紧了紧裤腰带,说:"还有,你那里人多,最近先给我抽两个能干的,到县政府办公室秘书股帮助写材料。"

"没问题。"华年满口答应,他长期在基层工作,政治意识还是有的,政治规矩和政治纪律还是懂的,不论领导说什么,都是好好好、行行行,从不说半个不字,从不唱反调。

"那好吧,就这样说吧,具体情况让王春生主任给你谈。"说完,牛长耕县长奔拉下了眼。华年看这阵势,是要自己走了,于是,他站起来,说:"牛县长,那我就不打扰您了,您有啥指示尽管吩咐,我保证完成任务,让您放心,让您满意。"

"嗯!"牛长耕看也不看华年一眼,挥了挥手,华年急忙逃一样地离开了县长大人的办公室,身后传来牛县长的一连串咳嗽声,像是送行,又像是说再见。

出了牛县长办公室的门,华年用手抹了抹脸,乖乖,眉头上沁出了汗珠子。

华年从牛长耕县长办公室出来,对门就是县政府办公室主任王春生的办公室,王春生办公室的门一直敞开着,那是为县长大人而开的,王春生虽然在办公室看报纸,但那双金鱼眼却从金丝眼镜框的边上不时地往门口方向溜,时时观察着县长大人办公室的动静,谁到县长大人办公室去了,去了多长时间,啥时候走了,他一清二楚。这不,华年刚出来,他就瞅到了,他大老远就喊:"华主任,老弟,过来过来,正好找你有事儿咧。"

华年不得不到王春生的办公室来。

华年坐下后,王春生亲自给华年沏茶倒水,华年连说不敢不敢。在这当口,华年仔细瞅了瞅王春生办公室的布局,王春生的办公室不算大,墙上挂了不少字画,办公桌后排书架满满的都是书,华年看了看,都是些工具书,排得倒也整整齐齐,只是很多书都像从未打开过,书外面套的那层塑料薄膜还在,不知道啥时候能开封。

华年问:"王主任找我有啥指示?"

"没啥指示,有个事儿要跟老弟你商量商量。"王春生坐下后,端起自个儿的茶杯,吹了吹茶杯里漂在上面的茶叶,抿了口茶,惬意地点了点头,然后说:"牛县长都跟你说了吧?"

"说啥了?"

"没跟你说吗?"

"啥事儿呀?"

"要不让牛县长再跟你说一遍?"

"看王主任说的,有啥你只管吩咐就行了,还再劳县长大驾?"

"那好吧,县长跟我交代,县政府办公室写材料的力量比较薄弱,想从你那里借调两个同志来工作,你看咋样?"

"那行啊,这是好事儿呀,同志们跟着你王主任,前途一片辉煌,我完全同意。"

"不过,有一点儿,你那个叫锦瑟的一定要抽过来。"

"这个……"华年犹豫了。王春生要把锦瑟抽过来,看来锦瑟要落入虎口了。好在华年反应很快,当领导的,能不反应快吗?看一个领导水平高不高能力强不强,其实主要就是看的他反应快慢,水平高下就在这里。华年说:"我是没问题,但是我回去跟锦瑟说一下,征求一下她本人的意见,她只要同意,我有啥说的?"

"呃,她同意不同意事小,你同意不同意事大,个人服从组织,这是讲政治的表现嘛。"王春生笑眯眯地说,"华主任,你不要金屋藏娇,关键时候要忍痛割爱哟,我实话告诉你吧,这是牛县长亲自点的,你考虑考虑吧。"

华年不吭声了。

王春生接着起身,把门关上,神神秘秘地对华年说:"老弟,我给你透个信儿,最近咱县里干部要大调整,你在机关干过,又长期在基层当领导,又年轻,你就不想进步进步?"

"谢谢王主任的关心,你的意思我明白,要说抽调个人不算啥,但是,毕竟我要征求一下个人的意见,组织决定也要先征求个人意见是吧?再说,人家如果不同意来,你非要让人家来,人家工作上不好好干,不配合,那你能怎么着?"华年不冷不热地把王春生给驳了回去。

"那好吧,我相信华主任的能力和水平,这点儿小事能办不好吗?将来牛县长问起来,我也好在他跟前替你美言几句呀。"

"谢谢王主任的好意,我会把这事儿办好的。"华年说,"王主任,还有啥指示吗?"

"啊,没有了,就这事儿,我等你的好消息。"

华年刚要起身告辞,王春生办公室的门被推开了,华年很惊讶,谁这么大胆哪,不敲门就直接推门,除非是县长牛长耕了。这时,王春生的那张猪脸也拉下来了,一脸的不高兴,正待发怒,一个漂亮女孩儿飘然而至。

华年仔细一看,这女孩儿真漂亮,皮肤特别白,细白嫩白,身材高挑,五官精致,是那种标准的美女。

女孩儿推门进来,也不喊王春生的官称王主任,直接来到了王春生对面。华年一看这阵势,知道此女不同凡响,于是想看看这场好戏往下是怎么演的,谁料想,王春生下逐客令了:"华主任,不送你了,我还有点事儿。"

华年不好意思再待下去了,于是,一步三回头地恋恋不舍地离开了王春生的办公室。刚出门,只听身后"咣"的一声,门又重重地关上了,把华年吓得直想蹦起来。华年猜,准是好戏上场了,看来这位美女和王春生真有说不清道不明的关系呀。王春生哪王春生,人家都说你是个老色鬼,今日一见,果不其然,真是个衣冠禽兽!

华年从王春生办公室出来,心里很烦很烦,他又想起了锦瑟。这个锦瑟呀,这个锦瑟呀,来到自己身边,带来了无尽的烦恼,不,甚至说是无尽的麻烦,眼下来看,还可能是无尽的灾难。锦瑟呀锦瑟,你到底是仙女还是女鬼女妖呢?你来到我身边,到底是爱我还是害我呢?

华年想把锦瑟借调到县政府办公室,顺水推舟,落个人情,那王春生说不定从此对华年感恩戴德呢,不过,也说不定,王春生就不是人,就不能拿人的思维去推理他,他早已成了人间恶魔,不仅无情无义,而且心狠手辣,什么样的手段他使不出来?什么样的恶行他做不出来?道貌岸然的背后,是张牙舞爪、青面獠牙的吃人恶鬼。所以他说的话,基本上就是放屁,一点儿不可信。与他打交道,什么诚信什么善良什么同情,统统见鬼去吧。在他的人生辞典里,这些词汇就是贬义词,就是用来对付那些好人弱者的工具和武器。

但是,一旦把锦瑟送给他,把锦瑟借调到县政府办公室,那锦瑟的下场可想而知。锦瑟是个个性很强的女孩儿,她怎能在这如狼似虎的动物世界生存呢?

华年打定了主意,就说锦瑟本人不同意,采取拖延战术,坚持抗命不从,随他们的便,反正自己已是正科级实职干部了,反正自己也不可能再提拔为副县处级干部了,无欲则刚,所以,即使得罪他,下场再不济,总不能把自己给免了。自己经济上没有什么问题,生活作风上没有什么问题,虽然很爱锦瑟,外边也传了些风言风语,但自己和锦瑟没有什么肌肤之亲,没有实质性的故事,真的假不了,假的真不了,他又能如何?关键是,华年从牛县长的嘴里得知,牛县长对王春生并不是很满意,牛县长提议把华年从乡镇调到县政府发展研究中心,牛县长眼下对华年很重用,这让华年心里有了底气,得罪王春生未必是坏事。

转眼之间,进入了大暑天气,这天夜里,华年正在家里熟睡,突然一阵滚滚雷声把华年惊醒了,华年睁开眼,只见一道闪电把漆黑的夜空照得透亮,风雨接踵而至。

于无声处听惊雷，华年睡不着了，他睡眠很浅，入睡难，醒得倒容易，这会儿，他怎么也睡不着了，这段时间，他总预感到可能会有什么事情发生，这雷声，更使他胆战心惊。

雷雨天，不敢看手机，不能看电视，便只有大睁俩眼想心事，等待着不知什么样的厄运从天而降。

墙上的挂钟不紧不慢地嘀嗒响，表针已经指向凌晨1点钟了。

这时，华年床头的手机响了。华年的手机是全天二十四小时开机的，这是他在乡镇工作时养成的习惯。在乡镇工作，就怕半夜有个什么突发事件，比如安全生产事故啦，自然灾害啦，群体性事件啦，所以手机是不能离身的，不定什么时候就会接到紧急通知，让到岗到位处理事情。

深更半夜的，谁打手机呢？华年以为又是老家的亲戚打来电话找他办什么事呢，妻子桂枝也被吵醒了，不耐烦地说："不接，半夜打啥电话？"然后，翻了个身沉沉睡去了。

华年可不能不接，他是个很重家乡情谊的人，只要有能力有机会，只要不违反纪律和原则，他不遗余力地为老家人办事儿。老家的那方故土，虽然依然贫困落后，但那是华年心灵的故乡，是他的精神家园，是他赖以活下去的根。只要他在外边遇到绕不过去的坎了，只要他难过痛苦得受不了了，只要他累了筋疲力尽了，他都开车回老家一趟，只要到了老家，他就会恢复过来，心灵的创伤就好多了，他就充满了斗志，浑身是劲儿地投入新的战斗。所以，他爱家乡，更对家乡人充满敬意，他不嫌老家的父老乡亲浑身一股味儿，更没有一丝一毫看不起他们的表现和举动。

越是这深更半夜的，越是这电闪雷鸣天，华年才不敢不接手机呢，说不定有什么大事危险事了，不然的话，不会有人这时候骚扰他华年的，于是，华年拿起了手机，看了看屏幕，不是老家亲戚打来的电话，却是锦瑟的电话，华年一激灵坐了起来。锦瑟，锦瑟这时候为啥打手机？准是有什么麻烦事了，不然的话，锦瑟是不会这个时候给自己打电话的，锦瑟是个懂事的女孩儿，她从来没有夜里给自己打过电话。

"喂，喂——"华年没有叫锦瑟的名字，毕竟妻子桂枝就睡在旁边。

"华主任，你能来我家一趟吗？下雨了，停电了，天很黑，还有响雷和闪电，我害怕——"电话那头，锦瑟的声音很小，还带着些许颤抖。

"好，没问题，我现在就过去，你稍等啊。"挂断电话，华年急忙穿衣服。妻子桂枝被吵醒了，睡眼惺忪地问："华年，你干啥去？"

"单位里有个同志喝多了，遇到麻烦事儿，我得过去。"华年已穿好了衣服，对着床头的镜子梳了梳头。

"谁喝多了还必须要你去？你安排个人去不行吗？"

"这么晚了，我安排谁呀？还是我去吧。"

"男同志女同志呀？"

"男同志。"

"谁有这么大的本事，打个电话就把你拽走了？"

"回头再跟你说，我得先走，事不宜迟。"说完，华年带上公文包，拿了把雨伞走了。

幸亏华年平时为人正派，没有花花草草的绯闻，不然的话，这种时候，华年接个电话就出去了，肯定会引起桂枝的怀疑，但现在桂枝没有说什么，华年走了，她又沉沉睡去了。

雪白的闪电划过夜空,紧接着,是"咔嚓嚓"的雷声震耳欲聋,楼下的汽车防盗器被雷声震得哇哇直叫。

风在咆哮,夜雨急唰唰地倾盆而泻,阵阵凉意使华年直打哆嗦。华年艰难地撑着伞找到汽车,急忙钻到车里,拧动点火开关,打开车灯,汽车一阵轰鸣,在风雨雷电中疾速穿行。

街上空无一人,只有一地落叶。在这雷雨之夜,虽然华年也有些害怕,但是,一想到锦瑟那期待的目光,他那天不怕地不怕"二"的本性就冒出来了,他啥也顾不得了。

只是,在这冷漠荒芜的夜半时分,零星看到谁家亮着灯光,会倍感温暖和亲切,也许在此时才能找回一些人间烟火色。

华年把雨刷器调到最大挡,雨刷器拼命地工作,仍刷不净前窗玻璃上"哗哗"的雨水。

华年怕锦瑟着急,跟锦瑟打了个电话,说他已经在路上了,马上就到。锦瑟说你路上慢点儿,华年说没事儿,你放心吧。

锦瑟在春水县举目无亲,她先是在单位附近找了个老旧小区租了个一室一厅的房子,自己孤孤单单地居住。自从她的男朋友和她分手后,她也想过回南方老家,回到父母身边。父母也劝她回来,说你一个女孩子在外边多不容易,你看咱家,你姐结婚了,过得挺好,你弟弟正在上学,马上也该上班了,你要是回来咱一家人不就团圆了吗?咱和和睦睦地过日子,多好呀。女孩子上班图个啥?不求你大富大贵,只要你平平安安,有吃有喝地过一辈子,那就烧高香了。但是,锦瑟没脸回去,当初她执意离开父母到春水县,是和父母闹了很不愉快才走的,走的时候还撂下了狠话,说我这辈子都不回来了。吐出的唾沫泼出去的水,如今,她咋有脸再回去呢? 虽然父母不会跟她计较(自己的父母还会跟儿女们计较长短吗?),但锦瑟是个爱面子的人,是个个性强的人,是个不服输的人,她自个儿过不了自己心理上那一关。死要面子活受罪,说的就是这个理儿,但锦瑟就是转不过来这个弯儿。

锦瑟没有再找男朋友,她还活在失恋的痛苦之中,毕竟爱得太深了。爱之愈深,恨之愈切,爱和恨就是一枚硬币的两个面,彼此交替,须臾不分,搞不好爱就成了恨,搞不好恨就成了爱,唉,反正是说不清道不明。眼下,锦瑟没有心情找新的男朋友,一时半会儿也真的不好找。锦瑟上了大学,又上研究生,这一转眼就 26 岁了,在大城市,这个年龄不算大,在小县城就是个大姑娘、"剩女"了。这个年龄的小伙子,都想找比自己更年轻更漂亮的小姑娘,谁也不会找比自己大的姑娘。再则说,锦瑟也是"白富美",人长得漂亮,家境也不错,又是硕士研究生,工作单位也不错,人又那么聪明,又那么有才气,心高气傲,一般的人她真的看不上。也有那些高官后代、富家子弟登门求亲,但锦瑟不看重这些,她找另一半,不为钱,不为权,就只要爱,她是个爱情至上主义者,她有这个资格和权利找个相爱的人结婚。虽然她的初恋离她远去,但她宁可不找,也要找个比初恋男朋友更好的人结婚。于是,就这样,高不成低不就,锦瑟依然"剩着",孤家寡人,冷冷清清,凄凄惨惨凄凄。

一个天仙般的美女天天出入一个破败的老旧小区,而且是孤身一人,早就引起了一些心怀不轨的人的注意。其实,社会上一些混得邋遢混得失败的人渣,他们的坏可以用头顶长疮脚底流脓来形容,那些让人不齿的下三烂手段他们用起来得心应手。这不,有天晚上,锦瑟刚走到楼洞口,一个黑影悄悄地跟了上来,直接搂住了锦瑟的脖子,锦瑟大叫一声:"干什么?"只听黑影阴沉沉地说:"别说话,再说弄死你。"

黑影一手捂住锦瑟的嘴,一手勒住锦瑟的脖子,拖着锦瑟向一边走。锦瑟已经没有一点儿力气了,心想完了。正在这时,恰巧有人走来,黑影的手松动了,锦瑟用劲儿挣脱开黑影,大喊:"救命啊——"黑影吓跑了,路人救了锦瑟。

锦瑟报了警,但这老旧小区没有监控摄像头,没法儿查,此事不了了之。

后来,锦瑟又找了个管理比较正规的新建小区,租了个小户型,安全性有了极大保证。但即使这样,锦瑟还是随身带了个电警棒,时时准备着与"恶狼"做斗争。

平时也没有什么事儿,这天晚上,可能是刮风下雨、电闪雷鸣的缘故,这个新建的小区也停电了。由于这个新小区以前没有停过电,锦瑟也没有准备蜡烛什么的,屋里一片漆黑,锦瑟害怕极了,锦瑟一直在心理上暗示自己:没事儿,不用怕,没有鬼,要是有鬼,打仗时候死那么多人,鬼都去哪儿啦?那些打死很多人的人,为什么不怕鬼呢?谁见过鬼呀?都是自己吓自己。也不会有坏人,坏人在这种天不会出门的。

心理暗示了一番,心情稍好了一点儿。但这时,锦瑟分明听见有人敲门,鬼吓人吓不死人,人吓人才会吓死人,锦瑟这次真的害怕了。她躲到床上,用被子裹紧了身子,一动不敢动。这时候,她多想有人来陪自己呀,但是,深更半夜的,找谁呢? 锦瑟想起了远在南方的父母,但她又不想给父母打电话,远水解不了近渴,说出来只会让父母操心。

敲门声响了几下,然后又不响了,锦瑟才稍稍舒了口气,这时她特别想找个人陪,保不准待会儿那敲门声再响起来呢。

想来想去,锦瑟想到了华年,经过几次思想斗争,她还是犹豫着拨通了华年的电话。

现在,华年来了,华年到了锦瑟租住的小区门口。

华年拨打了那一串烂熟于心的数字,拨通了锦瑟的电话。

锦瑟听到电话响,看到屏幕闪烁着华年的手机号,心里一阵狂喜。

锦瑟告诉了华年她租住的楼栋、单元、层数和门牌号,华年开着车寻来了。

这个小区停电了,什么也看不见,华年停了车,把手机上自带的手电筒打开,然后,关了车灯,熄了发动机,下了车,锁好车门,撑开雨伞,可是,风大得很,把雨伞刮得东倒西歪,根本拿不住。华年索性不打伞了,借着微弱的手机亮光,一溜小跑找到了锦瑟租住的单元门口。

华年心急火燎地进了楼洞,晃晃头,跺跺脚,身上的雨水流了一地,衣服像在水里浸泡过一样,贴在身上,湿漉漉的。

上楼到了锦瑟家门口,华年听了听,没什么声音,这才轻轻地敲门。

"锦瑟! 锦瑟!"锦瑟听到了华年的声音,急忙从床上下来,她也打开了手机的手电筒灯光,穿着睡衣,隔着门上的猫眼向外看,见是华年的身影,这才打开了房门。

华年进了屋,打量了锦瑟租住的房子,进门处是一个小卫生间,卫生间的隔壁是一个小厨房,客厅很小很小,卧室也不大,屋里边什么都没有,完全可以用家徒四壁来形容。华年看了后一阵凄然,却原来锦瑟过着这样寒碜的生活,一个人真的不容易呀。

锦瑟说:"华主任,不好意思,这么晚了还打扰你,看您也淋湿了。"

华年说:"没事儿,我开着车呢,没咋淋着,就是上下车的时候淋点雨,不碍事。不过,幸亏这场雷阵雨呀,要不然的话,你家也不会停电,你还不会让我来呢。"

锦瑟说:"您看,要不您……"

锦瑟想说的是让华年换身衣服,可是,她的闺房怎么可能有男人的衣服呢?

华年明白锦瑟的意思,说:"没事儿,锦瑟,现在恐怕快3点了吧? 你睡一会儿吧,我就在客厅坐一坐。"

"那多不好意思呀,要不您到卫生间洗洗澡吧?"

"不用,你家里停电了,咋洗澡呀?没事儿,你不用管我了。"

"谢谢华主任啊。"

"行了,锦瑟,别客气了,我的身体好着呢,我没啥事,你去睡吧,年轻人瞌睡多,我一般到后半夜都睡不着了,我坐这儿休息一会儿就行了。"

"要不我给您倒点儿开水吧?"

"我不渴,这么晚了,你快去睡吧,听话啊,要不一会儿手机上的手电筒把电用完了,打电话都打不成了,你去睡吧,啊?"

锦瑟还是给华年倒了一杯热水,然后加了些红糖,说:"喝点儿红糖水暖暖身子吧,别感冒了。"

"嗯,谢谢!"华年说。

锦瑟一步三回头地去卧室睡觉了,临到卧室的时候,歪着头对年华调皮地笑了笑,然后,摆摆小手,轻轻把卧室门关上了。

华年坐在客厅的椅子上。平时到处是灯火辉煌,猛然陷入漆黑之中,外边风声、雨声、雷声交加,华年也有些害怕了,他开始胡思乱想起来。

华年想到了小时候,没有电灯,连汽油马灯也没有,只是生产队里有,蜡烛更用不起了,家里充其量点个小煤油灯。即使是小煤油灯也不敢一直用,只是在吃饭时和上床睡觉时用一会儿,有时,连吃饭时也不用,只是摸黑吃饭。小时候就是在无边的黑暗中度过的呀,特别是寒冷的冬夜,特别漫长。夜浓黑得像墨汁,对面的人都看不见。有一次,爷爷早早地睡下了,华年也进屋睡觉了,华年不想打扰爷爷睡觉,悄悄地摸到了床边,恰好这时候爷爷伸出手来找床沿想下床,一下子摸到了华年的胳膊,"哎哟——"一声,可把爷爷吓坏了。爷爷是个天不怕地不怕的人,夏夜里睡在野地里看西瓜,电闪雷鸣也不怕,三更半夜到老坟岗上扫树叶。村里喝药死了个大姑娘,埋在老坟岗上,别人吓得晚上不敢出门,不敢去老坟岗,爷爷跟没事人一样,摸黑深一脚浅一脚地照样去扫树叶,一个人"哗啦啦"地扫半夜,一大早就背着一篮子树叶回家了。

但是,爷爷这么大的胆子,却被华年吓着了,爷爷也是说的那句话:"鬼吓人吓不死人,人吓人才吓死人。"是啊,在这个世界上,鬼并不可怕,可怕的是人,人比鬼孬,人比鬼坏。

小时候黑暗的时光一去不复返了,华年自从上大学进了城,夜就不再浓黑,总是充斥着暗红色的灯光,过着夜不夜的生活,华年也不再怕黑怕鬼了,只是,更多的时候怕的是人。

夜里怕鬼,白天怕人,人活在这个世上,真的举步维艰哪。

如今,在锦瑟的简陋的闺房里,华年又体会到了夜的黑。但在锦瑟的身旁,这黑夜却是如此美好,一阵幸福感涌上心头。华年多想这样的黑一直持续下去呀,最好没有天亮的时候。

华年一个人坐着,在这风雨交加、电闪雷鸣的时刻,守着一个如花似玉的大美女,又是自己朝思暮想心爱的人,华年也有非分的冲动,华年是一个年富力强的男人,他怎能没有生理反应?

但是,华年还是忍住了。人与动物的区别可能就在于人有理智,人能克制,人懂廉耻。华年不是好人,但更准确地说他不是坏人,什么是好人坏人之分?就在于是否心地善良。华年长期当领导,在基层,也学了一些坏招孬招,但本质上他不坏,"人之初,性本善"这句话用在华年身上是不错的,但用在有些人身上就未必了,有些人则是"人之初,性本恶",如果再遇上不好的成长环境,那天生的遗传的坏因子就迅速膨胀,成为十恶不赦、令人发指的坏蛋和无赖,遇上这种人,那算是倒了八辈子霉。

华年是扫地恐伤蝼蚁命、爱惜飞蛾纱罩灯,他能坏到哪儿去?这从他平时对待要饭的、残疾人、扫地的、服务员和小动物的态度就可看出来。看到要饭的,他总要给一两块钱,有人说,别给他们,他们好吃懒做,有的还是以此为职业的,他们其实有钱着呢。可华年不这样想,也许有那种假装要饭的好逸恶劳的人,但如果这要饭的真的是走投无路咋办?即使把钱用错了,那一两块钱又能损失到哪儿去?对待服务员、保洁员,华年总是心生怜悯,从不会看不起他们,更不会因为他们的一时服务不到位而跟他们吵架或者责怪他们。对待小动物,华年是能放生就放生,绝不杀生,而且他吃素不吃肉,就是不忍心伤害动物的生命。像华年这样的人,天性心软心善。当然,他的责任感相应地也很强,对家庭对子女很负责任,因为他的心软心善,决定了他不会冷血和绝情。即使他坏,他也是对那些像王春生之流的恶人和坏人而言,对这些人,必须以毒攻毒、以恶制恶,因为对坏人的怜悯就是对好人的犯罪,对恶人让步就是助纣为虐。

所以,锦瑟是聪明的,她的眼光是准确的,她打电话让华年来没有找错人,而华年也的确是一个可以信赖的人。华年就这样百无聊赖地坐着,坐了一会儿,竟然迷迷糊糊地趴在面前的小桌子上睡着了。

华年做了一个梦,他梦见飘飘悠悠地来到了天上,就像在飞机上看到的天空景色一样。天蓝丝丝的,蓝得让人想哭,大团大团的白云变着各种形状。他和锦瑟手牵手结婚了,他对锦瑟特别好,从不跟锦瑟吵架,什么家务活儿都不让锦瑟干,什么事儿都让着锦瑟。他为锦瑟端洗脚水,他每天晚上帮锦瑟按摩身子,每天早上为锦瑟挤好牙膏接好洗脸水,把锦瑟照顾得无微不至。他和锦瑟相爱到老,一直到了白发苍苍、满脸皱纹。他佝偻着腰推着轮椅,轮椅上坐着锦瑟,两人就这样走在绚烂的晚霞里,聆听花落的声音,守望如初的感动。

时间踏碎青春,岁月改变容颜,他和锦瑟相约不能同日生,但愿同日死,不为相遇倾城色,只为相知伴流年。果然,在锦瑟离去的那一天,他因为忧伤过度,也黯然离去,双双走向了另一个世界。到了天国,他和锦瑟仍然在一起。

一阵手机铃响,把华年从美梦中拽了回来。华年揉揉惺忪的睡眼,眼前有些蓝白色的光亮,是天亮了,风停了,雨住了,电闪雷鸣也消失了,一切归于寂然。

华年急忙看了看手机屏幕,显示是妻子桂枝的电话。华年接通了电话:"喂,桂枝,我没啥事儿,没事儿,对,没事儿。"

自己一夜未归,妻子问有事没有,华年不能说实话,有时候是不能说实话的,但也不能一直不说实话。这次,华年把妻子桂枝骗了过去,但长期这样骗下去肯定是不行的,纸里终究包不住火呀。

从梦境到现实,从天上到地上,华年的心沉落到了谷底。人生漫漫路,总会遇到更好的风景,面对诱惑,是继续前行,还是留恋这新的风景、走一条别样的人生路?婚姻与爱情,真的说不清楚道不明白,多少人在里边纠结挣扎呀。

华年看了看锦瑟的闺房,然后轻轻推了推门,却发现锦瑟并没有锁门,锦瑟相信华年,她对华年并不设防。华年推开一道缝,只见锦瑟在床上睡得正香,华年多想走到床前亲一亲锦瑟,但他还是忍住了,"存天理,灭人欲""君子发乎情,止乎礼"。锦瑟是紫霞仙子,是七仙女,纯洁无瑕,高贵典雅,在华年眼里,锦瑟是那么高不可攀,在天上白云生处,在神仙世界里。在锦瑟面前,华年天生自卑,有时见了锦瑟,他连话都不敢说都不会说,而且,总是心慌意乱、手足无措,他怎么敢冒昧地去亲吻锦瑟呀,他没有这个胆子,他更没有这个勇气,他这一生也可能就是这样的命。对于锦瑟,他只能远望不可近观,只能相守不可近前,看不见的时候深深地思念,看得见的时候却沉默不语。

虽然时光即将进入崭新的21世纪，"一夜情"到处可见，虽然很多青春美丽的女孩儿思想非常开放，华年也不是没有这种机会和这种资本这种实力，但华年从未涉足，不是他没有想过，不是他多么正经，关键是党纪国法和道德良心在制约着他。他想起孔子在《礼记》里所讲的"饮食男女，人之大欲存焉"。《孟子·告子上》里孟子曾与告子辩论，告子曰："食色，性也。"北宋时期苏东坡到大相国寺拜访好友佛印和尚，恰值佛印外出，苏东坡看到禅房墙壁上留有一首佛印题的诗，"酒色财气四堵墙，人人都在里面藏。谁能跳出墙外头，不活百岁寿也长"。苏东坡看后，有感而发，就在佛印的诗旁边提笔附和一首："饮酒不醉是英豪，恋色不迷最为高。不义之财不可取，有气不生气自消。"不久，宋神宗赵顼在王安石的陪同下来到大相国寺游览，看到了佛印和苏东坡的题诗，宋神宗就让王安石附和一首，于是王安石写道："无酒不成礼仪，无色路断人稀。无财民不奋发，无气国无生机。"宋神宗这时也诗兴大发，提笔写道："酒助礼乐社稷康，色育生灵重纲常。财足粮丰家国盛，气凝太极定阴阳。"其实，色是正常的人伦和生理需要，适度的色欲是有益健康的，没必要谈色色变。人之所以为人，人之所以不是动物，就是因为人有理性，该干什么不该干什么，人能克制自己。人可以有色欲，那是合乎天理的，完全的禁欲也是不对的，但不能过度，任何事都过犹不及，过度就走向了事物的反面，过度的不合情理的色欲就是可耻的罪恶的。佛家说慧剑斩情丝，意思就是只有聪明人才会个为情思所牵挂，堕入情网而不能自拔的都是傻子和笨蛋。所以，不能色胆包天、过度纵欲、随心所欲、率性而行。自古以来，因为好色贪欲而国破家亡、血流成河、名声扫地、功败垂成的事情多如牛毛。但是，即使这样，好色贪欲的事情还是屡见不鲜、遍地皆是。正是在这个意义上来说,色才是刮骨钢刀,人们才不可不慎。

"贫贱之知不可忘,糟糠之妻不下堂。"妻子桂枝的声音犹在耳边,华年犹豫了半天,在逼仄的客厅里转了好几圈,最后,他还是狠狠心跺跺脚悄悄地离开了锦瑟租居的家。

第九章　秋寒

从锦瑟家里出来，华年没有回家，他直接去了机关，在机关食堂简单吃了点儿饭，然后去了办公室，把门一关，往舒服的办公椅上一靠，两脚伸在宽大的办公桌上，迷迷糊糊地睡着了。

"咚咚咚——"一阵敲门声。

华年醒了，睁开眼，是锦瑟来了。锦瑟今天穿了一身蓝色牛仔装，脚蹬一双白色运动鞋，披肩长发微微扬起，更显得活力四射、青春勃发。

锦瑟站在华年面前，一脸笑盈盈。华年眼前一亮，恍若又见仙女下凡，如痴如醉。

华年急忙把两只脚从办公桌上挪下来，坐直了身子，问道："锦瑟，你咋起来这么早哪？"

"华主任，不早呀，现在都9点多了呀。您走了之后，我就醒了，对不起，昨晚让您陪了我一夜，害您没有睡好觉，谢谢您，华主任。"

锦瑟的普通话很标准,锦瑟的口音带着那股黏黏的牛奶糖的味道,听起来让人很舒服,是打心眼儿里痒痒的感觉。

"没啥,应该的,你孤身一人在春水县,也够难为你了,以后有啥事儿尽管说,只要我能做到的,我都会尽全力帮助你。"

"谢谢华主任。"锦瑟说完,两眼竟有些泪盈盈了。

"别哭,别哭,锦瑟,你这是咋了? 坐坐坐,别站那儿了,这是干啥的?"华年有些慌了,他总看不得人哭,华年的心善,他不怕谁在他面前耍横,就怕有人在他面前流泪,只要一哭,对华年来说,再大的仇恨也没了,再不好办的事儿他都会答应人家。

锦瑟坐下了,依然满眼泪花地看着华年:"华主任,您真是个好领导,您在我家里一夜,您在客厅椅子上待了一夜,您——"

"锦瑟,不说了,你是个好女孩儿,我不忍伤害你,我不敢接近你。"

"华主任,我是妖怪吗? 有那么可怕吗?"

华年看了一眼宛若仙子的锦瑟,笑笑说:"异常为妖,女孩儿长得过于漂亮,可不就是妖嘛!"

"要是那样的话,您应该远离我呀。"

"是啊,这就是妖的魅力所在呀,明知是妖,却情不自禁。"华年自觉说得有些过分了,然后打个圆场说,"开玩笑啊开玩笑,我们锦瑟咋会是妖呢? 我们锦瑟是仙,神仙的仙。"

"那你认识我后悔吗?"锦瑟歪着头抿着嘴问。

"不后悔,虽然认识你有些晚了,但我不后悔。但是呢,也后悔,因为认识你,嗨,不说了。"

"咋了？华主任,有啥话您说呗!"

华年想想,现在是该和锦瑟说说心里话了,是该试探着问问锦瑟到底想不想借调到县政府办公室了,看她到底咋想的。于是他做出一副讲话的姿势说:"锦瑟,有句话我一直想问你,但说不出口。"

"华主任,您有啥不能说的? 在春水县,我举目无亲,又刚来这里,人生地不熟,我就全靠您了,您是我生命中的贵人、福星,您有啥不能说的?"

"那好吧。"华年伸直了腰,两手交叉放在办公桌上,往前伸了伸头,放低了声音问,"锦瑟,最近县政府办公室主任王春生还找过你没有? 他想把你借调到县政府办公室工作呢。"

锦瑟哭了,哭得很伤心。

华年想上前帮锦瑟擦擦眼泪,但不行,他没有这个资格,华年从办公桌上的抽纸盒里"唰唰"抽出几张纸递给锦瑟,说:"别哭了,别动不动就哭,有我在,啥事儿都不用怕,我就是你生命中的保护神。没啥过不了的难关,但前提是不能哭,你要是再哭我就不跟你说话了。"

锦瑟哽咽了几次才止住了哭声,说:"华主任,我不是早就跟您说了,王春生不仅给我送花儿,还经常给我打电话、发信息,还让他的司机给我送手机、送水果、送化妆品,我那次骂了他之后,他收敛了一段时间,可最近,不知怎么回事,他又开始纠缠我了。"

"是吗?"华年着急地问道,"那你咋办呢?"

"咋办? 还是那样,打电话不接,发短信不回,送东西不要,我也只有如此了。但就是很烦人,我烦得很,他又是县政府办公室主任,我还不敢得罪他,我也不知咋办。现在他还想把我借调到县政府办公室,那他不是想怎么欺负我就怎么欺负我吗？他想得美，打死我我也不去，大不了跟他拼了。要是真不行的话，我就回老家了，不在春水县了。"

华年听了这话，放心了，锦瑟果然不是那种趋炎附势的人，他华年没有看错人，华年说："锦瑟，不去是对的，我一直在替你挡着呢，我已经跟王春生那小子说了，说你不想去，你只要下定决心不去他那里，你放心，我不会让他的诡计得逞的。王春生这老东西，真是气人，这不明摆着是在欺负人吗？你如果是县委书记、县长的女儿，你长得再漂亮，借他个胆子，他敢吗？他就是认为你没有背景没有后台，他才这样猖狂的呀。王春生真是一条狗，是一条恶狗！就像工厂里制造出来的垃圾、半成品。"

锦瑟说："华主任，您也别生气了，对这样的垃圾不值得生气。您分析得有道理，但是就没人能管得了他吗？"

华年望着窗外的天空，说："人在做，天在看。作恶多端终有报，只争来早与来迟。"

正在这时，华年的手机响了，华年一看是县政府办公室主任王春生的手机号，真是说人来人、说鬼见鬼，正说着王春生呢，他却打来电话了。

华年本就窝着一肚子气，对王春生恨之入骨，接通电话后没好气地说："喂，谁呀？噢，王大主任，啥指示？"

王春生很少给华年打电话，这次打电话却是催促华年抓紧把锦瑟借调到县政府办公室呢。这下，华年更来气了，但是他强压怒火冷冷地说："不好意思，王主任，我跟人家小姑娘谈了多次，人家不愿意去。什么？做做工作？我已经做工作了，我把借调去县政府办公室的种种好处都说几百遍了，而且我还明确跟她说，人家不只是借调，人家县政府办公室是要正式调人的,将来到县政府办公室工作,前程远大着呢,可人家就不愿去,我啥办法,我总不能强逼着人家去吧?"

电话那头,王春生明显不高兴了,说:"华主任,锦瑟来不来是她的事儿,锦瑟能不能来是你的事儿。"

华年一听这话,好家伙,是在施压呀,华年更不吃这一套了。华年是吃软不吃硬的,你说得好听些,你说得可怜些,哭哭啼啼的,华年倒心软了,倒好说好商量,但要是给他来硬的,华年天生就是抗命的主儿,就是敢与恶魔争高下、不向霸王让三分,别看他文质彬彬的,是一介文弱书生,但骨子里的倔强和不服输劲头,可不在于长相如何体质咋样。

华年说:"王大主任,你口口声声非要借调锦瑟去县政府办公室,非要在你手下工作,你是啥意思?"

华年一针见血,一下子说到了王春生的心坎里,电话那头的王春生一时愣住了,但他也反应很快,毕竟也是官场老政客了,对付各种复杂局面和突发情况都是相当有一套的。

王春生说:"华主任,不是我非要借调锦瑟到县政府办公室,是牛县长点的将,你要是听我的,就抓紧把这事儿给办了,让县长高兴高兴,你要是不听我的,那我就不管了,你看着办吧。"

说完,王春生挂断了电话,华年的手机传来"嘟嘟嘟"的声音。华年拿着手机愣在那里,锦瑟在一边显然听到了电话里说话的内容,她站起来说:"华主任,我辞职吧,我不在春水县工作了,我回老家去,我爸妈一直催着我回去呢,我以前就是不懂事,不听我爸妈的话,非要到春水县来,不听老人言,吃亏在眼前,现在我回去还来得及,我也没有啥丢人不丢人的了,回去就是了。"

华年把电话摔到桌子上，大吼一声："不准走！"

锦瑟吓了一跳，她从未见华年发这么大的脾气。

华年自己也被自己吓了一跳，他轻易是不发脾气的，可这事儿，真的让他暴跳如雷。

华年看着锦瑟像一只吓坏了的小鸟，自知有些失态了，他后悔了，很快恢复了平时的模样："对不起，锦瑟，对不起，我有些失态了。不好意思，没啥事儿，没啥事儿，没你的事儿，你不要辞职，就在这儿好好干吧，天塌下来我会替你顶着。"

"华主任，您年轻有为，前途无限，不必为我承担什么，我是个小女子，我也没有什么远大的志向，就是混碗饭吃而已，其实在哪里工作都是一样的，我现在也从男朋友分手的痛苦中走出来了，虽然当时觉得受不了，经常在半夜里大哭醒来，感到离了他真的活不下去，但是，时间长了就想开了，感情就淡了，我现在不也活得好好的吗？我离开春水县，离开这个曾经伤心的地方，回到我爸妈身边，踏踏实实过日子，您就放我走吧。"

华年长叹了一声，摇摇头说："你要是真想走我也不拦你，但你再想想吧，我从内心里不想让你走，你不知道，我现在觉得一点儿也离不开你了，我现在真不知道离开你该怎么过了。"

"华主任，你有幸福的家庭，有美好的事业，咱们不可能有什么结果的，咱也别谈感情，不然的话，将来对谁都是伤害，将来只会成为不友好的路人，你如果这样说，我真的想走了，不是别的，我怕承受不了你对我的恩情，更怕陷入新的不堪的一段感情。"锦瑟低下了头，两手互相搓弄着，看似漫不经心,实则犹豫彷徨。

"先冷静冷静再说吧。这不是小事儿,回头再说。"华年摆了摆手,锦瑟走了。

华年也极度迷茫,也许锦瑟离开春水县是最好的一步棋,既摆脱了王春生的纠缠,同时,也让他华年解了围。但是,从内心来说,华年真的离不开锦瑟了,他舍不得让锦瑟走,他不知道离开了锦瑟,他将怎么活下去。

与锦瑟相处时间不算长,也就几个月时间,但感情的深浅不在于时间的长短,有的在一起一辈子,也没有心与心的交融,而有的人一见如故,就像他华年和锦瑟,几个月就等于一生。

关键是眼下的这个局面如何处理呢? 王春生一再逼着要人,而锦瑟一意要辞职离开,而他华年既舍不得让锦瑟走,又不想让锦瑟借调到县政府办公室,这可真让人为难了呀。

平时不怎么抽烟的华年,这会儿又从办公桌上摸到了烟。

吐了一口烟圈,华年又想到了冷处理。对了,华年想起了这个办法,在基层工作,遇到困难和问题的时候,都是冷处理,先放一放,放的时间长了,热点问题也变得不那么热了,再棘手的事儿也变得平和多了,很多当事人也冷静客观了,这时候再下手解决就容易多了。时间是个好东西呀,很多不好办的事儿,时间长了,办法就想出来了,局势就发生变化了,拖中待变,是步好棋。所以,华年想把这个事儿再放一放,等王春生再催时再说。

但华年转念一想,冷处理虽是好办法,但有些事儿是拖不过去的,是必须当时就给出答案的,或者说当时也不是没有做工作的余地的,只一味地冷处理,好是好,但到底是个懒办法,而且有些事儿一味地拖着不办,也会贻误战机，办起来更加麻烦。至于眼下这事儿，华年已经有意拖了一段时间了，再继续冷处理怕不合适。很多事儿真的要掌握好度，时机不到不行，时机过了还不行，冷处理是好办法，但是冷得时间长了也不行。眼前这事儿，也不是没有做工作的余地，比如这事儿牛县长究竟是怎么看的？他又没有见过锦瑟，他又不认识锦瑟，他怎么会点名要锦瑟呢？牛长耕县长律己是非常严的，在春水县官场，都知道牛长耕县长是从不跟女人走得近的，除了自己的亲属，他连跟别的女人单独说话都没有过，他很避讳这一点。华年曾在一次大会上听牛长耕县长扯着喉咙说："我这人有很多毛病，可是，就两样毛病我没有，那就是金钱和女人，我不爱财，我不好色，谁要是想在金钱和女人方面把我打倒，那是不可能的，而只要不在金钱和女人方面把我打倒，那谁也别想把我打倒。"

所以，让牛县长抽调一个漂亮女孩儿到他手下写材料，牛县长断不会这样做，而这是不是县政府办公室主任王春生拉大旗做虎皮呢？这些领导身边的人，经常打着领导的旗号发号施令，你也搞不清到底是领导的意思还是下边人的意思，有时还不便问领导。但是，这事儿，华年觉得有必要找牛县长当面求证一下，看到底是咋回事，看是真的还是假的，看是王春生的意思还是牛县长的意思。如果是牛县长的意思，那再说，那肯定是怪事一桩，而如果是王春生的意思，华年才不理他呢，随他的便吧。像这种办公室主任，你甩他他就是办公室主任，你不甩他，他就是领导身边的一条摇尾巴的狗。

华年把牛县长安排的加快发展大枣产业工作座谈会上的讲话稿起草好后，借着找牛县长递稿子，侧面问了牛县长这件事儿。

华年说:"牛县长,上次你说要我们发展研究中心抽两个人到县政府办公室帮助写材料,我找好了两个人,你是否审查一下看行不行?"

牛县长只顾看他的讲话稿呢,咳了两声,深吸一口烟,头也不抬地说:"这是我管的事儿吗?一级对一级负责,你来两个人就行了,具体情况你跟王春生对接就行了。"

听完牛县长说这句话,华年心里有了底,心想,幸亏这一问,才没有被王春生给蒙一家伙,看来,跟这些人打交道,说话办事还必须留个心眼儿呢,什么事儿都要打个问号呢,否则的话,一不小心就掉进去了。

于是,这事儿华年真的就冷处理起来了,他让秘书股股长苗叶报了两个人:一个是快退休的老同志,三天两头请病假不上班;另外一个是刚生过小孩儿的女同志,整天上着班想着家里头,快下班了就不停地看手表,一看到点儿了一分不差地就往家跑,多待两分钟都觉得吃了大亏。把这两个人的名单和简历报给县政府办公室之后,华年就不管了,至于王春生要还是不要,那就随他的便吧,反正皮球是踢过去了。

没想到的是,这两个人的名单报上去之后,王春生也不管不问了,好像这件事就这样风平浪静地过去了。不过,越是这样,华年心里越不踏实。王春生这个老狐狸是那么好糊弄的吗?他要的是锦瑟呀,他不应当善罢甘休的呀,他这葫芦里卖的是什么药呢?

秋天是个诗意的季节,对于华年来说,却是个惆怅的季节。

不经意间,秋天到了,秋雨来了,淅淅沥沥,带来了<u>丝丝</u>寒凉,秋风也钻出来了,满大街都是缤纷的黄叶,深深浅浅,斑斑驳驳,落地成伤。

"秋花惨淡秋草黄，耿耿秋灯秋夜长。已觉秋窗秋不尽，那堪风雨助凄凉!"天生忧郁的华年每逢秋风秋雨，总会想起林黛玉病卧潇湘馆秋夜听雨、对烛吟咏的那首《秋窗风雨夕》，这首诗最合华年的心境，因而他总是凭空生出几多惆怅和迷茫。如今，因为有了锦瑟，他更感叹世事无常、落寞成霜、悲风苦雨、无处话凄凉。

华年有家，锦瑟也该谈恋爱成家了呀，她已经 26 岁了，也迈入"剩女"一族了。

人谁不结婚成家呀？锦瑟在春水县孤身一人，的确需要有一个家，需要一个温暖的港湾，但是，华年心里又有说不出的酸楚。

华年到秘书股去找材料，锦瑟正趴在办公桌上写什么东西，华年悄悄来到锦瑟身后，看到锦瑟正写下这样的句子:我爱上了一个男子，他那忧郁的眼神让我心痛，他就是我的领导华年。

华年看锦瑟还要继续写什么，锦瑟可能觉察到了身边有人，抬头一看，见是华年，脸霎时红了，红得像一只秋天熟透了的苹果。锦瑟急忙把纸收起，揉成一团，塞进了口袋里。

华年故作不知，问:"锦瑟，写什么材料呀?"

锦瑟急忙站起来，没站好，差点儿碰倒椅子。

华年替锦瑟扶了扶椅子，笑着说:"别着急，继续写吧。"

锦瑟说:"华主任，不好意思，不知道您过来了，您有什么指示吗?"

华年说:"啥指示不指示的，咱不搞那么见外。"

锦瑟说:"知道了。"

华年说:"你帮我找一份县委关于加强智库建设的文件，我记得好像是上个月发的,我想看看。"

"好的。"

锦瑟打开档案柜找材料了,华年回了办公室,临走时对锦瑟说:"找好给我送去。"

"好的。"

华年回到办公室,再也工作不下去了,满脑子都是锦瑟写在纸上的那句话。锦瑟是干什么呢？是写着玩儿的吗？还是写了之后要给他华年呢？华年想得头昏脑涨,想不出个所以然来。

窗外,秋雨还在不停地下,阵阵凉气透过窗户缝隙吹进办公室,华年不由哆嗦了几下。秋天来了,冬天也紧跟着快来了,那更是一个万物肃杀的季节,暗云低垂、树木光秃、冰天雪地、黑夜漫长。大自然的冬季孕育着春的希望,但人的冬季却是消失的节奏,再没有了春天,更不可能春来发几枝了。

华年的情感不也进入秋天了吗？如果说锦瑟是暮春的花朵,而他华年就是秋天的落叶,他和锦瑟之间隔着炎炎的夏天,他和锦瑟怎能走到一起呢？

"我生君未生,君生我已老……"华年的心底无比凄凉。

浪漫的春天已经过去,萧索的秋天已经到来,感情的大门也该慢慢关上了,他已没有资格和条件去恋爱了。

在没有遇到锦瑟之前,华年的心海是平静的,没有丝毫的波纹,多少年就是如此,他过着一种内心安宁的生活。但是,自从天上掉下个锦瑟来,华年的心海从此波涛起伏,再也没有一天的安宁。

情绪像过山车,一会儿跃上云端,一会儿又跌入谷底,华年感到周边的人可能觉察到了什么,看他的眼神怪怪的,说话也吞吞吐吐,很有些想说又不敢说的样子。

华年也知道他自个儿变了,变得爱打扮了,注重仪表了。他本是随性自然的人,穿衣打扮只是干净整洁而已,现在却爱美观了,尤其喜欢照镜子了,还在衣服口袋里装了一把精致的小梳子,随时梳理头发。

在错误的时间遇到了对的人,这是命运的捉弄,更是命中注定的一劫。这是一张网,一张痛苦而幸福的情网,一旦陷进去,那将是万劫不复的深渊,尤其是在机关工作,华年他还是一名正科级实职领导干部,有党纪国法的制约,那更是一张无形的大网,华年的情网怎能敌得过法网?

华年想到了退却,想到了让锦瑟辞职。锦瑟不正想辞职回老家的吗?也许锦瑟走了,远隔天涯,时间长了,感情淡了,记忆也变得模糊了,情网也就散开了。但是,眼下,华年做不到,这就像医生能给别人治病,但自己有病却不好治一样,不是医生的技术水平下降了,而是给别人治病的时候他很理智,他能下得去手,但给自己治病的时候,他却犹豫不决、瞻前顾后,因为病人是他自己。也就像革命一样,只有别人革自己的命才行,自个儿革不了自个儿的命。

锦瑟送文件来了,华年没说什么,锦瑟送完文件就走了。看着锦瑟离去的背影,华年痛心不已,这是多么漂亮多么清纯的一个女孩儿呀,这就是自己的梦中情人,是多少年来幻想中的另一半,但是,在悠长的生命中,他一直没有遇到,而今遇到了,他华年却已经结婚成家,没有了爱的能力和资本。

爱一个人,心思全在她身上,担心着她,发愁着她,牵挂着她,只是没有了自己。

也许成不了家庭,成不了爱人,还成不了情人,那就做朋友吧,就当作自己的亲妹妹看待吧,很多感情都败在了现实面前,这可能对华年来说更加残酷和煎熬,但这是唯一能够和锦瑟保持联系见到锦瑟的办法呀,总好过彼此生活在一起给家庭带来伤害。

人在无奈和无助的时候就睡觉,这也是华年在基层工作时学到的悟出的办法。乡镇有一名领导就是这样,遇到难题了,就跑到宿舍,往被窝里一钻,对秘书说,你去给书记说,就说我是没办法了,我不管了,我要睡觉。

眼下,华年也想睡觉,太清醒实在是太痛苦太纠结,还是睡吧,"大梦谁先觉,平生我自知。草堂春睡足,窗外日迟迟"。一切都交给命运来决定吧。

日子在百无聊赖中慢慢流逝,过了约莫一个月时间,这天,锦瑟拿过来一个批转件,是牛县长签批回来的。原来县委组织部要在国外组织一个学习培训班,为期半年,人数不多,只有十几人,除了乡镇的干部外,县直的指标也只有五六个,可是牛县长特批让华年参加。华年就奇怪了:多少人想出国培训哪,牛县长怎么对我关爱有加呢?难道是牛县长真的想让我学习提高,然后更好地给他写材料搞服务?华年再仔细看文件运转签,却原来是县委组织部下发给县政府办公室的红头文件,要求县政府办公室派一名领导参加学习培训,王春生大笔一挥,说是这次学习培训机会难得,非常重要,要选政策理论水平高、基层经验丰富、思路清晰、工作能力强的同志参加,建议县政府发展研究中心主任华年参加,并呈请牛县长阅示。

要说这事儿不必请示牛县长,办公室主任自然能当办公室的家,但华年是县政府发展研究中心主任,名义上归县政府办公室主任王春生代管,但其实县政府发展研究中心直接为县长和副县长服务的,把华年派出去学习这么长时间,估计王春生也当不了这个家。万一华年外出学习了,牛县长给华年派活儿,找不到他咋办?这也许是王春生的高明之处,是他请示牛县长的原因,当然,也不排除其他的原因。

华年看了这番建议后,才知道了事情的来龙去脉,这原来是王春生出的主意,牛县长只是批示个同意而已。华年曾经长年在领导身边工作,又长年在基层当领导,知道领导每天要批示阅研的文件多得很,尤其是一把手,每天送来要签发的文件都成沓成沓的,加之一把手日理万机,既要开会,又要参加各种活动,还要迎来送往,到了饭点还有几桌客人等着陪,所以一天下来,身心俱疲,到了晚上,更是浑身散了架,领导哪有那么多的时间看文件呀!一份文件少则三两页,多则几十页,看下来不知要多长时间呢,只看还不行的,还要吃透文件精神呢,因为你一把手的批示至关重要,你是要定调子做决定的,下边眼巴巴地看着你的批示执行呢。所以这是非常累非常耗时间的一项工程。古代皇帝面前的奏章也很多,但有那些大臣看后提出拟办意见,然后由皇帝做决定用一下皇帝的大印,就成了"奉天承运皇帝诏曰"。而现在,牛县长给政府一班人,那些副县长、办公室主任、副主任下了死命令,遇到文件必须签署自己的意见,不能只写"拟同意,请某某某阅"之类的不动脑筋不担责任的耍小聪明的话。所以,这也给了那些居心不良想借机夹带私货谋取私利的个别人一个途径,因为只要副县长、办公室主任、副主任写了明确意见后,牛县长总是大笔一挥:"同意,请某某某单位、某某某同志抓紧落实。"

别人不能懒政怠政了,牛县长看文件的速度快多了,基本上拿到文件之后,除了那些要钱要编制的他认真看一番之外,其他的文件他大眼一瞅,大笔一挥,就搞定了,文件就以县政府或者县政府办公室的红头颁发了,就成了政策,就成了县政府的决定。

华年懂这里边的运作规律,拿着这个批示件,华年清楚这是王春生在里边做了手脚,把他个人的意见以县长的名义传达给了华年。

但是,王春生为什么这么做呢?华年不是傻瓜,打眼一瞅就知道这个王春生葫芦里卖的是什么药,他这是黄鼠狼给鸡拜年——没安好心。肯定是华年不肯把锦瑟借调到县政府办公室工作,王春生才心生一计,让华年到国外学习半年,来个调虎离山,只要华年走了,排在第一位的陈大顺副主任不就顺理成章地主持工作了吗?陈大顺一直想接主任,趁华年不在家,那不得好好表现表现?领导让干什么他干什么,指到哪儿打到哪儿,到那时王春生如果再提出抽调锦瑟到县政府办公室去,陈大顺能不同意吗?这事儿办起来不就得心应手了吗?

华年想到这里,心里一股无名火直往头上蹿,这个王春生诡计多端,竟然算计到了他华年的头上,想把他这块绊脚石搬走踢开,来个釜底抽薪。华年的脑子是聪明的,况且华年爱读史书,对历史上那些坑蒙拐骗的把戏了如指掌。华年是看透做不出的那种人,特别是那些阴招,华年能看出来,有时候也能想出来,但他做不出来,因为他心地善良,下不去手。

华年识破了王春生的计谋,决计不去。虽然他也很想去国外学习一番,毕竟长期在基层工作,视野狭窄,需要到国外开开眼界。人不走出去,永远不会进步,所谓不比不知道、一比吓一跳,也就是这个道理。在比较中,才能知高下,才能长见识,才能取真经,才能走捷径。

但是,这次华年决计是不去了,不为别的,就是为了锦瑟。他怕锦瑟落入王春生等人的魔掌,以锦瑟那样刚烈的性格,和她那很"二"的脾性,华年真怕锦瑟出什么意外。

华年让秘书股股长苗叶把陈大顺副主任的名单报上去了,说他最近有牛县长安排的加快发展大枣产业工作座谈会的稿子,任务很急也很重,走不开,让陈大顺副主任代表他去学习培训。

陈大顺副主任自然十分乐意,出国培训学习,那是千载难逢的好机会。陈大顺的孩子上大学了,家里没有什么可牵挂的了,在县政府发展研究中心的日子也憋屈得很,出去走走散散心,多好的事儿,别说让去半年了,就是让去三年,他陈大顺也是乐意的。

陈大顺副主任的名字是报上去了,王春生倒不高兴了,他亲自给华年打电话,说华年老弟呀,这可是组织部组织的呀,是牛县长点你的将的呀。

华年给王春生回话说,王大主任啊,感谢你对我的关心支持,但是,我确实走不了。你可能也知道,牛县长安排我起草加快发展大枣产业工作座谈会的稿子呢,怎么还会让我去国外学习培训呢?你说我这一个人,咋掰成两半用?我不是孙悟空,我分身无术。

王春生又说,老弟呀,其实这事儿呢,是我为你好,为你着想的。你想想,你年轻有为,要实践经验有实践经验,要理论水平有理论水平,是咱春水县为数不多的学者型官员。推荐你到国外学习培训半年,镀镀金,纳入了组织部门的视野,我以前跟你说过,估计要不了多长时间咱县里就该动干部了,你不考虑考虑换换位置? 你就想在这个清水衙门、不入流的单位混一辈子?

王春生说得是语重心长,但华年就是刀枪不入,他不上王春生的当。

华年委婉地拒绝了王春生主任的"好言相劝",还是坚持把陈大顺副主任的名字报了上去。

这下,王春生的鼻子可气歪了。

这事儿,华年没有跟锦瑟说,他不想让锦瑟承受太大的压力,况且锦瑟现在直吵吵要离开春水县,要回南方老家,回她的父母身边,华年可不想这个时候给锦瑟说这个事儿。

马路边的梧桐树树叶飘零,转眼就是深秋了。

可也不知道为什么,锦瑟不吵吵辞职回老家了,华年好生奇怪,但也不好问为什么,因为要是问起这事来,好像是催锦瑟走似的,所以这事儿是不能问的。时间一长,华年倒真把这事儿给忘记了。

在县城里待时间长了,华年觉得憋闷得很,想到野外透透气。

华年带着秘书股股长苗叶、经济股股长安大山,还有锦瑟,到春水县下辖的滨河镇调研农村经济发展了,说是调研农村经济,其实也是想到农村田野里看一看,想到春水河畔转一转。

春水河虽然水面不宽,但长年有水,这在北方平原地区来说,已是非常不易。

春水县的人们以前吃的是春水河的水,但现在春水河的水也污染了,吃不得了,于是就从邻县的水库里调水吃。不仅春水河的水不能饮用,春水河岸边的庄稼也吃不得了。那些农民在春水河两岸种的小麦、玉米、蔬菜等,自己从来不吃,只是卖给不知底细的城里人。

华年带着苗叶、安大山和锦瑟,乘坐一辆小轿车,前边是滨河镇镇长的小汽车带路,他们乘着秋天的风,在田野里驰骋。

秋天的天空高远宁静,点点白云自由飘浮,偶有几只小鸟在空中翻飞,构成一幅水墨剪影图。

大田里的庄稼都成熟了,那些比人高的玉米头戴红色的发须,玉米秆上挂着沉甸甸的果实,像一个个得胜还朝的将军,等待着华年他们的奖赏和鼓励。花生倒是深藏不露,只是把绿油油的秧苗留在地面,却把最珍贵的果实埋在泥土里,等待着有缘人的采摘和品尝。

路两边,杂草丛生,野花点点。田埂上,一位老农佝偻着腰席地而坐,一手拿着皮鞭,一手拿着收音机,身旁是一群洁白的小羊在悠然吃草。

这是静谧的乡村,是微凉的清秋。

岁月静流,时光淡雅,花开无声,落英缤纷。

车上的人都很兴奋,说着笑着,非常热闹。

只听苗叶说:"锦瑟,你把你男朋友叫来呗,把滨河镇好好设计设计,设计成个田园小镇,设计一些乡间别墅,到时候咱们都来这里度假,过过潇洒的田园生活。"

"什么?锦瑟找男朋友了?锦瑟,谁这么有福气,能赢得我们发展研究中心第一美女的芳心哪?"经济股股长安大山吃惊得嘴巴都合不拢了。要知道,锦瑟是个多么挑剔的"白富美"呀,她那眼光高着呢,能入她法眼的真不知道是何方神圣。

华年听了心里一惊。

华年的眼闭上了,心揪了起来,那是一阵又一阵的疼。这一天早晚要来的,没想到来得猝不及防,是这么突然,这么让人胆战心惊,头部仿佛被人猛揍了一拳钝疼起来,华年的眼泪也悄悄流下来了,他知道锦瑟将永远离开自己了,不,是他从未得到,便又决然离去。

"哪有呀?没有的事。"锦瑟淡淡地说。不知道锦瑟是真的没有谈朋友,还是不想让华年知道这事儿,她矢口否认。

苗叶说:"嗨!锦瑟,这有啥好隐瞒的呀,你以为我不知道呀,你找的男朋友叫阮非,是咱县建设局下边城乡建筑设计院的设计师。"

苗叶说得有鼻子有眼儿,安大山好生奇怪,问:"苗股长,你咋知道恁详细咧?消息这么灵通呀!"

"这有啥?谁让锦瑟跟着我干呢?我就是要把锦瑟当作自己的亲妹妹看待,一定要给锦瑟找一个白马王子。"苗叶得意地笑着说,笑得那么放肆、那么开心。

安大山接着对锦瑟说:"锦瑟,啥时候把你男朋友叫过来认识认识呗,我要看看这小子长啥样儿,咋这么有福气呢!"

锦瑟喃喃地说:"还没确定呢。"

"还没确定呢?"苗叶大呼小叫起来,"呃,大家看,锦瑟手上的戒指都戴上了。"

苗叶这一喊,大家都扭头去看锦瑟的手,锦瑟两只手藏到上衣口袋里了。苗叶可不是省油的灯,她一下子就把锦瑟的左手拽出来了,果然,锦瑟的左手中指上戴着一枚亮晶晶的白金钻戒。

"啊,可订婚了,这么快呀!"安大山也惊呼起来。

"是啊,我们锦瑟已订婚了,你们可不要招惹我们锦瑟了。"说完,苗叶哈哈大笑起来。

华年坐在副驾驶的位置上,五味杂陈,不,准确地说是痛苦万分。他坐在前排,没人能看得到他的表情,华年再也无心看窗外的风景了。

滨河镇镇长陪着华年他们看了新农村建设,还看了一家高新农业示范园,看了一家农副产品加工厂。

秋色虽好,华年的心情却不好,所以,出去这一天看了什么听了什么,华年都心不在焉,他精神恍惚,就像刚睡醒一样,又像生了一场大病。

华年不想再看锦瑟一眼了,而在华年他们一行实地参观的时候,偏偏锦瑟不时地凑到华年跟前,锦瑟总是跟华年挨得非常近,几乎挨在了一起。锦瑟跟华年形影不离,华年越发地痛苦难受。锦瑟太美了,不仅长相美,而且走路的姿势也优雅高傲,锦瑟是那么的完美。华年暗暗叫苦,既然不能在一起,为什么又要相识和相知?也许爱不需要时时相守,不需近观,不必占有,不可触碰,只是深深地嵌刻在心间,成为永恒的温暖,但那到底是一颗滴血的心哪。

在参观的过程中,锦瑟趁大家不注意的时候,悄悄问华年:"华主任,你脸色很不好,你没事儿吧?"

华年苦笑了一下,心想,是啊,能有什么事儿呢?还不是因为你锦瑟找男朋友了吗?还不是怕失去你吗?你何必明知故问呢?

华年轻轻摇摇头说:"没事儿,昨晚没睡好。"

中午吃饭的时候，上的饭菜是华年最爱吃的家常菜：大块儿豆腐，韭菜炒鸡蛋，清炒红薯梗，新鲜的花生和毛豆。当然也有很多肉食，虽然华年不吃肉，但不能不让人家吃肉，华年吃菜时只是挑着吃罢了。现在中午吃饭不上酒，华年本来很享受这种待客方式，他不爱喝酒，准确点儿说是不会喝酒。喝酒这个本事他天生不行，能喝不能喝这是遗传。虽然有人在劝酒时说，不会喝，练练就行了，但华年不信这。天生能喝酒的人，如果以前不怎么喝，经过一段训练，喝的次数多了，自然会大有长进，但是对于那些天生不会喝酒，或者说对酒精分解吸收能力差的人来说，怎么练也是不行的。华年喝酒的机会是不少，以前在乡镇工作时，那基本上是一天两喝，而且每顿饭要喝好几摊，华年却自始至终没有练出酒量来。别人喝个半斤八两的不影响工作，该干啥还干啥，但华年不行，华年喝一两酒就必须睡觉，如果不睡觉的话就要头疼，钻心般头疼。华年很羡慕南方人，更羡慕外国人，羡慕他们喝酒随意，想喝多少喝多少，真不能喝也没有人劝你，那氛围多好啊，那喝酒才是一种享受。你不能喝偏劝你喝，不喝就是不够意思，就是不给面子，就是不合群，就是看不起人，不行的话就给你跪下了，或者跟你干一架，打起来了，不欢而散，甚至成了仇人，这酒喝得让人害怕让人提起来就苦恼，竟然因为怕喝酒就不去赴宴，喝酒成了负担成了累赘，这断然不是喝酒的本意。

现在上班时间中午不喝酒了，晚上和星期天、节假日喝酒也没有以前劝得那么凶了，华年还是很享受这种变化的。但如今，面对一桌散发着浓郁的乡土气息的饭菜，华年却没有一点儿口味，他想喝酒了，真的想一醉方休，不，准确地说，是想死的心都有了。

大家说着言不由衷的话,华年只是哼哈。苗叶倒是兴高采烈,女人嘛,尤其是像苗叶这种放得开而且长相还可以、正处于半老徐娘状态的女人,在饭桌上永远是主角,她和大家聊得火热。锦瑟坐在桌尾,和几个年轻人坐在一起。陪客的滨河镇的几个小年轻不识时务地不停地向锦瑟献殷勤,抢着帮锦瑟夹菜。虽然中午吃饭不喝酒,但是喝酒的礼数还是要走的,大家就以茶代酒,这些个小年轻趁着与锦瑟碰茶的天赐良机,想方设法与锦瑟套近乎,要锦瑟的手机号,锦瑟都一一满足了他们的要求。是啊,锦瑟年轻漂亮,人见人爱,都想跟她套近乎,爱美之心人皆有之嘛。锦瑟身边从来不缺追求者,即使她没有谈这个叫作阮非的男朋友,还会有叫张三李四王二的各种英俊小生做她的男朋友。

这一切,华年都看在眼里,痛在心上。锦瑟是一朵盛开的春花,暗香盈袖,顾盼生辉,而他华年又算什么呢?华年的人生已是深秋,风萧索,黄叶飘,一季花凉,遍地忧伤,只有叹息。

就把爱藏在心底吧,爱情不是生活的全部,华年夹了一块儿豆腐放进了嘴里。

正在吃饭的时候,苗叶接了个电话,然后来到华年身后,附在华年耳边说:"华主任,接县委组织部通知,下午3点让您赶到汪部长的办公室。"

"汪部长的办公室?啥事儿?"华年惊讶地问。是啊,汪部长找他华年干什么呢?难道是调干部了?不对呀,他才刚到县政府发展研究中心工作没多长时间,还不到一年呢,而且他也没有找领导要求调整工作岗位呀。

华年看了看手表,已是下午1点钟了,华年对陪客的滨河镇镇长说:"老弟,下午3点县委组织部汪部长找我有事,就这样吧,不吃了,我们该走了。"

镇长惊奇地说："哟,汪部长找你? 好事儿哪,提前祝贺噢!"

"啥好事儿呀,是福是祸还不晓得呢。"

"听说今天上午开县委常委会了,听说有个议题是干部调整的事儿。"

"老弟,这是真的?"

"啊,真的,老哥,你在县政府机关工作,你没听说吗? 你的信息应当比我灵通啊。"

"灵通个啥呀,我那是灯下黑,还没有你们乡镇的信息灵通呢。"

"唉,老哥呀,大家都知道你是个实在人,不过,说句实在话,当个人哪,不能只是低头拉车,还得抬头看路,光干活儿不行啊。"

华年听了这话,不由得叹了口气："老弟,我就是太实在了,所以才混不开啊。"接着,华年问道："老弟,你难道听说啥了吗?"

镇长摇摇头,没有直接回答华年的问题,而是说："老哥,我估计你应该有戏了。"

"我应该有戏? 此话怎讲? 我不跑不送的,就像你所说的,我是只低头拉车不抬头看路的老实人,我能有什么戏?"

"老哥,当事者迷,旁观者清,其实,我早就听说,咱现在的牛县长对县政府办主任王春生不太满意,王春生是上任县长安排的人,不过,也不全是·朝天子一朝臣,那王春生也确实不咋的,就喜欢钻圈弄鬼,还特别好色,纯粹小人一个,牛县长是多直正一个人哪,他怎么会让王春山贴身搞服务呢? 所以啊,当县里把你调到县政府发展研究中心当主任的时候,大家就在猜,估计啊,牛县长是把你作为王春生的替补要重用呢,等合适的机会,肯定会让你接替王春生担任县政府办主任。我说你有戏吧,你还不相信,你说我说的有道理没有?不过啊,老哥,等你真的当上了县政府办主任,你可要多关照关照老弟我啊。"

一语惊醒梦中人,华年瞬间兴奋起来了,嗯,对,有可能,牛县长是个好领导,王春生小人一个,牛县长怎么会容忍王春生天天随伺左右呢?自从自己来到县政府发展研究中心当主任,牛县长就一直给自己派活儿,而且对自己还很欣赏,看来真的有可能是要重用自己了,可能领导们保密工作做得好,有啥事儿不会直白地告诉自己罢了。

想到这里,华年激动地起身告辞,镇长也激动地握手告别,"华主任,我们就不挽留你了,提前向你表示祝贺啊。您抓紧走吧,路上慢点儿。"

"借你吉言,衷心感谢!"

说完,华年等人急忙起身离开了滨河镇。

第十章　意外

　　春水县进行了一次小范围的干部调整。在这次干部调整中,春水县政府发展研究中心主任华年被调到县地方史志办公室当主任了。华年对此并不知情,在回县城的路上,华年心里还直打鼓,县委组织部汪部长召见,难道自己真有啥好事儿?

　　汪部长是位女部长,中年妇女,人很和善,是从市直机关调来的,人很有水平,华年对她很尊重。

　　下午2点30分,华年来到了汪部长办公室门口,但是,组织部通知的是下午3点汪部长召见华年的,所以,华年就在汪部长门口打转转,走廊墙壁上挂了不少印制的字画,他看看这幅字,品品那幅画,就这样既紧张又无奈地打发时间。

　　好不容易挨到3点钟了,华年小心翼翼地敲开了汪部长办公室的门。

　　门开了,是一个小姑娘开的门,小姑娘问:"您是华主任吧?"

华年说："啊，我是，汪部长在吗？"

"在，您请。"

小姑娘领着华年来到了里间，汪部长正在看文件。小姑娘说："汪部长，华主任来了。"

"啊，华年来了？坐坐坐。"汪部长站起来，非常热情地指了指对面的沙发，示意华年坐下。

小姑娘给华年倒了杯水，然后去外间了。

汪部长说："华年，喝水，喝水。"

汪部长越是热情，华年越是不安。领导不就是这样的吗？越是对你热情，其实越不是啥好事。

华年说："汪部长，不客气，我不渴，您找我有指示吗？"

汪部长说："噢，我代表组织给你谈谈话，估计你也听说了吧？"

华年听了一头雾水，迷惑地问："汪部长，啥事儿呀？我没有听说啥呀。"

"噢，不知道的话也对，有些事儿是组织机密，不打听的话就对了。我找你呢，是代表组织通知你，今天上午开了县委常委会，其中一个议题是关于干部调整方面的，咱们县地方史志办公室主任年龄大了，到站了，退居二线，当协理员了，空出一个位置，根据县委常委会研究的意见，决定由你担任县地方史志办公室主任。"

华年一听，当时就头大了。到县地方史志办公室当主任，编地方志，华年一万个不高兴。一般情况下那些冷门单位都是安排个老同志就任，歇两年也就退二线了，而他华年还算年轻，刚到县政府发展研究中心当主任还不到一年时间,还没有暖热这个窝呢,便又调走了,这算哪门子事呢?

华年刚才还兴奋得差点儿手舞足蹈呢,以为天上真要掉馅饼了,以为他真的可能接替王春生当县政府办主任呢,谁知天上没有掉馅饼,地上却出现了一个大陷阱,华年的心情一下子掉入了深不见底的黑洞,他头"轰"的一下,整个身子差点儿栽倒。

华年使劲儿掐了下自己手指,长出一口气,这才从极端的情绪过山车中缓过劲来,此时,他已浑身软绵绵没有一点儿气力了。华年弱弱地问道:"汪部长,我工作上有什么问题吗?"

"没什么问题,你干得挺好的。"

"那为什么把我调到县地方史志办公室工作呢?"

"这是工作需要嘛,是对你的重用嘛,现在县地方史志办公室力量很弱,而这块儿工作又很重要,组织上经过慎重考虑,认为你基层经验丰富,领导能力强,理论水平高,又年轻,能够挑起这副担子、打开工作局面。"

"但是,我到发展研究中心工作还不到一年时间,情况还没有完全吃透,工作还没有开展起来,正想大干一场呢,这么快就把我调走,对工作不利呀。"

"这是组织对你的信任,你看你到发展研究中心工作后,工作很快就打开了局面,县委、县政府对你的工作评价很高,正因为你表现突出,所以才对你委以重任呢。"

华年不悦归不悦,但还是心平气和地说:"汪部长,我想问一下,这次调整都有谁呀?"

汪部长说:"要说呢,这是组织机密,不能跟你说,但是呢,已经开过县委常委会了,也不算机密了。实话跟你说吧,正科调整就只有你,副科调整倒有几个,这次主要是补位,有些同志到站了,该退了,不能影响工作,所以就补了几个人,人不多。咋啦,你问这啥意思?"

"没啥,没啥,只是随便问问。"

汪部长说:"不要胡思乱想,好好干工作,是金子到哪里都会发光的。"

"谢谢汪部长关心,谢谢组织关照,我一定服从组织安排,认真干好工作。"

告别了汪部长,汪部长亲自送华年到了门口,这还不算,又亲自送华年到了电梯口,等华年步入电梯,等电梯门关了,汪部长还在挥手告别。这待遇,跟上级领导来视察工作似的。不过,越是这样,华年的心里越不踏实。不对,这里边肯定有啥事儿,不然的话,不会一声不吭就把他华年从县政府发展研究中心调整到县地方史志办公室的。虽说县政府发展研究中心不是个什么好地方,要权没权,要钱没钱,只是写个材料,写材料的没材料,大家都懂这个理儿,但是话说回来,县政府发展研究中心比起县地方史志办公室来,还是要强一点儿的。

华年心里着实不高兴,不,准确地说是有点儿心里不踏实。没有一个人给他透露一丁点儿信息,一丁点儿迹象也没有,就这么把他华年说调走就调走了,这不正常呀,好赖他也是县直委局的"一把手"呀,要调整总要提前透透信儿吧,这到底是搞的啥名堂呢?

华年和组织部一位副部长关系不错,说关系不错,也就是以前在乡镇工作时同事过,两人还说得来,脾气还合得来,至于私人感情那倒没有,华年又不是爱好拉拉扯扯那种人,平时跟这位副部长来往倒不多。

华年回到了县政府发展研究中心,回到他那屁股还没暖热的办公室,打电话给这位副部长,问是啥原因啥内幕。这位副部长问华年,最近你是不是和你们单位一个小姑娘关系暧昧?华年摇摇头说没有呀,我是那种人吗?别人不了解我你能不了解我吗?副部长压低声音对华年说,老弟呀,你也不是外人,我给你透个信儿,有人在县委、县政府主要领导那里说你了,说你和你们单位一个小姑娘关系挺亲密的,你出差总是带着那个小姑娘,而且你到新疆出差还与人家照的有合影照片,搂搂抱抱的,领导们都见到了。况且,你出差在外,到旅游风景区西湖、天山转了一大圈,这是公款旅游,你知道吗?

华年一听,头都要气晕了,肺都要气炸了,这是谁在领导那里告自己的黑状呢?华年的手气得都要抖起来了,华年说,部长老兄,这都是有人告黑状,诬陷我的呀,什么我跟人家小姑娘关系暧昧?我跟人家就是同事关系,没有任何过分的行为,连拉过手都没有,这算什么关系不正常呢!再则说了,我和大家一块儿去西湖、天山,那都是星期天,我们都是自费。

副部长说,老弟,冷静,冷静,千万要冷静,我说这话也是道听途说,说过去了就不算数,就权当我啥都没说。

华年冷静下来了,每逢大事必静气,华年也知有些失态,急忙说,部长老兄你放心,我的嘴严得很,啥话到了我这里,就是烂在肚子里也不会再往外倒。但是我就不理解了,道听途说的话,没根没据的话,领导们那么聪明,都是那么有水平,他们就会信吗?难道就因为这没影儿的事就把我调走吗?

副部长呵呵笑了,老弟呀,你也干这么多年了,作风问题意味着啥,我往下不说了,你也是个聪明人,啥也别说,啥也别问,服从组织决定,抓紧高高兴兴地到新单位上班。暂时离开这个是非之地,出去躲一段时间,未必对你不好。塞翁失马焉知非福,说不定这是领导为你考虑爱护你呢,你不知道牛县长对你很器重吗?今天我就点到为止吧。

华年不再问了,说了一番真诚感谢的话,把电话挂了。

落叶满径,落红飘零,深秋的风吹在脸上,甜甜的,柔柔的,爽爽的,却让人分外悲凉,华年站在窗户边,看着窗外,止不住眼眶湿润了。

这是秋高气爽的天气,华年却特别冷,浑身直打哆嗦。

华年累了,浑身没劲,腿软绵绵的,站都站不住,不知道该往何处去。老家太远了,暂时回去也不方便,虽说家是自己心灵的故乡,是受伤时疗伤的净土,是灵魂安放的地方,但是,家遥远,路很长,暂时回不去。对,还是到田野里去吧,投入大地的怀抱,让泪水在那里肆意奔涌,让委屈在那里尽情释放。

华年离开了办公室,他没有叫司机何勇,自个儿开车向郊外驶去。路上打扫卫生的保洁工弯腰忙碌着,街头推个架子车卖水果的小贩站在秋日的阳光下四处张望,华年有些释然了,是啊,比上不足比下有余,那些身处社会最底层挣扎着讨生活的人,不也在打起精神活吗?自个儿当了领导,混到了正科实职的岗位,基本衣食无忧了,为什么还要为这小小的变动而痛苦不已呢?难道是到什么山上唱什么歌?难道是人到了啥位置说啥话?难道是面子问题、尊严问题和政治追求问题?知足常乐,说起来容易做起来难哪,这事儿搁在谁身上估计都受不了呀。但是,对于华年来说,这些倒不是特别重要的,华年对仕途的进退留转已然看淡,自己没背景没靠山,一介农家子弟,混到这个份儿上,真的该知足了,如果再不知足,那就是自己有点儿不懂事儿了,或者说是有违天命了。

想当官,官欲强,从本质上来说还是争胜心强,干啥都想出人头地,这是打小就养成的习惯,不断地向上攀登,其实也不是为了当多大的官,就是为了满足那不断超越的欲望,就是想给那些没材料的人多办些实事,就是为了大展宏图施展自己的拳脚。但是现在华年知道了,有时候,该知足真的要知足,该停步有时候真的要停步,因为身在官场,提拔不提拔,有很多种因素,不只是自己很努力很有能力就一定能进步的。

当个领导,尤其是当个实权部门的主要领导,还有很大的风险,但是对于华年来说,他自认为自己还是没有多少劣迹的,人际关系一直处理得不错,加之他为人低调,不事张扬,尤其是不爱在报纸电视上出风头,不爱宣传自己,所以告他华年的人还真不多。每次年终考评时投票,他都是得优秀票最高的。但是,这次,到了县政府发展研究中心不到一年时间,怎么就得罪谁了呢?怎么会得罪那么苦呢?怎么会告到县委、县政府主要领导那里呢?

王春生,对,肯定是王春生,只有王春生……

华年开车想着心事,一不小心闯了个红灯,还差点儿撞上一个骑自行车的小伙子。华年拍拍自己的脸,提醒自己,开车不能想事儿,再大的事也要等车停了再说。

这样反复提醒自己,过了十几分钟,华年开车来到了一片庄稼地。

平墟漠漠,尘烟几许。地里的玉米、大豆、花生都收割了,只留下满地枯叶,踩在上边,簌簌作响。那些野生的不知名的小花还在田间地头寂寂生长、兀自丰茂，璀璨最后的时光。

人生一世，草木一秋，谁不留恋这美好的过往？

蛐蛐、蝈蝈、蚂蚱都在不停地哀鸣，浅唱低吟，如泣如诉，声催人愁，合奏一曲生命的悲歌。偶有一只秋虫扑棱着翅膀，从荒草间飞起，留下惆怅的啁啾声。

秋风掠过原野，一阵紧似一阵，就像华年此时起伏的心情。

华年踩着松软的泥土，坐在了田埂上，随手捡拾起几根枯黄的秋草，放在眼前，细数草的皱纹，嗅着大地收割后荒疏的气息，眼泪流了下来。

那边是县城，这边是郊区；那边是繁华，这边是宁静；那边是现代，这边是自然；那边是躁动，这边是沉寂。

思绪忽近忽远，时间的沙漏哗哗流淌……

华年从上大学起就进城了，向往城市的七彩霓虹，拼命到城里来，以作为城里人而荣，但是，时间长了，却怀念小时候在农村的生活、与土地为伴的岁月。城市虽好，却安放不下一颗心；农村虽依然贫困落后，却活得踏实心安。

来是欢喜去是悲，空在人间走一回；若无生来也无去，也无欢喜也无悲。如果早知道活着如此不易，如此艰难，有如此多的痛苦和折磨，而且早晚还要离去，何必来人间走此一遭？

又想起了锦瑟，果真是天上的紫霞仙子吗？不，她分明是梦里的女鬼呀，不就是披着人皮的妖吗？她来到华年身边，使华年迷三倒四、不能自已，得不到，放不掉，忘不了，就在这温柔的旋涡里挣扎和沉沦，一生不得安宁。

不是冤家不聚头,早晚要吃锦瑟的亏,但明知如此,也如飞蛾扑火,义无反顾。

是和锦瑟走得太近了,自己浑然不觉,别人能不清楚吗?有人在县委、县政府主要领导那里告自己的状,也不能全怨人家捕风捉影、道听途说,无风不起浪,自己确实有做得不检点的地方。但是,华年又有点儿内心不甘,绯闻只是绯闻,自己和锦瑟从未有过肌肤之亲,连拉手都未曾有过,连一起单独吃饭都未曾有过,只是好感,只是依恋,只是关心,只是精神上的心心相融,这又能算什么大事呢?

锦瑟,这是一枚苦果,因为这枚苦果,付出了代价,自己的政治生命受到了重创。到了县地方史志办公室,一待几年,岁月不饶人,转眼就已过杠过线,再想政治上翻身起步,再想东山再起,恐怕再无可能。至于那位组织部副部长老兄说的话,也不可全信,也许只是安慰他华年的吧。而牛县长,牛县长看起来真的对他华年挺关心的,可在这节骨眼儿上为什么不帮他华年一把呢?要是真的器重自己,会让他华年离开县政府发展研究中心吗?不过,也许牛县长真的是深谋远虑,害怕他华年在县政府发展研究中心闹出更大的丑闻来,这才让自己暂时离开县政府发展研究中心这个是非之地?

是不是找牛县长问个究竟呢?思来想去,华年罢了这个念想。他不是一个喜欢求人办事的人,脸皮儿薄,害怕被人拒绝,害怕遇到难堪,当然了,他更不喜欢找领导,不像有的人没事儿就往领导办公室钻,尤其是在他自己成长进步方面的事情,他更羞于向领导提要求问情况,所以,犹豫了再三,他还是摇摇头,听天由命吧。牛县长如果真的是在帮他华年,如果真的是为他华年好,那也就真的是好事,如果牛县长对他华年失望了或者说生气了,不管他华年的事情了,他华年也没有什么可说,即使去找牛县长,又能如何呢?是福不是祸,是祸躲不过,万事不由人,一切都是命。

华年想到了辞职,他有个大学同学在北京一个研究所当所长,早想请华年去他那里当个部门主任。那位同学说,现在的智库机构不缺博士生、硕士生,就缺像华年这样有基层领导经验还有一定理论水平的人才,所以,那位同学极力劝说华年到他那里工作,还开出了不菲的条件,但华年一直未答应人家。现在,华年有些心动了。

四平八稳的机关生活已经关不住华年那狂野的内心,压抑着的个性早晚要有释放的空间,虽存如殁,形同朽人,活着有何意义?华年是个有理想、有情怀、有野心的人。上班这么多年来,也曾艰难度日,但从未退却,也曾黯然神伤,但从未自弃,只是这一次,他真的累了,感情的折磨,仕途的不顺,人生真的该切换频道了。

华年想到了辞职下海,自己还没有在商界待过,人生需要这份经历,需要在生意场上拼搏驰骋一番。

一阵汽车的发动机声传来,打断了华年的思绪,一辆白色的小汽车停在了路边,车上下来一男一女两个年轻人,年轻的女孩儿站在田野里,摆了个 pose(姿势),男孩儿端着相机为她拍下美好的瞬间。

这个女孩儿怎么那么像锦瑟呀,那外在的形象和走路的姿势怎么和锦瑟一样呀,难道真的是锦瑟和她那个叫作阮非的男朋友出来玩了?不可能呀,现在是上班时间,锦瑟不可能外出的,也只有自己这类"一把手"没人管没人问,相对自由,只要不出县城,不用待办公室,可以在县城内到处跑,锦瑟不可能来这里呀。

华年盯着那位美女看,越看越像锦瑟,华年情不自禁地向前走去,离那对年轻男女很近很近的时候,华年才看清,不是锦瑟,这只是华年的幻觉而已。

是啊,华年想锦瑟了,锦瑟在华年心里的位置太重要了,占得满满的。锦瑟的身影不时地出现在华年的脑海里,满眼都是锦瑟。

思念无法释怀,悲伤更甚以往,华年无法解脱,他望着远处高耸的小青山,想起山顶有一处道观——白云观,据说那里的道士道行很高,抽签看相,能指点迷津。华年不信那些,他从不找人算命,但是,现在的他实在无法解脱了,人到了无路可走的时候才可能会信命的吧,因为认命才是最好的解痛药。虽然是阿Q精神,虽然是自我麻醉,可总比一直清醒一直难受强得多。啥叫难得糊涂?啥叫钝感力?啥叫自欺欺人?这就是。于是,他抱着好奇的心理,抱着有病乱投医的心情,起身钻进车里,开车去了小青山,也就试试看看吧,权当找一个心理医生而已。

通往小青山的路都是高速路,路面宽阔平坦,这阵儿路上车又很少,华年加大油门行驶,大约十几分钟便到了小青山脚下。

小青山不高,也就一两千米,平原地区的山其实也就是土丘而已,但是小青山山上树木葱茏、风景秀丽,有诗赞曰:"青山春水气宇昂,冬寒照常绿树芳。王母瑶池泄玉带,金鱼戏游闪鳞光。田畴漠漠千里展,苑圃翩翩九天降。善男信女归来去,暮鼓晨钟乐未央。"小青山,着实是春水县难得的登高望远好去处。

华年把车停在山下的停车场,快步上了山。

小青山山顶的白云观虽不大,也就几间房,却有很多年景了。

华年顾不得欣赏小青山上秋日的美景,直接找到年长的道士,问道心经。

道士身材颀长,布衣飘飘,一把发白的胡须修剪得齐整,一副仙风道骨的模样。

"抽个签吧。"道士把竹签筒使劲晃了晃,华年向高高在上的张天师老仙君鞠了个躬,然后从发黄的签筒里抽出一根竹签,递给道士。老道士定睛一看,脸上露出喜悦的笑容:"上上签呀。"

道士把竹签递给华年看,果然,竹签上写着红字"上上大吉",再往下看,有一首诗:

不是冤家不聚头,

缘尽情绝水东流。

有魔降魔劫数尽,

天上人间惹人愁。

华年拿着竹签愣了半天:"道长,这怎么是上上大吉呢?"

道士说:"让我看看你的面相。"

华年看着道士,道士打量了一番华年,捋着飘飘的花白胡须说:"你是不是交了桃花运?"

"没有,没有。"华年矢口否认。

"骗人骗不了心,你的脸上写着,眉心带着,你被女色所误,说说你认识那个女的生辰吧。"

华年有些害怕了,这老道真厉害,阅人无数,能从人的表情读心,真不可小瞧。于是,华年报上了锦瑟的生日:1973年农历三月十六日下午两点左右出生。

华年知道锦瑟的生日,华年看过锦瑟的档案,锦瑟刚到县政府发展研究中心上班时也跟他说过她的生日,他记在了心里,再也不会忘记。

道士掐指一算,长叹一口气。

华年害怕了,问:"道长,怎么了?"

"此女不是凡人哪。"

华年一激灵:"道长,她就是一个女孩儿,很好的一个女孩儿呀,您别吓我了。"

"此女在天为仙,在地为妖,在人为鬼,命硬,见谁克谁,你命中有这一劫呀。"

"那咋办?"华年着急地问。

"人的命天注定,只可遵命行事、顺水推舟,不可有违天意、命里强求。色即是魔,你已着魔,无处可逃。"

"那您总得给我讲些注意事项吧?"华年着急地问。

"你抽的签上写着,是上上大吉,你虽然命好,但你多灾多难,有此一难,那也是没办法的事。不过这条河,不上那道坡,眼下你命中就有一道沟坎,不过,等你过了这道沟坎,你会爬到另一座山头上去,你还会东山再起,谁也挡不住你的好运。但是,你不是你身边这个女的对手,美丽是诱饵,聪明即奸诈,那是心机女,你只可远观不可近前,不该得的终将失去,该走的时候自然就走。恶人自有恶人磨,有魔降魔,你无须费心,顺其自然、听天由命就行。"

"可是,我没有,我不会……"华年有些语无伦次了。

这时,老道眯缝着眼望着远方慢悠悠地说道:"色是浮云百宝妆,贪恋娇娥不久长。董卓贪色长安死,吕布贪色下邳亡。纣王贪色江山失,幽王宠褒把命丧。世人都把美色爱,袖里藏刀暗损伤。"

华年听后若有所思地点点头。这时,只听老道又说道:"唐朝名相狄仁杰曾到京城考试,住在一家客栈,客栈主人的儿媳妇年轻新寡、长相美艳,她白天见到投宿的狄仁杰一表人才,于是心生爱意,到了晚上就主动投怀送抱。狄仁杰面对送上门来的美色虽心有所动,可他告诫自己要谨守礼节而不逾矩。他想到的是,这女子一定是披着一张美丽外皮的贼虎狼、毒蛇蝎,她要来侵蚀自己的意志、坠落自己的理想,如果上套,必定成为无耻小人,难以实现科考大计。他还想到的是,见一切色就应作不净观,在那美丽的薄皮底下,是一团糨糊般的血肉,肠胃里有腥臊的尿屎,七孔流出的是垢汗涕唾,还有口臭和体臭,假以时日,脸黄肤皱,佝偻咳喘,而死亡之时,面目青黑,蛆虫遍体,骷髅森森,还有什么可留恋念想的呢?正所谓:瓶花虽好艳,相看不耐长;色娇者亲,色衰者疏。狄仁杰就是靠此自秽心法杜绝了色欲。《红楼梦》里有个宝物叫风月宝鉴,正面照镜子看到的是美艳的凤姐,背面照镜子看到的是一具骷髅,美人即骷髅,骷髅即美人。这正像古人所说:'荷钱榆荚,飞来都作青蚨;柔玉温香,观想可成白骨。'而当一个正人君子,'花繁柳密处拨得开,才是手段;风狂雨急时立得定,方见脚跟'。避风如避箭,避色如避仇。不可不诫,不可不诫啊!"

说完，老道低头再也不言语了。

华年给了老道二百元钱，怅然下了山。

难道锦瑟不是紫霞仙子？难道锦瑟就是小时候看的那出戏《画皮》中的女鬼？难道锦瑟就是狐狸精托生的？难道锦瑟来到华年身边就是诱惑华年祸害华年的？锦瑟怎么会成为老道嘴里的恶魔呢？锦瑟又怎么可能形同骷髅、血肉模糊、肠胃腥臊、七孔涕唾，还有口臭和体臭呢？

华年想不通，百思不得其解，也许老道是胡说的吧？不过，有一点华年是认了，老道说了，这就是命啊，命中注定必然有这红尘一劫。即使老道不说，华年也知道与锦瑟想识，必是红尘一劫，至于结果如何，至于如何谢幕，华年已觉得不重要了。

"天上人间惹人愁。"爱过，就不后悔；遇见，就好好珍惜。爱本身就是一场劫难，就是男女之间奇妙的恩仇。即使是鬼是魔，即使挖心吸血，即使作白骨观，华年也认了，爱一个人，就爱她的一切，包括她不堪的模样。

一花一世界，一叶一菩提，人生原本多磨难，华年更是背负过常人不曾背负的累累伤痕，还有什么灾难不可战胜呢？锦瑟，权当是沿途路过的风景吧，人间最好的风景其实不就是感情吗？一指苍茫处，淡淡红尘香。

可是，就要离开县政府发展研究中心了，锦瑟怎么办呢？

把华年调到县地方史志办公室，说不定就是县政府办公室主任王春生在里边使的坏，说不定就是他的调虎离山之计，等华年离开了县政府发展研究中心，那锦瑟不就是他王春生嘴里的一块肥肉？锦瑟不就成了待宰的羔羊？哪还有逃离的能力和勇气？

虽然没有确凿的证据证明这里边确实是王春生使的坏，但绝不能排除王春生的嫌疑，因为跟他的利害冲突最大，而且也只有他有这么大的能量，其他的人还真做不到这一步呢，因此，还必须更加提防王春生这个笑面虎。

路旁，一位小伙子骑着电动车，女孩儿坐在车后，搂着小伙子的腰，头贴在小伙子的背上，一路开心大笑，吸引了华年的目光。多幸福呀，华年真是羡慕，要是能和锦瑟这样多好啊。但是，老道说了，那是不可能的，也是不吉利的，怎么办哪？既然锦瑟是他华年的灾星，那不如就放手吧，锦瑟已经谈朋友了，有男朋友了，就放手吧，鼓励支持他们结婚吧。也许，结婚会是一个不错的办法，结婚后，王春生也许会罢手吧。

对，就是这个主意，这是没办法的办法，虽然华年有些伤痛，虽然华年那么不甘，但华年还是打定了这个主意。对，锦瑟说得对，爱她，就离开她，不要打扰她，不要伤害她，只是远远地守望着她，随时准备着去帮助她解救她，因为只有她幸福才能让华年心安。

天色已晚，华灯初上，华年开车回到了春水县城，鬼使神差般，他又回县政府发展研究中心的办公室了。他留恋这个地方，虽然来的时间短，但他舍不得离开，因为这里有锦瑟。

华年回到办公室，办公室的同事们早已下班了，楼道里空无一人。

华年办公室的门却开着，灯亮着，锦瑟还没有走，她在打扫华年办公室的卫生。

锦瑟今天穿了一件白衬衣，下身穿紧身牛仔裤，脚蹬高跟短靴，更显得身材修长、性感迷人。华年看到锦瑟，主意就变了，不能让锦瑟走，不能让锦瑟结婚，他离不开锦瑟，以前想的那些不行，坚决不行。可是，不行又该如何呢?

锦瑟见华年回办公室了,惊讶地问:"华主任,这么晚了您怎么还到办公室来了?"

华年说:"有点事儿,就想到办公室转一转。"

锦瑟说:"您办公室的卫生我还没有打扫完,要不您先工作吧,我明天一早过来帮您打扫卫生。"

华年把公文包放在柜子里,颓然地坐在办公椅上,说:"锦瑟,别打扫卫生了,我想跟你说几句话。"

锦瑟拿着扫帚站在了屋中间,不知华年要问什么,疑惑地看着华年。

华年说:"坐呀,叫你坐呢。"

锦瑟把扫帚放在了门后边,然后坐在华年对面的椅子上:"华主任,啥事儿?"

"锦瑟,我可能要离开县政府发展研究中心了,你知道这个消息吗?"

"什么? 您要离开县政府发展研究中心了? 为什么呀?"锦瑟的嘴张成了 O 形,再也合不拢了。

"锦瑟,铁打的营盘流水的兵,工作调动也很正常,我要到县地方史志办公室当主任了。"华年当然不能跟锦瑟说什么原因,他怎么能跟锦瑟说实话呢? 有时候,善意的谎言也是一种爱呀。如果华年跟锦瑟说了实话,说是因为和锦瑟的暧昧关系被人告了黑状,锦瑟会怎么想呢?

锦瑟的眼眶湿润了:"华主任,您走了,我咋办哪?"

华年叹了一口气:"锦瑟,有我在,我保护着你,你啥心不用操,啥事儿不用愁。我走了,我真的不放心你呀。"

"华主任，您能不走吗？您跟县领导再说说呗！"

华年叹了口气说："锦瑟，你太单纯了，哪有你想的那么简单哪！你是个好姑娘，只可惜你不应该进机关哪，你的性格不适合在机关工作，你有能力，又聪明，在机关只会埋没你的才华，而且，机关人际关系这么复杂，你的性格又这么倔强正直，是个小辣椒脾气，说不好听点儿是有点儿二，不能忍辱负重，你今后咋办呢？"华年长叹一声，看着锦瑟忽闪忽闪的大眼睛，心都要碎了，窒息般地疼。

"华主任，我知道，大不了我辞职呗。我们南方现在下海的人可多了，只是北方内陆地区思想还有些保守，都拼了命往机关挤，我要不是追随我以前的男朋友到春水县来，要不是考上了咱们发展研究中心，我在我们老家，我的工作其实已经找好了，就是一家外企，我喜欢闯荡商海，那里才能找到我人生的价值。像机关这种死气沉沉的生活，像这种进来之后一眼就能看到退休的日子，我很不适应。"

华年点点头："锦瑟，我知道，你各方面都很优秀，但是，我就担心眼下你该怎么办哪！"

"什么眼下怎么办？华主任你为什么说这个问题呢？"

锦瑟考虑问题就是和别人思路不一样，别人都是问什么答什么，锦瑟却不直接回答你的问题，总是先要问你为什么提这个问题，然后她才会回答你的问题。

"锦瑟，"华年犹豫了半天，想想还是告诉锦瑟吧，如果不跟锦瑟说透，将来锦瑟被别人卖了，恐怕还不知道呢。等局面不可收拾了，就是后悔也晚了。"锦瑟，县政府办公室主任王春生一直想把你借调到县政府办公室，你知道吗?"

"你不是跟我说过嘛,怎么了?"

"他把你借调到县政府办公室,下一步该怎么了,你难道不清楚吗?你那么聪明一个女孩儿。你说他最近对你怎么了?"华年没好气地说。

"这个混蛋,我跟他拼了。"锦瑟杏眼圆睁,两只小拳头也攥紧了。

"锦瑟,先消消气,别激动啊。"

"那你说该怎么办?"

"怎么办?我给你出个主意,你可千万别生气。"

"我不生气,快说,啥妙计。"

华年犹豫了半天,从牙缝里蹦出两个字:"结!婚!"

"结婚?华主任,您是说让我结婚吗?"锦瑟大呼小叫地说。

"是啊,结婚,你一结婚,王春生可能就对你失去了兴趣。而且,你可以请婚假,半个月,然后再生小孩儿,休产假,三个月,他就没机会了。而且,据我所知,王春生在县政府办公室主任这个位置上也不会干太长时间,他整天上蹿下跳地想提拔,凭他那无孔不钻的伎俩,他调走也是指日可待的事。等他调走,这事儿不就风平浪静了吗?"

锦瑟哀怨地问:"华主任,你就那么想让我结婚吗?"

华年沉默了。

这个时候,整个大楼异常安静,静得喘口气都能听得见。华年怎忍心让锦瑟结婚哪?但是,为了锦瑟的幸福,为了照顾好锦瑟,他也只有这样想了。对一个人,什么是真爱?什么是喜欢?喜欢一个人,可能就是为了占有,为了得到,然后,就是厌倦,就是冷落,最终是抛弃。而真爱一个人,虽然也想得到她,也想占有她,但是,即使得不到她,即使占有不了她,还依然对她好,为她着想,要她幸福。

锦瑟哭起来了,趴在办公桌上不停地抽泣。锦瑟哭得梨花带雨,那可怜的模样更加娇俏动人,华年心痛不已。

华年站起来,拿了一沓抽纸来到锦瑟身后,锦瑟身上散发的薰衣草的香味令他着迷。

窗外的霓虹灯闪烁迷离,华年的心也在激烈地跳动,想到就要离开县政府发展研究中心了,想到就要彻底离开锦瑟了,想到锦瑟就要结婚了,想到此后再难和锦瑟在一起了,想到这一生还能不能再见到锦瑟还是个未知数呢,华年犹豫了好一阵子,他突然热血沸腾,失去了理智,他扔掉抽纸,弯腰搂住了锦瑟,使劲儿把锦瑟拉起来,紧紧把锦瑟抱在怀里。

没承想,锦瑟拼命反抗:"别这样,华主任,别这样,华主任……"

华年却把锦瑟抱得更紧了,低下头想亲吻锦瑟。锦瑟的头摇得像拨浪鼓一样,两只手用劲捶打华年,华年身子往后一退,锦瑟挣脱开哭着跑了出去。

"锦瑟,锦瑟……"华年追了出去,锦瑟已哭着跑下了楼梯,消失得无影无踪。

华年急忙拨打锦瑟的手机,手机没人接,华年继续打,反复打,一直打,锦瑟的手机刚开始还处于无人接的状态,没过多久,手机关机了。

华年又羞又悔,无力地回到办公室,然后,在办公室里来回不停地跺脚,走来走去。

华年使劲儿打自己的脸,"呸呸呸!"华年真恨自己,连他自己都深感意外,真是发了烧、昏了头,这是犯了哪门子神经呢?

锦瑟多可怜哪,锦瑟正在伤心落泪的时候,华年他却乘人之危,欺负人家一个小姑娘,不,准确点儿说是性骚扰。唉,自己什么时候变得这么坏?变得这么卑鄙无耻?

锦瑟会不会出什么意外呢?她是那么刚烈一个女孩儿,自己是她心中的依靠,锦瑟从来把自己当作最信任的人,现在可好,锦瑟最信任的人竟然欺负她,竟然对她动手动脚,她锦瑟该多痛心多绝望呀。

锦瑟呀锦瑟,你可千万别干傻事儿呀,千万别出什么意外呀。

华年知道锦瑟在哪儿租房子住,华年开车去找锦瑟了,但是,来到锦瑟租住的小区,来到锦瑟家门前,任凭华年使劲敲门,屋里始终无人应答。华年趴在门上仔细听,屋里好像没有动静。就这么待了一个多小时,对门邻居不耐烦了,探出头用审贼的眼光仔细打量着华年,问华年:"你是哪儿的?干啥的?为啥一直敲门?再不走我报警了。"

那恶狠狠的眼光让华年不好意思,华年连说:"对不起,对不起。"

对门的邻居关上了门,临了还说了句:"神经病!"

华年失望地走了,他感到天塌地陷,像死前的节奏,脚步像灌了铅一样格外沉重。

第二天一大早,华年就来到了小公室,他从秘书股的门口经过,特意伸头看了看锦瑟的办公桌,却空无一人,正像他的心情一样也空落落的。

华年进了秘书股,股长苗叶坐在办公桌前并没有起身,可能是她知道华年要调走的事了吧,再不似以前那样见了华年诚惶诚恐的样子了。

苗叶问："华主任,有事儿吗?"

华年说："没事儿,锦瑟呢?"

苗叶一脸怒容："不知道,说来就来,说不来就不来,谁知道她干啥了?打她手机关机,你说这年轻人哪——"

华年没说话,回自己办公室了。

锦瑟依然没有踪影,华年心烦意乱,他生怕锦瑟做出傻事,于是还是委托在公安局当副局长的那个同学帮助找锦瑟。公安局的那位同学说,查了飞机场、火车站、汽车站的旅客信息,锦瑟没有去这些地方,查了手机定位,锦瑟就在县城范围内,其间她还发了几个信息,打了几个电话,估计没啥事儿,要不再等等看吧。

再等等看吧,只有这样了。华年却不能再等下去了,县委组织部通知华年到新单位报到了。县委组织部的一个副部长要亲自送华年去县地方史志办公室上班,县政府发展研究中心已没有华年的位置了。

第十一章　心雨

　　锦瑟其实哪儿也没有去,没有离开春水县,她去她男朋友那里了,和她男朋友同居了。

　　锦瑟的男朋友阮非,是理工男,在阮非身上,锦瑟虽然再也找不到她以前的男朋友的感觉,那种离不开忘不了的依赖,但是毕竟阮非不烦人,锦瑟看到他还有好感。特别是华年突然欺负了锦瑟,锦瑟觉得天都要塌了,她喜欢华年,但她不想和华年发展更深的关系,她知道,华年已经有家室了,她跟华年在一起不会有未来,她是个绝顶聪明的女孩儿,她怎么会为爱痴狂呢?

　　锦瑟曾说她非常羡慕林徽因,美丽优雅,聪慧机敏,才气逼人。锦瑟曾对比阮非和华年,如果阮非是梁思成,她多想华年就是那位金岳霖。林徽因和梁思成结了婚,但她心里住着金岳霖。林徽因是幸福的,她有两个男人爱着她、关心着她、保护着她,一个在家里,一个在家外。在错的时间相遇,只有以对的方式相伴,那就是林徽因和金岳霖。其实,林徽因还有一个知音,那就是大名鼎鼎的徐志摩,可惜,徐志摩英年早逝了,在林徽因的心里,偶尔也会想起徐志摩。

只是,只是这些想法锦瑟还没有来得及和华年深谈,没有向华年表白,意外就发生了,华年竟然强吻她,那么霸道地示爱,她心都碎了,她的精神崩溃了,她心目中伟大的华年变成了小人。不就是贪图她锦瑟的美貌吗?不就是一道貌岸然的伪君子吗?终于露出了真面目,其实也是隐藏得更深的恶魔、臭流氓。天下的男人为什么都是这副德行?为什么都是冲着身体而不是感情?难道男女之间就没有纯粹的友谊吗?

锦瑟在春水县孤苦无依,在最无助和最痛苦的时候,她投入了新任男朋友阮非的怀抱,毕竟这是可以结婚的男人哪,虽然不是特别满意,但锦瑟已经26岁了,到了恨嫁的年龄了,步入了"剩女"的行列。给锦瑟介绍对象的人很多,但锦瑟要的是感觉,只要看着顺眼,只要不烦人,只要还能爱,就这样吧。

阮非虽是理工男,却也有几分文采,与锦瑟还能说到一起去。于是锦瑟渐渐地爱上了阮非。华年强吻锦瑟,这起意外成了锦瑟和阮非关系突飞猛进的催化剂。那天晚上,锦瑟从办公室逃出来之后,哪儿也没去,她能去哪儿呢?偌大的春水县,没有一个亲人,没有一个依靠,她哭着打通了阮非的电话,去了阮非家,当晚就和阮非住在了一起。

锦瑟没有上班,她恨华年,华年的N个电话和信息她一概不回,这辈子她再也不见华年了。她听说华年要离开县政府发展研究中心了,她不想再让华年管她了,她也知道等个两三天华年就会离开县政府发展研究中心的,所以,她就是不去上班。

华年走了,陈大顺副主任临时主持县政府发展研究中心的工作。

秘书股股长苗叶终于拨通了锦瑟的电话,对着锦瑟劈头盖脸地一顿训骂:"你想干不想干?不想干你给我滚,什么玩意儿?不上班,打电话还不接,臭不要脸的,你以为你是谁?你以为巴着领导你就上天了?"

因为华年走了,因为锦瑟没有靠山了,苗叶心里这口恶气是要出来的。

锦瑟拿着手机,听着苗叶的辱骂,神情麻木,头脑一片空白。秀才遇见兵,有理说不清,锦瑟是天上仙子下凡,遇到了苗叶这样的泼妇,她真的不知道该怎么办好了。不知道苗叶骂了多长时间,只记得苗叶说明天给我来上班,不来就开除你。

锦瑟哭了,趴在床上哭得昏天黑地。

阮非坐在一边,只是唉声叹气。阮非毕竟是个理工男,在县城乡建筑设计院搞设计,也就是个高级打工仔,人际关系有限,协调处理问题的能力更是一般,他帮不了锦瑟。

依锦瑟"二"的性格,锦瑟直想冲过去和苗叶拼命,但其实锦瑟的性格是外硬内软,别看她有时候爱发脾气,其实还是胆小怕事的女孩儿,真的到了大事上,她真的没了主见,真的好害怕。

阮非递给锦瑟一片餐巾纸,锦瑟一把推开了,她现在需要的是有人帮她出主意,帮她出这口气,而不只是唉声叹气和软绵绵的温情。

锦瑟想到了华年,要是华年在身边该多好呀,华年一句话就会给锦瑟指点迷津,华年的一个电话就能使锦瑟转危为安。有华年的日子里,在华年的呵护下，锦瑟像个快乐的小鸟，在天空自由自在地飞翔。可是，如今，华年在哪里？锦瑟想华年了，但她又恨华年。想起华年，锦瑟哭得更厉害了。

有爱不能爱，锦瑟其实也很痛苦。没有了华年，以后她锦瑟的日子该咋过呢？

锦瑟哭够了，已是半夜时分。锦瑟下定决心要辞职了，她刚把自己的这个想法跟阮非一说，阮非一下子跪在了锦瑟的面前。

锦瑟有些鄙视阮非，这是一个软男，但也只有选择依靠这个软男了，因为自己和他是恋人了。

第二天，锦瑟上班了。

刚上班，就被临时主持工作的陈大顺副主任叫到办公室了。

陈大顺副主任两眼色眯眯地盯着锦瑟，看的时间长了，眼圈都有些发红了。

锦瑟说："陈主任，您要是没啥事儿，我就先回去了。"

"回去？回哪儿？要服从组织，要讲规矩守纪律，懂吗？"

锦瑟摇摇头，说："我不懂。"

"不懂要学。啊，你不懂的事儿多着呢，你看你，来我办公室，不拿笔，不拿本，我说的话你都能记得了吗？好记性不如烂笔头，就凭你到我办公室来不拿笔不拿本这个事儿来说，你就不懂机关规矩，你就不知道尊重领导，啊？"

锦瑟低着头一声不吭。

陈大顺接着说："咋不说话了？小姑娘，你得好好学着哩。不过呢，今天我找你来是有事儿的,告诉你吧,你有好事了。"

锦瑟一脸茫然:"陈主任,我能有什么好事儿?"

"什么好事儿?县政府办公室主任王春生亲自要你。"

锦瑟一听,脸色大变,陈大顺自知说话欠妥,接着说:"呃,我还没说完呢,看我只说半截话,是要你,噢,不对,不是要你,嗨,实话说了吧,是要你到县政府办公室工作,这不是好事吗?"陈大顺身子往办公椅上一靠,两条腿跷到了办公桌上,抿了抿没有多少头发的小头,终于把话说完整了,他得意地"嘿嘿"笑起来。

"我不去。"锦瑟抬起头倔强地说。

"不去?你说不去就不去?不服从组织决定,处分你,开除你。"陈大顺坐直了身体,吃惊而且愤怒地说。

"处分我开除我我也不去。"

"好啊,你以为现在还是华年当主任吗?你看清了,现在是我在主任办公室坐着,我叫陈大顺,我不叫华年。"陈大顺这次不是坐直了身子,而是把身子向前倾斜得几乎贴上了桌面。

"我知道您是陈主任,反正我不去。"

"好吧,你等着瞧,我就不信胳膊能扭过大腿。"这次,陈大顺站了起来,两只手撑在桌面上,像一只斗鸡,伸着头,瞪着眼。

锦瑟不理他,站起来径直走了。

锦瑟回到了办公室,秘书股股长苗叶一看就知道是咋回事了,凑到锦瑟跟前:"哟,谁惹我们锦瑟公主了?是华年华主任吗?可惜那粗大腿断了,哈哈哈哈哈……"

锦瑟坐在电脑屏幕前,对着电脑发呆,是啊,华年华主任不在了,她锦瑟以后的日子该咋过呀?锦瑟真想辞职,可是到哪里呢?还回老家吗?可是自己有男朋友阮非了,阮非愿意跟自己回老家吗?

锦瑟想起了华年劝自己的话,华年要她锦瑟结婚,华年考虑问题还是比较老到的,他的想法是对的,没有华年的日子里,她锦瑟就像一个无助的羔羊,与其等着任人宰割,不如自己早点儿想办法逃脱,如果说回老家不现实,那么结婚也不失为一个摆脱王春生纠缠的好办法。

虽然她和阮非的感情还没有达到那一步,虽然她还不想和阮非结婚,虽然阮非多次请求和她结婚,虽然她始终还没有想好是否结婚,但现在看来,也只有结婚了,也只有和阮非结婚了,这就是命,这就是缘,这就是劫数,这就是八字,这就是人生。

苗叶说:"锦瑟,给你压个担子,分个任务。"

锦瑟没好气地说:"啥任务?"

苗叶说:"写一篇关于农业大县如何实现工业化的文章。"

"我?我刚上班,啥都不知道,我不会写呀。"锦瑟无奈地说。

"不会写才给你压担子呢,你不写,啥时候才会写呀?"

"可是……"

"可是什么?在机关工作,首先要讲政治,要服从组织,服从领导,谁是组织?谁是领导?我就是,你明白吗?"

锦瑟说:"组织,领导,您说吧,咋写?"

"咋写?笑话,是你写还是我写?不给你说那么多了,这篇稿子呢是陈主任亲自安排下来的,点名要你写的。"

"我刚从陈主任办公室出来,他咋没说呀?"

苗叶愣了一下,接着说:"一级管一级,一级对一级负责,这是机关的规矩,工作上的事儿,陈主任安排给我,我再安排给你,私生活的事儿,可以一竿子插到底。"苗叶说完,哈哈笑起来。

锦瑟一声不吭。

苗叶说:"晚上加个班,明天一早交给我。"

"什么?明天一早就给你?"

"是啊,这有什么奇怪的吗?在机关工作就是这样,领导说啥时候要就啥时候要,没有讨价还价的余地。"

"那我干不了。"

"干不了?你以为还是华年在这儿的时候吗?告诉你吧,看在华年的分儿上,大家都让着你,以后,你别再做梦了。我告诉你,这篇稿子,5000字以上,明天一上班交给我,要是不交的话,就交检查吧。"

锦瑟趴在桌子上哭起来。

她想华年,要是华年在,她还会受这样的窝囊气吗?华主任哪,华主任,你在哪里呀?

锦瑟想打华年的电话,那串早已烂熟于心的电话号码,已成为锦瑟心头的最爱,可是,锦瑟几次按动电话键,按到一半都又停下了。她恨华年吗?她恨华年,但她也理解华年了。什么是爱?爱到深处,总是想占有,华年也是个男人,他也不会免俗,要不,他还是男人吗?

她爱华年吗?不,她不爱华年。确切地说,她不敢爱,她不敢走出这一步,她不愿走出这一步,她怎么能当"小三"呢?她怎么能破坏华年的家庭呢？爱他,就应该祝福他,就应该让他过上幸福的生活,而不是让他活得那么憔悴不堪。

锦瑟是个聪明的女孩儿,也是个理智的女孩儿,即使在这最痛苦无助的时候,她还是没有拨通华年的电话,她哭了很长时间,哭够了,然后,坐在电脑前开始写苗叶安排的那篇文章。

天黑了,锦瑟到街上小卖部买了包方便面泡泡吃了,继续写,写到晚上10点多,打了个的回家了,她知道,在这个空荡荡的大楼里,她一个女孩儿加班并不安全,她回到阮非家继续挑灯夜战。

阮非帮不上她的忙。阮非为锦瑟做饭倒水,很是殷勤,只是无法用语言沟通,更无法帮锦瑟写材料干工作。

锦瑟写到天亮,终于写完了,揉了揉眼睛,洗了把脸,刷了牙,阮非把早点已经准备好了。

锦瑟简单吃了点儿东西,然后,把写好的文稿装到背包里,无精打采地骑着自行车上班了。

到了上午9点,苗叶还没来上班,问同事,都说不知道她干啥了。锦瑟好生奇怪,催得那么急,怎么现在稿子写好了,反倒不见她苗股长的影子了?

锦瑟昨晚一夜没睡,脑子不冷静,一冲动,拿起文稿找陈大顺去了。苗叶不是说这个稿子是陈大顺主任交代苗叶要锦瑟亲自写的吗?现在写好了呀,见不到你苗叶,就直接交给陈大顺主任吧。

锦瑟敲开陈大顺办公室的门,陈大顺见是锦瑟,有些激动,歪着头,用手梳了梳没几根毛的小光头,一脸温柔地说:"啊,锦瑟,找我是想通了?"

"陈主任,您让我写的关于农业大县如何实现工业化的文章我写好了。"

"什么?"陈大顺一头雾水。

"您不是交代苗股长说让我写一篇关于农业大县如何实现工业化的文章吗?还要我连夜加班写出来,这不,按您的指示,我连夜加班写出来了。"

"这个,我啥时候给苗股长说这事儿了?"陈大顺更是迷惑。

"您没有交代苗股长说让我写一篇关于农业大县如何实现工业化的文章吗?还要我连夜加班写出来?"锦瑟有些恼了。

"没有,没有。"陈大顺使劲儿摇摇头。

锦瑟转身就走了。回到办公室,见苗叶还没来,立即打通了苗叶的电话,问:"苗股长,您交代我写的那篇关于农业大县如何实现工业化的文章,我写好了,你看咋办?"

"噢,你写好了?这么快?先放我的办公桌上吧,我一会儿就上班。"

"要不我先送给陈主任看吧?"

"送给陈主任看?你要懂规矩,不能越级,你哪有权力找陈主任哪。"

"但是刚才陈主任打电话催这篇稿子了。"

"催这篇稿子?不可能,他就没有安排这回事。"电话那头,苗叶自知说错话了,急忙纠正,"噢,他要催也只会催我,他不会催你,他要是打电话催,你就让他找我,让他找我,听到了吗?"

锦瑟听到这里,算是彻底明白了,这是苗叶在耍她锦瑟呀,在给她穿小鞋呀。辛辛苦苦写了一个晚上,累得要死要活的,却原来根本就没这回事,锦瑟气得直想跟苗叶干一架。

"苗股长，别骗我了，我已经见到陈主任了，陈主任根本就没有安排这项工作，你能解释一下这是怎么回事吗？"

电话那头，苗叶哈哈笑起来，笑足笑够了，这才上气不接下气地说："噢，哎呀，是这样，锦瑟，我看你刚来，想让你练练笔，想给你压担子，所以就给你安排了这项工作，这是为你好，这就像在部队新兵操练一样，是为了锻炼你。"

"你以后少这样锻炼我！"锦瑟啪地把电话摔到办公桌上，"他妈的，我不干了，我不伺候你们这帮臭流氓了！"

陈大顺临时主持县政府发展研究中心工作以来，每周一早上都要开例会，全体人员都要参加。陈大顺参加工作以来，从来都没有当过正职，从来都是个副的，从来没尝过当"老一"是啥滋味。这次，别管是不是正儿八经正的，反正只要让主持工作，那就是正的。所以，陈大顺非常热衷于开会，坐在主席台中间，讲讲话，下边的人要么专心致志地听，要么奋笔疾书地记，这个感觉，的确爽、得劲、痛快、无上光荣，当个"一把手"就是好哇！

这天是周一，陈大顺又要开例会了，这次有个重要任务，那就是狠狠地批一顿锦瑟。这个死妮子，跟华年有着说不清道不明的暧昧关系，也太不像话了，何况，现在华年已经调走了，现在是他陈大顺的天下，县政府办公室主任王春生点了名，要把锦瑟抽调到县政府办公室，她竟敢不听话，搞得陈大顺很是下不来台，将来跟王春生主任怎么交差呢？陈大顺现在主持工作，能有今天，多亏了王春生主任在县长大人面前美言。下一步，陈大顺还想转正呢，还想当个名正言顺的县政府发展研究中心主任呢，这能离得了王主任的鼎力相助吗？投桃报李，王主任安排的事儿，怎么着也得不折不扣地完成呀，谁知道，在锦瑟这里竟然碰了钉子，可把陈大顺给气坏了。所以，陈大顺要借着开全体会的机会，教训锦瑟一番。不过，在准备收拾锦瑟之前，陈大顺也了解了锦瑟的底细，锦瑟在春水县没有一点儿背景和后台。锦瑟来春水县政府发展研究中心工作大半年时间了，她也只是抱上了华年的大腿，其他大领导，还倒真没听说过有谁跟锦瑟关系暧昧。所以，陈大顺不怕了，他要放心大胆地收拾锦瑟了。

会议开始了，先由其他两位副主任每人念了一份文件，算是学习了一番，最后，由陈大顺做重要的总结讲话了。

陈大顺先咳了几声，清了清嗓子，接着喝了口水，润润喉咙，然后，开始讲话了。陈大顺平时没机会讲话，所以非常珍惜每一次讲话的机会，总要先讲大的形势，从国际到国内再到省内再到市内再到县内，反正把这一周报纸上看到的重大新闻都要复述一遍。然后，就要讲县政府发展研究中心内部的形势了，要对上一周的工作做个点评，对本周的工作做个安排部署。这些老生常谈的程序进行完之后，陈大顺开始说他心里的正事儿了，陈大顺说："同志们哪，大家都是好同志呀，工作都干得不赖呀，生龙活虎，虎虎生威，熊着呢，我看了心里喜欢着呢，但是呢，我发现有些同志可不是这样呀，我很气愤哪。有一个女同志，我不点名字了，反正这个女同志太不像话了，你说你　个还没结婚的大姑娘，就传出这么多绯闻，你丢人不丢人哪？反正我是觉得丢人。还不听我的话，你以为你是老几呀？你以为还是以前的领导在这儿的时候吗？识时务者为俊杰，现在是我在主席台上坐着，你再不服气，你也没办法呀，要不你把我哄下台来呀，恐怕你没那个本事，所以,我坐这个位置上,你就要听我的,不听我的还就是不行。我丑话说头里,念你是个女的,是个没结婚的姑娘,我给你留着面子呢,你把你那死脑筋趁早转过来,不然的话,有你好过的。"

陈大顺说这话的时候,一直看着锦瑟,锦瑟的头低得直想趴在桌面上,大家也都扭过头,都在瞅锦瑟。其实,大家心里明镜一样,都知道陈大顺指桑骂槐说的是锦瑟,县政府发展研究中心就这二十几号人,女的也就那七八个,没结婚的也就两三个,那说的是谁?谁跟华年关系好?

这些机关的人哪,跟底下的普通老百姓真的不一样,那些所谓的粗人、下力人说话直通通的,不会拐弯抹角,可这些坐机关的人,别看不吭不哈,可就是花花肠子多,心眼儿多,说话不是直着说,净让你猜,累得你半死。看似漫不经心的几句话,其实比当面鼓对面锣地骂一通还让人难受。

陈大顺停了几分钟,看看大家的反应,会场上是鸦雀无声,尤其是锦瑟,低着头,大气不敢出,陈大顺的底气更足了,心里那个美呀……一个字:美;两个字:得劲。

其实,陈大顺说这话的时候,他也考虑了好几种可能,比如,锦瑟会不会突然站起来和他对着吵,如果出现这样的突发事件该怎么办? 各种可能性他都分析了,风险评估他也进行了。他曾经听说过有个县直单位的"一把手"在台上讲话,正讲着呢,一个中层干部站起来了,说:"你这球货瞎呲啥哩? 你真扯淡。"大庭广众之下,遇到这种事儿,这位"一把手"当时就晕了,好一阵没有缓过来劲,只是说:"有啥回头咱再说。"搞得非常丢人。所以,陈大顺开全体会开例会,也是能不批评人就不批评人,他开会就是瞎吹一番。好在县政府发展研究中心都是文人、秀才,那些很无赖的人倒没有,他开了几次会,都很顺利,于是他有了底气,所以,他今天鼓足勇气狠批一把锦瑟,结果,效果还挺好,那个锦瑟这下可是服服帖帖地不说话了,陈大顺心里好不得意。

观察了一番动静,见没什么异常,陈大顺说:"就这吧,今天散会吧。"

于是,大家伙儿站了起来,但没人敢走,要等陈大顺先走,然后,按照班子成员的排序,逐个走了之后,下边的同志才敢离开。这是规矩。在机关工作,啥都得讲规矩,别管是吃饭、散步、说话,啥都得讲究个大领导、二领导、三领导,一切按组织部门下文时的排序进行。

回到办公室,锦瑟趴在办公桌上开始哭,但县政府发展研究中心的人没一个人上前劝她,因为华年主任不在了,现在是陈大顺副主任主持工作了,大家的眼睛明亮着呢,这个锦瑟已经失势了,不落井下石已经是好人了。像那苗叶,坐在办公桌前,不知道跟谁在打手机,乐得合不拢嘴,笑得花枝乱颤。同在一个办公室,一个哭得像死了人一样,一个乐得像结婚拜天地一样。

陈大顺打电话让苗叶去他的办公室一趟。苗叶对手机那头的人说:"乖,头儿找我呢,回头再聊啊,嗯,拜!"

苗叶来到陈大顺办公室。陈大顺问苗叶:"苗股长,我讲话讲得咋样呀?"

"嗯,还是陈主任讲话水平高,瞧那个华年,啥水平?"

"哈哈哈哈,以后跟我学着点儿,服务好,往前我要是能扶正了,咱发展研究中心就空出一个副主任的职位了,我会想办法把你推上去的。"

"谢谢陈主任。"

"咋谢呀？光嘴上说不行呀,要说实话办实事。"

"那当然了,只要办成,有奖励。"

"呃,现在都是先送礼,再办事的。"

"那不行,我的规矩是先办事,后送礼。"

"好好好,算你能,那就先办事后送礼吧。"陈大顺笑笑说,"一言为定,一言为定。刚才是开玩笑的,现在说个正经事,锦瑟现在咋样呀?"

"想她了?"苗叶嘴一撇,不高兴地说。

"说啥话?像她那又硬又倔不开窍的死妮子,我恨死她了,还想她?她做梦吧。我是说她现在状态咋样。"

"咋样?正哭呢,哭半天了。"苗叶捂着嘴偷笑起来。

"好啊,好啊,时机到了。"

"啥时机到了?你啥意思呀?"苗叶杏眼圆睁。

"我说苗叶,你现在就去劝她,跟她谈心,就说你看现在是陈主任主持工作,陈主任短暂过渡,很快就会当主任,陈主任明显不喜欢你,你呀,早点儿想办法离开这里吧,听说县政府办公室王春生主任很欣赏你,想把你抽调到县政府办公室去,下一步,还要把你正式调到县政府办公室去,你何不赶快离开这里?何不抓住机会到县政府办公室去呢?"

"噢,原来是这个主意呀,你是欲擒故纵,你是想办法逼着锦瑟到县政府办公室去的呀,你还怪能哩!"苗叶站了起来,指着陈大顺的鼻子说。

陈大顺只"哼哼"一笑,不吭声。

苗叶其实早想把锦瑟赶走,陈大顺这样说,正中她的下怀:"好吧,我现在就去说。"

苗叶扭着腰肢回到秘书股,锦瑟还趴在桌上抽泣,秘书股还有两三个年轻人,大气不敢出,都在专心看电脑。

苗叶说:"你们几个先出去下,我和锦瑟说两句话。"

那两三个年轻人巴不得赶快离开这尴尬之地,纷纷站起来出去了。

秘书股只剩下锦瑟和苗叶了,苗叶搬了把椅子坐到锦瑟身边,说:"锦瑟,小姑娘,妹子,别哭了,有啥大不了的事儿呢?跟我说,我帮你。"

锦瑟不知道听没听到苗叶说话,反正还是掩面哭泣。

苗叶其实早就不耐烦锦瑟了,更没耐心劝她,只是陈大顺交代了,所以她才假惺惺地劝锦瑟两句,见锦瑟毫不领情,于是,她失去了耐心。

苗叶说:"锦瑟,小姑娘,小妹妹,别哭了,我给你提个建议,你看,现在咱们发展研究中心是陈主任主持工作,华年已经不在这里了,以后你的日子该咋样你比我清楚,所以呀,我觉得,人吧,惹不起躲得起,惹不起的是是非,躲得起的是灾难。发展研究中心这地方你也别待了,这不是啥好地方,别人看不起,社会上没地位,自身又没前途,一眼就能看到老,到老也就如此,真的没意思,我是老了,没人要了,我要是像你这样的年纪,县政府办公室要是点名要我,我非要想办法离开这个地方不可,我一天也不想在这里待下去了。"

苗叶说完,看看锦瑟,锦瑟还是老样子,还是抽抽搭搭的,苗叶也不管她听不听了,只管说:"所以,锦瑟呀,现在县政府办公室想要你,这可是千载难逢的好机会呀,机不可失,时不再来,你就抓紧离开这里吧,反正你在这里以后没有好果子吃,你说我说得对不对?"

锦瑟还是在哭,于是苗叶放大嗓门说:"我说的话你都听好了,都是为你好的,听不听在你,要是不听呀,你敢情等着哭吧,以后哭鼻子的时候多着呢,就这吧,你想想吧,明天给我个话,人家县政府办公室那边等着呢,你要是真不去,人家可不等你了,全春水县多少人挤破头想进县政府办公室呀,你别给脸不要脸。”

苗叶说完,不再理锦瑟了,打电话把刚才那几个年轻人又挨个儿叫了回来,各干各的事儿,随她锦瑟爱哭哭吧。

第二天,锦瑟来找苗叶了,一手拿着大红请帖和一包瓜子、水果糖,一手拿着请假条。苗叶一看就愣了:“锦瑟,你这是干啥?”

锦瑟说:“苗股长,我昨天和我未婚夫办了结婚证,准备国庆节结婚,这是送给您的请帖,然后,我请婚假,这是请假条。”

苗叶一听,杏眼圆睁,直想上去扇锦瑟两个大嘴巴,好呀你锦瑟,你这骚狐狸精点子不少呀,心机很深哪,刚说让你到县政府办公室借调工作,你就说你要结婚,还要请假,这不是软磨硬顶吗?

苗叶怒冲冲地说:“这么快结婚证就办下来了? 是下午办的吧。咱这儿的规矩,下午可是不兴办结婚证的呀,只有二婚才在下午办结婚证的。”

锦瑟听了,气不打一处来,说:“这是你们这儿的规矩,我们南方的规矩就是下午办结婚证。”

苗叶说:“你们南方比我们北方先进、发达,不过呢,还是要祝贺你,找的啥玩意儿呀,看把你美的。这事儿是大事儿,我得跟陈主任汇报汇报,至于准不准假,我做不了主。”

“我结婚请假都不行吗? 你们还有没有人情味?”锦瑟恼了,跟苗叶干上了。

"锦瑟,你真是给脸不要脸了,你以为你是谁呀,你以为还是华年在这儿吗?告诉你吧,华年灰溜溜地滚蛋了,你的大腿断了,你再不识相,你以后走着瞧!还敢跟老娘我发脾气,再说一句看我不抽你!"

苗叶可是个泼辣的主儿,再说了,十八能不过二十,锦瑟哪是她的对手?锦瑟低下头不言语了。苗叶一看锦瑟服软了,更加得意了:"滚一边儿去,少在这儿烦我。"

锦瑟回到自己的办公桌前,又趴在办公桌上哭起来。苗叶更加不耐烦了:"整天哭哭哭,跟死了人一样,霉气人,再哭滚外边去。"

锦瑟不哭了,苗叶去找陈大顺了。陈大顺一听,着实吃了一惊,看来这个锦瑟是真的不愿意去县政府办公室呀,这可咋办呢?陈大顺也是个老油条了,遇到困难事儿,他也不敢担待,最好的办法,还是向县政府办公室主任王春生汇报吧。

陈大顺跟王春生打通了电话,说锦瑟要结婚了,就定在国庆节,还请了婚假,估计暂时去不了县政府办公室了。

电话那头,王春生恶狠狠地说:"好哇,好,好得很!"电话便挂断了。

陈大顺长出了一口气,对苗叶说:"就这吧,咱的任务完成了,锦瑟这一招也让咱俩解脱了,人家不想去,人家要结婚,你总不能不让人家结婚吧。就这吧,准锦瑟的假吧,这事儿就此打住,以后再说。"

锦瑟要结婚了,而且是国庆节,满打满算也就只剩一周的准备时间了,不知道锦瑟赶这么紧干啥?县政府发展研究中心的同事都在打听,但这事儿打听不出来，因为锦瑟在春水县没有啥至亲故友，锦瑟也不善交往，朋友也不多。虽然大家心里都纳闷，但有些事儿属于个人隐私，不打听也罢，每个人活得都相当不易，哪还有闲心管别人呢？只是到时候随个礼吧，至于参加不参加婚礼，那要看陈大顺副主任的态度了，要是陈主任大驾光临，那肯定要去，要是陈主任不去，那就免了吧，毕竟锦瑟是个特殊人物，在这个特殊时期，像锦瑟这样的女孩儿还是敬而远之的好。

锦瑟要结婚了，锦瑟想想是否告诉华年，她不知道华年现在怎么样了，她挂念华年。华年这个时候肯定心里很难受，毕竟不是被重用呀。这时候这事儿还是不告诉华年吧，权当没有认识他，以后也权当是路人吧。

没承想，华年打电话过来了，锦瑟犹豫了半天没接，不承想，华年不停地打，锦瑟鬼使神差地不由自主地接通了电话。

"喂，锦瑟，听说你要结婚了？祝贺你！"华年在电话那头说。

锦瑟哭了，没有华年的日子，锦瑟多难熬呀。华年离不开她锦瑟，其实，锦瑟何尝离得开华年哪？阮非是她的未婚夫，不，已经是她的丈夫、爱人了，但，即使锦瑟遇到天大的委屈，阮非也只是劝她"别理他们，他们是流氓"，仅此而已，没有一点儿主意和主心骨，要么阮非还会说："这事儿就看你了。"什么叫就看你呢？当个丈夫，当个男人，什么事不敢出头，让自己的老婆出头露面，自己的老婆被人欺负，大气不敢出一声，一点儿办法都没有，这样的丈夫、爱人，真的让人无语。但是，这又有什么办法呢，锦瑟已是"剩女"，又身处这样的环境，只有瘸子里边挑将军，将就着找个看着顺眼的男的结婚吧。

锦瑟装出很高兴的样子说："是啊，华主任，我们定在 10 月 1 日结婚，就在春水大酒店,到时候你一定来呀。"

华年说:"我国庆节要外出旅游,可能去不了了,我打电话的意思就是向你表示祝贺,然后我想给你送一份彩礼。"

华年一激动,把贺礼说成了彩礼。

锦瑟说:"你能给我什么彩礼?"

华年无语了。他能给锦瑟什么彩礼呢?他能娶锦瑟吗?他能给锦瑟这个承诺吗?

于是,华年改口说:"噢,我让我的司机何勇给你送去一千块钱的贺礼。"

"华主任,我想让你来参加我的婚礼。"锦瑟说这话的时候,有些想哭了。她真的想让华年来,华年是她的主心骨。有华年在,她心里特别踏实,无忧无虑,快活得像一只小鸟。没有了华年,她心里空落落的,一片怅然。

电话那头,华年没有作声,可能是华年也在做激烈的思想斗争,最终,华年还是说:"锦瑟,祝福你,我就不去了,虽然我也很想去,但是,看到你跟别人结婚,我感情上承受不了,请你理解。"说完,华年挂断了电话。

华年其实这个国庆节哪儿也没有去,仕途上受到了挫折,他心里不好受,他自感没脸见人,他哪有心情旅游?华年确实是个脸皮儿薄的人,从小就爱脸红、害羞,遇到生人不敢说话。年龄这么大了,虽然脸皮有些厚了,但是羞耻感强的本质还是改不了的。

这个国庆节,华年哪儿也不去,其实还有一个很重要的原因,就是他还记挂着锦瑟。锦瑟要结婚了,他不想去,但他又想去,他不放心锦瑟,他知道锦瑟在春水县无依无靠,她找的爱人阮非又只是个工程技术人员,很多事情是帮不上锦瑟的,尤其是县政府办公室主任王春生一直纠缠锦瑟,华年很为锦瑟担心,怕她婚礼上有什么意外,所以,华年不敢远去,如果锦瑟有什么解决不了的困难,或者遇到了什么麻烦,他华年会毫不犹豫地去帮锦瑟一把。别管怎么说,华年在春水县官场混迹这么多年,由于华年人品好、人缘好,还结交了不少有权有势的人,在春水县办个什么事还是畅行无阻的。

10月1日,华年倒查着这个日子,更害怕这个日子的到来,因为从此,锦瑟将从女孩儿变成女人,他华年彻底没有机会了,这一辈子终将与锦瑟擦肩而过了。

"因为明天你将成为别人的新娘,让我再一次想你……"无数次在KTV里唱着毛宁和杨钰莹的这首《心雨》,只是觉得旋律很美、很好听,但是,现在哼唱起来,却别有一番滋味在心头。

日月两盏灯,春秋一场梦。红尘看破是浮沉,生命看破是无常,相思看破是聚散。此刻,他和锦瑟,大数将尽,渐行渐远,花梗付东流,往事入风里。也许泪雨滂沱,也许忧伤满地,一切皆是曾经,无可奈何花落去。

10月1日,是锦瑟结婚的日子,华年看着日历上如花凋落的时光,如死亡倒计时般地难挨。

这个黑色的日子终于到来了,华年还是忍不住开车来到了春水大酒店。酒店门口贴着大红"囍"字,华年把车停在酒店对面的马路边,坐在车里,抽起了烟,一根接一根。

一列迎亲车队开过来了,领头的白车是凯迪拉克,后边十几辆车全是黑色奔驰,华年大吃一惊,难道锦瑟有这么大的排场? 难道锦瑟家这么有钱? 或者是阮非家资产雄厚?

酒店的大堂前,西装革履的小伙子们和打扮得花枝招展的姑娘们把婚车围在了中间,放鞭炮,放礼花,一阵喧闹过后,新郎挽着新娘上了台阶,华年仔细瞅着,但看不清楚,因为离得远。

一群人簇拥着新郎新娘进酒店了,华年下了车,也跟了过去,到了酒店大厅门口,却见竖着好几张婚纱照,华年恍然大悟,原来今天是个好日子,敢情结婚的很多呀。

华年挨个看婚纱照,终于发现了锦瑟的照片,她身穿洁白婚纱,和一个西装革履的小伙子相向而对,两个人双手相牵,都伸出头,做出接吻的姿势,背景是一片蓝天白云,就像在天上仙境中。

华年的心"咯噔"沉了下来,那种绝望、痛苦、焦灼、愤恨的情绪油然而生。

华年强压心中的感情波涛,问保安,有个叫锦瑟的新娘子在哪儿结婚? 保安说好像是在二楼宴会厅吧,你上去看看。

华年没有坐电梯,他怕碰到熟人,走步梯上了二楼。华年在春水大酒店也是熟客了,对春水大酒店的布局一清二楚,他知道二楼宴会厅是个小宴会厅,远不如一楼的宴会大厅气派。

到了二楼,华年没有继续往前走,远远地张望二楼的宴会厅,很多人在门口聚集着,宴会厅里稀稀落落倒没几个人,华年明白了,锦瑟和阮非还没有来,婚礼还没开始,于是,他又快步离开到了车里,继续抽烟、等待。

又来了一列车队,领头的是宝马,后边十几辆全是黑色奥迪。车队开到酒店门口,鞭炮和礼花燃放之后,新郎新娘下了车,华年伸长脖子仔细地瞅,这次肯定不是锦瑟,因为这个新娘太胖了,而且个子不高,绝对不是锦瑟。

怎么还不来呢?看看手表,将近12点了,再不来的话,过了中午12点结婚是不吉利的。

华年正在焦躁不安的时候,一列车队开进了春水大酒店,打头的一辆车只是白色奥迪,后边跟着的七八辆车有奥迪,也有别克、丰田、福特。仅从这车队的阵势,华年猜,肯定是锦瑟迎亲的车队,华年不由得下车悄悄跟了上去。

华年一阵心酸,锦瑟呀锦瑟,一个天仙般的女子,误入红尘,怎受得了这般委屈?怎活得这般卑微?

鞭炮响起来了,礼花飞上了天,华年的心在往下沉、往下沉……

只见阮非挽着锦瑟的手,缓缓走上台阶,步入春水大酒店……

锦瑟一袭洁白的婚纱,就像天上的仙女,纯洁无瑕,高贵典雅,那美丽的身姿,那高挑的背影,让华年泪流满面……

突然,锦瑟回过了头,好像预感到有人在背后看着她一样,她在寻找,她在四处寻找。是在找他华年吗?华年赶紧躲在了人身后,还低下了头。

等华年抬起头来的时候,所有的人都进酒店里了,只剩下一地礼花和鞭炮燃过后的碎屑,保洁员拿着扫帚开始打扫卫生。

华年跑回车里放声大哭,哭得浑身颤抖,哭得死去活来,哭得天昏地暗。男儿有泪不轻弹,只是未到伤心处。眼睁睁地看着自己心爱的人挽着别人的胳膊走向婚姻的殿堂,看着她和别人相依相偎厮守缠绵,看着她渐渐走出自己的视线,这辈子,他终和锦瑟无缘,怎不让他痛不欲生?

从此山水不相逢,不问故人长与短。自古多情空遗恨,痴心一片待来生……

华年本是个坚强如铁的人,多大的灾难都能扛过去,小时候放牛的时候,牛的蹄子踩到了他的脚上,左脚的大拇指差点儿被踩掉,指甲盖被踩掉了,华年愣是没哭一声,到村卫生所去包扎上药的时候,钻心地疼痛,但是,小小的华年还是没有哭,卫生所的医生说,这小孩子,长大了不得了,这么坚强,没见过。但是,华年这次是真的哭了,他彻底失去了锦瑟,他跟锦瑟,再也不可能有机会了。

天塌了,地陷了,没有锦瑟的日子,他该怎么过?

"因为明天你将成为别人的新娘,让我最后一次想你……"

第十二章　夜宴

　　锦瑟结婚后，到三亚度蜜月了。蜜月是幸福的，锦瑟有阮非陪伴，阳光、沙滩、海浪、椰风，在那天涯海角，她和阮非如胶似漆、恩恩爱爱，早已忘记了华年。

　　蜜月过后，锦瑟上班了，锦瑟是在忐忑不安中上班的。但是，也怪，锦瑟上班后，再没有人跟她提起借调到县政府办公室的事儿了，陈大顺开会也不批评她了，苗叶虽对她依然不够友好，但也不再是动不动就冷嘲热讽，不再是怒目相向了。

　　锦瑟有些忐忑，其实，更准确地说是有些害怕，她是个冰雪聪明的女子，这安静来得太可怕了，她总预感到有什么事会发生，但也不知道会有什么事。于是，日子像流水，平缓流淌中暗藏着涟漪和漩涡，锦瑟只好听天由命了。

　　这天，也不知道是怎么回事，早上起来，锦瑟的右眼皮儿就不停地跳，听人说,左眼跳财,右眼跳灾,锦瑟心里有些害怕。于是,她特意穿了件紫红色风衣,红色破灾嘛,风衣里边则套着白上衣、印花短裙,脚穿浅色高跟鞋,还精心地化了妆,前后转身照了照镜子,打扮得更漂亮了,这才去上班。

锦瑟依然是在胡思乱想中度过了一天时间,右眼皮儿也跟着跳了一天。县政府发展研究中心本没有什么大事,也就是写个调研报告,没有什么急活儿和硬任务,所以,大部分时光是虚度之中,下午快下班的时候,右眼皮儿不跳了,阮非却打电话来了:"老婆,晚上出去吃饭吧?"

"不去,啥老婆不老婆的,说话那么难听。"

"噢,对不起,宝贝,我承接了一个很重要的工程设计项目,这个项目搞成了,我可以提成几十万,咱就可以买房子了,一块儿去吃饭吧,这个饭局对我对咱俩太重要了。宝贝,好吗?"

"是啥饭局? 都谁参加?"锦瑟没好气地说。

"是我们城乡建筑设计院的江涛江院长亲自安排的。"

"你和你们领导吃饭,叫我干啥?"

"我们院长很关心我,咱们国庆节结婚那天,他出去旅游了,没见到你,想见见你。然后,在饭桌上说说这个工程项目的事儿。"

锦瑟犹豫了一下,从牙缝里中蹦出几个字:"那行吧,去哪儿?"

"谢谢老婆,不,宝贝,晚上下班后我去接你,到地方你就知道了。"

下午下班之后,阮非打了个的来接锦瑟。锦瑟虽极不情愿,但因为心里一直很压抑,也想出去吃个饭放松放松心情,加之是阮非的领导安排的,锦瑟不好不去。

锦瑟上了出租车,出租车却在大街上转来转去,一会儿红灯停,一会儿绿灯行,锦瑟问:"咱去哪儿吃饭哪?"

阮非说:"快到了。"

锦瑟说:"你要是不说去哪儿,我现在就下车。"

阮非搂着锦瑟说:"好老婆,不,宝贝,咱去赴一场家宴。"

"家宴?我不去,去人家家里吃饭,我不去。"锦瑟对出租车司机说,"师傅,停车,我要下车。"

阮非赶快说:"师傅,不能停车,我们说着玩儿的。"

出租车司机知道这一对情侣在闹,于是,继续往前开。

阮非亲了锦瑟一口,说:"宝贝儿,你是不知道,现在吃饭都不去大酒店了,现在流行家宴,那些大老板房子多,找个不用的房子装修一下,专门接待客人吃饭,又私密又温馨,这是新潮流。"

"那是去谁家呀?"锦瑟问道。

"春水县最大的房地产公司隆昌公司你知道吗?"

锦瑟摇摇头说不知道。

阮非说:"咱就去他家吃饭。"

"为啥呀?"锦瑟有些警觉,一把推开阮非,怀疑地问道。

"别那么紧张好不好?"阮非重新把锦瑟搂在怀里,锦瑟又把阮非推开了,"说,说不清楚,还是两个字'不去'。"

"好好好,我的姑奶奶,是这回事儿。"阮非解释道,"我们城乡建筑设计院承揽了隆昌公司开发的一个房地产项目,我们院长点名让我参与,而且还作为骨干力量。你说,我上班也没几年,在设计院的资历也不深,技术也不过硬,院长却让我作为骨干力量参与其中,这是多大的荣耀啊,真是天上掉馅饼,太难得了。而且,这次,隆昌公司的董事长马隆昌请客,我们院长又点名让我去,而且他听说我结婚了,还非让我带着你,说是家宴,一块儿热闹热闹,你说咱不去成吗?"阮非受宠若惊兴奋地说。

锦瑟不吭声了,锦瑟没见过什么大场面,更不懂请客吃饭都是些什么规矩,还不懂社会上那些什么乱七八糟的礼数,所以,她也就半信半疑地认可了阮非的说法。

出租车驶上了春水桥,又是下班高峰,春水桥堵成一锅粥了。出租车在人车混流中艰难地前行,锦瑟的情绪烦躁起来。

锦瑟想起了华年,是啊,看到春水大桥,她就想起华年,这是她和华年初次相遇的地方,不知道华年现在在哪里,更不知道华年现在怎么样了。

暮色苍茫,春水桥安静地横卧在春水河之上。锦瑟沉思着,她想华年,她和华年在春水桥上相遇,转眼间大半年时间过去了,这大半年,华年像大哥哥一样呵护着锦瑟,像一棵大树庇荫着锦瑟,像一把伞为锦瑟遮风避雨。锦瑟从一个初涉世事的女孩儿,在华年的引领和关照下,逐渐成熟。遇到华年,是锦瑟的幸运。锦瑟从书上看到一句话,说人这一生最幸运的事情就是"高人指路、贵人相助",锦瑟就是这么幸运的人,华年就是她生命中的高人和贵人,在锦瑟最孤独无助的时候,华年为她指点迷津,助她一臂之力,她锦瑟才能在冷若冰霜的职场竞争中感受到春天样的温暖,享受着人间的四月天。只是如今,不知道华年怎么样了,华年离开了县政府发展研究中心,到那个什么破地方志办公室工作,他的心里一定很难受。锦瑟不懂官场,不知道华年为什么要到那里去,是躲避她锦瑟,还是其他?

没有了华年,不,准确地说,是她锦瑟不理华年了。其实,锦瑟知道,她忘不了华年,她心里装着华年,她怎能说不想就不想呢? 只是把华年压在了心底。其实,她也曾想过,如果想得到她锦瑟,华年有很多次机会呀,有很多次她锦瑟和华年单独相处、私密相处,锦瑟早想把自己交给华年了,锦瑟暗示过他华年 N 次了,华年只要稍微动些心思,就能得到她锦瑟呀,不知为什么华年就是无动于衷、不解风情。锦瑟是一个爱情纯粹的女孩儿,她觉得,爱一个人,就要给他全部,身心都属于他。从内心里,她爱华年,所以,她动摇过,她游移过,她也徘徊过,也迷恋过,她也想跟定华年,哪怕自己不结婚,也要等着华年,也许是无望的等待,也许终老是一场空,但是为自己所爱的人等待,她无怨无悔。

是华年劝她找男朋友结婚的,她知道华年是为她好,他不忍心看着她就这么孤苦无依地在一个陌生的城市里生存,他说这话的时候肯定心里也是非常痛苦和纠结。但是,命运至此,又有什么办法呢?

当时她应该接受华年,给华年一次机会,这一生可能就不会遗憾了,她对华年的爱也就圆满了。但是,华年亲吻她来得也太突然了,她一点儿准备都没有,她还没有想好,所以,她本能地拒绝了华年,而且很粗暴地反抗了华年,并决定从此与华年一刀两断。华年此时心里不知该有多么痛苦,哎,这都是命,她已经跟阮非结婚了,华年不会有机会了,就此成为一个美好的回忆吧。

出租车好不容易驶过春水桥,一拐弯,开进了一个园林式小区,里边大树参天,鲜花遍地,亭台楼阁,小桥流水,真的是一片江南风景。

锦瑟啧啧称叹:"唉,这个小区真好呀。"

阮非说:"这是咱春水县最高档的小区,春水河就环绕着这个小区流过，小区的名字就叫春水新城。这里住的人，非富即贵，唉，人比人，气死人哪。"

"有啥可气呀？当个小老百姓，只要平安健康，比啥都强。"锦瑟说。

"是是是，对对对，我们锦瑟说得对，就是这样。"

出租车驶过一片别墅区，在一栋高楼前停下来。

锦瑟抬眼往上看，除了最上边依稀有些光亮外，整栋楼都是黑乎乎的。锦瑟有些害怕。

"下车吧。"阮非说。

锦瑟和阮非下了车，阮非扯着锦瑟的手，十指相扣，一起上了电梯。电梯间还没有装修，四壁还用木板挡着。锦瑟说："这栋楼还没交工吗？"阮非说："可能吧。"锦瑟说："那咱来这里干吗？"阮非说："这是马董开发的楼盘，他家肯定想什么时候交工就什么时候交工了。"

阮非按了电梯键，锦瑟一看，是最高层28层，不由得说："这么高呀？"

阮非不置可否地点点头。

电梯速度很快，但也很稳，没有让人头晕心慌的感觉，转眼间就到了最高层。下了电梯，电梯间迎面对着一个铁门，阮非按了门铃，一个长得很标致的女孩儿开了门："请进！"女孩儿的声音很好听，像脆铃一样。

见是一位柔弱的美女开了门，锦瑟有些放心了。

进了门，锦瑟问女孩儿："用换鞋吗？"

女孩儿说："不用，里边请吧。"

锦瑟抬眼一看，顿时愣住了，这个房子长得望不到头，而且装修极尽奢华，米黄色的灯光下，富丽堂皇，如梦如幻。

"这是谁家呀?"锦瑟不由得问道。

"是马董家呀,我不是告诉你了吗?"阮非说。

女孩儿看出了锦瑟的疑惑,说:"美女,这一层都是马董家,建筑设计的时候,就设计成了一处房子,有500多平方米,光装修就花了几百万。"

锦瑟说:"阮非,要不咱走吧,咱咋能在这儿吃饭呢?"

阮非说:"宝贝儿,哪能说走就走呢? 既来了,就见识见识呗。"

"我怕。"锦瑟躲在阮非的身后说。

"怕啥怕? 不就是吃个饭吗?"阮非底气十足地说。其实,阮非来到这个房子后,也有些胆怯,毕竟他也是没见过大世面的年轻人哪,自己只是一个设计人员,就是个打工的,隆昌公司的董事长安排这么个排场的地方,请他和锦瑟吃饭,他真的有些怀疑,有些后怕了。

"美女,先生,您请坐吧。我是马董的秘书,我姓杨,今天晚上我们行政办公室的女孩儿都来服务了。我们马董今天开个董事会,已经结束了,他正在路上赶,请稍坐片刻好吗?"

标致的小姑娘温柔的邀请打消了阮非的疑虑,更打消了锦瑟的疑虑。"好好好!"阮非拉着锦瑟坐到了客厅的沙发上。

沙发围成半圆形,正前方是一堵绿色翡翠墙,墙上挂着一个大电视。

右边过廊墙上挂着一幅字,上写"群贤毕至",是省内一著名书法家的墨迹。

锦瑟紧紧依偎着阮非,生怕他丢下她跑了。

那位自称是马董秘书的小杨为锦瑟和阮非倒上茶水,然后问:"美女,先生,你们俩不参观下马董的家吗?"

阮非说:"锦瑟,走,见识见识。"

锦瑟也想见识见识土豪家是什么样子,于是,在马董秘书小杨的引领下,锦瑟和阮非好奇地参观马董的家。

小杨边走边介绍,什么这个房子有六间带卫生间的卧室,有大小四个客厅,还有台球室、乒乓球室,地板是德国菲林格尔实木牌的,地毯是英国皇家伊丽莎白牌的,家具是意大利卡帕奈利樱桃木的,壁纸是德国玛堡牌的,卫浴是美国科勒牌的,灯具是原装进口捷克波西米亚牌的,连鱼缸也是德国黑钻牌的,好像是国际著名家具品牌大聚会。

小杨每介绍一件物品,都要报出价格,都是几万、十几万的,锦瑟和阮非惊得目瞪口呆,好东西就是好东西,雍容奢华,贵族气质,真是大开眼界。

小杨接着说,看到我们马董家的电视墙了? 阮非和锦瑟点点头,说看到了。小杨说,马董家这电视墙是绿色翡翠做的,中间是玉观音的塑像。

阮非和锦瑟看了之后直摇头。小杨知道阮非和锦瑟关心什么问题,其实,所有来这里的客人都会问这个问题,那就是这电视墙值多少钱。

小杨不等阮非和锦瑟张口,直接介绍说,这电视墙值个一百万吧。

阮非和锦瑟听了之后深感自身的渺小,啥是有钱人? 啥是富人? 啥是大款? 人比人真的气死人哪。

小杨说,关键是这处房子马董很少住,一年都住不了一两次,马董只是用这所房子招待客人吃饭呢。

锦瑟和阮非听了更是直摇头。

最后参观的是厨房,两位戴着高高白帽子的大厨师正在收拾饭菜,两个小美女在打下手。

参观完之后,小杨领着锦瑟和阮非来到一处观景阳台,这处观景阳台没有封玻璃,小杨说,这是马董的风格,亲近自然,接触星空。

锦瑟和阮非站在观景阳台上,夜风飕飕,寒意阵阵,毕竟是暮秋天气了,又是站在高空中,锦瑟不自觉地裹紧了衣服,她有些发抖。

天上的星星若隐若现,似有那红色的云雾就在头顶之上,离得是那么近,挨得是那么紧。远远望去,春水县高楼林立、灯火辉煌,低头看,春水河像一条黑幽幽的长蛇蜿蜒穿过春水县城。

河两岸,彩灯闪烁,树影婆娑。

锦瑟和阮非手挽手趴在栏杆上眺望春水县的夜景。杨秘书说:"不好意思,失陪了,马董要来了,我去楼下接他。"

阮非说:"好,不用客气,我们随便看看,您先忙吧。"

杨秘书走了。只剩下锦瑟和阮非。

"看,春水桥——"阮非看到了春水河上被霓虹灯点缀的春水桥。

"是啊,春水桥好美呀,多像一道彩虹,想不到这里离春水桥这么近。"锦瑟说。

顶楼的风有些凛冽,高处不胜寒。在这个没有交工的高楼顶上,锦瑟分明有身处荒无人烟的大沙漠中的感觉,孤独,恐惧,无助,她想华年了,如果有华年在身边,该多好呀。

锦瑟在寒风中站着,她此时就愿意这样站着,似乎这样自虐她心里才好受些。

"冷吗,宝贝儿?"阮非打了个喷嚏,紧紧地搂着锦瑟问。

锦瑟没有吭声,她的心里装着两个男人,一个华年,一个阮非,其实,她最爱的是华年,离她最近的却是阮非。

"咋不说话呀,宝贝?"阮非轻轻摇了摇锦瑟,把锦瑟摇醒了,是啊,华年虽是她的最爱,阮非却是她的爱人哪,不管怎么说,阮非也是她爱的人,也是她喜欢的人。

锦瑟不再想华年了,于是,她想起了什么似的转而问阮非:"非非,你来的时候跟我说你们单位承接了个项目,是啥项目呀?"

阮非看着遥远的夜空,若隐若现的几颗星星闪着灰暗的光。阮非说:"是今天请咱吃饭的隆昌房地产公司马董开发的县直机关小区项目——锦绣花园,有十几万平方米呢。"

"是吗? 要开发单位小区了?"锦瑟一脸兴奋。

"对呀,说不定咱可以买一套单位小区的房子了。"

"嗯,单位小区的房子地段好、配套好、建筑质量好、后期物业管理好,关键是价格便宜,太好了。"锦瑟忧郁的心情有些好转了,这确实是一个好消息。

"是啊,在机关工作就是好呀,虽说工资不高,但是,你看,一生能碰上一次买单位小区房子的机会,都少奋斗几十年,就像白给几十万块钱一样,还有些人,一生能分几次房,多幸福呀。可是,我们单位估计要不成了,你们单位给你分一套估计没问题,看来,找个好老婆更好,找个在机关工作的老婆特别好。"阮非说到激动处,有些黑黑的脸泛着光亮,微卷的头发也开始晃动。

"那你说这个机关小区跟咱这次吃饭有关系吗?"锦瑟有些不解。

"有关系,绝对有关系。隆昌房地产公司想把锦绣花园的建筑设计交给我们设计院做，我们设计院专门为这个项目成立了一个设计团队，院长指名要我当这个团队的骨干成员呢。"

"你刚毕业没多长时间，院长为啥把这么重要的工作交给你呢？他为啥对你这么好呀？"

"呃，锦瑟，你呀就是想得太多了，院长信任我嘛，我的工作平时很出色嘛。"

"但愿如此吧，天上不会掉馅饼，天上只会掉陷阱，你可注意点儿。"

"我知道，宝贝儿，我不是大傻瓜。"

"那做这个项目能给你多少钱？"

"多少钱？我估计这个项目做下来，咱买个房应该没问题。"

"行吧。"锦瑟漫不经心地说。

"呃，锦瑟，看你不是太在意呀，这个项目对我来说太重要了。"

"不是我不在意，这当然是好事了，关键是你们设计院为啥那么器重你呢？"

"这个，锦瑟，干工作就是干工作，我们搞业务的就是把业务搞好，不像你们机关，天天钩心斗角，累死个人，要我我是不干。"

锦瑟有些生气了："那你还黏着我干吗？你可以找个不是在机关工作的女孩儿结婚呀。"

阮非一看锦瑟不高兴了，急忙赔礼道歉："对不起，锦瑟，宝贝，我说错了，我的意思是说我不在机关工作，但是找个在机关工作的女孩子当老婆最好，工作轻松稳定，上下班准时，能顾家，会办事，还会伺候老公，多好，太幸福了。能和你相遇真的是我烧了八辈子高香，是我祖上积的阴德，我太幸福了。"阮非说着说着，眼泪都想流出来了，说到激动处，紧紧把锦瑟抱在怀里，生怕锦瑟现在要跑了一样。

"好了，好了，跟你说着玩儿的，看你那样子，就像小孩子一样，说哭就哭，说笑就笑，没个大人样儿。"锦瑟娇嗔地说。

正在这时，服务员把门推开了："客人来了吗?"门开处，洪亮的声音打断了锦瑟和阮非的话题。

应当是房子的主人马董回来了，锦瑟和阮非离开了观景台，来到客厅，只见两个男人站在面前。

一位是五十开外的大高个儿，理着寸发，浓眉大眼，面皮白净，虎背熊腰，大腹便便，西装革履，气度不凡。他身后的那位长得更是高大威猛，理着光头，满脸横肉，皮肤黑亮，戴副墨镜，活脱脱就是一黑社会。

锦瑟和阮非都愣住了，不知说什么好。前边那位中年男人伸出手说道："欢迎欢迎啊！来的都是客，我最好结交朋友，你们两位是阮非和锦瑟吧?"

阮非急忙点头哈腰地伸出双手跟中年男人的手握在一起，中年男人只是轻轻地跟阮非摇了摇手，然后就把手缩回去了。

阮非语无伦次地说："噢，对对对，我叫阮非。"然后，阮非把锦瑟推到前边，说："这是我媳妇锦瑟。"

"哇！这位美女好漂亮呀，你就是锦瑟呀？我见过的美女不少，但像锦瑟这样国色天香的大美女，平生第一次见到，此女只应天上有，唉，怪不道王春生主任对你……可惜了，可惜了。"

锦瑟是何等聪明的女孩儿，她听这位马董说起王春生，一激灵，王春生？是哪个王春生？莫非是县政府办公室主任王春生？可是，这位马董怎么会和他认识呢？怎么会突然提到他呢？

这时，中年男人向锦瑟伸出右手，锦瑟只好伸出手，中年男人抢着跟锦瑟的手握在一起，却迟迟不愿松开。

锦瑟勉强挤出些笑容，点点头。

"啊，好好好！美女锦瑟，好！"马隆昌死死地盯着锦瑟的脸，眼光像一条蛇上下左右贪婪地爬来爬去，右手则紧紧握着锦瑟温软如玉的小手，左手也搭了上来，反复摩挲着锦瑟的手不想松开，可是，锦瑟使劲儿要把手抽回去，马隆昌只好松开了手。

接着，马隆昌说："噢，自我介绍一下，我叫马隆昌，垒砖盖房子的。我身后这位是我的司机兼保镖，叫赖毛。"

马隆昌身后那位猛男严肃地点头示意，一张脸毫无表情。

"啊，请坐吧。"马隆昌指了指沙发，示意阮非和锦瑟坐下。

阮非和锦瑟怯怯地坐下了，马隆昌也坐下了。秘书小杨递给马董一根粗大的雪茄，打开打火机帮马董点上烟，退到一边去了。

那个叫赖毛的也退到了一边，只是站在马隆昌身后，像一根木桩笔直地竖在房间里。

"你们两位年轻人结婚买房子了吗？"马隆昌上去就问这个问题。

"还没有，马董。"阮非说。

"我开发的锦绣花园小区，将来送你们一套。"马董抽了一口烟，吐出一串烟雾，说出的话像吐出一口烟那么轻松。

"谢谢马董，但是，无功不受禄，我们不敢当，谢谢！谢谢！"阮非说。

"有啥不敢当啊？我开发的小区名字叫锦绣花园,而弟妹的名字叫锦瑟,都有一个锦字,这就是缘分,将来你们一定要住在我的小区里边,啊?"马董说。

"先谢谢谢谢马董,以后再说吧。"阮非说。

"啥以后再说啊,别婆婆妈妈的,只要跟着我干,只要听话,吃香喝辣的,亏不了你们。"说着,马隆昌跷起二郎腿,"年轻人,你们现在在哪里住啊?"

"我们租房子住。"阮非说。

"噢,创业难哪,想当年我从老家农村到春水县城的时候,连租房的钱也没有哇!"

"是吗? 马董也是苦出身哪?"阮非讨好地说。

"是啊,家里穷,上不起学,很早就到春水县城打工了,在建筑工地提泥、和灰、搬砖,啥脏活儿累活儿都干过。"

"马董真了不起。"阮非说。

锦瑟一声不吭,只是靠着阮非在听,听着听着,对这位马董有了好感。

马隆昌继续说:"不只身体上吃苦,精神上也吃了不少苦呢,那些达官贵人,那些大款富豪,骂过我,用脚踩过我,打过我耳光子,我给他们下跪过,当着他们的面,像女人一样可怜巴巴地放声大哭过,唉,不容易呀,这一路走来,真的不容易。"

马隆昌说到此处,声音放低了,好像很伤感。

"可怜之人必有可恨之处,伟大之人必有可敬之处,您太伟大了,真了不起。"阮非由衷地说道。

"大丈夫要能屈能伸,有时候真的要委曲求全,能大能小是条龙,能大不能小是条虫。英雄不问出处,成者为王败者寇,只要你成功了,你的所有不堪和屈辱都会成为美好的回忆,也会成为别人赞美你的例证,但是,你混得不咋样,你的所有正义和高尚都会成为你失败的罪证,成为别人调侃你的笑料,所以,这个社会,只认最后结果,不管你的过程,知道吗,年轻人?这是我的人生经验,今天跟你们分享分享哪。"

"是是是。"阮非一连串地称是。锦瑟听了却不是滋味,马隆昌说这话是啥意思呢?是暗示什么呢?

秘书小杨过来了,轻声说:"马董,咱县城乡建筑设计院的江院长来了。"

马隆昌说:"好。"

"好"字刚说完,江涛江院长就来到了面前,江院长中等个儿,身材保持得很好,皮肤白净,戴副眼镜,一副文质彬彬的模样。

见江涛过来,阮非和锦瑟都站起来了。"江院长好。"阮非说。

"这位就是锦瑟?"江涛和马隆昌握过手后,一眼就看到了锦瑟,说,"哎呀,只听说锦瑟长得漂亮,没想到长得这么漂亮,阮非你小子其貌不扬,水平也不咋的,怎么这么有艳福呢! 锦瑟,锦瑟,记得有首古诗叫《锦瑟》,好像是李商隐写的,是怎么说来着?"江涛低下头,手顶着下巴,想了半天。

阮非说:"江院长,锦瑟无端五十弦,一弦一柱思华年。"

"噢,对了。庄生晓梦迷蝴蝶,望帝春心托杜鹃。沧海月明珠有泪,蓝田日暖玉生烟。此情可待成追忆,只是当时已惘然。咋样,锦瑟,我的水平还可以吧?"江涛得意地笑笑说。

锦瑟看到江涛,心里略略平静了,江涛不像坏人,有江涛在,不会有什么事。想到这里,锦瑟高兴地说:"是的,江院长,您真有水平。"

"唉,锦瑟,这首诗意境确实很美,只是很有些伤感哪,好像是一首悼亡诗吧?"江涛自言自语地说,"锦瑟,你怎么会起这个名字呢?"

"江院长,李商隐写这首诗寓意很深,怎么理解都行,有人还说是感物诗、怀旧诗呢。"阮非急忙接过话头说。

"噢,不好意思,不好意思,这首诗确实意味深长,意味深长。"江涛说。

"你们说那些情啊爱的,我这大老粗听不懂,咱不说那个,既然江院长来了,咱们就吃饭吧。"马隆昌站起来,对大家说。

"好好好。"大家都说好。

于是,秘书小杨领着大家进了一个小客厅,小客厅摆放了一个能坐七八个人的桌子,桌子上放着六个自助火锅,桌子中间,肉菜、海鲜、素菜、调料摆得满满的。

"吃火锅吧,红红火火,热闹。"马隆昌说。

马隆昌坐在了旁边的位置,没有坐中间,江涛说:"马董,您应当坐中间哪。"

马隆昌说:"不能坐,一会儿还有位大领导过来。"

"噢　　"江涛若有所悟,说,"那咱是不是等领导来了再开始?"

"啊,不用,领导应酬多,忙,不知道啥时候才能来,我跟他联系过了,他让咱先开始,就听领导的吧。"

中间那个位置空了出来,马隆昌坐左边,江涛坐右边,下首的两个位置是阮非和锦瑟坐了。

那位叫赖毛的还直直地站着,江涛说:"马董,让这位兄弟也一块儿坐吧,大家热闹热闹。"

马隆昌说:"好,既然江院长说了,赖毛,来,坐坐坐。"

赖毛一言不发,挨着锦瑟坐下了,锦瑟心里一阵发毛。

秘书小杨,还有在厨房里忙活的两个女孩儿都过来了,有的给火锅点火,有的帮助加调料,有的开酒瓶子倒酒。

每人跟前放着一个高脚杯,秘书小杨先给马隆昌倒了一满杯白酒,然后又给江涛倒酒,接着,又给阮非倒酒,锦瑟扯了扯阮非的衣袖,阮非心领神会,说:"马董,我不喝酒,我和锦瑟正开展'希望工程'呢。"

"呃,啥'希望工程'?等今晚这酒喝了之后,再正式开始。"马隆昌说。

江涛也在一旁劝道:"阮非,马董一片盛情,要喝的,要喝的。"

阮非有些犹豫,锦瑟使劲踩了下阮非的脚,阮非疼得直想蹦起来,这些,马隆昌和江涛都看在眼里,两人哈哈笑起来。马隆昌说:"那样吧,酒倒上,随意喝。我呢也不知道你们是刚结婚,所以也没有做什么准备,小杨,去拿1万块钱,算是我的贺礼,这酒嘛,是要喝的,是我给你们准备的喜酒,喜酒总不能不喝吧?"

"好哩,马董。"小杨转身走了。

马隆昌亲自拿着酒瓶子来给阮非倒酒:"阮非,我这茅台酒可是从厂里直接拉过来的,真酒呀,二十年的,香着呢。"说完,给阮非倒了满满一杯。

阮非站了起来,锦瑟也站了起来,阮非实在是没法儿拒绝了。

接着,马隆昌又亲自给锦瑟倒酒,锦瑟直摆手:"不行,马董,我真的不能喝,我不会喝酒。"

阮非也说:"马董,别给锦瑟倒酒了,她从来不喝酒的,我喝就代表了,我替她喝行吧?"

"阮非,小伙子,我创业的时候是怎么过来的?我还没有给你们说完呢,我就是喝酒喝出来的。为了揽工程,为了要账,我是朝死处喝呀,喝了吐,吐了继续喝,不喝酒能办成事儿吗?"马隆昌意味深长地说。

江涛听出了马隆昌的意思,站了起来,说:"锦瑟,喝吧,不能喝可以少喝点儿,这是马董的心意,咱这锦绣花园项目的工程设计,还全靠马董帮忙咧。"

马隆昌不由分说给锦瑟倒了满满一杯,锦瑟看了就吓晕了,提醒自己,千万不能喝,千万不能喝,多少女孩儿都是因为喝酒失身失节被人欺负,千万不能喝。

火锅里的汤开始冒泡泡了,热气腾腾,大家都兴奋起来。

马隆昌说:"放菜,随意放,随意放。"

一切齐备,马隆昌端着酒杯站了起来:"我先说两句啊,今天我备的是家宴,既然是家宴,当然是自己家人一样的,所以呢,我也就不把江院长、阮非老弟,还有漂亮的弟妹锦瑟当外人看待了,酒,咱随意喝,能喝多少喝多少,不勉强,但是呢,也不能作假,不能客气,因为咱是自家人嘛,菜尽量吃,能吃多少吃多少,把今天晚上、明天早上的饭都吃够最好。我这人哪,就是好结交朋友,就是义气,别看我是土包子出身,是泥瓦匠出身,我能混到这一地步,啊,赖毛兄弟,咱在春水县大小也算是个人物吧?"

马隆昌不说了,看看赖毛,赖毛立即站起来,胳膊一抡,瓮声瓮气地说:

"马哥,在春水县谁敢说咱个'不'字,看我不灭了他!"

"呃,赖毛,你跟我多年了,也得长个脑子,咱不能动不动就打架,咱是有身份的人,啊,咱现在也是春水县有头有脸的人,我是市人大代表,还是县人大常委会委员,那也是电视上经常露脸的人啦,咱能干那下三烂的事儿? 听好了,我这个人,讲义气,滴水之恩,当涌泉相报,不过,谁要是跟咱过不去,谁要是不听话,我拿钱砸死他,对不对赖毛?"

"马哥只要吱一声,咱就跟捏个蚂蚁一样,就跟打个苍蝇一样,弄死他。"

"好了,好了,赖毛,不说那,咱喝酒,我说完了,兄弟姐妹们,喝酒,我先喝为敬,这一杯我干了,你们看着办啊。"

说完,马隆昌"咕咚咕咚"把满满一杯酒喝了,喝完后,还把酒杯倒过来,里边果然一滴不剩。马隆昌倒拿着空杯子看着大家,江涛说:"喝,喝死也得喝,马董真是好大哥。"说完,江涛也喝干了。

阮非也要喝,锦瑟扯了扯他的衣角,提示他不能喝,但阮非不听锦瑟的,说:"我也喝。"阮非也"咕咚咕咚"把酒喝干了。

锦瑟喝也不是,不喝也不是,她身边的赖毛开始催促了:"弟妹,就等你了,我陪你喝,喝了吧。"

"我真的不会喝。"锦瑟为难地说。

"不会喝? 谁会喝? 谁想喝? 不都是为了感情吗? 不都是为了弟兄们好吗?"赖毛恶狠狠地说。

"锦瑟,少喝点吧。"阮非也带着央求的语气说。

遇到今天这样的场合,锦瑟真的很为难。于是,在众人的眼光逼迫下,锦瑟试着喝了一口,刚喝一口,就剧烈地咳嗽起来,急忙从桌子上拿了片餐巾纸,捂着嘴,跑到洗手间了。

马董哈哈大笑,等锦瑟从洗手间出来,马董接着说:"算了,算了,不让弟妹喝白酒了,不过,我这儿有红酒,拉菲,一瓶好几万块钱哪,让弟妹喝红酒,喝红酒美容养颜,越喝越漂亮。小杨,去,拿红酒。"

秘书小杨拿来一瓶红酒递给马隆昌,马隆昌摆弄着手里的红酒,从左手递到右手,说:"这拉菲是我酒窖里珍藏的,一般人我是不让他们喝的,今天我高兴,请我漂亮的锦瑟妹子喝,来,打开,打开。"

锦瑟摆摆手说:"马董,红酒我也不能喝。"

马隆昌脸拉下来了,问阮非:"阮非老弟,难道弟妹红酒也不能喝吗?"

阮非不知说什么好了,嗫嚅着说:"她,她,她……"

江涛接过了话头,并狠狠瞪了一眼阮非,说:"我知道,锦瑟喝点儿红酒还是可以的,是吧,阮非?"

阮非说:"噢,那就少喝点儿吧,意思意思就行了。"

锦瑟气恼地踩了一下阮非的脚,阮非疼得"哎哟"一声,但是,立即说:"不好意思,马董,江院长,喝,我们锦瑟喝。"

红酒斟上了,马隆昌说:"弟妹,喝了它。"说完,马隆昌率先鼓起掌来,大家也都鼓起掌来。锦瑟想站起来走,但是,身边的赖毛站了起来,凶神恶煞一样,面露怒容。

江涛劝道:"弟妹,喝一杯吧,不就是一杯酒吗?有阮非在,你还怕什么?"说完,给阮非使了个眼色。

阮非转过身看着锦瑟,带着乞求的眼光,说:"锦瑟,喝了吧,就一杯,再也不让你喝了,求求你,好吧?"

锦瑟心软了,她看着阮非那为难的样子,心想:反正我是你阮非的人,你让我喝,我就喝。

想到这里,锦瑟端起酒杯一饮而尽。

大家又鼓起掌来。

"吃菜,吃菜,随便用。"马隆昌热情地招呼大家。

吃了一会儿,还是喝酒,酒是要喝够三杯的,头三杯是要喝的。马隆昌带头喝的头三杯,但是,马隆昌才不会真的陪这些人喝三杯酒的,马隆昌已经给他的秘书小杨交代过了,准备了两个酒壶,一个酒壶装酒,一个酒壶装矿泉水,给客人倒酒,给他和赖毛倒水,这其实也是马隆昌待客时常用的办法。

第一杯马隆昌喝的就不是酒,别看他装得挺像,一副大义凛然、视死如归的样子,喝起酒来那个豪爽那个义气,但那都是甜丝丝的山里矿泉。

江涛和阮非却不知底细,再加上有求于人,喝起酒来也不敢脱滑,所以喝的是干脆利索、一滴不剩,只是三杯酒下肚,头发昏,已经开始兴奋了。

马隆昌倒真没有执意劝锦瑟,锦瑟刚喘了口气,暗自庆幸了一番,没承想,马隆昌敬酒的时候,先从她开始了。

马隆昌亲自为锦瑟倒满一杯红酒,说:"弟妹,初次相见,非常有缘,我虽然是个粗人,是个泥瓦匠,但是我最佩服有文化有知识的人,尤其像弟妹,人漂亮,美若天仙,又有文化,是个才女,我更佩服。别的不说了,既然认识了,就是好朋友,给我个面子,把这杯酒喝了。"

锦瑟站了起来,接过马隆昌递过来的酒杯,说:"马董,认识您也很高兴,您是春水县的知名人物,我们只是无名小卒,我真的不会喝酒,我喝杯水,以茶代酒吧?"

"那不行,水是水,酒是酒,那咋能掺假呢?"马隆昌说,"要不这样吧,我喝一杯白酒,你喝一杯红酒,够意思吧?"

"别别别,马董,我不是那个意思,我真的不能喝。"

"谁能喝?谁想喝?不就是初次见面,交个朋友吗?我也这么大个人了,比你多活了一二十年,给个面子,行不?"说完,马隆昌端起一杯矿泉水一饮而尽,喝完后,看着锦瑟,端着空酒杯站在那儿不说话了。

锦瑟真的有些为难,这时,阮非站了起来,说:"马董,锦瑟真的不能喝酒,要不这样吧,我替她喝。"

"不行,虽说你们俩是一家人,但这杯酒是我和弟妹喝的,不能替。"马隆昌瞪着眼说。

江涛在一边看着这僵局,心里有些着急,于是说:"弟妹,喝了吧,和马董喝一杯,一会儿咱就不喝了,喝不了多少酒的。"

阮非见江涛发话了,于是低声说:"锦瑟,喝了吧,就这一杯,就这一杯。"

锦瑟心一横,把酒喝了,马董又带头鼓起掌来。

马董进行了一圈,江涛和阮非自然每人又喝了一高脚杯白酒。

马董进行完,赖毛站了起来:"马董,我也来一圈吧?"

马隆昌夹了一口菜在嘴里,来不及说话,点点头表示同意。

得了马隆昌的允准,赖毛端起酒杯,亲自倒上一杯红酒,对锦瑟说:"弟妹,咱俩今晚坐得最近,前有车后有辙,马董的酒你喝过了,我的酒你总不能不喝吧?"

锦瑟说:"大哥,我真的不能喝了。"

赖毛说:"就这一杯酒,没人再敬你酒了,我这一杯酒是毒药吗?"

"不是那个意思,我是说……"锦瑟还没说完,赖毛突然跪在了锦瑟面前,把酒杯高高举过头顶,说:"弟妹,你要是不喝,我就跪这儿不起来,我跪天跪地跪父母,还从来没有给其他人下跪过。"

这下,除马隆昌外,大家都站了起来,锦瑟惊得不知所措,她到底是个聪明女子,很快就回过神来了,说:"酒我确实不能喝了,但是这酒我接了,请您先起来。"

"不行,你不喝我不起来。"赖毛说。

"不是,大哥,我这酒让阮非喝了,我们是一家人。"

"不能替,必须喝。"

阮非说:"算了,锦瑟,喝了吧,就这一杯酒,说好了,最后一杯,有我在,你怕啥?"

阮非拍了拍胸脯,一副男子汉大丈夫的样子,锦瑟没办法,摇摇头,喝了这杯酒。

锦瑟喝了整整三大杯红酒,锦瑟脸有些潮红,鸡蛋清一样嫩白的脸泛起红晕,在米黄色灯光的映照下,格外好看。但是,锦瑟有些头昏脑涨了,她还有些反胃,她悄悄对阮非说:"非非,咱们先走吧?"

阮非这会儿喝高兴了,他才不想走呢。

接着是江涛回敬酒,接着是阮非回敬酒,这两圈下来,江涛和阮非真的喝高了,话也多起来,开始吹大话了,也不把马董和赖毛放眼里了,真是应了那句话:在酒场上,刚开始是互相吹捧,到最后是自我吹捧。

由于秘书小杨做了手脚,马隆昌和赖毛一点儿白酒没沾,喝的都是矿泉水,头脑清醒着呢,见此情景,马隆昌说:"小杨,别忙活了,你去厨房把小李、小张她们叫过来,坐这儿一块儿吃,陪客人喝酒。"

于是,小杨到厨房把小李、小张两个美女喊了来,分别挨着江涛和阮非坐了下来。

其实,小杨和小李、小张都是马隆昌公司的兼职员工,她们都是从平原市招来的大学生,平时该上学就上学,马隆昌给她们发工资,主要是有客人了来招待招待、陪陪酒,有需要的话,再陪陪干些其他的工作。

火锅冒着腾腾热气,三位美女又及时加盟,喝酒进入了更热火的境界。

江涛和阮非彻底烂醉如泥,两人从椅子上瘫了下去,搀也搀不起来了。锦瑟倒再也没喝酒,但是,不知怎么的,她有些头晕了,昏昏然直想睡去。她预感到,很可能这帮人在酒里放了药物什么的,不然的话,喝几杯红酒,她不会出现这种症状的,但是现在她已经身不由己、无能为力了。

这时候,一位重要人物登场了。

马隆昌亲自到楼下接,并陪他上来,锦瑟迷迷糊糊间,好像听马隆昌说一句:"王主任请。"

锦瑟脑子有些清醒了,但浑身软绵绵的,一点儿劲儿都没有,睁大眼仔细看了看面前的这个人,却原来是县政府办公室主任工春生。

锦瑟的心一下子沉到了谷底,她真的有些害怕了,这个像魔鬼一样的人,怎么这时候出现在这里呢? 她想喊阮非快点儿离开这里,但是,她已经说不出话来了。昏昏沉沉之间,她趴在桌子上,什么也不知道了。

第十三章 落花

等锦瑟醒来,已是夜半时分。锦瑟是被一阵震天响的呼噜声惊醒的,锦瑟猛然坐起来,屋内一片漆黑,她身旁好像睡着一个人,不,准确地说是个男人,而且是个肥胖的男人。

锦瑟"啊——"的一声惊叫起来,还没有叫完,门就被撞开了,接着,天花板上的吊灯突然亮了,一个大高个儿闯了进来,竖在了门口。

锦瑟抬眼一看,是马隆昌的司机兼保镖赖毛。

再低头看看身边,赤身裸体躺着一个男人,睡得正香,一颗像猪头一样肥实的脑袋半歪着,涎水像一条小溪从嘴角流到了雪白的床单上,肚子滚圆像怀胎十月的孕妇,那丑陋臃肿的身子让人恶心想吐。

锦瑟仔细一看,竟然是王春生,再低头看看自己,赤身裸体,一丝不挂,锦瑟顿时明白了,她大叫一声像发疯了一样往屋外跑。但是,门口那个彪形大汉——赖毛堵住了去路。

赖毛只轻轻一推，锦瑟就又倒回到了床上，接着，门重重地关上了。

锦瑟找衣服，四处寻找，但是找不到，只好从王春生身上拽下被子，把自己紧紧地裹了起来，然后，蹲在墙角，大哭起来。

王春生醒了，拖着肥胖臃肿的身子走过来了。"锦瑟！"王春生温柔地叫道，并试图弯下腰把锦瑟拉起来。锦瑟看到王春生过来了，吓得浑身像筛糠一样不住地发抖："滚！你给我滚！我要告你，我要告你！"

王春生见势不妙，不再搭理锦瑟，匆忙穿上衣服，打开门，跟赖毛打了声招呼，溜走了。

赖毛大摇大摆地进来了，锦瑟还在发疯一样地大喊大叫："我要告你们，我要告你们，你们这些坏蛋！"接着，号啕大哭。

赖毛斜靠在门后，两手抱在胸前，一只脚立着，冷冷地看锦瑟哭。

锦瑟哭着哭着，想找手机，但是，看不到手机在哪里。赖毛说："不用找了，你的手机我早扔了，明天还你一个最新款的手机。"

锦瑟哭着说："我要告你们，我要告你们，你们这些坏蛋，你们这些恶魔。"

赖毛从鼻孔里哼了一声："锦瑟，小娘儿们，想告我们？我告诉你，你以为你是谁？你知道我们是谁？实话告诉你，我们马董这所房子里所有的房间都有监控摄像头，你跟县政府办公室主任王春生睡觉的过程，我们全程录下来了，你亦身裸体的镜头我们都有，要不要我们寄到你们单位，或者寄给你老家父母看哪？"

"啊——我跟你们拼了！"锦瑟看到床头的闹钟，伸手抓过来向赖毛扔过去，赖毛一闪，闹钟砸在门上，然后又落在地上，"咣啷咣啷"翻了几个滚，滚到了墙角处。赖毛上前一步把锦瑟身上的被子扯掉了，拽住锦瑟的头发把锦瑟拎起来，一巴掌打在锦瑟的脸上，锦瑟倒在床上，昏了过去。

赖毛双手在身上搓了搓，然后又吹了吹，掏出手机给马隆昌打了个电话："喂，马董，睡了吗？"

电话那头，马隆昌没有睡觉，他知道今晚有好戏看，他就是这出戏的导演，他怎么能睡得着觉呢？他在另一个家的客厅看电视，打发时光，遥控指挥。

说实话，这件事，马隆昌真的不愿意干，他也不想祸害锦瑟，他跟锦瑟无冤无仇，他自打第一眼看到锦瑟，就被锦瑟迷上了。马隆昌是春水县首富，一年房地产销售额十几亿元，他身边能缺女人吗？什么样的女人他没见过呢？但是，他自从看到锦瑟后，就感叹他白活了，他从来没见过锦瑟这样貌若天仙又气质出众的女人。他也想得到锦瑟，但是，县政府办公室主任王春生先看上了锦瑟，他马隆昌只好让开了。在马隆昌的脑子里，只认钱，别的神马都是浮云。至于女人嘛，那就是一件衣服，穿新衣扔旧衣，只要有钱，就没有买不到的衣服，所以，他没必要为了一个锦瑟得罪王春生主任。王春生分管县机关事务管理局，县机关事务管理局开发的机关小区项目——锦绣花园，那背后的老主谋是王春生哪，马隆昌通过王春生承揽了锦绣花园工程项目建设，这一个项目下来，那就是几个亿的利润哪，小小的锦瑟值几个亿吗？别说几个亿了，就是拿几千万、几百万、几十万，什么样的女人找不到呢？比锦瑟出众的女人多的是呀，何况那锦瑟已经结过婚了，一只破鞋，残花败柳。马隆昌想到这里，比画了几下手指，算了算账，摇摇头，自言自语地说："不划算，不划算。"

王春生迷上了锦瑟，就在上周的一次酒局上，王春生喝多酒后叹了一声。马隆昌立即凑上来，悄声问道："王主任有啥难处？你不方便办的事，交给我来办，我又不是体制内的人，我只是个平头老百姓，啥事儿我都敢干。"

王春生说："县政府发展研究中心有个小妮子，叫锦瑟，那长得漂亮，但就是弄不到手，像个小辣椒一样，收拾不住她，唉——"

"王主任，我以为是啥难事儿呢，一个小妮子，她算啥？这事儿你交给我，这一周之内准让你用上这个小妮子。"

王春生握了握马隆昌的手："拜托了，不过，注意方式方法，不要留后遗症。"

"放心，王主任，有好是你的，有事儿是我的，你享受，我断后，敬请放心，万无一失，滴水不漏。"马隆昌拍着胸脯说。

王春生交代的心事，马隆昌绝对要办好，他让赖毛多方打听锦瑟的情况，然后，跟赖毛商量了几套方案，最后设计了在马隆昌那个没交工的顶层楼房摆家宴促成王春生好事的方案，而且想了很多种可能性，这才发出了邀请。请了江涛江院长，因为锦绣花园项目的工程设计是马隆昌交给江涛做的，所以请江涛，江涛断然不敢不来。而锦瑟的老公阮非又是江涛的手下，马隆昌明确告诉江涛，工程设计一定要让阮非参与，而且作为主要设计人员参加，所以，阮非断然没有不来的道理。至于锦瑟，那就让阮非做工作吧，量他阮非也会想办法让锦瑟来的，只要锦瑟到场，戏就有条不紊地往下演吧，马隆昌这个总导演就粉墨登场了。

马隆昌是个见过大世面的人。"每临大事必静气，乱云飞渡仍从容"。

他找了位著名书法家把这句话写成条幅，挂在办公室的墙上，时时提醒自己，处处告诫自己：沉稳大气，临危不乱。

他在春水县能够风生水起，坐上首富的位置，他又没有背景没有靠山，一路冲杀出来，那可不是闹着玩儿的，那是凭真本事的。他的制胜法宝就是胆大、脸厚、心黑、嘴巧、眼明、腿勤。活了半辈子了，积蓄的财富吃几辈子也吃不完，他不缺钱，钱对他来说已经没啥意义了，但是，他还要挣钱，因为挣钱已经成为他的精神追求，成为他的生命支柱，他只有在不断的挣钱中，才享受到人生的乐趣，才活得开心。

他有钱，却不乱花钱，甚至有些抠门儿。他个人生活非常简单，穿的也不是名牌，吃的也是粗茶淡饭家常菜，他虽然豪车十几辆，但只是支门事用的，他自己倒很节俭，他开的车是很普通的车，外人根本看不出来这是春水县首富坐的车。他大方，花钱如流水，只用在结交朋友上，准确地说是结交权贵们，因为通过他们，他才能挣到更多的钱，在这方面，他花钱是从不眨眼的。

有时候，他也累，也想休息休息，像那些同行，去打高尔夫，去登山，去休假，但他是穷苦人出身，他过不了那种无所事事、只花钱不挣钱的日子，他觉得那生活对他来说简直是遭罪，他有他的生活方式，他的生活方式和人生价值就是——挣钱。为了这，他啥事儿都干得出来，而且他啥事儿都敢干，包括杀人放火、明抢暗劫，他手下有一帮这样的弟兄，都是亡命之徒，他养着他们，平时就是搞训练，养兵千日，用兵一时。干这一行的，高利润，高风险，不干些打打杀杀的能成吗？你不对人家打打杀杀，人家要对你打打杀杀，你就挣不到钱。像搞拆迁，有些钉子户就是不听话，就是漫天要价,他一天不拆,工程就一天动不了,那一天的损失就是几万十几万块,咋办? 拿出个几万块钱,找些孬货,使些孬法,别管咋着,只要把房拆了,就行。还有那施工时候遇到的"地头蛇",来敲竹杠的,你软他就硬,不打能成吗? 靠法律? 打官司一打几个月,还要托人找关系,麻烦得很。等几个月过后,黄花菜都凉了。有些事儿就是要快刀斩乱麻,最快捷最省事最有效的办法就是比拳头,看谁的拳头硬,打伤个人,打死个人,全家养起来,解除后顾之忧,长痛不如短痛,事儿就解决了。

马隆昌看着电视,想着心事,他没有闲心看电视,他也怕出什么事端。

赖毛的电话打来了,他急忙接通了电话。

"赖毛,咋样?"

"马董,事儿成了,王主任已经撤了。"

"好,干得好,那个锦瑟现在怎么样?"

"马董,在床上呢,你要不要?"

"放屁! 我就那个层次吗? 女歌星、女演员、女模特、女大学生,那么多漂亮的鲜嫩的我还挑挑拣拣呢,王春生刚用过的女人我还会要吗? 我会要那个老破鞋吗? 长点儿心眼儿,把后事给我处理利索,听见没有?"

"听见了,明白了,放心吧,马董。"

马隆昌打完电话,不看电视了,上床睡觉了。

赖毛看着赤身裸体倒在床上的锦瑟,心里却痒痒的:马董看不上眼,可我看得上眼哪。马董不用,我不能不用呀,哪有到手的肥肉不吃的呢? 那不是大傻瓜吗?

想到这里,赖毛热血沸腾,把领带拽掉扔在地上,白衬衣扯掉扔在地上,健壮的身上长满了又黑又硬的体毛,胳膊上文着两条张牙舞爪的青龙。赖毛像一头凶猛的狮子扑向了锦瑟。

锦瑟挣扎着反抗着,但怎是赖毛的对手?

赖毛舒服了,美死了,穿上衣服,对锦瑟说:"不赖,怪不得王主任恁迷你,就是用着美。记住,今天这事儿到此为止,不准跟任何人说,否则的话,把你光着身子干事儿的录像都给传出去。"

锦瑟只是哭。

赖毛说:"滚蛋吧,别哭了,臭婊子。去哪儿?我把你送走。"

锦瑟说:"我要回家。"

赖毛哼哼鼻子:"回家?你还想回家?过来,你来看看你老公阮非那小子在干啥。"

赖毛从门外把锦瑟的衣服扔进屋里:"穿上,走,看好戏去。"

锦瑟穿上了衣服,赖毛拽着她来到隔壁房间,赖毛一脚踹开了房间门,锦瑟抬起泪眼,只见阮非身边一左一右躺了两个年轻女子,阮非光着身子左拥右抱,美滋滋地睡得正香呢。锦瑟仔细一看,正是刚才陪酒的马隆昌公司里的美女小李和小张,锦瑟不看则已,看了之后万念俱灰,更加绝望,一头向墙上撞去。

赖毛眼明手快,一把拽住了锦瑟:"想死?想死也不能死在马董家,这是豪宅,别晦气了。走,上车,想上哪儿,到车上再说。"

赖毛拉着锦瑟出门了,来到楼下一辆奔驰面包车旁。赖毛把锦瑟往车厢里一推,拉上车门,开车离去了。

天色微明,春水县的人们还没有从睡梦中醒来,街道上,昏黄的路灯有气无力地在夜色中洒下一片光亮,辛勤的清洁工一大早起床,打扫着路边的落叶。

锦瑟趴在车座上嘤嘤哭泣,她哭干了眼泪,几次哭得晕厥过去。这时候,空前绝望的她想到了华年。华年,华主任,你在哪里呀?要是有你在身边,要是有你在,我能受此奇耻大辱吗?我该怎么办哪?

"去哪儿?快说,前边就是春水桥了,过了桥,是直走还是拐弯?"赖毛恶狠狠地说。

春水桥?锦瑟挣扎着坐了起来。

春水桥上空无一人,与平时繁忙拥挤的场面形成了鲜明对比,只有那两棵老槐树还在孤独的寒夜遥相厮守。锦瑟就是在这里与华年初次相遇的呀,如今,她锦瑟多想站成一棵老槐树呀,哪怕和华年隔着一座春水桥,就像天上的牛郎织女隔着一条银河,虽然永世不能根系相连,但只要能天天看到,就知足了,可是,即使这样她也不得如愿。华年,华主任,你在哪里?你在哪里啊?

锦瑟是个刚烈女子,她不知道以后该怎么办,她不知道以后该怎么做人。那帮人手里有她的裸体照片,有她被欺侮时的录像,他们随时还会继续以此为条件要挟欺辱她,以后的日子该怎么过呀!

她心爱的丈夫阮非,想起来让她心痛,阮非把她领来,到底是为了什么?就是为了出卖她吗?就是为了钱,为了自己,竟然把自己的老婆给贡献出去吗?她恨阮非,在她最需要帮助的时候,他竟然搂着两个女孩儿寻欢作乐……

记得华年说过："锦瑟，我是你生命中的贵人和福星，咱俩就像量子纠缠，只要跟我在一起，你这一辈子就一帆风顺、春风得意、笑口常开，你什么时候如果不理我、不跟我联系了，你的霉运就开始了，因为你的性格不适宜在官场生存，你是那么'二'，你是那么高傲，你又那么纯洁，这社会怎容得下你呢？你的爱人阮非，除了在生活上能关心你之外，他什么也帮不了你，他只是个搞设计的人，充其量只是个打工仔，是个高级讨饭者，他没有什么社会关系和人际圈子，而且他也不是那种很有办事能力的人，我真担心你呀。"

华年说这些话的时候，锦瑟一直耿耿于怀，她对华年很是发了一通脾气，她认为华年是吃醋了，是在挑拨她和阮非的关系，是居心不良，是小肚鸡肠，是别有用心，是故意使坏，而且，她还对华年发狠说，以后再也不准对阮非冷嘲热讽了，他是我的恋人。

平时没事儿的时候，她感觉不到华年的重要，可是大难临头，真的没人能帮她。她的爱人阮非是扶不起的阿斗，甚至还是害她的帮凶。茫茫人海，举目无亲，只有华年了，只有华年了。可她不理华年了，不让华年跟她联系了，不准华年再管她的事了。华年该多伤心呀，华年该多恨她呀。此时此刻，她再跟华年联系，华年会理她吗？即使华年愿意帮她，她怎有脸见华年呢？在华年的眼里，她是那么的纯洁无瑕，可如今，自己早已是污秽不堪，华年能不嫌弃她吗？

孤单时曾有谁将你打扰？绝望时曾有谁能让你依靠？流泪时曾有谁帮你把泪痕擦掉？伤心时曾有谁给你温暖的怀抱？汽车开到了春水桥上，锦瑟似乎听到了春水河的哗哗流水声，一江春水向东流，那是天上的银河，传来了天堂的音乐,仙人在柔声召唤,她突然想到了死,对,只有死路一条了,在这个世上,已经没有脸面再活下去了,那帮人也不允许她活下去了,以后的生命,只有更加屈辱,只会倍受折磨。华年说,她锦瑟是天上的紫霞仙子,误落人间红尘,她就不该来到这人世间,她属于天堂、天国、天上。华年说得对,她锦瑟就是这个命。

想到这里,锦瑟大喊大叫起来:"停车,停车,我要下车。"

"干啥?"赖毛没有一点儿停车的意思。

"我想吐,我喝酒喝多了,我头晕,想吐。"锦瑟说。

汽车戛然而止,锦瑟拉开车门,像逃也似的跳下车,直奔桥栏杆,那青石板围砌的栏杆并不高,锦瑟站在了栏杆边,看着桥下黑乎乎、阴森森的流水,有些犹豫了。

这时候,赖毛似乎发觉了锦瑟的用意,于是,急忙下车大步向锦瑟追过来,锦瑟扭头看到赖毛又像恶狼一样飞扑过来,便再也没有犹豫,纵身跳入黎明前的春水河中……

赖毛大步追到栏杆旁,伸头往桥下看,锦瑟早已经没有了踪影。

赖毛急忙跑回车内,拿起手机给马隆昌打电话,第一遍电话没人接,赖毛又打第二遍,接着打第三遍,终于,马隆昌接了电话。

"他妈的,你小子活腻了不是? 我刚睡着,你就把我吵醒了,想死吗你?"马隆昌骂道。

这时候,赖毛不管马隆昌怎么骂了,锦瑟跳河了,这是大事儿,不能不报呀,如果不报,他赖毛可吃不了要兜着走的呀。

赖毛沮丧地说:"马董,大事不好了,锦瑟跳河死了。"

"什么？你小子，你小子……"马隆昌一时也不知说什么好了。

马隆昌不愧是见过世面的人，他混江湖这么多年，打伤的人不下几十个，打死的也有两三个，都被他拿钱摆平了。这事儿，他想，还得拿钱砸，破财消灾，只有这样了。

马隆昌指示说："你小子抓紧开车离开，然后，在车上打110、119、120，让他们来救人，同时，给报社、电视台、电台的新闻热线打电话，就说有人跳河自杀，记住，一口咬定有人跳河自杀，啥时候这句话也不能变，就是刀架在脖子上，也不改口。打电话时用你平时不用的那个手机，不要用咱们公司统一配的手机，记住了吗？"

"好，马董，我马上落实。"

"快点儿，啥球东西你！净办恶心事儿，你叫我咋跟王春生交差哩？另外，打完电话把手机卡弄掉给我扔得远远的，记住了吗？"

赖毛连声说是是是，马隆昌又问："江涛和那个阮非现在在哪里？"

"昨晚你安排小杨陪江涛睡觉，完事儿后，江涛和小杨走了。倒是那个阮非，正搂着小李和小张睡得美咧。"

"球货，赶快把阮非送走。"

"好好好，我马上就回去。"

"另外，事儿办完了，先躲一段时间，不要露面，听到了吗？"

"听到了，听到了。"

"笨死你了，猪脑子！"

马隆昌的电话挂断了，赖毛找出平时从来不用的手机，接连拨打了110、119、120，然后开车飞速离开了。

向前开了一段路,赖毛想想,去哪里呢？不行,还得拐回来,真是迷了,还得回春水新城,锦瑟的老公阮非正搂着美女睡觉呢,马董交代了,得把阮非赶快打发走,不然,事儿就闹大了。

赖毛回到春水新城,把阮非打发走了,又把小李和小张打发走了,把门锁好了,然后,把那辆带着"66666"车牌号的奔驰面包车开到车库里,把车牌卸掉,锁上车库门,出了小区,打了个出租车,又来春水桥上了,他要看个究竟,毕竟这不是个小事儿。

赖毛坐出租车从春水桥上经过时,天已大亮,春水桥上,警车、救护车、消防车都来了,车顶的红灯、蓝灯一闪一闪,桥上站满了看热闹的人,大都是些早起锻炼身体的没啥大事可干的中老年人,也有一些早起上学的学生骑车打此路过,伸头瞅两眼就又离开了。

赖毛经过的时候,锦瑟正躺在担架上被几个医生和护士手忙脚乱地往救护车上抬。赖毛让出租车停了下来,按下玻璃窗故意问旁边一位老头:"老大爷,咋回事？"

"一个姑娘,跳河自杀了。唉,可惜啦,长得真好看。"

"咋样,有救吗？"

老头摇摇头:"医生说,跳河里时间太长,救不过来了。"

赖毛听后,不敢停留,催促出租车司机加大油门飞驰而去。

第十四章　苦果

华年到县地方史志办公室上班后,没承想,这里比县政府发展研究中心还悠闲。也没有那么多会议,更没有那么多的应酬,如果自己不找点事儿干的话,真不知道这一天还能干些什么。忙了不好,闲了更不好;忙了难受,闲了更难受。

在这种难挨的时光中,他买来了笔墨纸砚,开始练书法了,一杆素笔修剪胸中的枝蔓,从此远离名利场,云水禅心,修篱种菊,淡守清欢,补偿多年来对文字的冷漠。他想起了中国历史上"快乐哲学"第一人、曾被国学大师钱穆誉为中国人里最讲究人生艺术的北宋著名理学家、数学家、道士、诗人邵雍邵康节,邵雍年轻时曾崇尚功名,苦读儒学经典,后来接触到易学,一见倾心,从此绝了科举之念。自30多岁隐居洛阳伊川山野之间,每天研习易经,虽然生活贫苦,却怡然自乐。他从不羡慕高官厚禄,反而认为官身不自由、无官一身轻,有闲才是真富贵,以清闲自由为乐事,自称是"闲富贵"。

他把自家称作"安乐窝",自号"安乐先生",还写诗感慨地说:"安乐窝中快活人,闲来四物幸相亲。一编诗逸收花月,一部书严惊鬼神。一炷香清冲宇泰,一樽酒美湛天真。""造物工夫意自深,从吾所乐是山林。少因多病不干禄,老为无才难动心。花月静时行水际,蕙风午上卧松阴。闲窗一觉从容睡,愿当封侯与赐金。"

浮生难得半日闲,想想人这一生,真正清闲的时光并不多,上小学之前相对轻松,上大学相对轻松,工作之后的周末和节假日相对轻松,退休之后相对轻松,其他就没有更多轻松的时间。况且,即使是时间上宽松,但心里不一定轻松,也许有找对象的烦恼,也许有养育孩子的烦恼,也许有职场上的烦恼,也许有疾病的烦恼,如果把这些烦恼算起来,人这一生真正轻松的时日并不多。什么时候有时间放松,那就格外珍惜吧,那是难得的闲富贵。

眼下,华年就以邵雍为师,自得其乐,苦中作乐,享受起了这种难得的逍遥闲暇的日子。

转眼就到新年元旦了,华年又想起了锦瑟。想要把一个人忘掉,真的做不到。每天脑海里总是浮现出锦瑟的影子,有时会一个人发呆,将目光投向远处,即便走在街头,看见仿佛锦瑟的身影,华年就要走上前去,驻足打量很久,然后,想起与锦瑟在一起时的点点滴滴,黯然神伤。特别是到了节假日,对锦瑟的思念郁结于心,才下眉头,又上心头。

回望过去的一年,发生了太多太多的事情,大悲大喜,大起大落,华年真有些承受不了。每天日落西山的时候,他就要感叹一天大好时光又荒废了,对锦瑟的思念更加使他添堵。

在春水县，因为遇见锦瑟诸事不顺，日子真难熬啊，华年想到了辞职，想到企业去，不想受这份窝囊罪了。华年又想到了他那在北京中兴县域经济研究所当所长的大学同学，他还真的跟他那位大学同学打电话联系了，那位同学说，虚位以待，随时恭候，这更加坚定了他到京城闯荡闯荡的决心。

不过，这事儿跟家人一说，都不同意。是啊，华年也理解。当个领导干部，只要在台上，多少还有人仰脸看你；你一旦下台，成为平民百姓，立马没人理你，这就是现实。

华年又犹豫了，准确点儿说是打消了辞职的念想。

就这样熬吧混吧，多少人都是这样在打发日子呢。华年还好一点儿，自从参加工作后，已经换了几个岗位了，还有些新鲜的变化，而很多人是从大学毕业就进一个单位，到了退休还在那个单位，一干就是一辈子，人家都咋过了呢？人家不也过了吗？所以，还是要想得开，啥事儿好不好就在转念之间，左边是繁华，右边是苍凉，就是这样。

华年想给锦瑟打电话了。将近两个月没有锦瑟的消息了，华年的心里空落落的，生命中有些人，一旦错过，也许便再无交集。

这段时间，华年做梦老是梦到锦瑟。一次是梦到他去找锦瑟，锦瑟站在家门口，他则站在楼梯上，他抬头看着锦瑟，锦瑟冷冰冰地说："你以后再也不要来找我了。"说完，锦瑟转身进屋了。华年气得不得了，为什么这么绝情呢？说话怎么这么难听呢！

梦中醒来，华年还在生气，真的下决心再也不找锦瑟了，管她是死是活呢，管她享福受罪呢。这个世界上，没有人天生就该对谁好，没有人必须随叫随到,错过真心对你好的人,好歹不分,忘恩负义,过河拆桥,落井下石,你就走你的阳关道,我走我的独木桥吧。不过,过了两天,华年仔细想想,感觉很不对头,这毕竟是在梦里,人说梦都是反的呢。

还有一次,华年梦到了锦瑟变成了一只蛐蛐,跟在华年身后,华年走到哪里,这只蛐蛐就蹦到哪里,并且缠在华年身后一直鸣叫:"屈——屈——屈——"

华年梦醒后害怕了,锦瑟一直叫"屈",锦瑟有什么委屈事了吗?难道是他华年和锦瑟的量子纠缠发生作用了吗?

华年真的坐不住了,他不敢再想下去了,他几次拿起电话想打给锦瑟,几次拨了那烂熟于心的电话号码,但又急忙把电话挂了。

他不敢再给锦瑟联系了,他怕听到那没人接的"嘟嘟嘟"声,他更怕听到锦瑟大声训道:"你别再纠缠我了!"如果听到锦瑟这样说,那跟判他华年死刑有什么区别?那跟当头挨一闷棍有什么不同?所以,华年不敢再跟锦瑟联系,不为别的,就怕一颗心完全死掉,再没有了丁点儿希望。

又过了一段时间,这是一个百无聊赖的上午,天阴沉沉的,很冷很冷。华年坐在办公室里,看着窗外萧瑟的街道和匆忙的路人发呆,蛰伏在心底的思念葳蕤疯长,他犹豫了多次后,他反复思考后,打通了县政府发展研究中心城建股股长皮实的电话。这个皮实是华年比较器重的,不仅仅是他跟华年同岁,从心理上无形中有一种亲近感,关键是皮实热情、没有坏心眼儿,至少说是不世故,还没有沾染上更多的官场油滑恶习。

华年打通了皮实的电话:"皮股长,你好。"华年跟皮实说话非常客气,因为毕竟不是皮实的直接领导了,这一点儿华年还是知趣的。华年还在县政府发展研究中心工作的时候,从来都是皮实皮实的,直呼其名,啥时候叫过他股长呀。可现在不同了,此一时彼一时啊。

华年是被贬走的,现在是走背运的时候,所以,见了谁都客客气气的,再也没有以前在乡镇当领导时的那种趾高气扬、志得意满的神情和语气了,说起话来谦虚再谦虚。

"华主任,别叫我股长了,您太客气了,您还是叫我名字的好,您有啥指示吗?"皮实说。

华年说:"噢,好,皮实,我想问你个事儿。"

"您请讲。"

"锦瑟最近是不是有啥事呀?"华年说这话其实是瞎猜的,他不这样说,他怕皮实往其他地方想,比如说,你华主任为什么那么关心锦瑟呀?漂亮女人是非多,跟漂亮女人走得近了、说话多了,都容易被别人说三道四,尤其是华年,原来是县政府发展研究中心的主任,本来就有人对华年和锦瑟风言风语地议论,这阵儿找皮实打听锦瑟的事儿,很容易让人浮想联翩。

"唉,华主任,您也听说了?"

皮实一说这话,华年浑身汗毛都竖起来了,华年真的着急了:"锦瑟真的有事儿?"

"是啊。"皮实不说话了。

怕啥有啥,华年提高了声音问道:"皮实,快说,锦瑟咋啦?"

"华主任,你真的不知道吗?"皮实好奇地问。

"老弟,你快点儿说吧,我真的不知道。"华年这会儿改口叫老弟了,他害怕皮实不跟他说实话。

"华主任,锦瑟死了。"

"什么？你说什么？"

"锦瑟死了。"

"为什么？不可能呀,你瞎说什么呀。"

"我没有瞎说,这都一个月前的事了。"

"咋回事呀？咋回事呀?"

"听说是跳河自杀的,从春水桥上跳了下去,具体的情况我也不清楚。"

"为什么呀？这么大个事,你们怎么也没人跟我说一声呀。"

"这个,华主任,这个应该由秘书股通知你的吧,我也不知道。华主任,你也不在这儿工作了,有些事,我不便跟你说,有机会我再找你汇报吧,再见。"说完,皮实挂断了电话。

华年手里的电话掉了下来,华年的双手开始颤抖起来,他木然地站着,然后又直直地坐到了办公椅上,随即,眼泪顺着眼角悄悄地流了下来……

"华主任好！我叫锦瑟,我是来报到的。"

锦瑟的声音犹在耳边,这时,他多想锦瑟就在他的面前坐着,跟他说:"华主任,我叫锦瑟。"

时光清浅,花影微凉,烟花三月的西子湖畔,浪漫的北疆,无数个深夜加班的温暖陪伴,还有,他和锦瑟两个人谈天说地,挨得是那么近,锦瑟身上的薰衣草香味使华年如此地着迷,红尘,沧桑,流年,清欢,笑望,低眉,山一程,水一程,两个人的白月光……

这一切一切的过往,却永远阴阳两隔了,此生再也不能见面,从此雾霾浓重,落寞成殇,芳菲落尽,逝水沉香,华年短暂沉默过后,趴在桌子上放声大哭起来。

这些天的心慌,这么多次的噩梦,却原来是锦瑟的魂灵在暗示、在纠缠华年,这是锦瑟和华年的心灵感应呀。华年总是对锦瑟说,咱俩是心有灵犀一点通,咱俩这辈子无论如何都分不开的。锦瑟总是不信,锦瑟总是说不可能,不可能,不可能。现在,华年相信了,他和锦瑟真的有感应,不然的话,那一见钟情该如何解释呢?

锦瑟太可怜了,她真的无依无靠,也只有华年给她温暖的臂膀,是她活着的保护伞和乘凉的大树,可是,华年没有保护好锦瑟,华年怎不痛心疾首?怎不痛彻心扉?

早应当跟锦瑟打电话了,即使锦瑟骂他华年,训他华年,奚落他华年,华年也不应该这么长时间不理锦瑟呀。哪怕听到锦瑟的声音,最起码也知道锦瑟还活着,至少锦瑟是幸福还是痛苦他华年能猜出来吧?可是,可是——这一切的一切都太晚了。

华年狠狠地打自己的脸,泪如泉涌,这是一个中年男子的眼泪,是一个饱经世事沧桑沉稳老练的男人眼泪,隐忍、内敛、深沉、厚重、决绝……

再也没有犹豫,华年直奔春水桥而去,他呆呆地站在春水桥上,泪水就像春水河,悄悄地流逝。

桥上依然是车水马龙、人声鼎沸,华年倚着桥栏杆,想象着锦瑟是怎样跳入春水河的:

她穿着那件紫红色风衣,翻过春水桥的栏杆,纵身跳入春水河深处,就像一只火凤凰穿透漆黑的夜幕,带着无尽的哀怨和满腔的悲愤,从此告别了滚滚红尘,从此没入一江春水,从此回归九天云霄。

锦瑟呀锦瑟,我没有保护好你,我说过的,我要保护好你,这一辈子都不让你受委屈,都不让你受欺负,可是,你还是就这样离我而去,到底是为什么呢?你有什么事想不开呢?有什么解决不了的难题呢?

华年望着打漩儿的春水河,枯枝落叶随水东流。春水河已经不再清澈,现代社会的污染已使它承载了太多太多的污垢和灰尘,锦瑟在水中的挣扎和痛苦,露出头又沉下去的无奈,华年每想象及此,几次冲动想跳下去,他要救锦瑟,他要拉锦瑟上岸,因为锦瑟在寒冷的河水里……

河面上的风带着透骨的清冷,吹起了华年的衣角,吹乱了华年的头发,吹皱了华年的脸庞,吹碎了华年的心,他长叹一声,环顾四周,河两边的树木早已凋零,春水桥两端的那两棵老槐树此时也光秃秃的,更加老态龙钟,几只乌鸦站在黑黢黢的树枝上,冷冷地看着华年。

天依旧是雾蒙蒙的,远处的楼房都在云雾中,若隐若现,若梦若幻,一幅阴间凄惨景象。

锦瑟从河里跳出来了,笑盈盈地站在华年面前:"华主任!"还是那黏黏的带着牛奶糖味儿的声音。

"锦瑟,"华年愣了一下,旋即反应过来了,就像久别相逢的恋人,就像初次相遇的场景,"锦瑟——"

锦瑟不见了,锦瑟不见了,却原来,这只是华年眼前的一场梦幻。

华年的眼泪又不争气地流了下来,锦瑟呀锦瑟,你在哪里呀?你为什么离我而去呢?你孤独吗?你冷吗?

不是冤家不聚头,

缘尽情绝水东流。

有魔降魔劫数尽，

天上人间惹人愁。

华年突然想起了小青山白云观道长送给他的那首诗，他打了个寒战：命啊，命，啥是命？不信命真的不行啊。可是，命由天定，事在人为，华年是个既信命又不信命的人，成者我幸，败者我命，这就是他的命运观。

寒风掠过春水河，吹起一丝波纹，想念及此，华年的眉头皱起来了，眼里分明露出凶光："锦瑟，你刚度完蜜月呀，你有什么想不开的事呢？我一定要找出你自杀的真正原因，我一定搞清真相，也许前边道路凶险，也许前边雾霾重重，但是，我对你的承诺不会改变，我说过，我要保护你，不让你受任何委屈，更不允许任何人欺负你，我是个说话算数的人，我说到就要做到。"

可是找谁打听呢？找县政府发展研究中心的人吗？他华年已不在那里工作了，现在是副主任陈大顺主持工作，陈大顺不买华年的账，华年在时他就不怎么把华年放在眼里，现在华年不在那里了，他更不把华年放眼里了，单位的同志们眼都明着呢，一看这阵势，都唯恐躲华年而不及，华年那么信任的皮实，华年跟他打电话，他都不敢多说，其他的人就更不用说了。

现在，华年打消了找县政府发展研究中心的同事问情况的念头，让他的司机何勇四处打听。何勇从县政府发展研究中心跟着华年来到了县地方史志办公室工作，何勇打听这事儿，不会引起别人的什么怀疑。但是，何勇问了一大圈，只问出了锦瑟确实跳河自杀了，至于锦瑟为什么自杀，大家都讳莫如深,何勇什么也问不出来。

这时,华年想到了阮非,阮非是锦瑟的老公,他肯定了解情况,但是,他跟阮非没有见过面,他也只是在锦瑟结婚时大老远地看到过阮非的背影,贸然去找阮非,阮非会怎么想他华年和锦瑟的关系呢?话该怎么说呢?

不管那么多了,锦瑟已离开这个世界了,他华年活着还有什么意义呢?还有什么顾虑呢?事不宜迟,他让司机何勇开车直接去了春水县城乡建筑设计院。

华年没有进春水县城乡建筑设计院的办公室,他让司机何勇把阮非喊了出来,把阮非喊到了车里,他要和阮非在车里好好谈谈。

阮非是中等个儿,五官还算端正,面貌也算和善,只是皮肤有些黑,头发有些微卷,算不上帅,也谈不上英俊,不知道锦瑟怎么看得上他的。

华年和阮非坐在车后座上,互相握了握手,阮非先说了:"华主任,我经常听锦瑟说起你,说你对她很关照。"

"谈不上关照,锦瑟是个好女孩儿,表现很优秀,我很器重她,也很看好她。我离开县政府发展研究中心后,对县政府发展研究中心的事儿就一概不知了,跟锦瑟也没有再联系了,不知道为什么锦瑟就突然出事了,你们不是刚结婚吗?是你们吵架了吗?"

阮非的眼神中透出惊慌的神情,这一切都逃不过华年的眼睛。

阮非低下头说:"您说得对,华主任,我跟锦瑟确实吵架了,锦瑟离家出走了,我去找她,但是没找到,后来警察给我打电话,我才知道锦瑟跳河自杀了。华主任,我好后悔呀。"说完,阮非大哭起来。

警察?阮非一句无意的话提醒了华年,对呀,这事儿警方肯定介入了,为什么不找警察问问情况呢？那可是第一手资料呀。现在科技发达，县城里到处都有摄像头，春水桥上有高清摄像头，当时的场景肯定有录像。对，跟这个阮非问不出什么来，只有找事实找证据找现场，才能了解真实的情况。

但是，华年还想多问问阮非，不定还能问出什么意想不到的情况，于是，华年问道："阮非，你跟锦瑟刚结婚，刚过蜜月期，怎么会吵架呢？"

"也不是啥大事，就是因为我爱喝酒，锦瑟说了我两句，然后我们就吵了两句，就这。"阮非轻描淡写地说。

"仅仅是这，锦瑟就会自杀吗？她是很坚强一个女孩子呀。"华年说。

"我也不知道呀，我跟锦瑟虽然结婚了，其实我们俩谈恋爱的时间也不长，也就不到半年时间吧，对她的情况我还真的不是特别了解。"

"当时警察是怎么说的？"华年又问。

这下，阮非不高兴了："华主任，有些事，你是不是问得有点儿奇怪呀？这是我的私事，锦瑟是我媳妇儿，你跟锦瑟……"

阮非欲言又止，华年明白了，华年知道问得有些多了，于是改口问道："锦瑟的葬礼是在哪儿办的？"

"就在咱们春水县殡仪馆，锦瑟的骨灰，她父母过来带回老家了。"

"噢——"华年的眼圈儿红了，但是，还不能让阮非看到。是啊，他跟锦瑟是什么关系呀？如果仅仅是领导和下属的关系，能这么动感情吗？

华年转脸看着车窗外，悄悄擦掉眼泪，然后，从口袋里掏出早已准备好的一千块钱递给阮非，说："我今天来找你，也没有其他的事情，就是听说锦瑟去世了，我当时消息闭塞，不知道这事儿，现在听说了，来看看你，希望你节哀。"

"谢谢华主任!"阮非接过钱,没再说什么。

华年告辞走了。

司机何勇问华年:"华主任,现在去哪儿?"

"先回办公室吧。"

回办公室的路上,华年想想在县公安局还有什么熟人呢,因为锦瑟的事,华年三番五次地找他那当副局长的同学,再麻烦他肯定不合适,那位同学肯定怀疑华年跟锦瑟的关系。再找一个熟人吧,还有谁呢? 突然间,华年想到了邱刚。对,华年在乡镇工作时,邱刚是他那个乡镇的派出所所长,后来调任春水县公安局治安支队支队长,华年跟邱刚关系还不错。小县城就有这点儿好处,人少,熟人倒挺多,就那么两条街,走一趟下来,见的都是熟人,不停地点头打招呼。于是,华年拿起手机,查到了邱刚的电话,拨了过去。

电话接通了。"华书记,你怎么想起我来了?"电话那头,邱刚依然是大大咧咧的说话语气。

"噢,邱所长,有个事儿想麻烦你呀。"华年客气地说。

"华书记,别喊我所长了,我是越混越差呀,以前是所长,现在变成队长了。回到老家,老家人都问我,你犯啥错误了,咋从所长变队长了? 还没有咱村的村主任官儿大呢! 咋弄的?"说完,邱刚自己先哈哈大笑起来。

华年也笑了:"邱队长,不,邱所长,还是叫你所长叫得美,不过,以后你也别叫我华书记了,我也不是啥书记了,此一时彼一时呀。"

"说吧,华主任,有啥指示?"

"没啥指示,是请示,你帮我打听一个事儿。"

"啥事儿？只要我能办到的,全心全意去办。"

"好,我听说一个月前,具体日期我记不住了,有个叫锦瑟的女孩子从春水桥上跳河自杀了,你帮我找找当时的出现场警察,看是啥情况。"

"行啊,不过像这种事儿报纸和电视上都应该报道的,你没看过吗?"

"没有呀,我是天天看报纸的,我没有注意呀,这就奇怪了,报纸和电视上为啥不报道呢？这是很吸引人的新闻哪。"

"对,你说这事儿还真是怪呢,我虽然不管刑侦,但是,这事儿我帮你问问。"

"还是熟人好办事呀,先谢谢了。"

"不谢,分内之事,你等我电话吧。"

第二天,邱刚就把电话打过来了:"华主任,你问的那事儿我打听过了。"

"什么情况?"华年着急地问。

"我看了监控录像,那个叫锦瑟的女孩子确实是跳河自杀的,但是呢,她是从一辆奔驰面包车里跑出来的,然后就跳河了。"

"一辆奔驰面包车？锦瑟怎么会从那里跑出来的？这车的车牌号是多少?"

"这辆奔驰面包车,很显眼,车牌号是'66666',带'6'的五连号,咱春水县也只有隆昌房地产公司才能拿到这样的车牌号了。"

"锦瑟怎么会坐隆昌房地产公司的车呢？这个锦瑟，我真的越来越不了解她了。唉，邱队长，这是啥时候发生的事情？"

"大概是早晨五六点钟，天快亮的时候。"

"那能不能帮我再查查这车从哪儿出来的？行车路线是什么？"

电话那头，邱刚沉默了一会儿，接着问："华主任，你跟那个叫锦瑟的女孩子是什么关系？"

邱刚这么一问，倒真把华年给问住了："这个，没什么关系，就是原来我的一个同事。"

"华主任，如果不是自己的至亲好友，像这种事情，多一事不如少一事吧。说实话，我找出现场的警察问情况的时候，人家一再跟我说，千万不能泄露秘密，不能告诉别人。我也当了多年警察了，有些事，老领导，反正锦瑟也确实是自杀的，至于为什么自杀，以前发生了什么，都不重要了，也没必要再纠缠下去了，人家家属还不说啥呢，咱还有啥可说呢？就到此为止吧。"

"好吧。"华年理解邱刚的难处，人家帮你问到这个份儿上，已经相当不易了，已经非常够意思了，不能再让人家为难了。

"谢谢邱队长，还是老伙计好呀。"华年临了不忘向邱刚再次表示感谢。

放下电话，华年　屁股坐在办公椅上，点燃了一根烟，陷入了深思。

室内，烟雾弥漫；窗外，雾霾重重。

节令已经进入立冬了，北方的天已经很冷了，冬天也是一年中雾霾最为浓重的时候，高楼大厦都被雾霾包围，影影绰绰，对面都看不清人影。

这里边一定有什么不可告人的罪恶，锦瑟是一个内心非常坚强的女孩子，特别独立，她不可能随随便便就自杀的。华年看着阴沉的雾霾，下决心要弄清事情的缘由，而这，还必须再会会阮非，阮非是锦瑟的爱人，是离锦瑟最近的人，阮非肯定了解情况。

他拿起电话，辗转找到了锦瑟的爱人阮非的手机号。

从内心讲，他恨阮非，他跟阮非是情敌，锦瑟跟阮非结婚才几个月时间哪，锦瑟就去世了，华年更恨阮非了，但是，此刻，他必须和阮非再次单刀相会。

"是阮非吗？"华年想了 N 遍说辞后，预估了各种可能性的对话后，才打通了阮非的电话。

"是我，请问你是哪位？"阮非说话倒还客气，毕竟他是一名工程设计人员，也算是有文化有知识的人。

"我叫华年，曾经是锦瑟的领导，咱俩前几天见过面。"

"噢，我想起来了，华主任，有事吗？"

"没啥事，我想晚上请你吃个饭，咱俩在一块儿坐坐。"

"对不起，我晚上还要加班，这段时间很忙，过一段时间再说吧。"

"就吃个便饭，很简单的。"

"对不起，我真的有事。"

"那样吧，要不我找你们城乡建筑设计院的院长，咱们一块儿吃个饭，估计他不会再给你派活儿让你加班了。"

电话那头儿，阮非犹豫了一会儿，说："那算了吧，不用麻烦我们院长了，咱俩坐坐吧，半个小时时间，我只有半个小时的吃饭时间。"

华年说:"放心吧,按你说的办。"

华灯初上,春水县的夜晚,大小餐馆生意兴隆。

华年和阮非坐在一个小餐馆的角落里。华年要了一瓶酒,点了几个小菜,然后,给阮非递上一根烟,两人都点着了烟。在明灭的烟火中,华年先说话了:"老弟,今天找你呢,有事儿,也没事儿。要说没事儿吧,就是想找你聊聊天,因为你和锦瑟是夫妻,锦瑟是我选过来的人,我对她很器重,说心里话,很喜欢她,但我没有这个福气,不能和她在一起。说有事儿吧,是锦瑟不在了,我心里堵得慌,也只有找你聊聊天,心里才会好受一些,就这些。我呢,本来一不抽烟,二不喝酒,三不吃肉,今天这三样我都不管了,既抽烟,又喝酒,还吃肉,来,咱弟兄俩先喝一杯。"

阮非也不说话,两人碰了杯后,一饮而尽。

华年接着说:"那天我去找你,时间仓促,咱俩没来得及细说,我这几天一直纳闷,锦瑟为什么会自杀呢?据我对锦瑟的了解,锦瑟是个很自强的人哪,什么困难都压不倒她,她怎么就……? 你们到底发生什么事了?"

阮非还是不说话,这次,他主动端起杯子和华年碰酒,俩人又是一饮而尽。

"锦瑟是个好女孩儿呀,像天仙一样美丽、纯洁,还那么聪明,人见人爱,可世事无常,红颜薄命,天妒红颜,想起来就让人难受。"华年吃了一口菜,抽了一口烟,伤感地说道,"说实话,如果不是我已经结婚有家室了,我真要跟你竞争一番呢。"

"喝酒。"阮非嘴里只吐出两个字,和华年又碰了一杯酒。

"老弟,你好福气呀。"华年说。

阮非叹了一口气。

华年就等着阮非叹这口气呢,见阮非有些动情了,看似伤感了,华年凑前问道:"阮非,老弟,你跟我说实话,那天锦瑟你们俩因为啥事生气了?锦瑟不是这么度量小的人哪,她怎么会因为这事儿想不开呢?"

阮非端起酒杯:"来,华主任,再干一杯。"

两人又一饮而尽。

阮非终于开腔了,他上来就问:"华主任,今天我要问问你,你跟锦瑟到底是啥关系?"

阮非这一问,华年倒愣住了。

阮非不依不饶,趁势说道:"锦瑟现在是走了,如果锦瑟不走,我还不知道这事儿呢,你们县政府发展研究中心的人跟我说了,你跟她关系不正常,你们有多长时间了?是不是我和锦瑟没认识之前你们俩就有一腿了?你们是把我当傻子卖了?是不是好得不可开交了才把我抬出来当替罪羊了?"

阮非喝了几杯酒,眼里冒着怒火,瞪着华年。

华年和锦瑟是什么关系,华年心里不清楚吗?他爱锦瑟,但他对锦瑟是纯洁的爱,和锦瑟在肉体上没有一点儿接触。虽然他有很多机会可以侵犯锦瑟、占有锦瑟,但因为他太爱锦瑟了,所以他不忍伤害锦瑟,只是在工作上、生活上关心锦瑟,把对锦瑟的爱埋在心底。在很多现代人看来,这种爱很不可思议,是那种很传统很保守很遥远的爱,却不是柏拉图式的精神恋爱,这是友谊之上、爱情之下,不是爱情却胜似爱情。而只有理性克制的男人,只有聪慧纯洁的女人,才配拥有这种异性之间的感情,也才能维持这种神奇的感觉。但,华年对锦瑟确实是这种情感。如今,阮非问起这事了,华年憋了一肚子的话还真想抖搂出来。

"阮非老弟,说实话,你爱锦瑟,我也爱锦瑟,但是我已结婚了,我不想伤害锦瑟,我对锦瑟所有的好,都是纯洁的,我们什么也没有发生,我说这话,恐怕你不会相信吧?"

"说得好听,你说这话鬼才会相信。我倒是听说,在我没有和锦瑟结婚之前,你和锦瑟谈工作改材料经常到半夜,有时候出差,两人在房间里不知搞什么名堂也是到半夜,你们都谈什么了? 不是谈伟大理想吧? 我说这你不能不承认吧? 你和锦瑟有没有这些事?"

"随你怎么想吧,你说这些事都有,但我和锦瑟的确是在谈工作、谈人生、谈理想。"

阮非鼻子哼了哼:"来,华主任,喝酒。你真伟大,佩服,佩服!"

华年和阮非又碰了一杯酒,华年说:"老弟,你还是不了解我的为人,你将来跟我熟悉了,你就知道了,我不是别人闲言碎语说的那种人,我和锦瑟真的很清白。"

"华主任,你不用再解释了,我不想听你解释,反正锦瑟也走了,锦瑟对于我来说,已成为过去时。你今天找我还有啥事说吧,咱今天说完,各奔东西。虽说你是领导,但我是搞技术的,是凭本事吃饭的,我也不会巴结你。"

华年点点头:"老弟说得对,我今天找你就是想问一件事,我听说锦瑟跳河自杀的时候,春水桥上有辆奔驰面包车,锦瑟就是从这辆面包车里跑出来的,你当时在车上吗?"

"这个？面包车？"阮非也愣住了，夹菜的筷子停在了半空中，他想起了那个不堪的夜晚。

那天晚上，阮非喝得烂醉如泥。等他稍微有些清醒时，发现身边有两个脱得光溜溜的美女陪着，左边一个，右边一个。阮非性起，不管三七二十一，和俩美女轮流云雨一番之后又沉沉睡去了。正酣睡之际，有人大声喊他，阮非睁开惺忪的睡眼，见是马隆昌的司机兼保镖赖毛像个铁塔一样站在床前，两个美女也被惊醒了，扯了件衣服裹着身子跑到外屋了。

"阮非，起来！"赖毛吼道。

阮非急忙找衣服。

"不用穿衣服了，先听我说，跟你说个事儿。"赖毛说。

"哥，啥事儿？"阮非这会儿有点儿心虚，别的不说，单单自己身边睡了两个美女，这事儿就不是小事儿，虽说春水县城乡建筑设计院是个事业单位，是自收自支性质的，但好赖也是县建设局下边的国有单位，还是有党纪国法管着的，所以，阮非见了赖毛，直叫哥。

赖毛从上衣口袋里摸出一串崭新钥匙扔到床上，接着，又从怀里掏出一把锃明发亮的砍刀扔到了阮非面前。这下，阮非吓得一哆嗦。阮非经常跟这些房地产公司的人打交道，他深知这些人的厉害，经常为了工地上的事儿找黑社会的人打群架，都是掂刀拿棍的，都是些亡命之徒。

"哥，你这是干啥哩？"阮非惊恐地问。

"干啥哩？看到没有？这是春水新城这栋楼上一套房子的钥匙。如果你听话，这套房子就归你了；如果不听话，看到没有，还有这把砍刀，随时跟着你,也归你了。"

"这这这……哥,你说这是弄啥哩? 我不明白呀。"

"好吧,跟你说实话吧,昨天晚上你喝多了,你睡了我们公司两个美女小李和小张,你老婆锦瑟看到了,一气之下,跳河自杀了,现在在医院太平间。我们马董呢是个仁义人,看你死了老婆,也怪可怜,别管咋说,是在我们马董家喝酒出的事儿,马董说了,给你一套房子,算是向你赔礼道歉。但是呢,你老婆死就死了,旧的不去,新的不来。你才结婚没俩月,正好可以换个新的。我们马董的公司比你老婆漂亮几百倍的小妮儿多的是,你随便挑随便拣。不过,这事儿到此为止,别管谁问着了,不准说在我们马董家喝酒了,不准说到我们马董家来了,锦瑟跳河自杀是因为你和锦瑟吵架引起的,听见没有?"赖毛恶狠狠地说。

"什么,锦瑟自杀了?"阮非一下子从床上跳下来,四处寻找衣服。

"站好了!"赖毛的声音提高了八度,把阮非吓呆了。赖毛继续说:"死老婆是大喜事,你急啥急? 我还没说完哩!"

"哥,你说你说。"

"如果还不听话的话,我告诉你,我们马董家到处都是摄像头,你昨天晚上跟我们公司两个美女睡觉的事儿,可都是有录像,你趁早放明白点儿。"

"好好好。"阮非真的害怕了,这些人的饭真的不敢吃不好吃呀,处处是陷阱、是圈套。阮非本想只是吃顿饭,没想到锦瑟竟然自杀了,也不知道什么原因,难道真是因为她看到自己和俩美女睡一块儿生气了才跳河的吗? 不至于呀,锦瑟为什么不跟自己大吵大闹呢? 昨天晚上,自己喝多酒了,锦瑟去哪儿了呢？为什么她又跳河呢？这一切一切的疑问,加之赖毛的恐吓,使阮非更加确信锦瑟的死不那么简单。

但是,不管怎么说,先脱身离开这虎穴再说。

"哥,我不说,我不说。"

"那好,那好,看见这张纸了吗？空口无凭,在这纸上边签个字。"赖毛这些人可真不是吃素的,他们不是那么好打发的。

一张纸飘到了阮非面前,阮非捡起一看,只见上边写道:

声　明

因为我和锦瑟吵架,导致锦瑟跳河自杀,这一切责任在我,我愿意承担一切法律和民事责任。

阮非

1999 年 11 月 7 日

阮非看后傻眼了:"哥,这不妥吧？"

赖毛大步上前,伸手卡住阮非的头,使劲一拧,阮非原地转了一个圈,差点儿跌倒。赖毛捡起床上的砍刀,架在阮非的脖子上。阮非只觉得冰凉冰凉,脖子湿湿的,拿手一抹,手上全是血。

"兄弟,我们都是号子里的常客,我们的命不值钱,你的命比我们金贵,你还是把这个字签了吧。"

阮非知道今天不签字是过不了关的,从赖毛的这些举动,他更加坚信锦瑟的死不那么简单,里边肯定有不可告人的内幕。

这时,赖毛拿出手机,说:"兄弟,不要想你老婆了,你老婆不是啥好东西,我手机上有段录音,是你老婆办公室里一个股长,叫什么苗股长说的。我们早就录好了,就等着有机会让你听呢,你听听,你听听。"

说完,赖毛按了下手机上的录音键,只听一个女的声音响起来了,说的是锦瑟的故事,从锦瑟毕业后当实习导游说起,说锦瑟当实习导游时和那些游客打情骂俏、搂搂抱抱,又说锦瑟刚毕业到县电信公司上班那一年多时间,谁当领导她跟谁搞暧昧,谁当领导她跟谁有绯闻,特别是跟县政府发展研究中心主任华年,经常晚上鬼混到半夜,出差时在房间里玩到天明……

阮非一听,头都气炸了:"我签,我签。"阮非爽快地在这张纸上签上了他的大名。

赖毛哈哈大笑:"兄弟,聪明,这串钥匙带好,一个签字,一套房子到手了,这钱你他妈挣得也太容易了。我搞两条人命也没有你挣得多。就这吧,车在楼下等着你,抓紧送你去医院,把你老婆早点儿火化了,你早点儿心净,趁年轻赶快再找个更好的,到时候我找你喝喜酒去。"

阮非回想到这里,又独个儿喝了杯酒:"华主任,不说了,过去的就过去了,我不能总活在过去里,锦瑟是我老婆,我再说一遍,这是我的家事,你不要再管这事儿了,我走了。"说完,阮非站起来走了,华年坐在那儿愣了半天也没有回过神来。

华年没有心情吃饭了,结了账,独自一个人沿着路边走。

他没有叫司机何勇,他心里堵得慌,他还没有从失去锦瑟的伤痛中走出来,他想走走散散心,不知不觉,他又来到了春水桥上。

华年站在春水河桥头,这是他和锦瑟初次相遇的地方,是他美好回忆的开始,也是他终身痛苦的开始。桥,为什么是春水桥? 这是一座连心桥? 还是一座奈河桥? 这是阴阳之隔? 还是冥冥造化?

天色已晚,桥上的车辆和行人少了许多,桥上的路灯依然明亮,挂在桥上的霓虹灯闪烁着七彩光芒,仿佛在兴奋地迎接华年的到来。

夜深沉,清冷的寒风更加强劲,华年看不到未来,更找不到玄机。夜的黑,黑几许? 夜幕中有多少魅影在晃动,华年不由打了个冷战,他真的害怕了。

"兄弟,你干啥哩?"

华年扭过头,一对散步的老年夫妇从他身边经过,可能是看到华年一个人站在桥头好生奇怪,于是问道。

华年说:"噢,老人家,我没事儿,我随便转转。"

"前些时这里有个姑娘跳河自杀了,你也老大不小了,可不能想不开呀,我们都是过来人了,我们就相信一条,没有过不去的火焰山。"

噢,这对可爱的叔叔阿姨多虑了,以为华年也是想跳河自杀的。

华年笑了:"谢谢叔叔阿姨,您是好人,放心吧,我没事儿,我只是随便转转。"

"那就好,那就好。"老年夫妇相互搀扶着依偎而去。

华年瞅着老年夫妇的背影,能在晚年时光,能在寒冷的冬夜,就这样从春水桥走过,这对饱经沧桑的叔叔阿姨多幸福呀。

想起锦瑟,华年站住了,站稳了,他知道,他要好好地活,不能胆怯,不能退却,不能倒下,不为别的,只为了锦瑟,只为了锦瑟不明不白地离去……

　　　　　　　　　　　　　　第十四章　苦果

第十五章　沉沦

华年想来想去，又想到了春水县公安局治安支队支队长邱刚。不行，还得找他，不找他真的无人可找了。但是，邱刚已经明确说了，人家不想管这事儿了，再找他一则是让人家为难，二则人家肯定会推掉，只会自己搞个很没趣。

华年颓然地坐在办公室的办公椅上，愁肠百结，他真的没有这么发愁过，像这种事儿真的愁人。在乡镇工作时，他也遇到过 N 个棘手难题，比如上访的，两家人为了争地边互不相让；比如搞拆迁，有的拆迁户漫天要价就是不拆，还拿着汽油瓶子扬言要同归于尽；比如县里要修一条路，不给你一分钱还限你多长多长时间把路修好等。这些事儿虽然难，但有一点好处，是可以正大光明地去办，可以到处找人想办法，可是，锦瑟这事儿呢，华年还不好大张旗鼓地到处找人去办，不然的话，人家肯定怀疑你，你跟锦瑟是啥关系？一不沾亲二不带故，你现在又不是锦瑟的领导了，即使是锦瑟的领导,你过度关心女下属,是什么意思?

思来想去,一定要找个可靠的人,而且必须是管事的人,那找谁呢?

无奈之下,华年还是拨通了邱刚的电话:"喂,邱队长,你好,我是华年。"

"噢,华主任,你好,啥指示?"

"上次我麻烦问你那事儿,我还是想问问你,你能不能帮我查一下那辆车是从哪儿开出来的,都从哪儿过了?"

"这个……"

"邱队长,看在老伙计分儿上,只问你这一次,你就帮我查这一点儿就行了,这应当不是太麻烦的事吧? 随便找个交警应当能问出来的,不用找出现场的民警问了。"

"好吧,老领导发话了,我照办吧,不过,这事儿真的不能深究了。"

"放心吧,老伙计。"

过了两天,邱刚回了电话,说,那辆车牌号是"66666"的奔驰面包车是从春水新城开出来的,一路没有停车,只是在春水桥上停了两三分钟,然后,又开走了,向前走了一段路,又掉头拐回来了,还回了春水新城,再之后,这些天再没有见到这辆车的活动轨迹了。

春水新城,这是春水县最大的楼盘,分三期开发,第一期是别墅,第二期是小高层,第三期是高层,陆陆续续一直开发了将近十年才算完,这不,还有一栋没有交工的最高层楼房呢。

在春水县,春水新城是最高大上的产品,当然,房价也是最高的,住在这里的人,非富即贵,都是春水县有头脸的人。

华年来到春水新城，把车停在小区门口的道路边，他知道像这样的小区管理都比较严，外来车辆一般是不让进的，华年又是在悄悄地"干活儿"，所以，他不想张扬，更不想在守门的保安审贼似的眼光和口气中进行解释。

华年锁好车门，一个人大摇大摆地进了春水新城，这个小区住的人多，来来往往的，保安对个人进出倒不怎么管。所以，越是装得跟真的一样，保安越不去盘查追问，而越是东张西望，保安才不会放你进去。

华年进了春水新城，只见小区里边小桥流水、亭台楼榭，是南方园林式绿化风格，即使现在已是冬季，但这里依然是绿茵茵的，一派勃勃生机，听说春水新城绿化彩化的效果就是"三季有花，四季常绿"，果不其然。

华年不知道该往哪里去，锦瑟怎么会来这里呢？而隆昌房地产公司的车是从哪栋楼前出来的呢？

华年漫无目的地转来转去，始终理不出个头绪。

鼻子底下是张嘴，真是搞不清楚了，还是动动嘴多问问吧。

华年看到路边坐在长凳子上休息的一对老年夫妇，心想，他们肯定对这里的情况熟悉，老年人事儿不多，也喜欢有人找他们唠嗑，于是，华年来到这对老年夫妇跟前："大伯、大娘，您好！"

"好，好！"这对老年夫妇说。

"麻烦打听一下，隆昌房地产公司在哪儿办公？"

这对老年夫妇你看看我，我看看你，一脸茫然地摇摇头："不知道，不知道。"

"那物业在哪里呀？"

"噢，找物业呀，往前走，左拐，有个两层小楼，那就是物业部。"

"好，谢谢呀。"

"不用谢。"

华年很快就找到了老年夫妇所说的两层小楼。华年在两层小楼里转了个遍，有的门上挂着"管理部"的牌子，有的挂着"设备部"，有的挂着"财务部"，还有一个挂着"水电部"。华年探头往里张望，里边的人有的坐有的站，有的在忙，有的在聊天，华年看不出有什么异样。但是，别管咋说，这里也算是隆昌房地产公司的一个下属机构了，这里的人应该了解一些情况的，尤其是"水电部"的人，管水管电的，对各家的情况应该都很了解，而且他们这些人对人不怎么设防，问一些事情应该没什么问题。

于是，华年敲门进去，看到门口坐着一位穿着蓝色工装的小伙子，正低头玩手机，华年问道："老弟，请问马董在哪儿办公？"

华年这一问，小伙子吓了一跳，立马儿把手机收起来塞进裤兜里，坐直了看着华年："马董？我怎么会知道马董在哪儿办公呢？不知道。"

"马董不是在这里住吗？"华年想诈这小伙子一下。

干体力活儿的人相对还是实在，比坐办公室的人心眼儿少。"听说马董有好几个家呢。"小伙子艳羡地说。

"他这几个家都在哪儿呀？"华年追问了一句。

小伙子上下打量了一下华年，问："你是哪儿的？"

"噢，我是马董的朋友。"

"朋友？马董的朋友都是啥身份，你是马董的朋友吗？"

华年看着小伙子疑惑的眼光，再低头看看自己，是啊，自己像是马董的朋友吗？马董的朋友会来到这物业部吗？

华年其实也不是擅长说谎的人，有时候说的谎话连自己都难以置信，更别说这小伙子了。华年自个儿"嘿嘿"笑笑，说："人不可貌相，海水不可斗量，我就是马董的朋友，咋，不像吗？"

小伙子不想跟华年玩儿了，说："去一边儿吧，找保卫部去，我们啥都不知道。"

小伙子就这样把华年给打发了。

问保安？保安的警惕性很高，更难问出什么蛛丝马迹。华年出了物业的门，一屁股坐在路边的长椅上，两手插进头发里，痛苦地低下了头。

华年真想放弃呀，锦瑟的爱人阮非不管这事儿了，锦瑟的父母也不知道在哪里，锦瑟的亲属还不说这事儿呢，自己一个外人这不是没事找事嘛！就这样坚持下去，也不知道是祸是福，还不知道下场和结局如何。要知道，自己的对手很可能是强大的隆昌房地产公司呀，虽说他华年也是春水县一个领导干部，但在隆昌房地产公司面前，他华年又算什么呢？一介文弱书生，百无一用。

"华主任，您好！"锦瑟又歪着头调皮地站在了自己面前，像一位紫霞仙子，翩翩而至。

往事如烟，思绪如潮，锦瑟呀锦瑟，你到底是仙是鬼，还是妖？你在人间，搅得我心神不宁，你到了天堂，还把我折磨得心力交瘁，遇见你，到底是我的结，还是我的劫？你就是那《画皮》里的女鬼呀，自打认识你，就这样一直缠着我，吃我的心，喝我的血，使我不得安宁，你是我感情的绳索，你是我生命的相思锁。

"锦瑟，我说过我这辈子会保护好你的，我没有保护好你，让你受委屈了,那些恶人欺负你了,我不管付出多大的代价,也要为你申冤报仇,让你在天之灵安息。"华年想到这里,又抬起了头,心中充满了力量,华年给自己鼓劲儿:坚持,一定要坚持,坚持就是胜利!

华年在小区里走来走去,多想在无望中找到希望、在无常中找出玄机。

转了个把小时,华年来到了小区最高的那栋尚未交工的楼前,停下了脚步。

几个保洁工正在楼里楼外进进出出,清运垃圾。华年看到一位年纪约六十多岁的瘦小的老人,面相和善,于是上前问道:"大爷,请问马董在这里住吗?"

"马董?楼上有马董的房子,住不住我不知道。"

听到这句话,华年差点儿蹦起来,踏破铁鞋无觅处,得来全不费功夫。那么难的事,简直就无路可走的难关,怎么突然间就柳暗花明呢?

世界上的事,真是奇妙得很,但,所有的这些不期然,所有的偶然,都有必然规律。这必然规律,可能就是华年打小就认定的那条座右铭:坚持就是胜利!

华年急忙问道:"那他的房子是几层几号呢?"

"最高层,豪华得很哪。"说完,这位清洁工老人推了一车垃圾忙去了。

华年找到电梯间,兴冲冲地按了最高层的按键,到了最高层,电梯门开了,一个漂亮的大红铁门紧紧地关着,华年凑上前,透过猫眼往里看,当然什么也看不到。华年敲敲门,毫无动静,再敲,依然没有反应。

华年失望地下了电梯,在楼下徘徊,围着这栋楼走来走去……

想想这样下去总不是个办法,华年离开了春水新城,晚上他又来了,他想看看这栋楼的最高层马隆昌家的灯光是否亮着,但遗憾的是,整栋楼都是一片漆黑,华年在楼下转悠了一个多小时,依然如此。

华年接连来了十几个晚上,这栋楼都是黑灯瞎火的,问清洁工这栋楼的最高层最近有人来过没有,清洁工说不知道,好像没有……

华年真是绝望啊,希望在滋生在湮灭,就像火苗一闪一闪,可是,这次,火苗再也没能跳动起来了。华年这个足智多谋的人也深深地绝望了,华年这个意志坚定的人也意志动摇了。

这天晚上,华年睡不着觉,正俩眼瞪着天花板发呆呢,手机信息提示音响了,华年急忙拿起手机,只见屏幕上蹦出一行字:姓华的,你小子不要多管闲事,小心你的狗头!

华年吃了一惊,看来自己这些天到春水新城转来转去,已引起有些人的怀疑了,自己已经暴露目标了。

怎么办?怎么办?没有一点进展,却又被人盯上了,怎么办?

第二天早上,华年下楼去上班,到了车位前,却发现自己的小轿车四个轮胎全被扎破了,小轿车像个泄了气的皮球无力地瘫在地上。

这是个大丢人事儿,华年没有通知司机何勇修车,打电话叫了个汽车修理厂的师傅带四个轮胎过来了,轮胎全部换成新的了,然后才去上班。

轮胎泄了气,华年却没有泄气,他是个越斗越勇的人,他不会服输,更不会投降。他不能再去春水新城了,那帮人肯定有防备了,去哪里呢?这天上午,他鬼使神差般地来到了春水桥,他要再到春水桥上转一转,撞撞大运,看看有没有什么收获。

春水桥依然那么安静,春水静静地流淌,水底下却是激流汹涌、危机四伏。

华年在春水桥上徘徊。不知什么时候,桥两边聚集了几家卖水果的,为了讨生活,那些社会底层的小老百姓,开着三轮车,车上载着香蕉、苹果、橘子,在寒风中张望等待。有个卖橘子的小伙子不甘寂寞,坐在车把上,一脚蹬着车厢,一脚踩在身旁的垃圾桶盖子上,低头瞅着手机,边瞅边笑,也不知道看到了啥好事儿高兴得龇牙咧嘴……

华年多羡慕他们哪,当个老百姓,也许没有那么大的雄心壮志,也许他们这一天就是为了挣个百儿八十块钱,也许活着就是为谋生,就是为了那碗饭,但他们的理想最实在、目标最具体,也很容易满足和实现,所以活得是那么朝气蓬勃、充满活力。

劳动最光荣,双手长茧的生活最阳光。

华年就这样站在桥头,河两岸的树木光秃秃的,那两棵历经百年沧桑的老槐树显得更加苍老疲惫,在阴沉的天空下勾勒出干枯的剪影,一棵是牵绊,一棵是苍凉。

桥下流水匆匆,绿波泛着泡沫,几棵水草扭动着身子在挣扎,夹杂着泥土的浑浊。

桥头两边生长着一簇簇高大的冬青树,只有这些冬青树在萧瑟的冬季还绽放着盎然的绿意,虽然这绿色是那么的沉重和灰暗。

突然,华年看到桥头西边那簇冬青树下,似乎有一个黑色签字笔样的东西,虽然这里垃圾成堆,久未清理,也不会有人留意,但是,华年分明感到那个像签字笔样的东西很奇怪,华年感到这个东西不同凡响。要在平时,华年绝对对此不屑一顾。以前上学时,一支笔就是宝,珍惜得不得了,但是,参加工作后,再需要笔,就像老师用个粉笔一样容易,就像养鱼的吃条鱼那么简单。现在,很多人不用钢笔了,文具店里的签字笔一元钱一支,批发价几毛钱一支,实在不是什么贵重东西。可能也是这个缘故,这个像签字笔样的东西静静地躺在一片垃圾中,无人搭理。但是,华年仔细端详,这个像签字笔样的东西又不像签字笔,华年伸长了脖子往下看,像笔又不像笔,这是什么呢?

华年跑到河边的小公园里折了根树枝,然后,拿着那根树枝一点一点地拨动那个像签字笔样的东西,一直拨动到离河岸最近的安全地带,华年翻身从桥上跳了下去。

这是一个水泥平台,刚好能容下一个人站立,华年一脚踩在不知谁扔的香蕉皮上,脚一滑,差点儿摔倒掉到河里,幸亏有那丛繁茂的冬青树,华年紧紧地抓住冬青树的枝条,晃了几晃才算站稳脚跟。

华年弯腰捡拾起那个像签字笔样的东西,见上边还有"ON(开)""OFF(关)"字样的按键,华年心中狂喜,这不是一支签字笔,这是一支录音笔!

华年急忙打开试了试,还好,录音笔还能用,还有电,还有声音,华年分明听到了锦瑟的声音,是锦瑟的声音,是锦瑟的声音,是锦瑟的声音,华年的眼泪流下来了……

锦瑟呀锦瑟,你这是留给我的吗?就是为我而把录音笔扔到这里的吗?心有灵犀一点通,你知道我会来这里找你的,所以你就把录音笔扔到这里的,是吗?你真是个聪明的女孩儿呀,无人能及,可是,你又为什么走这条路呢?活着,就有希望;再难,也要坚持。锦瑟,你为什么这么傻呢?

华年想到这里,不敢怠慢,生怕夜长梦多,急忙离开桥头,开车回办公室了。

锦瑟的确是个冰雪聪明的女孩儿,她已预感到那顿晚饭不是那么好吃的,所以,她提前准备了个录音笔,从进入马隆昌家开始,她就按动了录音笔的按键,整个过程她都录了下来。马隆昌的司机兼保镖赖毛只从锦瑟的手提包里搜走了锦瑟的手机,但没料到,在锦瑟的风衣口袋里还装着一支录音笔,正是这支录音笔,把他们的罪恶全部录了下来。

王春生淫邪的笑声,赖毛凶恶的吼声,马隆昌笑里藏刀的声音,江涛充当帮凶的声音,阮非软弱怕事、贪图小利的谄媚声……

明白了,华年听了之后,全明白了,这是一场鸿门宴,这是一个局,是一个精心设计的陷阱,是一个诱人的火坑。锦瑟终于跳了进去,而且走上了不归路。

华年怒火中烧、义愤填膺,他本就是个见义勇为、崇尚梁山好汉侠肝义胆的人,就是那个独个儿爱唱《沧海一声笑》的人,路见不平,看到那些强盗欺负流浪汉和要饭的,他还要管闲事呢,更何况是锦瑟,是他最心爱的锦瑟。

华年按了按狂跳的胸口,喝了口水,情绪稍稍平静了下来,是啊,激动归激动,仇恨归仇恨,还是要冷静行事,不可轻举妄动,因为王春生、马隆昌,这些人都是春水县呼风唤雨的人物,现在单凭一支录音笔,单凭华年,能不能搬得动他们,华年心里真是没有底。

他们会说你这录音是伪造的,把白的说成黑的,把真的说成假的,这都是有可能的;或者,先不说你这录音的事儿,先查你华年的问题,来个釜底抽薪,来个后院起火;或者,按兵不动,以静制动,来个冷处理,来个缓兵之计，来个以拖待变。总之，处理不好，什么情况都会出现，说你是坏人你就是坏人，说你是好人你就是好人，一切都在变化，一切皆有可能。

华年当了多年领导，深知其中奥妙，所以，他知道，录音笔他只能保存好，绝不敢透露半点儿风声，否则，这支录音笔，就可能要了他华年的命，就有可能成为夺命鬼。

看来，只有举报给市纪委了，而且还不能举报到春水县的其他相关机构，必须越级举报，而且还必须实名举报。

但是，实名举报，华年就只有背水一战了，也只有一条路了：离开春水县，辞职！

因为一旦实名举报，他就会成为官场的怪物，别人都会和他主动地拉开距离，他就会成为真正的孤家寡人，别人都会说，这人爱告状，落得这个名声，谁还跟你共事呢？谁还敢和你交心呢？

所以，必须辞职，离开这个地方，离开这个伤心的地方，才能走实名举报这条羊肠小道。

为了锦瑟值吗？锦瑟是谁？她是你什么人？你咋对别人交代？你咋对家人交代？

华年在办公室来回踱步，这也是他的习惯之一，遇到愁肠百结的时候，除了睡觉，就是走路，既锻炼身体，又能放松心情，说不定什么时候会突然蹦出一个意想不到的好主意。

可是，来回踱步了半个小时，华年依然举棋不定，毕竟，这是人生中最重大的事件呀，自己辛苦工作了这么多年，多少次熬夜加班，多少次忍受批评，好不容易到了这个地步，好不容易走到这个位置，说舍掉就舍掉，值吗？

华年又坐到了办公桌前，又拨弄起锦瑟留下的遗物——录音笔，听着锦瑟的放声悲泣，听着王春生放浪的笑声，听着赖毛猖狂的咆哮，华年再也坐不住了，为了锦瑟，为了正义，为了申冤，他豁出去了。

晚上，华年犹犹豫豫地把想辞职这个重大决定跟妻子桂枝说了，没想到，妻子说，孩子也上小学了，将来让父母来帮助咱照看照看，县城接送孩子上学也不远。你想在哪儿干，就在哪儿干吧。咱现在有房有车，我上班挣个死工资，够咱日常开支就行了，你辞职后只要别瞎折腾，别弄得倾家荡产就行。

华年点点头，妻子桂枝永远不知道他内心的真实想法是什么，他也不会跟她说。他虽有些感激，有些惭愧，但他知道他到底没有背叛妻子和这个家，也许正是因为责任和担当，他才始终没有向锦瑟吐露过一句爱锦瑟要和锦瑟结婚之类的话，他不会轻易说出口的，他也说不出来，但是，他对锦瑟的爱只能深埋在心底。也许锦瑟说的是对的，面对现实吧，既然相遇，就是缘分，好好珍惜，做不成夫妻，谈不上爱情，那就做好朋友吧，做世界上最好最好的朋友，一生心心相印，彼此温暖与共。可现在，所有的所有都成了永远的追忆。

第二天一早，他与北京中兴县域经济研究所那个当所长的大学同学进行了联系，同学说，大门随时为你而开。于是，华年放心了，把辞职信写好了，他要离开曾经工作、生活了快I年的春水县，到京城开启新的征程了。

华年写了辞职信，然后，又写了举报信，他想好了，只要辞职信组织部门批了之后，第二天他就向市纪委投递举报信。

辞职信递给了组织部，没多长时间，组织部汪部长找华年谈话，华年以

　　　　　　　　第十五章　沉沦

为组织批准了他的辞职申请了呢,却原来是挽留他的。

组织部汪部长感慨地说:"华年,为啥辞职呢?你年轻有为,你现在三十多岁,就已经是正科级实职干部了,在咱春水县还是很年轻很有前途的。说实话,现在辞职下海的领导干部也有,虽说这是好事儿,也应当成为常态,也是发展的方向,但是,从目前辞职下海的干部情况来看,凡是辞职下海的,都是有各种各样的原因,比如说有的是听说组织调查了,不敢再干了;有的是工作不顺,赌气不干了。你属于哪一种呀?"

汪部长没有打官腔,说的还都是实情,华年不知汪部长心里咋想的。既已决心辞职,华年说话的底气也就足了,以前见了组织部长见了书记县长唯唯诺诺,活得直不起腰,该炒他们的鱿鱼了,就理直气壮一回吧。

华年说:"汪部长,我是个闲不住的人,年轻时候也曾是个豪情万丈的人,也有伟大理想,也有雄心壮志,但是,自从进了体制内,我也好赖混了快十年了,啥都见过了,啥都尝试过了,我这一辈子也值了。但是,我现在这个年龄,说大不大,说小也不小了,我的壮志和理想还没有泯灭,我还想干点儿自己的事业,还想在社会上闯荡一番。性格决定命运。我就是这种爱折腾不安生的性格,让我一天到晚无所事事虚度光阴,比杀了我还难受,所以,我想换个环境,从头开始,为自己活一回。"

汪部长说:"既然你这样说了,我也没话可说了。你如果对组织上有啥意见,比如说你因为岗位调整不满才辞职的,你现在也可以提要求,我向书记、县长汇报,等有合适的机会再给你换个位置,组织上还是比较信任你器重你的。"

华年知道,反正自己辞职信已经写过并递上去了,哪有再收回的道理?

况且,汪部长怎会知道自己辞职的真实意图呢?他现在可不会告诉汪部长他辞职的真正用意,要是说实话了,汪部长可不会顺顺当当地批准他辞职的,所以说,有时候,说实话办不成事,就是这个道理。

现在汪部长说什么也都无所谓了,所以听她说些不痛不痒的温情话,华年反而更坚定了离开的决心。

汪部长说:"你要不再找书记谈谈?"

华年说:"不用了吧,你已代表组织谈过了,我的级别恐怕够不着书记。"

"牛县长可是对你很器重啊。"

"算了吧,我这次对不住牛县长了。"

"不过,我可是没权力批准你辞职啊。这还得书记和县长同意才行,要不那样吧,你再等等。"

"我等多长时间呢?"

"这个可不好说,没准儿的话,书记和县长还不批准你辞职呢。"

"那咋办?"

"咋办?就再等等。"

华年低头不语,汪部长感叹说:"华年哪,你还是年轻啊,经不住一点儿风吹草动,这咋能行呢,遇到大风大浪你又该咋办呢? 人生就是起起伏伏,这很正常,没有谁会一帆风顺,你想想看,有人告你有作风问题,别管真假,把你调整到另一个单位,其实也是组织为你好,避避风头,冷静冷静,以退为进,你咋就不理解呢? 关键是牛县长对你很器重,你知道吗?"

汪部长把"你知道吗"这几个字说得很重，华年一时猜不透什么意思，但他也知道，也许是这样吧，也许真的是组织为自己好吧。这一年来，也不知道咋回事，自从遇到了锦瑟，自个儿整个人都变了样，以前那么聪明、坚强、勇敢、阳光的一个人，整个颓废完了，锦瑟啊锦瑟，为了你，我已人不像人鬼不像鬼了啊。

想到这里，华年说："汪部长，要不这样吧，我最近身体状况也不好，能不能让我请个病假，我想到北京体检一下身体，行不？"

汪部长想了想说："也行，这样也好。"

告别了组织部汪部长，华年回家收拾收拾了东西，准备告状，同时准备去北京。说是请病假，其实他已下定决心辞职，径直到他同学那个北京中兴县域经济研究所工作，至于什么辞职手续，以后再办吧。

过了几天，华年的请病假申请批了下来，华年到单位告了别，把工作进行了安排，直接到市纪委告状去了。他不忘把锦瑟的录音复制到两个U盘上，一个递交给了市纪委，一个自己保存，以备万一，然后，打个的去火车站，去北京工作了。

没有人相送，华年一个人坐出租车离开了春水县，他特意让出租车司机驶过春水桥，华年让出租车停在桥边，他要再看一眼春水桥，他忘不了锦瑟，他和锦瑟在这里相遇，锦瑟又是从这里跳河自杀，这爱恨交织的春水桥，华年临走一定要再看一眼。

春水桥桥头依然是那么热闹，桥头的两棵老槐树依然从容，笑看人世沧海变迁，卖水果的小贩们热情地招呼着路人，小喇叭大声播放着宣传广告："香蕉香蕉，十块三斤。""苹果苹果，十块五斤。"河边公园里的老人们有的在打牌,有的在下棋,自得其乐,还有那些唱戏的老人,男的拉弦,女的唱戏,神情专注,如痴如醉。

遇见,便是前缘;刹那,便是永远;转身,只有怀念。

人生最好不相见,如此便可不相恋;人生最好不相知,如此便可不相思;人生最好不相伴,如此便可不相欠;人生最好不相惜,如此便可不相忆。但曾相见便相知,相见何如不见时。安得与君相决绝,免教生死作相思。

华年对着春水河轻轻地说:"锦瑟,真的好想你,想你的笑、你的哭、你的声音、你的撒娇,你永远在我心里,从未走远。虽然繁华成烟,纸鸢向远,红尘如梦,虽然历经沧桑,但是我还要说,认识你,真好!唯愿你在天国依然美丽,永远欢笑!"

华年挥了挥手:"再见了,春水县;再见了,春水桥;再见了,老槐树;再见了,锦瑟……"

尾声　转身

一个月后，就该祭灶了，过了祭灶，就该春节了。

下雪了，京城下了很大的雪。人们都早早地回家了。"上天言好事，下界降吉祥。"人们为老灶爷烧纸敬香，祈盼来年平平安安、顺顺当当。

华年没地方可去，还没有放假，他不能回春水县的那个家，他迎着漫天雪花来到了地坛。

雪落地坛静无声，地上洒满了细碎的雪粒，偶尔有呜呜的风声从苍老的柏树枝丫间掠过，给傍晚的地坛平添了肃杀阴冷的气氛。

华年经常吃完晚饭来地坛散步，他供职的中兴县域经济研究所离地坛不远。地坛是锦瑟喜欢的地方，也许，锦瑟到了另一个世界之后，魂灵还会到地坛飘荡吧；也许，某一天，在地坛，他还会遇到锦瑟吧，即使是她的魂灵。

没有了锦瑟，本就不爱说话的华年变得更加沉默寡言了，他孤身一人在北京，人生地不熟，心底无比凄凉。

除了工作，华年就是睡觉，只有睡觉，他才忘记痛苦，他才忘掉孤独，他才会忘了锦瑟。虽然睡觉也是一种解脱，但有时他又不敢睡觉，他只要睡觉，就要梦到锦瑟，锦瑟就要在梦里与他相会。锦瑟穿着紫红色的长裙来到他身边，却绝不靠近华年，与华年总要保持一段距离，而且看不清她的脸，只听锦瑟说："华主任，我屈呀！我屈呀！"

华年于是每每从梦中惊醒，然后泪流满面。

华年说："锦瑟，我知道你冤屈，但我已经为你申冤了呀。你知道吗，我的举报信和带有你录音的U盘递交给市纪委之后，很快就有人来查了，王春生被双规了，赖毛因涉嫌强奸罪、故意杀人罪、敲诈勒索罪入狱了，江涛和阮非也被开除了，马隆昌那个狡猾的老狐狸也被抓起来了。善恶到头终有报，只争来早与来迟。正义不会迟到，太阳依然升起，你在天之灵就安息吧。"

但是，即使这样，锦瑟依然经常出现在华年的梦中，依然纠缠着华年。华年知道，可能只有他华年，才是锦瑟的依靠，不论是在阳间，还是在天国，就像华年曾对锦瑟说过的那样，他和锦瑟是前世、今生和来世永远的纠缠，生死不离，不管你愿意不愿意，就要缠着你。

还有一次，华年梦到了他小时候看的那出戏《画皮》里的女鬼，据说那女鬼就是锦瑟。那女鬼在电闪雷鸣、风雨交加的夜晚来到了华年身边，用一尺多长的尖指甲把华年的肚子划开了，然后掏出了华年的心，捧在手里，鲜血染红了女鬼的裙裾，染红了地面，女鬼哈哈笑着把华年的心放进了嘴里，"咯吱咯吱"地嚼起来……

华年大叫一声,吓得坐起来,摸到床头的台灯开关,打开灯后,屋里静悄悄的什么也没有,却原来是噩梦一场。

华年点燃一根烟,舒缓了下紧张的心情,他听老人们说,抽烟能避邪,据说那些乱七八糟的东西都怕火。

华年抽了口烟,打开电视机,电视里的体育频道正播放一场足球赛,那热火朝天的赛场上,活力四射的运动员们到处奔跑,大喊大叫,场上的啦啦队员们更是欢呼声和口哨声齐鸣,华年终于找回了一点儿人间的温暖,极度恐惧的心平静了下来。

锦瑟闯入华年的生活仅仅不到一年时间,这一年,是华年一生中最幸福也最痛苦的时光。因为锦瑟,华年找到了生的意义和价值,天也蓝地也绿,爱一个人,竟会如此美好。但是,更多的是疼痛的记忆,忧郁像风划过脸颊,不时落进伤感的双眸。

锦瑟呀锦瑟,也许你就是《画皮》里的女鬼,你来到我身边就是为了吃我的心、喝我的血,但我认了,我愿意。因为你,我霉运不断,仕途坎坷,郁郁不解,孤身一人到了京城,背井离乡,替人打工,大好前程戛然而止,而你却从未给我一句温暖的誓言和诺言。你就是一只熟透了的红苹果,又香又甜,在我眼前晃来晃去,诱惑着我,挑逗着我,使我垂涎欲滴,使我神魂颠倒,使我欲死欲生。你还不如《画皮》里的女鬼呢,那女鬼至少还和王生做了露水夫妻,过了些许神仙般的生活,可你锦瑟呢,带给我的除了虚幻的幸福外,更多的是无边的痛苦和灾难。

遇到你,是劫,还是结?

初见,惊艳;再见,惘然!

红尘薄凉,在不该遇见的季节,遇见一个不该遇见的你;在不该爱的时光,爱上一个不该爱的人。

因为一场错爱,痛彻一生光阴;因为一个邂逅,从此日渐沉沦。

华年想忘掉锦瑟,可是,根本不可能,锦瑟已在他心里深深地扎下了根,早已是枝繁叶茂。啥是命? 这就是命。华年本不信命,可他与锦瑟,就是宿命,就是上苍导演的一出戏,一出新版的《画皮》,锦瑟是女鬼,华年是王生。不,不是《画皮》,是《天仙配》,华年是牛郎,而锦瑟就是织女。不,不是《画皮》,是《白蛇传》,华年是许仙,而锦瑟就是白娘子。不,不是《画皮》,是《梁山伯与祝英台》……

春水桥就是天上的银河啊,春水桥就是西湖边的断桥,是这座古老的石拱桥,一头连着天,一头连着地。

是古老的天坛和地坛啊,锦瑟本应在天坛,她却阴差阳错地喜欢上了地坛。

锦瑟不是鬼,不是妖,她是仙,是紫霞仙子,只因误入凡尘,沾染人间雾霾,才成了所谓的妖,才成了所谓的鬼。

雪越下越大了,天也渐渐暗下来了,地坛里已经没有人了,华年有些害怕。

华年踩着积雪往回转,突然,他看到前边有一个女子,穿一袭紫衣,长发飘飘,迈着轻盈的碎步,随着纷飞的雪花,在风中且歌且舞。

那不是锦瑟吗? 难道锦瑟来地坛了?

华年心里激动得像敲着一面京韵大鼓,鼓点越来越密集,他快步上前、上前、上前,那个女子却渐行渐远,突然间不见了,消失在漫天大雪中……

"锦瑟,锦瑟,你在哪里呀,你为什么不理我呀？我想你呀——"

华年抑制不住内心的痛楚,在这寂寥的洁白的世界,他挥舞着双手,仰天大叫,然后,蹲下来,轻轻地捧起一把白雪,放声大哭,泪流满面,自言自语地喃喃诉说:"锦瑟,你是天上锦瑟;而我,只是地上华年。以前我还能抬头看到你,远远地守护着你,可现在,再也看不到你了,你再也不理我了,你在哪里呀？我想你啊,锦瑟——"

恰在此时,华年口袋里的手机响了,华年本不想接听,可手机响个不停,华年无奈地掏出手机,一看来电显示,竟是春水县委组织部汪部长的手机号码。汪部长此时找我何事？华年猛地从无边的忧伤中清醒过来,他急忙接通了手机:"喂！你好,汪部长。"

"是华年吗？你现在在哪里？"

"汪部长,我现在在北京。"

"身体怎么样？没啥大碍吧?"

"没问题,就是有些心肌缺血。"

"嗯,以后注意些就是了。"

"谢谢汪部长!"

"华年,我给你打电话是告诉你,县政府办主任王春生被双规了,县政府办主任的岗位暂时空缺,牛县长一直很器重你,到现在他也没有忘记你,他向县委常委会提议,让你接替王春生担任县政府办主任,这两天就要对你进行组织考察,你要是没啥大病,就抓紧回来吧。"

"县政府办主任？我?"华年惊得嘴都合不拢了。

"是啊,我早就跟你说过,人生起起伏伏都很正常,胜不骄,败不馁,要有定力,知道吗?要是没啥事的话,抓紧回来吧,啊,明天就回来。就这,不说了,明天见。"

汪部长挂断了手机,"嘟嘟嘟"的手机声音在这死一般寂静的夜色中格外响亮。华年傻傻地愣在原地,听凭风雪无声无息地把他淹没。

京城的烟花升起来了,这是世纪之交千禧之年的烟花,这是新旧更迭、此起彼伏的烟花,在苍茫白夜中绽放,在高楼大厦间盘旋,一两声闷响的鞭炮不时打破静寂的夜空,终成转瞬即逝的美丽。

"锦瑟,锦瑟啊,你在冥冥之中可曾知道,我要当县政府办主任了,如果你还活着,那该多好啊!锦瑟,锦瑟,锦瑟啊……"

北风呼啸而来,飘起细碎的雪花。这时,华年的耳边突然响起了锦瑟那带着黏黏的牛奶糖味儿的声音,若隐若现,似有似无,忽远忽近,如泣如诉,仿佛是在吟诵李商隐的那首悼亡情人的《锦瑟》。华年抬头寻找,却什么也看不到。华年痴痴地凝望着灰暗的天空,屏息倾听:

> 锦瑟无端五十弦,一弦一柱思华年。
>
> 庄生晓梦迷蝴蝶,望帝春心托杜鹃。
>
> 沧海月明珠有泪,蓝田日暖玉生烟。
>
> 此情可待成追忆,只是当时已惘然。

图书在版编目（CIP）数据

锦瑟华年/玉米著. —郑州：河南文艺出版社，
2019.9

ISBN 978-7-5559-0851-7

Ⅰ.①锦…　Ⅱ.①玉…　Ⅲ.①长篇小说–中国–当
代　Ⅳ.①I247.5

中国版本图书馆 CIP 数据核字（2019）第 109802 号

出版发行　河南文艺出版社
本社地址　郑州市郑东新区祥盛街 27 号 C 座 5 楼
邮政编码　450018
承印单位　河南新华印刷集团有限公司
经销单位　新华书店
纸张规格　700 毫米×1000 毫米　1/16
印　　张　23
字　　数　258 000
版　　次　2019 年 9 月第 1 版
印　　次　2019 年 9 月第 1 次印刷
定　　价　36.00 元